स से
स्टोरीज़

स से स्टोरीज़

भावना शेखर

प्रकाशक
प्रभात पेपरबैक्स
प्रभात प्रकाशन प्रा. लि. का उपक्रम
4/19 आसफ अली रोड, नई दिल्ली-110002
फोन : 011-23289777 • हेल्पलाइन नं. : 7827007777
इ-मेल : prabhatbooks@gmail.com ❖ वेब ठिकाना : www.prabhatbooks.com

संस्करण
प्रथम, 2023

मूल्य
दो सौ पचास रुपए

मुद्रक
आर-टेक ऑफसेट प्रिंटर्स, दिल्ली

———————— ★ ————————

SA SE STORIES
by Smt. Bhavna Shekhar

Published by **PRABHAT PAPERBACKS**
An imprint of Prabhat Prakashan Pvt. Ltd.
4/19 Asaf Ali Road, New Delhi-110002

ISBN 978-93-5521-459-1

₹ 250.00

मेहा को

मुझे कहना है...

बचपन से मैं कुछ अलग थी। पढ़ाई में अव्वल, पर व्यवहार में भुलक्कड़ और एब्सेंट माइंडेड। बरसों बाद समझ आया कि लेखक बननेवालों का बचपन ऐसा ही होता है, अधिकांश समय अपने भीतर के आकाश में खोए रहना, जागतिक घटनाओं से बीज उठाकर अपनी भाव-भूमि में रोप देना, कल्पना के खाद-पानी से उन्हें सींचना और फिर शब्दों का जामा पहनाकर जीता-जागता पात्र बना देना।

मैं लेखक को ईश्वर से कम नहीं मानती, इस जाति का प्राणी ईश्वर की तरह अहर्निश सृजन में लगा रहता है। अपनी इंद्रियों से देखी-सुनी-महसूसी अनगिनत छवियाँ उसे तरह-तरह से उद्वेलित, उत्तेजित और प्रेरित करती हैं। बेचैन आत्मा तब तक सोने नहीं देती, जब तक उसके भीतर से उद्‌भिज की तरह कविता या कहानी फूट नहीं पड़ती। मैं कविता को विशुद्ध और नैसर्गिक सृजन मानती हूँ, जबकि कहानी एक कलापूर्ण निर्मिति है। एक पज़ल खिलौने की तरह यह लेखक के भीतर से प्रकट होती है, जिसके ब्लॉक्स और ब्रिक्स को मनोयोग से सजाना पड़ता है, सही आकार में गढ़ना पड़ता है।

मैं भी आसपास बिखरे (कहानियों के) बीज सँजोती जाती हूँ, पर जरूरी नहीं कि उनका आरोपण फौरन हो। इस श्रमसाध्य कार्य में कभी-कभी महीनों लग जाते हैं।

मेरी बहुत सारी कहानियाँ दशकों पूर्व के संरक्षित बीजों की उपज हैं। पर इस संग्रह की अधिकांश कहानियाँ देखी-सुनी बातों की फौरी प्रतिक्रिया हैं।

मैं दिल्ली में थी, मेरी भांजी भैरवी, जो सिंगापुर एयरलाइंस में एयरहोस्टेस है, उसने अपनी सहकर्मी के साथ घटी एक अजीब घटना सुनाई। जो रात भर मन को मथती रही। अगले ही दिन दिल्ली से लौटते हुए हवाई यात्रा में उस पर आधारित एक छोटी सी कहानी लिख डाली। संग्रह की अंतिम कहानी 'संभवत:' उसी का विस्तार है। इसी तरह कोविड के दौरान अपने पड़ोस में हुई एक मृत्यु ने इतना विचलित किया कि अगले दिन कहानी 'सोशल डिस्टेंसिंग' ने आकार ले लिया। कहानी 'सैलाब' किशोर बालिकाओं में शारीरिक बदलाव से उत्पन्न ग्रंथि की समस्या पर पढ़े गए एक संवेदनशील आलेख का त्वरित परिणाम है।

टूटते संयुक्त परिवारों के कारण बुजुर्गों का अकेलापन एक गंभीर समस्या बनता जा रहा है। महानगरों में सुबह की सैर के बहाने जॉगर्स पार्क में जाकर मुसकराहट के कुछ पल चुरा लेना वृद्धों का प्रिय शगल बन गया है। इस बात ने मुझसे कहानी 'संविधान रमा का' लिखवाई। 'संधिपत्र' संकलन की सबसे पुरानी कहानी है, जिसे एक पत्रिका की माँग पर लगभग नौ बरस पहले लिखा था। कहानी 'सुअरी' की नायिका 10 बरस की उम्र में देखी एक महिला का प्रतिरूप है। जिसकी छवि कच्ची उम्र में मन पर उत्कीर्ण हो गई, पर उस पर कलम मैंने उठाई 40-45 वर्षों बाद। आदरणीय आलोक धन्वा जी की 'भागी हुई लड़कियाँ' मेरी अति प्रिय कविता है। कहानी 'सोलमेट' की प्रेरणा इसी कविता से मिली।

पुस्तक के शीर्षक के बारे में बताना चाहूँगी, यह विशुद्ध संयोग है कि संग्रह की 11 में से 8 कहानियों का शीर्षक अनायास 'स' अक्षर से बन पड़ा। इसे भाँपते ही अचंभित होकर मेरे मुख से निकला—

"सारी कहानियाँ 'स' से!"

"तो फिर पुस्तक का टाइटल रखिए—'स से स्टोरीज़'!"

पास बैठी बेटी मीमांसा बोल पड़ी।

जाने क्यों उसी दिन मन में बेटी का सुझाया शीर्षक घर कर गया। बाद में अन्य तीन कहानियों—'परछाइयाँ', 'कॉफी' और 'मुक्तिधाम' को बदलकर सायास 'स' वर्ण से क्रमश: 'सरगोशियाँ', 'संभवत:' और 'सुकून कहाँ' रखा।

प्रकाशन संस्थान का हार्दिक आभार, जिन्होंने अपने सुप्रतिष्ठित बैनर तले इस कथा संकलन को प्रकाशित किया है।

प्रिय पाठको! आश्वस्त हूँ कि पूर्व की तरह 'स से स्टोरीज़' को भी आपका भरपूर प्यार मिलेगा। प्रतिक्रिया की प्रतीक्षा में···

—भावना शेखर

मो. : 8809931217

कहानी क्रम

1

सोलमेट

आज फिर फोन वाइब्रेट करने के साथ उसका नाम स्क्रीन पर फ्लैश करने लगा। पिछले पंद्रह दिन में यह छठी कॉल थी। मन में आया, ऑटो रिजेक्ट में डाल दे, पर स्नेहा को आदत नहीं इतना निष्ठुर बनने की। रह-रहकर झुँझलाहट हो रही थी कि आखिर आनंद भैया ने उसे मेरा फोन नंबर दिया ही क्यों? वह झगड़ी भी थी उनसे, पर आनंद भाई कातर होकर बोले थे कि उन्होंने बहुत कोशिश की उसे टालने की, पर वह मानी ही नहीं। स्नेहा अनुमान लगा सकती है, उसने आनंद भैया पर कितना दबाव डाला होगा। बहरहाल फोन बजते-बजते खुद बंद हो गया।

पिछले सप्ताह माँ को बताया कि माला का फोन आया था तो वे चौंक गई, त्योरियाँ चढ़ाकर बोलीं, "अरे, बत्तीस साल बाद उसे कहाँ से तेरी याद आ गई और उसे तेरा नंबर दिया किसने?"

"आनंद भैया ने, पता नहीं कैसे उसने आनंद भैया से संपर्क साध लिया!"

"उस मुए को यही काम रह गया, बिना पूछे किसी का भी नंबर बाँटने का।" जी भर कोसा था उन्होंने आनंद भैया को।

परसों एक समारोह में दोनों बहनें मिलीं—सुमि और सपना। मिलते ही सवालों की बौछार कर दी—

"अरे बिट्टी! सुना है, माला का फोन आया था···बड़ी शातिर है, जरूर कोई काम होगा, ऐसे भी भला कोई अचानक प्रकट होता है!"

"बाबा रे, भगवान् बचाए उस आफत की पुड़िया से···तू कहीं पिघल मत जाना, ऐसे लोगों से हाथ भर दूर रहना ही भला!"

"हाँ दीदी! मुझे कोई शौक नहीं उससे सटने का, पूरे बत्तीस साल हो गए, मैं तो उसकी शक्ल भी भूल गई, भला हो आनंद भइया का, जिन्होंने मुझे आगाह कर दिया था कि वह फोन करेगी, सो मैं सतर्क थी। उस दिन की सारी कॉल पीयूष से ही रिसीव करवाई और बहाना बना दिया कि मैं घर पर नहीं हूँ।" स्नेहा बोली।

"अच्छा किया, नहीं तो फँस जाती।" सपना दीदी ने टुकड़ा जोड़ा।

"···और जानती हो, इन्हें कह रही थी कि मैं उसके बचपन की बेस्ट फ्रेंड माला हूँ, स्नेहा को बताएँ, वह जरूर पहचान जाएगी।" एक ही साँस में स्नेहा पूरा किस्सा बयाँ कर गई।

"हुं, बड़ी आई बेस्ट फ्रेंड!" सुमि दीदी ने हिकारत से मुँह बिसूरकर कहा।

"देख बिट्टी! तू इतनी बड़ी वकील बन चुकी है, तेरा नाम है, इतने बड़े-बड़े केस लड़ती है, आए दिन अखबार में तेरी तसवीर छपती है··· उगते सूरज को सब सलाम करते हैं, सब अपना रसूख बनाना चाहते हैं।" दोनों बहनें बुजुर्गाना नसीहत दिए जा रही थीं।

"लो भाई स्नेहा, तुम्हारा टिकट आ गया, पर बनारस वाली फ्लाइट में ही हो पाया, वहाँ से प्रयागराज बाई रोड जाना पड़ेगा···पर चिंता मत करो, दो-ढाई घंटे का ही सफर है।"

लेकिन वह तो किसी और ही चिंता में फँसी थी। अब भी वह फोन को ऐसे घूरे जा रही थी, जैसे कोई साँप के बिल को साँप के निकल आने की आशंका से एकटक देखता है।

"क्या बात है, कुछ पशोपेश में हो?" अबकी पीयूष के स्वर ने उसका ध्यान भंग किया।

"...और किसका फोन था, देर तक घंटी बजती रही?"

"अरे कुछ नहीं, वही माला फोन कर रही थी।" स्नेहा की आवाज में बेपरवाही का पुट था।

"अरे भाई, एक बार बात कर लो...बेचारी कितनी बार फोन कर चुकी है।"

"ना बाबा, बचपन की बात और थी, अब मैं कोई रिस्क नहीं लेना चाहती। ऐसी बदनाम लड़की से अब मुझे कोई वास्ता नहीं रखना है। पता नहीं क्या करती होगी, किस हाल में होगी, दीदी ठीक ही कह रही थी, जरूर कोई मतलब होगा, कहीं पैसे की जरूरत तो नहीं, ...सोचा होगा कि सहेली मालदार वकील हो गई है, चलूँ, कुछ झटक लूँ। अब मुझे उससे कोई वास्ता नहीं रखना, आखिर मेरी इमेज का सवाल है, हर ऐरे-गैरे को भाव देने लगी तो हो गया मेरा बँटाधार, वैसे भी सब मुझे मना कर रहे हैं।" स्नेहा की बातों में अभिमान और हिकारत का मिश्रित भाव था।

"कहीं उसे पता तो नहीं लग गया कि तुम प्रयागराज जा रही हो, वह भी तो उसी शहर में है ना!"

"इसीलिए तो उलझन में हूँ, उस शहर में पहुँचते ही उसकी मौजूदगी मुझे डिस्टर्ब करेगी, कहीं केस की जिरह में गड़बड़ा न जाऊँ।"

"अरे, क्यों चिंता करती हो, केस बहुत अच्छा जाएगा, तुम्हारा नाम सुनकर सरकारी वकील टेंशन में पड़ गया होगा। तुम शांत रहो और अब चलो सोने...सुबह की फ्लाइट पकड़नी है।" पीयूष ने बाँह पकड़कर जबरन उसे उठाया, वरना शायद यूँ ही बैठी रहती।

सुबह नियत समय पर मुंबई एयरपोर्ट पहुँची। सिक्योरिटी जाँच आदि औपचारिकताएँ निपटाकर एक कुरसी का रुख किया, चारों तरफ भीड़ देखकर भन्ना गई। उफ्! लोग यूँ लदे पड़े हैं, मानो हवाई टिकट मुफ्त में बँट रहे हों। अपना हैंडबैग गोद में रखकर बोर्डिंग पास पर निगाह डाली, एहतियात से उसे बैग की भीतरी पॉकेट के हवाले

कर दिया, अभी चालीस मिनट बाकी हैं। थोड़ा सुस्ताने के लिहाज से आँखें मूँद लीं।

अचानक एक मुसकराता-खिलखिलाता चेहरा बंद पलकों में उभर आया। बारह-तेरह वर्ष की चमकती आँखों में दुनिया भर की शरारत की परछाइयाँ, खनकती आवाज में चुहल, जैसे कोई जिद्दी झरना चट्टानों पर धमा-चौकड़ी को आमादा हो, दुबली-पतली काया में, जहान भर का जोश और रवानी ठाँठें मार रही थी—यह थी माला और ऐसा था उसका अलमस्त बचपन। कैशोर्य की दहलीज पर आते ही उसकी आँखें पाँच वर्ष बाद की मादकता और मदहोशी के बाण चलाने लगी थीं। मासूमियत को आकर्षण और अदा ने बड़ी तेजी से लपक लिया था। वक्त से पहले जनमे बच्चे-सी प्री-मैच्योर्ड थी उसकी तरुणाई। ऐसी कोई रूप की रंभा नहीं थी, पर चौदह बसंत पार करते-करते सैकड़ों में अलग नजर आने लगी। स्कूल आते-जाते उसके कदम सड़क पर होते, किंतु आँखें दो मछलियों की तरह बेताबी से इधर-उधर घूमतीं और मोहल्ले भर के लड़कों को आमंत्रित करतीं। गली-नुक्कड़, गुमटी-सड़क पर चलनेवाले कच्ची उम्र के अच्छे और कम अच्छे लड़कों के दिल उसे देखकर धड़कने लगते।

स्नेहा और माला के घर का फासला दस मिनट से ज्यादा नहीं था, दोनों पक्की सहेलियाँ, अकसर साथ आना-जाना, स्कूल के बाद भी एक बार जरूर मुलाकात होती, कभी शाम को स्नेहा माला के घर तो कभी माला स्नेहा के घर। स्नेहा के घर में सबको उसकी मुखरता भाती। मुँह खोलती तो उसकी उन्मुक्त बातें पुरवाई के झोंके-सी माहौल को तरोताजा कर देतीं। देखती तो बाँकी चितवन सबके मन का ताला खोल देती। स्नेहा अपनी अंतरंग सखी की हरकतों और उसके लिए आहें भरनेवाले लड़कों की फौज से वाकिफ थी, पर मजाल जो कभी किसी से इस बात का खुलासा किया हो। हालाँकि स्नेहा को उसकी छिछोरी हरकतें कतई पसंद न थीं, दोनों के मिजाज और परवरिश तथा पारिवारिक पृष्ठभूमि में

भी रात-दिन का अंतर था, किंतु वह उम्र अनहद प्यार और दोस्ती निभाने की होती है, सो स्नेहा ने शिद्दत से अपनी दोस्ती निभाई।

अब माला स्कूल से आते-जाते हमउम्र लड़कों से मिलने भी लगी थी, ऐसे में स्नेहा अकसर आगे बढ़ जाती। बहरहाल आज की तरह वह डेटिंग का जमाना नहीं था, छिटपुट आँख-मिचौली—बुजुर्गों की भाषा में कहो तो नैन-मटक्का, चिट्ठियों का लेन-देन, एक-दूजे को देख लेने भर की हसरत और न देख पाने पर आहें भरना—बस इतने में ही बाली उमर की कहानियाँ बन जाती थीं। बॉयफ्रेंड बन जाना तो चरित्रहीनता का सर्टिफिकेट था।

अनाउंसर की आवाज ने स्नेहा को अतीत से खींचकर आज के रूबरू ला खड़ा किया। बैग उठाकर वह प्रवेश-द्वार के आगे कतार में लग गई, अगले दस-पंद्रह मिनट बाद फ्लाइट में बैठी वह सीट बेल्ट बाँध रही थी। खिड़कीवाली सीट मिलने से काफी सुकून था, इकोनॉमी क्लास की तंग सीटों के बीच बैठकर सफर करना बड़ा दुश्वार लगता है, खुद को या बाजूवाले को वॉशरूम जाना पड़े तो अच्छी-खासी परेड हो जाती है। अनजान यात्रियों के बीच देह को बचाते हुए आड़ा-तिरछा होकर ऐसे निकलना पड़ता है, गोया किसी सँकरी गुफा में से गुजर रहे हों।

रनवे पर दौड़ते हुए विमान ने हवा में जैसे ही उछाल भरी, स्नेहा की यादों का पंछी भी उड़ चला, क्षितिज के उस पार बाल सखी के पुराण के कुछ और पन्ने बाँचने।

कुछ दिन से जिस माला का नाम सुनते ही वह बिदक जाती थी, आज अपना शहर छोड़ते ही वह निर्मोही भाव काफूर हो गया, जाने क्यों उसके बारे में सोचना अच्छा लग रहा था। कौन जाने जिस मंजिल की ओर हवाई जहाज उड़ान भर रहा था, वहाँ बैठी माला की तरंगें चुंबक की तरह उसे अपनी ओर खींच रही थीं। स्नेहा अपनी पसंदीदा ओल्ड क्लासिक ब्लैक एंड व्हाइट फिल्मों को अकसर रिवाइंड करके देखा

करती, आज कुछ उसी तरह जिंदगी की चरखी घुमाकर अपने लड़कपन के माँझे को ढील देने लगी। उसने आँखें मूँद लीं और फ्लैश बैक का स्विच ऑन करके ठीक वहीं लाकर ट्यून कर दिया, जहाँ छोड़ा था।

चौदह बरस की माला के इर्द-गिर्द कितने ही दीवाने भँवरों की तरह डोलते, कोई गली के नुक्कड़ तो कोई पान की गुमटी पर...कोई दुकान पर बैठा सेल्समैन तो कोई सिटी बजाता शोहदा। पड़ोस के स्कूलों के छात्र भी रिंग मास्टर टाइप अपने किसी दोस्त की अगुआई में टोली बनाकर स्कूल से लौटती लड़कियों का पीछा करते। मधुमक्खियों-सी लड़कियाँ भी हँसती, खिलखिलाती, मस्ती करती आगे-आगे चलतीं, जिनमें माला रानी मधुमक्खी की भूमिका में होती। स्नेहा इस खुराफात का हिस्सा कम ही बनती, क्योंकि वह अपनी गाड़ी से घर लौटती, उसे सहेलियों के साथ मटरगश्ती करते हुए घर आने की इजाजत नहीं थी।

लड़कपन की मासूम और मादक फंतासियों में माला को खूब मजा आता। 'सब उस पर लट्टू हैं, उसे तरजीह देते हैं,' यह बात मन को गुदगुदाती, भले ही उसमें ज्यादातर सड़कछाप मजनूँ होते, पर उसके लिए यह टाइमपास बड़ा सम्मोहक था। उसके जीवन में यूँ भी मनोरंजन और आनंद के विकल्प कम थे। पढ़ने-लिखने में औसत छात्रा थी। परिवार निम्न-मध्यमवर्गीय और पुराणपंथी था। पिता की इकलौती पगार में चार-पाँच भाई-बहन पल रहे थे, जैसे-तैसे पढ़ाई चल रही थी। माँ को चूल्हे-चौके से फुरसत कहाँ कि बेटी के चाल-चलन पर निगाह रखे। बहरहाल अपनी चाल-ढाल और लक्षणों के कारण माला शालीनता खोती जा रही थी, कहें तो जमाने की निगाहों में बदनाम होती जा रही थी। युवा होते-होते उस पर चालू लड़की का ठप्पा लग गया।

स्नेहा शुरू से क्लास की टॉपर रही, जबकि माला का पढ़ने-लिखने से दूर का नाता था, पर दोनों सखियाँ खेलकूद व अन्य सांस्कृतिक प्रतियोगिताओं में साथ-साथ भाग लेतीं। उनकी पक्की दोस्ती का यह एक कॉमन बिंदु था। स्कूल छोड़ने तक यह दोस्ती बदस्तूर जारी रही।

हमेशा की तरह अव्वल आनेवाली स्नेहा ने इस बार भी प्रथम स्थान हासिल कर शहर के नामी कॉलेज में दाखिला पा लिया, जबकि माला एक साधारण कॉलेज की छात्रा बनी। तब से दोनों की दोस्ती की गाँठ ढीली पड़ने लगी। अब कभी-कभार ही उनकी मुलाकात होती। ग्रेजुएशन में भी स्नेहा ने यूनिवर्सिटी में टॉप किया। अब वह लॉ में प्रवेश लेना चाहती थी, पर इससे पहले एक अप्रिय घटना घटी।

तब वह बी.ए. के दूसरे वर्ष में थी, जब एक दिन माला के माता-पिता दौड़े-दौड़े स्नेहा के घर पहुँचे और बताया कि माला घर से गायब है, स्नेहा समेत उसके घर के सभी लोग इस खबर से सन्न थे। स्नेहा के पिता उसे भेदनेवाली नजर से देख रहे थे।

"बताओ, कहाँ है माला ? किसके साथ भागी है ? तुम्हें जरूर पता है, छिपाने की कोशिश की तो सोच लो…।"

पिता के तेवर और सख्ती ने स्नेहा को अपमान की भट्टी में झोंक दिया। उसकी कनपटियाँ जलने लगीं। एकबारगी लगा, जैसे घर से भागी हुई लड़की वह ही हो। दोनों परिवार दिन भर उसका ब्रेनवाश करते रहे, पर कुछ हासिल न हो सका। सचमुच इस प्रसंग से वह पूरी तरह अनजान थी।

दो दिन बाद पता चला कि माला अपने किराए के घर की निचली मंजिल पर बनी दुकान के सेल्समैन के साथ भाग गई थी और उन्नीस साल की उम्र में उसने कोर्ट में शादी कर ली थी। उसके घर में कोहराम मच गया, पुलिस में रिपोर्ट लिखवाई गई, कोर्ट-कचहरी सब हुआ। पुलिस स्टेशन में बुलाए जाने पर वह अपने प्रेमी पति के साथ आई। उसकी माँग में मुट्ठी भर सिंदूर भरा देखकर देहाती माँ आगबबूला हो गई और थानेदार की टेबल पर रखा पानी का जग उसके सिर पर उड़ेलकर सिंदूर को ऐसे रगड़ने लगी, जैसे देह में लगी कीचड़ हो।

"बदजात, यही करना बाकी था…करमजली, पैदा होते ही मर क्यों नहीं गई !" कहकर माँ बुक्का फाड़कर रोने लगी।

सिर से पाँव तक भीग गई माला का चेहरा सिंदूर की धार से लाल हो गया था। उसके पति का चेहरा फक पड़ गया। पुलिसवालों को इस अप्रत्याशित प्रतिक्रिया की उम्मीद नहीं थी। उन्होंने सख्त स्वर में माला के घरवालों को डाँट पिलाई। लड़की बालिग है और स्वेच्छा से विवाह किया है। तिलमिलाए परिवारवालों ने उससे संबंध-विच्छेद कर लिया और जलते कलेजे को ठंडाने के लिए वक्त के हवाले छोड़ दिया।

यह सारी घटना कई दिन बाद माला की भाभी ने उसे सुनाई, जब एकाएक उनसे बाजार में मुठभेड़ हुई थी। इसके बाद स्नेहा का माला के घर जाना बिल्कुल छूट गया। इस अध्याय के बाद उसकी जिंदगी की पुस्तक में कितने सफे जुड़े या घटे, उसे नहीं पता। एक लंबी साँस खींचकर स्नेहा उन पन्नों को पढ़ने की कोशिश करने लगी, जो पिछले बत्तीस सालों से बंद थे। ठीक उसी तरह जैसे किसी केस में प्राप्त दो-चार सबूतों के आधार पर वह समीकरण बैठाने की कोशिश करती है, अनुमान लगाती है कि क्या हुआ होगा। स्नेहा नाम की पुस्तक के पन्ने फड़फड़ा रहे थे और न्यायाधीश बना उसका मन कई तरह के काल्पनिक फैसले सुना रहा था, अटकलें लगा रहा था।

'जरूर कुछ ही दिनों में उसकी शादी टूट गई होगी...'

'पहाड़ी नदी-सी उच्छृंखल थी, एक जगह टिकना तो उसकी फितरत थी नहीं, क्या जाने किसी दूसरे या तीसरे से दिल लगा बैठी हो...'

'वो भी तो कोई धन्ना सेठ नहीं था, बेचारा छोटी-मोटी नौकरी करनेवाला...क्या कमाता होगा और कहाँ से इस तितली के नाज-नखरे उठाता...'

'इसके पास कौन सी बड़ी डिग्रियाँ थीं, जो नौकरी कर लेती, ग्रेजुएशन तक तो पूरी नहीं कर पाई थी।'

बचपन की प्राणप्रिय सखी आज सिर्फ एक भागी हुई लड़की थी। जिसके लिए स्नेहा का नजरिया पूरी तरह बदल चुका था, अपनी सहेली के विवाह का वह एक भी सकारात्मक परिणाम नहीं खोज पा रही थी।

आए दिन फैमिली कोर्ट में तलाक के मुकदमे निपटाते-निपटाते स्नेहा को प्यार-मोहब्बत की बातें बचकानी और सतही लगने लगी हैं और फिर भागी हुई लड़की···जो अपने माँ-बाप की न हुई, वह किसी और की क्या होगी!

जहाज बनारस एयरपोर्ट पर उतर चुका था। एकमात्र ट्रॉली सूटकेस को खींचते हुए उसने बाहर का रुख किया। एयरपोर्ट के बाहर उसके मुवक्किल द्वारा भेजी गई गाड़ी तैयार खड़ी थी। ड्राइवर के हाथ में अपने नाम की तख्ती देख वह उस ओर बढ़ गई। अभी दो घंटे का सफर बाकी है। गाड़ी में सवार होने के कुछ देर बाद ही उसे झपकी आने लगी। चिकनी कोलतार की सड़क पर गाड़ी बिना हिचकोले खाए दौड़ रही थी। स्नेहा अधलेटी मुद्रा में पसर गई, जल्द ही वह नींद के आगोश में थी। गाड़ी प्रयागराज से बीस-पच्चीस किलोमीटर दूर थी कि स्नेहा का फोन घनघनाने लगा। वह हड़बड़ाकर जाग गई, शायद क्लाइंट का फोन होगा, स्क्रीन पर अनजान नंबर दिख रहा था, उसने फोन उठाकर हैलो किया।

"हैलो स्नेहा, पहुँच गई! मैं माला···"

"···" स्नेहा स्तब्ध···जुबान तालु से चिपक गई।

"हैलो···हैलो···हैलो स्नेहा! सुन रही हो ना···"

"हैलो···कौन?" अकबकाकर स्नेहा पूछ बैठी।

"अरे भाई, मैं हूँ माला···तुम्हारी बचपन की सहेली।"

"पर यह फोन नंबर···?"

"हाँ, यह मेरा दूसरा नंबर है, वह फोन डिस्चार्ज हो गया, इसीलिए···" उसके स्वर में उल्लास झलक रहा था।

स्नेहा को काटो तो खून नहीं, जैसे बचपन में आइस-पाइस खेलते हुए कोई चुपके से आकर पकड़ ले या अनजाने में धप्पा करके भाग जाए, कुछ ऐसा ही अहसास हो रहा था, किंतु उस समय रोमांच होता था, आज तो उसे शॉक लग गया।

'यह तो जोंक की तरह चिपक गई···उफ्, पीछा छुड़ाना मुश्किल

है', दाँत पीसते हुए वह मन-ही-मन भुनभुनाई। प्रत्यक्ष में बोली, "माला, तुम कैसी हो ? और तुमने कैसे जाना मैं प्रयागराज आई हूँ ?" स्नेहा गुत्थी को सुलझा नहीं पा रही थी।

"अरे यार, तुम जिनके केस की पैरवी करने आई हो, वे मेरी ननद के देवर हैं—लोकेश। उन्हीं से पता लगा कि मुंबई से कोई वकील आ रही हैं, बातों-बातों में तुम्हारा नाम निकला, मैं तो उछल पड़ी। तुम्हारा नंबर माँगकर फोन मिलाया, पर बात न हो सकी, संयोग से आनंद भैया टकरा गए, उनसे नंबर कंफर्म किया। तब से कितने फोन मिलाए, पर भई, तुम्हें फुरसत कहाँ...इतनी बड़ी वकील जो बन गई हो।" एक ही साँस में उसने सब कह दिया।

बचपन की वाचालता गई नहीं, अभी वैसी ही है, कोई एक पूछे तो चार जवाब देनेवाली...।

"अच्छा सुन, केस की सुनवाई तो कल है हाई कोर्ट में। लोकेश ने तेरा इंतजाम 'होटल पार्क' में किया है। तू पहुँचकर फ्रेश हो जा, शाम को तुझे मेरे घर आना है। मैंने तो जिद की थी कि होटल-वोटल की क्या जरूरत, मेरे रहते मेरी सहेली होटल में रुकेगी भला, पर लोकेश माने ही नहीं। भई वे ठहरे तेरे क्लाइंट...वे क्या जानें तेरी मेरी दोस्ती को...तो तय रहा, शाम को पाँच बजे आऊँगी तुझे लेने, बाय!"

स्नेहा कुछ कहती, उससे पहले फोन कट गया था। वह घोर असमंजस में थी, हैरान भी...पिछले दो हफ्ते से जिससे बात करने से कतराती रही, उसके दिल-दिमाग में लगातार मैं ही छाई थी। यहाँ न बहनों की नसीहत थी, न माँ की फटकार। उसके डर को उकसानेवाला कोई पास नहीं था। माला और अपने बीच स्नेहा ने जो दीवार खड़ी की थी, वह हौले से चटक गई थी।

लगभग पौन घंटे में वह होटल पहुँच चुकी थी। सामने 'होटल पार्क' का स्टाफ खड़ा था, सामान लेकर वह आगे बढ़ा। रिसेप्शन पर औपचारिकताएँ निपटाकर स्नेहा भी उसके पीछे चल दी। कमरे में

पहुँचकर उसने लंच किया, कुछ देर आराम करने के बाद केस की फाइल स्टडी करने लगी। ठीक शाम पाँच बजे डोरबेल बजी। दरवाजा खोला तो सामने माला खड़ी थी। वैसी ही दुबली-पतली, पर रूखा झड़ा हुआ चेहरा। देखते ही चहककर स्नेहा से लिपट गई। स्नेहा मूर्तिवत् खड़ी रही, बचपन की गलबहियों पर औपचारिकता का खोल चढ़ा था, जिससे अभी तक वह बाहर नहीं निकल पाई थी।

किसी तरह शब्दों को बटोरकर बोली, "आओ माला! बैठो, कॉफी मँगाती हूँ।"

"नहीं-नहीं, कॉफी मेरे घर चलकर पिएँगे···नीचे कैब खड़ी है, बस तू चल।"

'इसका मतलब बेचारी के पास गाड़ी नहीं है', सोचते हुए स्नेहा ने पर्स उठाया और उसके साथ बाहर का रुख किया।

"अब प्रयागराज आई है तो तुझे यूँ थोड़े ही जाने दूँगी, एक शाम तो संगम पर गुजारनी ही होगी, फिर आनंद भवन, जवाहर प्लैनेटेरियम, चंद्रशेखर आजाद पार्क, खुसरो बाग और यहाँ का म्यूजियम दिखाने मैं खुद लेकर जाऊँगी। माना तू मुंबई जैसे शहर में रहती है, लेकिन हमारा शहर भी कुछ कम नहीं···याद करेगी यहाँ की इमारतें और बाजार···यहाँ की कचौड़ी, रबड़ी, चाट और फिर तुझे पान भी खिलाऊँगी···दस तरह के पान मिलते हैं यहाँ और कुल्हड़वाली चाय पीकर तो तुझे नशा हो जाएगा···।"

"इस बार तो बस एक ही दिन के लिए आई हूँ, फिर कभी···" तटस्थ भाव से स्नेहा बोली।

सरपट दौड़ती गाड़ी के साथ लगातार माला की कमेंट्री चलती रही, जिसमें स्नेहा को खास रुचि नहीं थी। उसका दिमाग तो दूसरी ही ऊहापोह में फँसा था। हवाई सफर में क्या-क्या अटकलें लगाती रही। जिसे उच्छृंखल नदी, फूल-फूल मँडरानेवाली तितली और जाने क्या-क्या समझा, वह तो एक ही ठौर पर टिक गई। जिससे पल्लू बाँधा, उसी

के पास ठहर गई। अभी बताया कि दो बेटे हैं, मैंने तो क्या-क्या सोचा था, यह तो पक्की गृहस्थन निकली। उसने कनखियों से पास बैठी माला को देखा, उसके चेहरे पर एक सुकून और तृप्ति का भाव था।

'बरसों बाद माला के घर जा रही हूँ, खाली हाथ जाना ठीक नहीं। एक मिठाई का डिब्बा खरीद लूँ', सोचकर वह बाहर का जायजा लेने लगी। 'कोई स्वीट्स शॉप दिखे तो कैब रुकवाकर मिठाई पैक करवा लूँ...पर छोड़ो, मुझे कौन सी रिश्तेदारी गाँठनी है, अब के गए जाने कभी मिलेंगे भी या नहीं। फिर मुझे कौन सा इसके घर दो-चार घंटे बैठना है, कोई डिनर पर तो जा नहीं रही, एक प्याला चाय ही तो पिलाएगी। काहे के लिए हजार-पाँच सौ खर्च करने! बेचारी किराए के घर में रहती होगी, मेरे स्टैंडर्ड की क्रॉकरी तक नहीं होगी। मैं ठहरी विला में रहनेवाली, फाइव स्टार होटलों में घूमनेवाली...'

आत्ममुग्धता की ऊँची इमारत के टॉप फ्लोर पर खड़ी स्नेहा को माला जमीन पर रेंगते कीड़े-मकोड़ों सी दिखने लगी। बाहर मिठाई की कितनी ही आलीशान दुकानें गुजर गईं, पर स्नेहा की निगाहें अपने ही दर्प से चुँधिया रही थीं। उसने बड़े इत्मीनान से दुकानों को गुजर जाने दिया।

बड़ी सड़क छोड़कर गाड़ी एक सँकरी लेन की ओर मुड़ गई, लगभग आधा किलोमीटर आगे जाने पर एक अपार्टमेंट के आगे रुकी। दरवाजा खोलकर स्नेहा बाहर आई, यह एक मध्यमवर्गीय इलाका था। अपार्टमेंट के दूसरे फ्लोर पर माला का फ्लैट था। लिफ्ट से ऊपर पहुँचकर माला ने पर्स से मास्टर-की निकाली और दरवाजा खोलकर बड़ी आत्मीयता से स्नेहा को भीतर ले गई।

"स्नेहा, यही है मेरा छोटा सा आशियाना, तू बैठ, मैं अभी आई।" कहकर वह भीतर चली गई।

स्नेहा ने कौतूहल से निगाह घुमाई। यह टू बी.एच.के. फ्लैट बड़े करीने से सजा था, साफ-सुथरा और सुरुचिपूर्ण। हर कोने में गृहिणी की

कलात्मक रुचि की छाप देख वह हैरान थी, 'माला कब से इतनी सुघड़ हो गई', सोचते हुए पास पड़े सोफे पर बैठ गई। तभी माला व्हीलचेयर ठेलती हुई कमरे में दाखिल हुई।

"स्नेहा! यह हैं मेरे पति अश्विनी और अश्विनी, देखो, यह है मेरी सबसे प्यारी सहेली स्नेहा।"

अभिवादन की मुद्रा में स्नेहा के हाथ जुड़ गए, वह अचरज में थी। उसके कुछ पूछने से पहले ही माला ने कहा, "हैरान मत हो, ये पिछले दस साल से इसी कुरसी पर बैठे हैं।"

इतनी गंभीर बात को माला इतने हलके-फुलके अंदाज में कैसे कह सकती है!

"अश्विनी, तुम मेरी सहेली से बातें करो, मैं फटाफट कॉफी बनाकर लाती हूँ।" माला लपककर रसोईघर की ओर चली गई।

"आपके तो माला इतने गुण गाती है कि बिना बताए ही मैं आपको पहचान लेता। अपने स्कूल की एलबम में आपके फोटो भी मुझे दिखा चुकी है। आपका चेहरा ज्यादा नहीं बदला है।"

"यह सब··· यह सब कैसे हुआ?" स्नेहा ने हकलाते हुए पूछा।

"कुछ सालों से ब्लड प्रेशर हाई रहने लगा था, बस एक दिन स्ट्रोक लगा और मैं इस कुरसी पर आ बैठा। तीन साल तो हालत बेहद खराब रही, पूरा बायाँ शरीर और जुबान जड़ हो गई थी। लंबी फिजियोथैरेपी और माला की देखभाल ने मुझे जिंदा रखा, फिर धीरे-धीरे जीभ में हरकत पैदा हुई, लड़खड़ाती जबान साफ हुई, मैं बोलने लगा, हाथ भी ठीक हो गया, पर डॉक्टर कहते हैं, चल नहीं सकूँगा, दाएँ पैर पर शरीर का बोझ डालना घातक होगा, इसलिए व्हीलचेयर पर ही बैठा रहता हूँ।"

"अपनी ही सुनाते रहोगे या मेरी सहेली का हालचाल भी पूछोगे!" एक बड़ी सी ट्रे में स्नैक्स की ढेर सारी प्लेटें लिये माला ने प्रवेश किया।

"बस कॉफी लेकर आती हूँ, तुम लोग शुरू करो।" कहकर वह फिर से फुर्र हो गई।

स्नेहा अश्विनी की बातें सुनकर हतप्रभ थी। समझ नहीं आ रहा था क्या कहे, वो लज़ीज स्नैक्स से लदी ट्रे को ताकने लगी।

"अरे, तुमने अभी तक शुरू नहीं किया···" मेज पर कॉफी रखते हुए माला बोली और चटपट एक छोटी प्लेट में मिठाई, नमकीन, तले हुए काजू और पनीर पकौड़ा सजाकर स्नेहा के हाथ में थमा दिया।

स्नेहा एक काजू लेकर कुतरने लगी, पर जी कैसा तो हो रहा था, हलक में जैसे कुछ फँस गया हो··· खाने की तीव्र अनिच्छा हो रही है!

"जानती हो स्नेहा, इनसे शादी के बाद मेरे ससुरालवालों ने भी मुझे नहीं स्वीकारा। इनकी मामूली सी नौकरी में किसी तरह हम एक छोटी सी कोठरी में कई साल रहे। इस बीच दो बेटे आ गए, खर्च ज्यादा, आमदनी कम। मैंने कुछ ट्यूशनें पकड़ लीं, एक स्कूल में नौकरी की, दुकानों से ऑर्डर लेकर साड़ियों के फॉल लगाए, टिफिन सर्विस शुरू की। दोनों ने मिलकर कितनी ही तरह से आमदनी का जुगाड़ किया, बच्चों को पढ़ाया, बचत की, किसी तरह यह फ्लैट खरीदा। अभी बड़ा बेटा बी.ए. भी नहीं कर पाया था कि इन्हें स्ट्रोक लग गया। तब ससुरालवालों का दिल पसीजा और मेरे यहाँ आना-जाना शुरू किया। बड़ा बेटा सौरभ पढ़ने में बहुत तेज था, उसे स्कॉलरशिप मिली और लंदन से मैनेजमेंट करने का मौका। मेरा बेटा बिल्कुल श्रवण कुमार है, उसने अपने पापा की बीमारी और छोटे भाई की पढ़ाई का सारा जिम्मा उठाया। वहीं उसकी नौकरी लग गई, अब तो छोटा भी नौकरी करने लगा है। छह महीने पहले सौरभ इंडिया आया था, शादी करके चला गया।"

"ओह, बेटे की शादी हो गई है!" पहली बार स्नेहा के स्वर में उल्लास था।

"हाँ तो और क्या, मेरी शादी भी तो उन्नीस बरस में हुई, बच्चे भी जल्दी हो गए और देखो, मैं बन गई सास।" माला का ठहाका ड्राइंगरूम में गूँज उठा।

"बहू अपने मायके गई है, अभी वीजा नहीं मिला है। होती तो तुमसे मिलवाती··· बहू क्या, मेरी बेटी है।" उसकी आवाज में ममत्व की मिश्री घुली थी।

जैसे-जैसे माला के जीवन और घर-परिवार की परतें खुल रही थीं, स्नेहा शर्मिंदगी के गह्वर में धँसती जा रही थी। उसे लग रहा था, जैसे वह एक जोहड़ में आ गिरी है, उसकी देह कीचड़ में सनी है और माला साफ, उजले कपड़े पहने दूर एक अटारी पर खड़ी मुसकरा रही है। अचानक बहुत ऊँचा हो गया है उसका कद और उसे देखने की जुगत में स्नेहा की गरदन मचक गई है।

माला ने शोकेस में बंद एलबम निकाली और उत्साहित होकर अपनी बहू का फोटो दिखाने लगी। बहू की सुंदर-सलोनी छवि देख स्नेहा मोहित हो गई। उसके मन पर पड़ी एक-एक गिरह खुल रही थी। बलात् ताले में बंद किया गया आह्लाद छलकने को आमादा था।

"अब चलती हूँ माला!" कहकर पुलकित मन से वह उठी, तभी दरवाजे की घंटी बजी।

"लगता है, गौरव आ गया, मैंने कहा था सुबह कि आज जल्दी आना।" दरवाजा खोलते हुए माला बोली।

"गौरव, यह है तुम्हारी स्नेहा मौसी!" वह बाँका नौजवान स्नेहा के पैरों में झुक गया।

"स्नेहा, अब तुम्हें खाना खाए बगैर न जाने दूँगी और गौरव भी कह रहा था कि मौसी से तुम्हारी बचपन की शरारतें सुनूँगा।"

"नहीं माला, अब खाना फिर कभी···जाकर कल के केस की तैयारी भी करनी है···और बेटा, तुम्हारी माँ तो ब्यूटी क्वीन थी···पूरे स्कूल की एपी सेंटर।" गौरव से मुखातिब होकर वह बोली।

"···और मौसी, माँ के हजारों दीवाने भी थे, पापा कहते हैं। क्या यह सच है···मुझे तो लगता है कि दोनों एक-दूसरे की तारीफों के झूठे पुल बाँधते रहते हैं, लैला-मजनूँ जो ठहरे।"

यह हँसमुख युवक बिल्कुल अपनी माँ का प्रतिरूप लग रहा था, कितनी जल्दी स्नेहा मौसी से घुल-मिल गया।

"बहुत अच्छा लगा माला, तुमसे और तुम्हारे परिवार से मिलकर। चलती हूँ अश्विनीजी, नमस्कार!" स्नेहा की आवाज में तरलता थी।

"आप कैसे जाएँगी?" अश्विनी पूछ बैठा।

"मैं मौसी को छोड़ने जाऊँगा।" माला कुछ कहती कि उससे पहले ही गौरव ने घोषणा कर दी।

"नहीं बेटा, तुम थक गए होंगे, आराम करो, मैं कैब ले लूँगी!"

"नहीं मौसी, मैं आपको गाड़ी से छोड़ूँगा।" वह हाथ में चाबी घुमाते हुए बोला।

"तब तो मैं भी साथ चलती हूँ, रास्ते में अपनी प्यारी सहेली से कुछ और बातें कर लूँगी।" माला चहकते हुए बोली और चलते-चलते एक गिफ्ट पैक स्नेहा को थमा दिया। स्नेहा संकोच से मरी जा रही थी।

"नहीं-नहीं, अब यह क्या···" कहते हुए वह दो कदम पीछे हट गई।

"अरे, कुछ नहीं···बेटे की शादी हुई है तो मौसी को सौगात नहीं मिलेगी क्या! रख ले, मेरी सोलमेट है तू, यह तो छोटी-सा गिफ्ट है। मेरी जान भी माँगे तो हाजिर है, मेरी जान!" कहकर उसने स्नेहा को अपनी बाँहों में भींच लिया।

माला के स्पर्श ने कैसा दबाव डाला कि स्नेहा के मन की बंद संदूकची खुल गई और बरसों पुरानी प्रेम की धार हहरा के फूट पड़ी। उसकी आँखें सजल हो उठीं।

"माला, तू मुंबई आना। तुझे माँ और दीदी से मिलवाना है···और पीयूष से भी।"

"हाँ-हाँ, जरूर आऊँगी···तुझे भी बार-बार प्रयागराज आना होगा, बत्तीस बरसों का हिसाब बकाया है।"

"माँ! आप और मौसी दोनों पीछे ही बैठिए, आराम से गप्पे मारिए।" ड्राइविंग सीट पर बैठते हुए गौरव ने कहा।

दोनों मुसकराते हुए पीछे बैठ गईं। रास्ते भर उनकी बतकहियों से गाड़ी भीगती रही। होटल उतरकर स्नेहा ने विदा की मुद्रा में हाथ हिला दिया और जाती हुई गाड़ी को अनुराग से देर तक निहारती रही।

अपने कमरे में पहुँचकर माला का दिया गिफ्ट पैक खोला। उसमें गुलाबी रंग की पशमीना सिल्क की साड़ी थी। दोनों हाथों में लेकर साड़ी को वह अपने गालों से सहलाने लगी, माला के प्यार की रेशमी गंध उसके मन पर तारी थी। गाल पर साड़ी छुआती हुई स्नेहा मन-ही-मन बुदबुदाती रही माला के शब्द—'सोलमेट'!

□

2

सफ़ेद सियार

कॉफी का प्याला लेकर प्राजक्ता खिड़की के पास आ बैठी। सिंदूरी आसमान सूरज को विदा करने क्षितिज की ड्योढ़ी तक चला आया था। उसके पीछे का रंग गहरा सुरमई हो चला। अरुणिमा की अंतिम रेखा के विलीन होते ही आकाश बेटी की विदाई के बाद सूने घर सा नि:स्तब्ध हो गया।

कॉलेज के जमाने से ही सफेद रंग उसका पसंदीदा था। झक सफेद बगुले, रुई से उजले बादल, झेलम की धवल फेनिल बूँदें, रात में खिली कुमुदिनी, सब उसे खींचती थीं अपनी ओर।

सहेली मार्था को शादी के वेडिंग गाउन में देखकर मन ललच उठा था, काश! मैं भी ईसाई होती···। अपने यहाँ तो अजब हालात हैं, एक ओर माँ सरस्वती के पवित्र श्वेत अंबर और दूसरी ओर अमंगल अपशकुन बना वैधव्य का सफेद रंग। शादी के बाद बेसब्री से पूरे एक साल इंतजार करना पड़ा था मनचीता रंग पहनने के लिए। पर्स झुलाते मॉल जाकर आधा दर्जन सफेद पोशाकें खरीद लाई थी। नए ब्याह के सुरूर में राघव ने भी नहीं रोका।

नए घर की इंटीरियर का मौका मिला तो पल भर को भी सोच नहीं डगमगाई, वही सफेद विंटेज फर्नीचर, सफेद जालीदार परदे, सफेद गुलदान और ध्यानस्थ बुद्ध की सफेद मूर्ति। और तो और, घूमने का

मौका मिला तो व्हाइट टाइगर देखने की जिद पकड़ ली और चल पड़ी राघव के साथ बांधवगढ़ के रिजर्व की ओर।

मम्मी, पापा और राघव के अलावा दोस्त-मित्र भी सफेद रंग से उसकी आशिकी को जानते हैं। उसके लिए उपहार में ड्रेस देनी हो या पर्स, घड़ी या सनग्लासेस-सफेद रंग को तरजीह दी जाती।

चालीस बसंत पार अब ऐसा क्या हुआ कि सफेद रंग देखना नहीं चाहती। विरक्ति सी हो गई है, जैसे योगी को दुनियावी भोगों से हो जाती है, किंतु उनकी विरक्ति में शांति होती है, ठहराव होता है, एक किस्म की उदासीनता भी। उसकी विरक्ति तो उदास करती है, काफी हद तक जुगुप्सा का भाव जगाती है। घुमक्कड़ी के शौकीन उसके कदमों पर लगाम डालती है। धरती का आलिंगन करने नीचे उतरे बादलों की तरह उसमें यायावरी का उत्साह जगता है, फिर बिन बरसे लौट गए बादलों की तरह वह भी लौट आती है मन के बियाबान में। एक फाँस है, जो धँसी है पिछले तीन साल से, जिसकी चुभन रह-रहकर उसे असहज करती है।

राघव पति से ज्यादा दोस्त है, हमराज भी, वह उससे कुछ नहीं छिपाती। दोनों में कमाल की ट्यूनिंग है एक-दूसरे को भरपूर स्पेस देने की, तभी तो दोनों अपने-अपने क्षेत्र में कामयाबी की सीढ़ियाँ चढ़ते जा रहे हैं। एक शांत-शालीन प्रोफेसर होने के बावजूद वह जानता है कि घर के बाहर की दुनिया कितनी ऊबड़-खाबड़ और फिसलन भरी है। कितना भी तरक्की का ढोल बजा लें हम, लड़कियाँ अब भी महफूज नहीं।

"भई, शुक्र है। तुम एक साफ-सुथरे माहौल में रहती हो, जहाँ आदर्श हैं, मूल्य हैं, सिद्धांत हैं। साहित्यकार ही तो उम्मीद की किरण हैं। कोई दूसरा फील्ड होता तो शायद यूँ निःशंक होकर तुम्हें कार्यक्रमों में न भेज पाता।"

कॉलेज निकलने से पहले शू लेसेज बाँधते हुए बरबस उसके मुँह से निकला। आज अखबार में एक प्राइवेट डॉक्टर द्वारा अपनी अचेत मरीज के शोषण की खबर पढ़कर राघव विचलित था।

जब-जब पति के मुँह से ऐसी बातें सुनती है, तब-तब तेज आँच पर उबलते दूध की तरह भीतर जमी यादें मन की ड्योढ़ी पर उफनने लगती हैं, जोर मारती हैं, जुबान पर आ जाने को। जी करता है कि राघव का भ्रम तोड़ दे! बता दे, जिन आदर्शों और सिद्धांतों की खुशफहमी पाले बैठा है, वे कितनी झूठी हैं। पर किसी तरह कंठ में दबोच लेती है सारी कड़वाहट और चिर-परिचित मुसकान तले मन का कोना ढक लेती है।

राघव के जाने के बाद आज फिर याद आ गया वह रास्ता, जिस पर चलते यह फाँस गड़ी थी। राघव को बता क्यों नहीं देती···कब तक रिसती पीड़ा को झेलती रहेगी। बता तो दूँ, पर एक ही डर सताता है—सुनने के बाद राघव उसके पाँव में बेड़ियाँ डाल देगा। कितना ही मॉडर्न हो, पर है तो पुरुष और फिर पति। आखिर तो मर्यादा, सुरक्षा, इज्जत, मान—इन सबकी तख्ती औरत के ही गले में लटकी है।

कितनी मुश्किल से अपनी कलम के दम पर बिना किसी मठाधीश या गॉड फादर के यह मुकाम हासिल किया है, जहाँ हजारों की भीड़ में अब लोगों को नजर आने लगी है। आए दिन कार्यक्रमों में आमंत्रित की जाती है। बहुत बार शहर से बाहर बड़े कार्यक्रमों में भी शिरकत का मौका मिला है। दो बार विदेशी मंचों पर भी प्रस्तुति दे चुकी है। कितना सुकून मिलता है अपनी ट्रॉफियाँ और पुरस्कार देखकर। ऐसे में कृतज्ञता भरे नयनों से राघव को निहारती है, उसका योगदान भी तो कुछ कम नहीं। कोई दकियानूसी पति होता तो शायद घर की चौखट से निकल न पाती।

आज फिर अनमना-सा दिन गुजरा। जाने कितनी बार अपनी साहित्य यात्रा की सीढ़ी पर चढ़ी और उतरी।

किचन में खाने की तैयारी कर रही थी कि कॉल बेल बज उठी। "ओह, राघव आ गए!" स्वगत कहते हुए दरवाजे की ओर लपकी।

"प्राजक्ता, देखो मेरे हाथ में क्या है?" डाक से आए सफेद लिफाफे को हवा में लहराते हुए हर्षातिरेक से वह बोला।

"क्या है? कोई चिट्ठी है क्या?" सवाल में जिज्ञासा थी।

"डार्लिंग! चिट्ठी नहीं, लॉटरी लगी है तुम्हारी···लॉटरी। पिछले पाँच सालों से जो हसरत पाले बैठी थी, उसके पूरा होने का संदेशा आया है।"

"तो क्या···?" उसकी आँखें चमक उठीं।

"जी मैडम, आखिर इस साल के अंतरराष्ट्रीय साहित्य सम्मेलन में भारत का प्रतिनिधित्व करनेवाली दस लोगों की टीम में तुम्हें भी चुना गया है।" राघव के शब्द आह्लाद से तर थे।

प्राजक्ता की बाँछें खिल गईं। हर लेखक का सपना होता है कि वह इस सम्मेलन का हिस्सा बने, उसके मन के कोने में भी हौले-हौले यह ख्वाब पल रहा था। पर आसान नहीं होता ऐसे मौकों का हाथ आना। न वह तिकड़मबाज है, न किसी खेमे का हिस्सा, राजनीति में तो बिल्कुल सिफर। अपना रचना कर्म जरूर शिद्दत से करती आ रही है। आखिर काम भी तो बोलता है। पर ऐसी भी तीसमारखाँ नहीं, जो लेखन के झंडे गाड़ दे। खुद से बात करते हुए भी उसको खुद की तारीफ करना न भाता। बड़बोलेपन से कोसों दूर रहती।

"पंद्रह दिन बाद सम्मेलन की तारीख है, तुम्हें लौटती डाक से अपना स्वीकृति पत्र भेजना है। उसके बाद आयोजक समिति टिकट-वीजा आदि का इंतजाम करेगी।"

पति के हाथ से चिट्ठी लेकर बड़े उत्साह से प्राजक्ता पढ़ने लगी। राघव उसके चेहरे पर उल्लास और रोमांच की लहरों को उमड़ते देख रहा था। बाईं से दाईं ओर पढ़ते बड़ी-बड़ी बरौनियोंवाले पपोटों पर

पुतलियों का हिलना भी साफ दिख रहा था। अचानक पुतलियाँ स्थिर हो गईं, आँखें कुछ और फैल गईं। दोनों भँवों के बीच माथा सिकुड़ गया।

"क्या हुआ ?" किसी शब्द पर प्राजक्ता का अटक जाना राघव ताड़ गया था।

"नहीं···नहीं, कुछ नहीं।" खुद को संयत करते हुए वह बोली।

"अच्छा, अब फटाफट एक प्याला चाय पिलाओ।" वह हाथ-मुँह धोने वॉशरूम चला गया।

प्राजक्ता की खुशी को जैसे पाला मार गया था। उसने खाना भी ठीक से नहीं खाया, राघव तो बिस्तर पर पड़ते ही सो गया, पर उसकी नींद हाथ छुड़ाकर उन्हीं गलियों में छुप गई, जहाँ का रुख करने से भी उसे परहेज है। आज फिर सीने में चुभन उठी।

तीन बरस पहले ऐसे ही बड़े समारोह में हैदराबाद गई थी। साथ देश भर से आए दो दर्जन साहित्यकारों की टोली थी। सब सरकारी मेहमान थे, शहर के शानदार होटल में बुकिंग थी। तीन दिन का कार्यक्रम था। उसके साथ रूम पार्टनर के रूप में तेलुगु भाषा की बड़ी कवयित्री सुंदरी अय्यर थीं। एक ही दिन में अच्छी मित्रता हो गई। अन्य कमरों में भी दो-दो की रिहाइश थी। पुरुषों की संख्या महिलाओं की तुलना में अधिक थी।

पहले दिन देश के अलग-अलग शहरों से आनेवाले अतिथियों का दोपहर से शुरू हुआ सिलसिला शाम तक चलता रहा। चाय-कॉफी कमरों में ही सर्व की गई। रात्रिभोज पर सभी डाइनिंग हॉल में इकट्ठे हुए। गरम सूप के प्यालों के साथ एक-दूसरे से परिचय की खनक घुल-मिल गई। खाना खत्म होते-होते औपचारिकता की दीवारों में सेंध लग चुकी थी। हालाँकि कुछ महिलाएँ अभी भी मुसकरा भर रही थीं, पर पुरुषों के झुंड में बेतकल्लुफी का आलम था।

अगला दिन मसरूफियत भरा होगा, सो रात भरपूर नींद लेकर सुबह नाश्ते पर मिलने का निर्देश दिया गया। आयोजन समिति के चार

सदस्य लगातार अतिथियों के संपर्क में थे और जरूरी हिदायतें दे रहे थे।

सुबह प्राजक्ता और सुंदरी नहा-धोकर फ्रेश हो गईं। तैयार होकर साथ ही निकलीं। रात की बनिस्बत आज डाइनिंग हॉल ज्यादा गुलजार था। सभी सुंदर रंग-बिरंगी पोशाक में मौजूद थे। नाश्ते की प्लेट हाथ में लिये प्रायः सभी घूम-घूम कर एक-दूजे से बतिया रहे थे। कल के परिचय की सीमा का विस्तार हो रहा था।

यहाँ से सबको सीधे मुख्य सभागार में ले जाया गया। इस दौरान प्राजक्ता अपनी रूममेट के अलावा बाकी लेखिकाओं और कुछ लेखकों से भी घुल-मिल गई थी। सब हॉल में कुरसियों पर विराजमान थे। सत्यानंदजी आयोजन के प्रारूप को समझाने लगे। इसी हॉल में अगले दिन तीन सत्रों में कविता, कहानी और व्याख्यान के कार्यक्रम होने थे। आठ-आठ साहित्यकारों की टोलियाँ बनाई गईं। सबको उनके क्रमांक के बैज दिए गए। कल के कार्यक्रम का उद्घाटन मुख्यमंत्री के हाथों होना है। साहित्य, कला, संस्कृति और राजनीति के बड़े-बड़े दिग्गजों के नाम गिनाए जा रहे थे, जिनके दर्शक दीर्घा में मौजूद होने की संभावना है। सो कार्यक्रम में किसी प्रकार की हील-हुज्जत, अनियमितता, अव्यवस्था नहीं होनी चाहिए। सभी अतिथियों को अभ्यास कराया गया, कैसे उन्हें मंच पर जाकर अपने साथ-साथ अपने प्रांत, भाषा और विधा का परिचय देते हुए प्रस्तुति देनी है।

प्राजक्ता की तरह कइयों की बचपन की यादें ताजा हो गईं, जब स्कूली कार्यक्रमों के लिए टीचर्स अभ्यास कराते थे। यहाँ अभ्यास का दौर लगभग दो घंटे चला। कई नामचीन लेखकों को किसी-न-किसी चूक के चलते दो-तीन बार भी मंच पर चढ़ना-उतरना पड़ा। बीच-बीच में हँसी भी आ रही थी। पर कोई शर्मिंदा महसूस नहीं कर रहा था। एक परिवार का-सा माहौल जो बन चुका था। किसी ने जुमला उछाला, “हमारे लिए तो लिखना ज्यादा आसान है।” सब ठठाकर हँस पड़े।

सत्यानंदजी ने लंच की घोषणा करते हुए एक घंटे बाद पुनः हॉल में आने की हिदायत दी। सुनकर सबके माथे पर बल पड़ गए कि अभ्यास फिर से दोहराया जाएगा। अपने-अपने शहर के नामचीन साहित्यकारों का लेखकीय अभिमान आहत हो गया।

"अमां, क्या मजाक है, क्या हम स्कूल के बच्चे हैं? कोई टेस्ट देने आए हैं या अपनी प्रस्तुति देने?

"...आपके मुख्यमंत्री क्या हमें पास-फेल का सर्टिफिकेट देनेवाले हैं? क्या परख है जनाब, नेताओं को साहित्य की!" खिचड़ी बालोंवाले एक साहित्यकार का पारा गरम हो गया था।

सौम्य और शांत सत्यानंदजी ने पुनः माइक सँभाला और समझाया कि सचिव महोदय एक बार पूर्वाभ्यास के रूप में कल की कार्रवाई को देखना चाहते हैं। इस उच्च स्तरीय कार्यक्रम की परफेक्ट प्रस्तुति करवाने के लिए वे स्वयं राजधानी से आ रहे हैं। दो घंटे बाद एयरपोर्ट से सीधे यहाँ पहुँचेंगे। दरअसल वे ही चयन समिति के अध्यक्ष और आपके असली मेजबान हैं।

"सचिव महोदय!" सुनकर कइयों का मुँह खुला-का-खुला रह गया।

राष्ट्रीय स्तर के बड़े-बड़े कार्यक्रमों में भागीदारी उन्हीं की उदारता पर निर्भर है। बड़ी-बड़ी संस्थाओं के सदस्य और अध्यक्ष हैं वे! कितने ही शब्दशिल्पी उनकी कृपा-दृष्टि के मोहताज रहते हैं। आज वे यहाँ आ रहे हैं सुनकर सबके चेहरे खिल उठे। शक्तिशाली पदासीन व्यक्ति से बिना किसी की मार्फत सीधे-सीधे रूबरू होने का मौका विरले ही मिलता है। पुरुषों के चेहरे पर आनंद की हिलोर दिख रही थी, स्त्रियों में ऐसा आह्लाद कुछ कम था।

नियत समय पर सब हॉल में पहुँचे और कुरसियों पर विराजमान हो गए। वरिष्ठतम अधिकारी की अगवानी में विभाग के सभी पदाधिकारी चाक-चौबंद स्वागत मुद्रा में तैनात थे। उनकी अधीरता, शिष्टता और

अनुशासन ने अतिथियों के बीच निदेशक महोदय के व्यक्तित्व का आतंक की हद तक दबदबा पैदा कर दिया। हॉल में बातचीत की लहरियाँ फुसफुसाहट से होते हुए मौन के पड़ाव पर आकर रुक गईं। सबकी निगाहें सभागार के द्वार नं. एक पर टिकी थीं। प्रभु कभी भी प्रकट हो सकते हैं... और वे प्रकट हुए।

लंबा-चौड़ा बलिष्ठ शरीर, उन्नत ललाट, ताजे उजले मक्खन-सा स्निग्ध धवल मुखमंडल, आँखों में तरावट... लंबे डग भरते हुए वे मंच पर चढ़े तो लगा, जैसे साक्षात् देवगुरु वाचस्पति प्रकट हो गए हों। सभी साहित्यकार मुग्ध-विमुग्ध उन्हें ताक रहे थे।

"प्रणाम, आप सभी साहित्य मर्मज्ञों को! मेरा सौभाग्य, जो एक साथ इतने सरस्वती पुत्रों और पुत्रियों के दर्शन हुए...।" कहकर उन्होंने भाषण शुरू किया तो लगा, सागर की अतल गहराइयों से कोई दिव्य नाद वैदिक ऋचाओं की तरह फूट पड़ा हो।

"हर वर्ष की तुलना में इस बार आप सबका मानदेय दुगुना करने के अपने प्रस्ताव को मैंने सरकार से मंजूरी दिला दी है।" सुनते ही सभागार तालियों से गूँज उठा। प्राजक्ता हर वर्ष होनेवाले इस समारोह में पहली बार आई थी, पर कुछ लोगों का यह दूसरा या तीसरा मौका था। उनकी खुशी दोहरी-तिहरी थी। प्राजक्ता जैसों को मानदेय की राशि का कुछ अंदाजा नहीं था। उन्होंने संस्कृत के अनेक श्लोक पढ़ने से लेकर रूसी और फ्रांसीसी लेखकों को उद्धृत करते हुए साहित्य की उपयोगिता संबंधी गहन विवेचना की। झक सफेद प्रिंस सूट में सजे सचिव महोदय के उदार मन, संपन्न जीवन-दृष्टि, सदयता और साहित्य के प्रति सचेतनता देख श्रोता सम्मोहित थे। प्रोटोकॉल न होता तो शायद युवा लेखक उन्हें गले लगा लेते और उम्रदराज लेखक मंच पर चढ़ गद्गद होकर अपना आशीष बरसाते।

अन्य महिलाओं की तरह प्राजक्ता भी उनसे गहरे प्रभावित हुई। अगले दो घंटे तक कार्यक्रम की फाइनल रिहर्सल हुई। अंत में, आगत

कवि और लेखक अनेक समूहों में मंच पर जाकर सचिव महोदय के साथ तसवीरें खिंचवाने लगे। महिलाएँ अब कुछ उन्मुक्तता महसूस कर रही थीं। वे भी तसवीरें खिंचवाने को आतुर हो गईं। प्राजक्ता भी संकोच छोड़कर आगे बढ़ी, पर दो-तीन बार की कोशिश के बाद भी कैमरे की फ्रेम में नहीं आ पा रही थी। हर बार किसी दूसरी-तीसरी महिला द्वारा पीछे ठेल दी जाती।

"सर, एक फोटो मेरे साथ!" उसके मुँह से अनुनय भरा स्वर निकला।

"अरे भई, छोटी बहन के साथ मेरी तसवीर खींचो।" प्राजक्ता को अपनी ओर खींचते हुए बड़ी आत्मीयता से फोटोग्राफर से बोले। उन्होंने अपनेपन से उसकी गरदन के पीछे से बाएँ कंधे पर हाथ रख दिया था। इसी पोज में पुट्टु भैया ने उसके साथ तसवीर खिंचवाई थी, जब वह कॉलेज में पढ़ती थी। सचिव महोदय के आत्मीय स्पर्श की उष्मा में उसका संकोच मोम की तरह पिघल गया। लगा, जैसे पुट्टु भैया साथ खड़े हैं।

कमरे में लौटते हुए मन में विजेता-सा भाव था। सबने दो-दो, तीन-तीन के ग्रुप में फोटो खिंचवाए, सचिव महोदय के विशेष अनुराग के कारण उसकी सोलो तसवीर खिंची। उनके मुँह से निकला 'छोटी बहन' का संबोधन कानों में रस घोल रहा था। देश की नामचीन हस्ती के साथ उसकी तसवीर देखकर राघव कितना खुश होगा। तुरंत फोटो फ्रेम कराके स्टडी की दीवार पर सजा देगा।

अगला दिन शानदार गुजरा। खचाखच भरे सभागार में एक-से-एक प्रस्तुतियाँ दी गईं। दर्जनों कैमरों की चकाचौंध ने साहित्यकारों को गौरव से भर दिया। सचिव महोदय ने आज भी जगमगाती सफेद पोशाक पहनी थी, पर आज कलवाला प्रिंस सूट न पहनकर पतलून के साथ डबल ब्रेस्ट का कोट पहना था, जिस पर लाल रंग का पॉकेट स्क्वायर

संभ्रांतता को बढ़ा रहा था। दोनों दिन पहने गए ब्रांडेड जूतों का रंग भी सफेद था।

दर्शकों के विदा होने के बाद सभागार में घोषणा हुई कि डिनर के बाद सबको रूम नंबर 405 में काव्य-गोष्ठी के लिए एकत्र होना है। चौथे फ्लोर का यह सबसे बड़ा कमरा था। कार्यक्रम की सफलता के बाद सब सेलिब्रेशन के मूड में थे। इस नवजात साहित्यिक कुनबे के सभी सदस्य कल एक-दूसरे से जुदा हो जाएँगे। सो आज की रात कविता और शायरी की महफिल जमाई जाए।

तीन दिनों में प्राजक्ता और सुंदरी अय्यर में गाढ़ी दोस्ती हो गई थी। डिनर के बाद दोनों ने साड़ी बदलकर हलकी पोशाक पहनी और आधे घंटे बाद काव्य-गोष्ठी में जाने का मन बनाया। दिन भर की थकान को उतार फेंकने का अच्छा बहाना था। वहाँ पहले से ही पंद्रह-बीस लोगों का जमावड़ा था। ज्यादातर लोग नाइट सूट या हलकी-फुलकी अनौपचारिक पोशाक में थे। उन दोनों के पहुँचते ही सबने जोरदार स्वागत किया।

"भई, आप दोनों पर देर से आने की पैनल्टी लगेगी, दो-दो कविताएँ एक्स्ट्रा सुनानी होंगी।" पंजाब से आए कवि हरमिंदर सिक्का ने चुहल की।

"दुरुस्त कहा।" किसी ने फरमाया।

अजमेर से आई सुमन त्रिपाठी की कविता चल रही थी कि अचानक सफेद रंग के मखमली स्लीपर पहने सचिव साहब ने कमरे में प्रवेश किया। उनकी देह सफेद सिल्क के नाइट रोब में लिपटी थी, रग-रग से आभिजात्य टपक रहा था। कई लोग स्वागत में उठ खड़े हुए, कुछ हिले, कुछ अपनी जगह पर खिसके। लगभग सारी कुरसियाँ भरी हुई थीं। सचिव महोदय प्राजक्ता के बगलवाली एकमात्र खाली कुरसी पर आ बैठे। गोष्ठी का सिलसिला कुछ देर के लिए टूट गया। लोग तरह-तरह

से सचिव साहब को बधाई और साधुवाद देने लगे। कुछ ने कार्यक्रम को लेकर समीक्षात्मक टिप्पणी की, कुछ ने सुझाव दिए। प्राजक्ता की बगल में बैठी सुंदरी अय्यर ने शिकायती लहजे में कहा कि उन्हें अपनी प्रस्तुति के लिए निर्धारित समय से तीन मिनट कम दिए गए।

"ओह, मैं माफी चाहता हूँ अपनी बड़ी बहन से। दिल्ली जाकर रिव्यू कमेटी के सामने यह बात रखूँगा, चिंता न करें सुंदरी बहन!"

"अरे भई! अब चलिए, अपनी काव्य-गोष्ठी जारी रखिए, मैं तो यूँ ही चला आया।"

"सर, आप आए हमारे घर हमारी किस्मत है, कभी हम खुद को, कभी अपने घर को देखते हैं।" शेर उछला कहीं से। सब वाह-वाह करने लगे। टूटी कड़ी जुड़ गई, कविताओं का सिलसिला चल पड़ा। पूरा माहौल कवितामय हो गया। सुननेवाले स्वरलहरियों में ऊभ-चूभ रहे थे।

"प्राजक्ता! मैं सिर्फ तुम्हारे लिए आया हूँ।" अचानक दाईं ओर से फुसफुसाते शब्द प्राजक्ता के कानों में बूँद-बूँद तेजाब की तरह उतर गए और मदिरा का झोंका नथुनों से टकराया।

दिमाग में बिजली का-सा शॉक लगा, कनपटियाँ जलने लगीं, वह झटके से उठी और बाईं ओर सुंदरी अय्यर की बगल में बिछी टेबल के पास चली गई। वहाँ पड़े जग से पास रखे गिलास में पानी उड़ेलने लगी। उसके हाथ काँप रहे थे, नस-नस में भूडोल का-सा असर था। दो घूँट पीने के बाद तन-मन के विचलन पर काबू पाया। अपनी अनायास प्रतिक्रिया पर हैरान हुई, जीवन में पहली बार महसूस किया कि दिमाग प्रकाश की गति से भी तेज स्पीड से काम करता है।

उसी गिलास से चौथाई चुल्लू जितने छोटे-छोटे घूँट भरते हुए वह पानी पीने का अभिनय करती वहीं खड़ी रही। बीच-बीच में 'वाह-वाह' और 'क्या बात' के जुमले उछालकर गोष्ठी में रमे होने का प्रमाण भी देती रही।

"अच्छा दोस्तो! चलता हूँ, आप आनंद कीजिए। कल नौ बजे संस्कृति मंत्रालय में एक मीटिंग है।"

"अरे सर, बैठिए ना! अभी तो आपको आए आधा घंटा भी नहीं हुआ।"

"नहीं मित्रो, शुभ रात्रि! पर आपको अंतिम विदाई देने आऊँगा, आप सबकी फ्लाइट 12 बजे के बाद की है। तब तक मीटिंग से लौट आऊँगा।" कहते हुए महानुभाव ने सेमी सर्कल में बैठे लेखक-लेखिकाओं पर बाएँ से दाएँ एक भरपूर नजर डाली और मुसकराते हुए हाथ हिलाया, दुबारा गरदन को बाईं ओर समकोणीय मुद्रा में 90 डिग्री घुमाते हुए 'ओके प्राजक्ता बहन' कहकर कमरे से निकल गए। उनकी कुटिल मुसकान से प्राजक्ता की देह सुलगने लगी।

"हम लोग भी चलते हैं, आप लोग मजा कीजिए, बहुत थकान है।" कहते हुए सुंदरी अय्यर ने एक जँभाई ली और प्राजक्ता का हाथ पकड़कर कमरे से निकल आई।

लिफ्ट में घुसकर ऊपर का बटन दबा दिया। दोनों चुपचाप कमरे की ओर बढ़ीं। उनका कमरा पाँचवें तल्ले के अंतिम कोने में था। कमरे के बाहर तीन लोगों के बैठने लायक लग्जरी इनडोर स्विंग रखा था। सुंदरी अय्यर झूले पर पसर गई और ठहाका मारकर हँसने लगी। प्राजक्ता ठगी-सी आँखें फाड़-फाड़कर उसे देखे जा रही थी।

"आओ डियर, बैठो यहीं!" कहकर उसने प्राजक्ता को भी झूले पर खींच लिया।

प्राजक्ता खामोशी से बैठ गई। वह अभी भी सकते में थी। रात के बारह बज रहे थे, लंबा सूना कॉरिडोर एकबारगी सुंदरी के ठहाके से गूँजकर फिर शांत हो गया।

"क्या हुआ?" बड़े मनुहार से उसने पूछा।

"सुंदरी, तुम नहीं जानतीं...।" प्राजक्ता की आवाज भर्रा गई, भीतर का आक्रोश लावा बनकर फूटने को आमादा था।

"सफेद सियार ने कुछ बोला क्या? जरूर कुछ फुसफुसाया होगा। तुम जैसे अचानक उठी, मैं समझ गई थी। पहली बार नहीं आई हूँ, मुझ पर भी जाल फेंका था। जब पता लगा कि सीनियर आई.ए.एस. की बीवी हूँ तो कदम पीछे हटा लिये।"

"तुमने सफेद सियार क्यों कहा?" प्राजक्ता का दिमाग इस विचित्र विशेषण पर अटक गया था।

"सियार दूसरे शिकारियों के किए हुए शिकार को चुराने में माहिर निशाचर प्राणी होते हैं ना! एक नंबर के अवसरवादी। यह आदमी भी ऐसा ही है, दिन में सफेदपोश, रात में रंगीन। जिस कुरसी पर बैठा है, वहाँ शिकार करने के मौके-ही-मौके हैं और मौके पर चौका मारना इस लंपट को खूब आता है।"

प्राजक्ता मुँह बाए सुन रही थी। "पर सुंदरी, मुझे छोटी बहन कहा और फिर···तुमने देखा नहीं, जाते-जाते भी कहता है प्राजक्ता बहन! बहन कहकर कोई इतनी गलीज बात कैसे कह सकता है? छिः! सोचकर ही घिन आ रही है···।" उसके चेहरे पर दुःख, रोष और घृणा का मिला-जुला भाव उभर आया।

"देखो प्राजक्ता, यह शिकारी किस्म के मर्द ऐसे ही होते हैं। दाना फेंककर परखते हैं कि कौन सी चिड़िया फँसनेवाली है। यदि तुम इसे लिफ्ट देतीं तो आज रात इसके बिस्तर पर होतीं, कौन है यहाँ देखनेवाला।"

"सुंदरी, ऐसी घटिया बातें मुझसे मत करो। हम सब संवेदनशील साहित्यकार हैं, हमारे कुछ आदर्श हैं।"

"किस दुनिया में रहती हो मेरी प्यारी सखि! बाग में तरह-तरह की चिड़िया हैं। कुछ को पालतू बनना पसंद होता है। जी भर के दाना चुगो, मन भर जाए तो पिंजरे समेत फुर्र हो जाओ।"

"पर इसे अपनी इज्जत का जरा भी खयाल नहीं, इतने ऊँचे पद पर

बैठा है, मैं किसी से कह दूँ तो मुँह पर कालिख पुत जाएगी। मुझ जैसी औरतें भी तो हैं समाज में!"

"अरे यार, इसीलिए तो तुम्हें सबके सामने बहन-बहन कह रहा था, तुम छोटी बहन और मैं बड़ी बहन···हा हा हा! किसी से कह भी दो तो कौन भरोसा करेगा। सब कहेंगे कि अपने उजले कपड़ों की तरह साफ-पाक-बेदाग अधिकारी है, देखा नहीं···सुना नहीं, कैसे बहन-बहन कहकर आत्मीयता से बात कर रहा था। यह औरतें भी न, बस इल्जाम लगाने में माहिर हैं, कब मी टू का झंडा उठा लें, कोई नहीं जानता, और तो और, हमारी बिरादरी की तथाकथित भद्र महिलाएँ भी इनकी वकालत में खड़ी हो जाती हैं।"

"पर सुंदरी, मैं बहुत डिस्टर्ब हूँ, पछता रही हूँ, यहाँ क्यों आई, ऐसा बुरा अनुभव···।"

"दो-चार सख्त कविताएँ लिखकर अपने आक्रोश को बुहार दो और शुक्र मानो इस अनुभव ने तुम्हें जिंदगी की नई सीख दी, मुखौटों के भीतर चेहरों को पहचानने की सीख।"

सचमुच आज का दिन जिंदगी की पुस्तक के उजले पन्नों पर कुछ काले अक्षर लिख गया। प्राजक्ता जब भी किसी को सफेद सूट-बूट में देखती, उसके चेहरे पर उस आदमी का चेहरा फिट करने लगती और घृणा से मुँह फेर लेती। अब सफ़ेद रंग से ही उसे कोफ्त होने लगी थी। हैदराबाद से लौटकर कितनी बार कोशिश की राघव को सबकुछ बताने की। पर हर बार शब्द आशंका का पहाड़ चढ़ न पाते। सुंदरी से यदा-कदा फोन पर बात होती है। उस घटना का जिक्र होते ही ठठाकर हँस पड़ती है और कहती है कि पति को कभी मत बताना, वरना सोच लो···। राघव से शेयर करने का रहा-सहा हौसला भी पस्त हो जाता।

पास की मसजिद से अजान की आवाज उठी तो प्राजक्ता ने महसूस किया कि रात भर वह यादों की गलियों में भटकती रही। कितनी बुरी

हैं ये यादें, जिन्होंने उसे दीपक तले का अँधेरा दिखलाया। कभी-कभी अनजान होना कितना सुकूनदेह होता है। इस घटना के बाद शहर से बाहर के कार्यक्रमों में जाना कम हो गया है, एक अजीब सा भय मन पर तारी रहता है। कितने ही निमंत्रण पिछले तीन सालों में ठुकरा चुकी है। पर आज आया निमंत्रण काफी वजनदार है। देर तक लेटे-लेटे जाने क्या-क्या सोचती रही।

छह बज चुके थे, आज राघव का ऑफ होता है। उठने की कोई जल्दी नहीं, फिर रात भर वह सो भी नहीं पाई है। तब भी उठ बैठी, फ्रेश होकर एक प्याला स्ट्रॉन्ग चाय बनाई और शॉल लपेटते हुए बालकनी की ओर गई, जाते-जाते डाइनिंग टेबल पर पड़ा सफेद लिफाफा उठा लिया। धीरे-धीरे चाय सिप करते हुए हाथ में पकड़े लिफाफे को घूरने लगी। लिफाफे पर रोशनी का एक कतरा फूट पड़ा। निगाह उठाकर देखा तो पूरब की खिड़की से सूरज झाँक रहा था। हफ्ते भर की कँपकँपाती ठंड के बाद यह नरम सुबह बड़ी खुशनुमा लगी।

जाने क्या सोचकर वो किचन में आई। माइक्रोवेव पर रखे कारवाँ का स्विच ऑन कर दिया। गीता दत्त की आवाज के साथ उसके सुर भी मिल गए। दो-चार डिब्बे खोले, फ्रिज से पनीर निकाला। उसकी गुनगुनाहट और किचन की चहल-पहल से राघव की नींद टूट गई।

"अरे भई, आज तुम मुझसे पहले कैसे उठ गईं और सुबह-सुबह क्या बन रहा है?" राघव किचन में आ धमका।

"तुम्हारे लिए खास स्नैक्स बना रही हूँ, आज का स्पेशल नाश्ता!"

"हुँ, समझ गया कि कल रात की चिट्ठी का असर है यह!"

"राघव, तुम जाओ, जल्दी से फ्रेश होकर आ जाओ। नाश्ता तुम्हारी वेट नहीं करेगा।" हँसते हुए पीछे से राघव के कंधों को पकड़कर उसने बाथरूम की दिशा में ठेल दिया।

नाश्ता करते हुए राघव ने महसूस किया कि प्राजक्ता आज बुलबुल-सी चहक रही है।

"भई, मानना पड़ेगा, मेरी बीवी अन्नपूर्णा से कम नहीं!" चटखारे लेते हुए वह बोला।

"अच्छा सुनो, अब फटाफट प्रोग्राम में जाने का स्वीकृति-पत्र भेज दो, मैं फॉर्म लेकर आता हूँ।" वॉशबेसिन पर हाथ धोते हुए राघव ने कहा। "कहाँ है वो लिफाफा?" वह खोजी निगाहों से इधर-उधर देखने लगा।

"यह रहा लिफाफा।" प्राजक्ता ने टेबल पर रखते हुए कहा।

"आओ बैठो!" उसकी ओर पेन बढ़ाते हुए वह बोला।

प्राजक्ता स्थिर बैठी रही। उसके चेहरे पर दृढ़ता का भाव था।

"राघव, मैं इस कार्यक्रम में नहीं जा रही, क्योंकि इस कार्यक्रम का आयोजक है नीलमणि वात्स्यायन।" उसका निर्णय राघव के लिए आशातीत था और कारण तो बिल्कुल पहेली।

"नीलमणि वात्स्यायन? वह तो संस्कृति मंत्रालय का वरिष्ठ अधिकारी है!"

"सियार है वो···सफेद सियार।" वितृष्णा से दाँत पीसते हुए प्राजक्ता बोली।

अगले आधे घंटे तक आमने-सामने बैठे पति-पत्नी के बीच लावा बहता रहा, कमरे का तापमान बढ़ता रहा, प्राजक्ता ठंडाती रही। कब से मन दहक रहा था, आज मौसम बदला है, साफ पारदर्शी जल में नहाकर कितना शीतल महसूस कर रही है।

"मुझे माफ कर दो राघव, इतने दिनों तक तुम्हें बता न पाई। डरती थी कि कहीं तुम मुझे गलत न समझो।" उसकी आवाज नम हो गई।

"पगली, मुझे पहले बता देती तो इतने दिनों तक घुटती न रहती। क्या हमारा विश्वास इतना कच्चा है? लेकिन प्राजक्ता, सारे मर्द ऐसे नहीं होते। अच्छा हुआ, जो यह बुरा अनुभव हुआ। अब तुम ज्यादा सतर्क रहोगी, इनसान के भेष में छिपे भेड़िए को पहचानोगी।

"और सुनो, तुम इस कार्यक्रम में जरूर जाओगी और इस भेड़िए का मुकाबला करोगी, मैं तुम्हारे साथ हूँ। शिकारी के डर से पंछी उड़ना नहीं छोड़ते। दोबारा उसने ऐसी हरकत की तो बता देना, औरत हमिंग बर्ड ही नहीं, ड्रैगन भी हो सकती है।" कहकर राघव ने उसे बाँहों में कस लिया।

□

3

सैलाब

पिछले महीने रीना नर्सरी से स्नेक प्लांट, डेजर्ट रोज और बेगोनिया के अलावा लाजवंती का पौधा खरीद लाई थी। बाकी सबके रखरखाव की तो खास चिंता नहीं, किंतु इस लाजवंती का नाम छुईमुई यूँ ही थोड़े ही है, युवा हो जाने पर तो यह खुद-ब-खुद बढ़ती है, पर शुरू-शुरू में इसकी नाजुक फर्न जैसी पत्तियों को एहतियात से सँभालना होगा, बिल्कुल मिनी की तरह।

आज कई दिन बाद रीना अपने छोटे से बगीचे में आई है। वह क्यारी में गुड़ाई-निराई करने के बाद गमले के पौधों से पीले पत्ते झाड़ रही है, किसी पौधे की कटिंग कर रही है। जैसे ही छुईमुई को हाथ लगाया कि वह शरमाकर सिकुड़ गई।

उसे मिनी की याद हो आई, वह मुसकरा दी⋯उसकी मिनी कतई ऐसी नहीं है, वह तो तितली की तरह बेलौस उड़ती फिरती है। एक भरे-पूरे बचपन को जीती बिंदास लड़की, पर आजकल वह छुईमुई उम्र से गुजर रही है। इसी वजह से रीना बेटी का खास ध्यान रखती है। अचानक उसके खयालों को झटका लगा और पौधों को सँवारते हाथ रुक गए। अभी-अभी रोती हुई मिनी को अहाते से दौड़कर घर में घुसते देखा—

“अरे, इसे क्या हुआ⋯” चटपट धूल भरे हाथों को धोकर रीना बरामदे की ओर लपकी। उसके फिक्रमंद होंठ बुदबुदाए, “अभी तो

सोसाइटी के गार्डन में खेलने गई थी, इतनी जल्दी कैसे लौट आई··· जरूर किसी से कहासुनी हुई होगी···परसों मायरा के साथ शटल कॉक को लेकर झगड़ा हो गया था···ओह, ये बच्चे भी छोटी-छोटी बात पर आपस में भिड़ जाते हैं···"

"मिनी···मिनी! क्या हुआ, बेटा? फिर से मायरा ने कुछ कहा···?" अब तक वह मिनी के पास पहुँच चुकी थी। मिनी दोनों बाँहों में अपने सीने को छुपाए सुबक रही थी, मम्मी को देखते ही उसकी बूँदाबाँदी-सी सुबकियाँ आँसुओं की धारासार बारिश में बदल गईं। रीना आशंकित हो उठी।

"क्या हुआ, बेटा?" उसने कसकर मिनी को सीने से लगा लिया। पर अपेक्षा के विपरीत मिनी तड़पकर चिल्ला उठी, मानो उघड़े घाव पर ठोकर लग गई हो या कोई फफोला फूट गया हो।

घबराकर रीना ने बेटी को बंधनमुक्त किया। उसे बिल्कुल समझ नहीं आ रहा था कि बेटी यूँ जार-जार क्यों रो रही है।

"मिनी! क्या हुआ मेरे बच्चे? कुछ तो बोलो!" ममता के मारे वह बिलबिला उठी।

"मम्मा! चोट लग गई, बहुत दुख रहा है।" अभी भी उसने सीने को नवजात शिशु की तरह बाँहों में लपेट रखा था।

"कहाँ बेटा, देखूँ तो···" 'कहीं क्रिकेट खेलते बच्चों की बॉल सीने पर तो नहीं आ लगी···पसलियों को नुकसान तो नहीं पहुँचा', सोचते हुए बेटी का सीना दबाकर जायजा लेना चाहा। अब तो मिनी चिल्लाकर ऐसे छिटक गई, जैसे बिजली का करंट लगा हो—

"नहीं, मम्मा!" कहकर दोनों हथेलियों के कप बनाकर दाएँ-बाएँ सीने को ढक लिया और फफक-फफककर रोने लगी।

रीना चौंक गई, अबकी उसकी सोच सही दिशा की ओर मुड़ी थी।

"ओ मेरा बच्चा, मत रो···मत रो! मैं समझ गई···" और फिर बड़ी कोमलता से रीना ने उसके हाथों के नन्हे कप हटाकर अपनी हथेली की

छतरियाँ बना दीं और मिनी के सीने में उभर आई गाँठों को ढक दिया।

"रो मत, बेटा! ठीक हो जाएगा, किसी की बॉल लग गई या किसी ने तुम्हें धक्का दिया?"

"नहीं मम्मा! खेलते-खेलते शीना जोर से मुझसे टकरा गई थी।" हिचकियाँ लेते हुए बड़ी मुश्किल से वह कह पाई।

बेटी को पुचकारते हुए रीना बेडरूम में ले गई, एक पैन में गरम पानी किया और मिनी की फ्रॉक उतारकर कॉटन-बड भिगो-भिगोकर उसके सीने की सिकाई करने लगी। माँ की टहल और दुलार से मिनी को आराम पहुँचा, कुछ देर बाद उसका बदन पोंछकर रीना ने फ्रॉक पहना दी और चादर ओढ़ाकर अपनी बगल में लिटा लिया। मिनी आँख मूँदकर सो गई थी, रीना अपलक अपनी सोनपरी को निहारने लगी। उसे लग रहा था, मानो चाँद की समूची उजास उसकी बाँहों में सिमट आई हो। कल की तो बात है, जब रुई के फाहे-सी मिनी को गोद में लेकर हॉस्पिटल से घर आई थी, आज उसकी छुईमुई-सी चिरैया बचपन पीछे छोड़कर कैशोर्य की ओर उड़ चली है। खयाल भर से मकई की चटक आई दूधिया बालियों की खुशबू उसकी कल्पना में भर गई। उसके होंठों ने हौले से मिनी की आँखों के पपोटों को चूम लिया।

वह भी कभी अपनी माँ की नन्ही परी थी, उसके सीने पर भी दो बबूल उग आए थे। याद है उसे असह्य पीड़ा, जब ब्रेक टाइम में स्कूल की एक लड़की ने धकेल दिया था और वह सीने के बल दूसरी लड़की से जा टकराई थी। पीड़ा का ज्वार देह में कोहराम मचाने लगा था, स्कूल के बाथरूम में मुँह भींचकर खूब रोई थी, पर कोई नहीं था उसकी सुबकियाँ सुननेवाला, किसी ने पीप से भरे घाव की तरह बेतरह दुखती छातियों को नहीं सहलाया था। किसी ने उसे प्यूबर्टी के बारे में नहीं बताया था।

इस अबूझ असमंजस और भ्रम की स्थिति में उस दिन घर आकर ठीक से खाना नहीं खा पाई थी। माँ से कुछ कहते नहीं बना, हलक

पर किसी ने ताला जड़ दिया था। शाम को मोहल्ले की सहेलियों के साथ डेंगा-पानी खेलने भी नहीं गई, घर के पिछवाड़े बने कमरे की खिड़की से उदास पतझड़-सी शाम के साथ अपनी किशोरावस्था का मातम मनाती रही, मन रह-रहकर उबकाई जैसा हो गया था। स्कूल की घटना सोचने भर से रीढ़ की हड्डी में हूक उठती थी, सीने पर बेर की गुठलियाँ पहाड़-सा बोझ बनीं, उसे शर्मिंदगी के गड्ढे में धकेल रही थीं। किससे कहे सीने के इस पार और उस पार दोहरी चोट लगी थी। हाथ-पैर में खरोंच आ जाती, कोहनी-घुटना छिल जाता तो माँ-बाबूजी, काका-काकी किसी से भी जाकर दवा लगवा लेती, पर यह अजीब सा दर्द उसके आगे वर्जना की दीवार खड़ी कर रहा है···जाने क्यों, उसे लग रहा है कि इस बात का नाता एक लक्ष्मण रेखा से है, जिसे लाँघना बुरी बात है, उतनी ही बुरी, जितनी किसी के आगे देह उघाड़ना या सरेआम लघुशंका कर देना।

···और वह दिन···जब अपनी सहेली मधु के साथ स्कूल से लौट रही थी। स्कूल के पास के भीड़ भरे चौराहे पर एक नया पुल बना था, पैदल चलनेवालों की सुरक्षा के मद्देनजर दुर्घटना से बचने के लिए। पर लोगों में इतना सब्र कहाँ कि सीढ़ियाँ चढ़कर पुल से सड़क पार करें और फिर सीढ़ियाँ उतरकर उधर पहुँचें। सो कम ही लोग पुल का इस्तेमाल करते। सातवीं क्लास की रीना छुट्टी के बाद सहेली के साथ गपियाते हुए मस्त हवा-सी पुल पर चली जा रही थी। नई उम्र की दहलीज पर किशोर कदमों ने अभी तक बेपरवाही का दामन नहीं छोड़ा था। ऊबड़-खाबड़ पत्थरों-चट्टानों से बेखबर झरने की तरह दुनिया की ऊँच-नीच और अपनी देह के उठान से अनजान दोनों की बतकहियाँ सुनकर निर्जन पुल भी लरज उठा था। उन्हें सुध नहीं थी कि विपरीत दिशा से एक हट्टा-कट्टा आदमी चला आ रहा है, करीब आते ही वह बाज की तरह झपटा और पलक झपकते मधु की छातियों को ताजे नींबू की मानिंद बेतरह निचोड़कर चलता बना। मधु चीत्कार कर उठी, तब उस हैवान की

आँखों में एक क्रूर और घिनौनी मुसकान थी। इस अप्रत्याशित हमले से रीना के प्राण सूख गए। दोनों सहेलियाँ हाथ पकड़कर बेतहाशा सीढ़ियों की तरफ ऐसे दौड़ पड़ीं, जैसे पीछे कोई जंगली भेड़िया पड़ा हो। थर-थर काँपते हुए किसी तरह उन्होंने सारा रास्ता तय किया।

अगले दो दिन मधु स्कूल नहीं आई थी। रीना ने इस घटना का जिक्र किसी से नहीं किया, वह बेसब्री से मधु के स्कूल आने की राह देख रही थी। तीसरे दिन मधु आई, दोनों ने एक-दूसरे को देखा और नजरें झुका लीं, कोई किसी से कुछ न कह सकी। शायद मधु का हाल भी उसी के जैसा था, रीना सोच रही थी कि जब वह अपनी माँ से कुछ न कह सकी तो फिर मधु बेचारी की तो माँ भी सौतेली है।

उस आदमी की लंपट निगाहें रीना की आत्मा में धँस गई थीं। आज बरसों बाद याद आते ही देह में झुरझुरी दौड़ गई। मन कसैला हो आया। इन बुरी यादों को पैर में लिपटे साँप की तरह वह झटक देना चाहती थी, पर यह क्या! अतीत के सीने पर रखे भारी पत्थर को धकेलकर वे सारी बीभत्स यादें रक्तबीज की तरह एक-एक कर उसके आगे नाच रही हैं, अट्टहास कर रही हैं।

...वह होली का दिन भी इन स्याह यादों में शुमार है। हर साल की तरह पास-पड़ोस के सभी बच्चे और जवान लड़के-लड़कियाँ मिलकर फाग खेल रहे थे। पिचकारी, गुलाल, रंगीन पानी से भरी बाल्टी और उमंग-मस्ती के बीच हुड़दंग मचा था। गली में नगाड़े बजाती मस्तों की टोली को देखने सब अपने छज्जों, छतों और मुँडेरों पर लटके थे। रीना अब पंद्रह बरस की हो चुकी थी। नादानियाँ समझदार हो चली थीं, आसपास की निगाहों को भाँप लेनेवाली छठी इंद्रिय सजग हो रही थी। अचानक देखा कि पड़ोस का लंबा-चौड़ा बीस बरस का अनिल मोहल्ले की बारह साल की गुड़िया की उभर आई नन्ही छातियों को दबाकर उससे ठिठोली कर रहा है। 'उई', कहते हुए गुड़िया छिटककर दूर भाग गई। गुड़िया के गुलाल लगे चेहरे पर एक और लाल रंग की

परत रीना ने देखी थी, वह भय की थी, लाज की या सदमे की—इतना जाँचने लायक रीना की उम्र नहीं थी, पर आज उसे लगता है कि गुड़िया के चेहरे पर डर, लाज और सदमे तीनों का रंग था। यह गलीज हरकत देखकर रीना की धमनियों में लहू के साथ लावा दौड़ गया था। काश! उसमें हिम्मत होती तो हाथ की बाल्टी अनिल के सिर पर दे मारती। काश! किसी को कह पाती…काश…!

कितने सारे काश उसके दिलो-दिमाग उसकी नस-नस में दबे पड़े हैं चुपचाप…कैंसर के वायरस की तरह। बरसों बाद आज मवाद से भरे फोड़े की तरह टीस मार रहे हैं, फटने को तैयार पके घाव की तरह।

मिनी रीना की बाँहों में गहरी नींद सो रही थी और रीना अनचाहे एक-एक कर अतीत के सैलाब में उतर रही थी। वह अतीत, जो आज तक व्यतीत नहीं हुआ था, बेतरह उसे खुद में डुबो देने को आमादा, एक फौलादी ताकत से उसे अपनी ओर खींच रहा था…वह अतीत जो नितांत निजी है…सबसे अंतरंग पर बेहद बदरंग, जिसने बदनुमा मुहर बनकर उसकी आत्मा को दाग दिया था…आज तक किसी ने नहीं देखा वह दाग! गाढ़े द्रव से लैस नागफनी की तरह रीना की यादें गाढ़ी कड़वाहट से भरी हैं।

…चचेरे भाई की शादी में सारा परिवार गाँव गया था। घर नाते-रिश्तेदारों से भरा था, पिछले चार दिन से शादी की तैयारियाँ चल रही थीं, दिन भर अड़ोस-पड़ोस की औरतें आकर ब्याह के काम में हाथ बँटातीं, साँझ होते-होते ढोलक की थाप पर नाच-गाना शुरू हो जाता, देर रात तक बन्ना-बन्नी गाए जाते। पुरुष दालान पर सोने चले जाते, सारे बच्चे बरामदे से सटी बड़ी कोठरी में दीवार के एक छोर से दूसरे छोर तक बिछे गद्दों पर रजाई ओढ़कर पसर जाते। उस रात जगन चाचा कोठरी में आकर बच्चों को कहानी सुनाने लगे। उनके जैसा कथावाचक दस गाँवों में कोई नहीं था। उनके बतरस के सब दीवाने थे, बोलते तो

मुँह से महुआ की तरह कथा-रस झरता। कहानी क्या, मानो माँ की लोरी सुन रहे हों। सुनते-सुनते कई बच्चे सो गए। रीना की भी पलकें मुँद गईं, बचे-खुचे भी झपकियाँ लेने लगे। कहानी की मोहिनी शिकारी का जाल थी। नींद में रीना को महसूस हुआ देह पर कुछ रेंग रहा है, उसकी आँख खुल गई। वह उठ बैठती, उससे पहले ही एक मजबूत हथेली ने उसकी देह पर दबाव बना दिया, चिल्लाना चाहती थी, पर जुबान कलफ लगे कुरते-सी अकड़ गई, आवाज किसी तहखाने में बंद हो गई, जैसे कोई दानव छाती पर चढ़ बैठा हो। कोठरी के घुप्प अँधेरे में आँखें फाड़कर देखा कि जगन चाचा की अजगर सी मजबूत भुजाओं के घेरे ने एक मेढक की तरह उसे दबोच रखा था। डर के मारे देह काठ हो गई, उसकी हिम्मत···उसका प्रतिरोध हथियार डाल चुका था। कुछ मिनटों में जगन चाचा की पकड़ भी ढीली पड़ गई और अब फिर से रीना की देह पर घात लगाए लिजलिजे साँप-सा वह हाथ हौले-हौले रेंगने लगा। तभी बाहर गीत-संगीत की महफिल उठने लगी और घर की औरतें आँगन से उठकर भीतर आने लगीं। इसी बीच जगन चाचा चोर की तरह उसकी रजाई से निकल भागे।

पौ फटने तक वह सदमे से उबर नहीं पाई। भर रात डरी-सहमी देह रजाई में दुबकी रही, फटी-फटी आँखें झपकना भूल गईं। तेरह बरस की नई-नकोर देह पर जैसे कुल्ला कर दिया हो किसी ने। सुबह नहाते हुए अपनी देह छूने में पापबोध हो रहा था, माँ ने कभी जूठे बरतन नहीं छूने दिए, कुँआरी कन्या देवी जो होती है। आज लग रहा था, जूठन के ढेर में धँसी जा रही है। नल के नीचे बैठकर खूब रोई थी। कोई नहीं था समझानेवाला कि उसने कुछ नहीं किया, कुछ नहीं खोया। धरती पर उतर आए घने बादलों की तरह बरसकर वह हलका होना चाहती थी, पर उसे थामने के लिए न कोई धरती थी, न आकाश। बहते आँसुओं की भाप को नल की धार ने जज्ब कर लिया था। काश, माँ उसका मन पढ़ पाती···काश, बेबाक होकर वह कह पाती···उनके बीच अघोषित

वर्जनाओं के परदे न होते। काश! राई के दानों जैसे उन महीन दु:खों की पोटली लड़कपन की चौखट पर ही झाड़ आती, जो जीवन भर पहाड़ बनकर उसे दलते रहे। काश, उसे भी देह के गणित सिखाए जाते। जैसे वह मिनी को सिखाती रहती है।

पिछले महीने मिनी स्कूल से आते ही उसे बोली थी—

"मम्मा, जानती हो! आज सायमा बहुत रो रही थी, उसकी स्कर्ट में बहुत सारा ब्लड लग गया था। टीचर उसे सिक रूम में ले गई और दूसरी स्कर्ट दी और पता है मम्मा, उसे कोई चोट-वोट नहीं लगी थी, फिर भी वह रो रही थी···पता नहीं क्यों?" उसकी आँखों में जमाने भर का कौतूहल और आतुरता भरी थी।

"बेटा, सायमा घबरा गई थी, उसे किसी ने इस बारे में पहले से नहीं बताया था ना! लेकिन तुम्हारी स्कर्ट में ब्लड लग गया तो तुम मत घबराना।"

फिर रीना ने बड़े धीरज और प्यार से मिनी को कुदरत की नेमतों के बारे में बताया था, ताकि उसकी फूल-सी बच्ची उम्र की सर्द-गरम हवाओं को पहचान सके। उसी दिन मिनी के शरीर में आनेवाले बदलावों को लेकर भी उसे समझाया था, चेताया था।

तकरीबन एक घंटा बीत चुका था। मिनी अपनी नींद से और रीना अपने अतीत से बाहर आ चुकी थी।

"मम्मा!" कुनमुनाते हुए मिनी ने रीना के गले में बाँहें डाल दीं।

"मम्मा, मैं कल स्कूल नहीं जाऊँगी, फिर कोई मुझे धक्का मार देगा, चोट लग जाएगी, फिर बहुत पेन होगा!" वह रुआँसी होकर बोली।

"नो बेबी, कुछ नहीं होगा। मेरे पास इसका इलाज है। उठो··· गेटअप एंड बी रेडी! पापा के आने से पहले हमें मार्केट जाना है।"

"शॉपिंग?" मिनी की आँखें बड़ी हो गईं।

"नहीं, तुम्हारी प्रॉब्लम का इलाज करने।"

उसी शाम रीना बेटी के लिए स्पोर्ट्स ब्रा खरीदकर लाई। उसे सुकून

मिला कि मिनी के चेहरे पर इस नए परिधान को लेकर कोई संकोच या असहजता नहीं थी।

उमंग में भरकर वह बोली, “मम्मा, यह तो बड़ी दीदियाँ पहनती हैं न, क्या मैं भी बड़ी हो गई हूँ ?”

“मिनी, तुम बड़ी हुई नहीं, पर हो रही हो।” शरारत भरे अंदाज में वह बोली!

सुनकर मिनी की आँखों में एक चमक आ गई। वह मचलते हुए पूछने लगी, “मम्मा···मम्मा! मुझे पीरियड कब होगा ?”

“हा हा हा, जब होना होगा, हो जाएगा मेरी पगली बेटी!” उसने मिनी के सिर पर हलकी चपत लगा दी।

“···और मम्मा, मैं तो रोऊँगी भी नहीं सायमा की तरह। तुमने तो मुझे सबकुछ बता दिया है, तुम तो मेरी बेस्ट फ्रेंड हो ना!”

‘मेरी प्यारी मम्मा’ कहकर मिनी ने जोर से रीना के गालों को चूम लिया।

रीना सोचने लगी, ‘काश, उसकी माँ भी उसकी सहेली होती तो उसके पास फुफकारते नाग सी भयावह यादें न होतीं।’ उलझनों का सैलाब उसके किशोर सपनों को लील गया, पर मिनी अपने कैशोर्य का उत्सव जरूर मनाएगी।

□

4

संधि-पत्र

खिड़की से आती हवा के झोंके दीवार पर टँगे कैलेंडर के पन्नों को फड़फड़ा देते, मानो उसे याद दिला रहे हों कि चार दिन हो गए हैं, आखिर कब तक सच्चाई को छुपा पाएगी वो। सामने पलंग पर सिमटी कृशकाया पर निगाह पड़ी तो जी भर आया।

कैसी तिनके-सी हो गई है आई, कब से जूझ रही थी बीमारी से, मैं न आती तो जाने क्या होता, कैसी सिकुड़ गई है पीली देह, तीन बोतल खून चढ़ा है, तब कहीं जाकर हीमोग्लोबिन कुछ बढ़ा है। चाहकर भी वह आई को मुंबई नहीं ले जा सकी, भेद जो खुल जाता, सो यहीं कोल्हापुर के एक नर्सिंग होम में भरती करा दिया। बीमारी गंभीर नहीं, मगर पुरानी है, वही दमा, साँस फूलना और खून की कमी।

इस बार उसकी माँ (आई) अपनी बीमारी से इतना डर गई थी कि उसे फोन कर तुरंत बुला लिया और खुद ही बोली, "रमा, तू मुझे मुंबई ले चल, वहीं मेरा ठीक से इलाज होगा। जब तक कहेगी, तेरे घर रहूँगी, जब भेजेगी, तभी कोल्हापुर वापस जाऊँगी···" कहते-कहते साँस उखड़ गई और खाँसते-खाँसते रमा की आई हाल-बेहाल हो गई, शरीर सूखे पत्ते-सा काँपने लगा था।

परिचित-अपरिचित हैरान थे कि संपन्न बेटी अपनी माँ को मुंबई ले जाने के बजाय कोल्हापुर में ही क्यों रखे हुए है! जिस सच को छुपाए

रखने के लिए उसने यह कदम उठाया था, अब लगता है कि चटके घड़े से रिसते पानी-सा वह उजागर हो ही जाएगा। अस्पताल आने के दो दिन पहले से ही उसकी माँ अमर से मिलने की रट लगाए हुए है। दामाद को देखने के लिए तड़प रही है।

"अरी रमा, तू अमर को खबर कर दे, उसके बिना मैं अस्पताल नहीं जाऊँगी, आखिर तू मुझे अकेले कैसे सँभालेगी, कहीं कुछ हो गया तो मरने से पहले उसका मुँह तो देख लूँ।"

"आई, वे आ जाएँगे, अभी दौरे पर गए हैं, फिर आने में एक-दो दिन तो लगेंगे न। तब तक क्या यूँ ही पड़ी रहोगी···कहीं कुछ हो गया तो?"

"न···न···मैं जानेवाली नहीं···जब तक अमर का मुँह न देख लूँ, मैं कहीं नहीं जाऊँगी।"

"आई! बच्चों की तरह जिद मत करो, मैंने उन्हें खबर कर दी है।" और उस झूठ से आई को बहलाकर वह उसे अस्पताल ले आई थी। आते ही इलाज शुरू हो गया, वरना शायद न बचती, पर अगले ही दिन उसे अपने झूठ को सच में बदलने की कवायद में जुटना पड़ा। लेकिन क्या फायदा···आज चार दिन हो गए, उसके खबर करने के बाद भी अमर नहीं आए। आई जब तक सोती है, शांत रहती है, जागते ही राग अलापना शुरू कर देती है—

"अमर, अमर···रमा! क्या अमर को जरा भी माया-ममता नहीं··· आखिर वह अब तक आया क्यों नहीं!"

माँ क्या जाने कि बेटी ने ही अमर को माया-मोह के बंधन से मुक्त कर रखा है।

कैलेंडर से निगाह हटाकर वह खिड़की पर जा खड़ी हुई और दूर आसमान में अपने छितराए अतीत को टटोलने लगी। याद है, जब कोल्हापुर की चंचल हिरनी मुंबई के माहौल में एकबारगी घबरा उठी थी। सुबह अमर को दफ्तर भेजकर जरूरी काम निपटाकर वह खिड़की

के पास आ बैठती। बारहवें माले के इस फ्लैट से सड़क पर चींटियों की कतार-सा मोटरगाड़ियों का काफिला दिखता और दिखती लोगों के हुजूम के रूप में भागती मुंबई—ये मंजर उसके खालीपन में इजाफा ही करते। पत्रिकाएँ पढ़ने, टी.वी. देखने और पलंग तोड़ने से भी जी न बहलता। रात आठ बजते-बजते अमर घर लौटते थके-हारे। टी.वी. पर मैच देखते-देखते खाना खाते, रमा कुछ कहती तो नजर घुमाए बगैर 'हाँ-हूँ' में जवाब देते। उसे उकताहट होने लगती।

"अमर, चलो न! मुझे बहुत नींद आ रही है।"

"रमा! तुम सो जाओ, मुझे आज जागकर एक प्रेजेंटेशन तैयार करनी है। मेरा लैपटॉप ड्राइंग रूम में ही निकालकर रख देना।"

रमा के मन का जंगल और भी सूना हो जाता। सप्ताहांत घर के लिए खरीदारी करना और किसी मॉल में घूमना या कोई फिल्म देखना ही दोनों की दिनचर्या थी। रमा अमर के साथ वक्त गुजारना चाहती थी, न कि फिल्म के हीरो-हीरोइन के साथ। सिनेमा हॉल में पास होकर भी उसे अमर का साथ न मिलता।

यूँ उसके जीवन में कोई दुःख न था, न कोई बाधा, भरपूर आजादी मयस्सर थी। वह जो कहती, अमर मान जाता; जो माँगती, ला देता, जहाँ चाहती, ले जाता। यह कोई सुखरोग भी नहीं था, बस एक ही ढर्रे पर चलनेवाले जीवन की ऊब मन में जंग लगाने लगी। उमंगों की पौध को भरपूर पानी तो मिल रहा था, पर सूरज की ऊष्मा का नितांत अभाव इस पौधे को गला रहा था, पाला मार रहा था। अमर ही उसका सूरज था, पर कैसा ठंडा, मानो एक बड़ा सा ग्लेशियर···न कोई संवेग, न आवेग···न अनुभूति, न अभिव्यक्ति···जैसे जमी हुई मोम का पिंड, यह मोम का पुतला कभी क्यों नहीं समूचा पिघल जाता, रमा के सामने अपनी तरलता क्यों नहीं बहाता! रमा उसकी संवेदनाओं के ज्वार में डूबना चाहती थी, पर अमर के रेतीले वजूद से कोई सोता न फूटता। रमा का प्यासा मन प्यासा ही रह जाता।

अमर जैसा शांत, मितभाषी और गंभीर पति उसे खुद से बाँध नहीं पा रहा था। उसके हृदय की क्यारी सूखने लगी, प्रेमतंतु कुम्हलाने लगा। उसकी वाचालता पर पहले चुप्पी और फिर चिड़चिड़ाहट की परत चढ़ने लगी। ऐसा नहीं कि अमर यह बदलाव नहीं देख रहा था, पर वह रमा से इस विषय पर किसी चर्चा से बचता था। उसने रमा के कहे बिना खुद को बदलने की कोशिश की, उसे ज्यादा वक्त देने के लिए ऑफिस से जल्दी आने लगा, पर उसके रहते भी उस फ्लैट की दीवारों में चुप्पी का घनत्व कम न होता। रमा अमर में बस एक ही चीज खोजती—तरुणाई। वह उससे मात्र पाँच-छह साल बड़ा था, पर दोनों के मिजाज में मानो एक युग का फासला था। न उसकी आँखों में युवा सपनों की उड़ान दिखती, न हसरतों का मेला, न चुहलबाजी, न कोई शरारतें, न मीठी शिकायतें, न उलाहने, न रूठना, न मनाना। रमा को रिझाने के लिए वह कोई चुहल करता तो रमा बिदककर कहती, "तुम्हें तो मजाक करना भी नहीं आता।"

अमर मायूस होकर बाहर चला जाता, सचमुच वह प्रेम के रसायन से रिक्त था। कहते हैं कि हर व्यक्ति का व्यवहार उसके परिवेश और परवरिश का प्रतिबिंब होता है। अपने पिता की इकलौती संतान अमर दस बरस की अल्पायु में माँ को खो बैठा था। पिता का साथ भी कम ही मिला। पढ़ाई-लिखाई के पंद्रह बरस तो उसने स्कूल-कॉलेज के छात्रावासों में ही गुजारे। पिता भी दो वर्ष पूर्व चल बसे। अब तक के एकाकी जीवन ने उसे निपट शांत और मूक बना दिया था। मल्टीनेशनल कंपनी में मोटी तनख्वाह पानेवाला अमर दफ्तर के कामों में खूब व्यावहारिक और सफल था, पर रमा के आगे बिल्कुल विफल। एक बार वह गुस्से से चीख पड़ी थी—

"अमर, मैं तुम्हारी पत्नी हूँ, कोई क्लाइंट नहीं और हमारी शादी प्यार का बंधन है, कोई डील नहीं।"

"रमा! मैं तुम्हें प्यार करता हूँ, पर मुझे कहना नहीं आता, तुम महसूस करोगी तो जानोगी।"

"ओ अमर! काश, यह संवाद तुम मुझे बाँहों में भरकर मेरे होंठों को चूमकर कहते···काश···।" मन-ही-मन दोहराती, घुटती, कसमसाती रमा सोफे के दूसरे कोने पर बैठे अमर को तड़पकर देखती और रोते हुए दूसरे कमरे में चली जाती। अमर देर तक यूँ ही बैठा रहता अपराधी भाव से।

"हैलो रमा! कैसी हैं आई?"

रमा चौंक पड़ी। पलटकर देखा तो अवाक्, सामने अमर खड़ा था।

"अरे तुम! कब आए?"

"बस, अभी।"

रमा को ख्वाब में भी उसके आने की उम्मीद नहीं थी, बहुत अचंभित हुई उसे देखकर। उसकी देह कुछ छँट गई थी। पहले से दुबला और अच्छा लग रहा था। वही भारी आवाज, वही गहरी आँखें, माथे पर गिरे बाल, लीवाइस जींस पर यू.सी.बी. की कत्थई टी-शर्ट उसके गोरे रंग पर खूब फब रही थी।

"बहुत थके लग रहे हो, थोड़ी चाय पी लो" कहकर वह तिपाई की ओर मुड़ी और फ्लास्क से मग में चाय उड़ेलने लगी। इस बीच आई की आँख खुली, फटी-फटी आँखों से वह अमर को देखने लगी।

"कैसी तबीयत है आई?" पाँव छूते हुए उसने पूछा।

"कौन? अमर! बेटा अमर···तुम आ गए।" कहकर फफक पड़ी।

"आई! शांत हो जाइए, वरना तबीयत बिगड़ जाएगी।" अमर ने अपनी सास के ठंडे माथे पर हाथ रखा और हौले-हौले सहलाने लगा। हाथ में प्याला थामे रमा अमर का नरम व्यवहार देखती रही। एक लंबे अंतराल के बाद वह सामने था, जिससे वह कब से किनारा किए बैठी है।

शादी के सात महीने बाद भी रमा अमर से जुड़ नहीं पाई थी। मीडिया ग्रैजुएट तो वह थी ही, घर की घुटन से निकलने के लिए आखिर नौकरी कर ली। छह माह से एक मीडिया हाउस में काम कर रही है। पढ़ाई के दौरान एक मीडिया कंपनी में इंटर्नशिप की थी। वह अनुभव

काम आया, अब नए काम से मन बहलने लगा है, पर दांपत्य का सूत्र हाथ से फिसलता जा रहा है। यूँ भी वह रिश्ता एकतरफा-सा था। अमर तो तटस्थ ही रहा, रमा ही जुड़ती और टूटती रही। शादी की पहली वर्षगाँठ को ही रमा ने गठबंधन को खोल दिया था। न कोई वाद-विवाद, न आरोप-प्रत्यारोप… बस कुछ लंबी साँसें…लंबी चुप्पियाँ…सर्द रिश्ते के बीच जमते अहसास और एक तल्ख फैसला…।

"अमर! मैं जा रही हूँ।"

"…"

"पूछोगे नहीं, कहाँ?" रमा ने अमर की खामोशी तोड़ने के लिए… खुद से प्रश्न पूछने के लिए उसे खुद ही उकसाया। उस समय अमर का मौन उसे नाग-सा डस रहा था। इतने संवेदनशील मौके पर उसकी चुप्पी से रमा को कोफ्त हो रही थी। एक आज्ञाकारी बच्चे की तरह अमर ने पूछा, "कहाँ?"

"पता नहीं?"

सचमुच रमा का कोई गंतव्य नहीं था। चार दिन वह अपनी एक सहकर्मी के यहाँ रही। वर्किंग वुमन हॉस्टल में शिफ्ट होने की योजना बना ही रही थी कि ऑफिस के एक नए प्रोजेक्ट पर टीम के साथ खजुराहो जाने का प्रस्ताव आया। उसने तुरंत हामी भर दी। वो खुद को काम में डुबो देना चाहती थी, ताकि वक्त ही न मिले किसी मातम का, किसी पछतावे का। ऊहापोह की स्थिति वह आने नहीं देना चाहती थी। नाममात्र सामान लेकर अमर के घर से निकली थी और अगले एक वर्ष उसने कुछ जोड़ा भी नहीं। एक खानाबदोश का जीवन जीती रही। कभी बनारस के घाट से लेकर वृंदावन तक फैली विधवाओं की जिंदगी, कभी दालमंडी की वेश्याओं की दास्तान, कभी काँच की फैक्टरियों में घुटते बचपन को तो कभी बर्फीली सीमाओं पर तैनात सैनिकों की जद्दोजहद को अपने कैमरे में कैद करती रही।

रमा अब रिमी बन चुकी थी। मीडिया के उन्मुक्त माहौल में पुरुषों के साथ उठना-बैठना, दूरदराज सड़कें नापना, जरूरत पड़ने पर रेलवे स्टेशन के वेटिंग हॉल और सरायों से लेकर फाइव स्टार होटलों में रातें काटना—यह सब उसके काम का हिस्सा थे।

सिगरेट के कश और शराब के प्याले कब उसकी जिंदगी में शुमार हो गए, उसे अहसास ही न हुआ। जीवन में दो पुरुष भी आए जिन्होंने उसके मन के घाट पर अपनी नाव बाँधनी चाही। उनके साथ वक्त गुजारना उसे अच्छा लगता था, पर अपने हृदय की उत्ताल तरंगों में किसी नाव को किनारा न दिया। कई बार अपने पुरुष मित्रों, खासकर नाथ और जॉन को अमर से तौलने की कोशिश की, कभी यह पलड़ा भारी होता, कभी वह। उसे लगता कि वह ठीक से तराजू थाम ही नहीं पा रही।

घर छोड़ने के बाद तीन-चार बार अमर उससे मिला। वह चाहता था कि रमा वापस आ जाए, पर एक ठंडी संवादहीनता संवेदना की आँच को फूँक न पाती। छह माह पूर्व उसका अंतिम फोन आया था—

"रमा! जब भी तुम्हारी भटकन खत्म हो, तुम घर आ सकती हो।"

अतीत में कही गई उसकी बात आज अचानक कानों में गूँज उठी। तभी प्रकट में कही गई अमर की बात ने पुरानी बात को गड्ड-मड्ड कर दिया और उसका ध्यान भंग हुआ।

"रमा! मैं पास के गेस्ट हाउस में ठहरा हूँ, आज और कल की छुट्टी लेकर आया हूँ। कल रात सहयाद्री एक्सप्रेस से लौटना है, निकलता हूँ...सुबह आऊँगा।"

"चलो, वहाँ तक साथ चलती हूँ।"

"कैसा चल रहा है तुम्हारा काम ?" साथ चलते हुए अमर अनायास पूछ बैठा।

प्रश्न अनसुना कर रमा बोली, "थैंक्स अमर! मुझे बिल्कुल नहीं लगा था कि तुम आओगे।" उसके मन की गाँठ ढीली पड़ रही थी।

"इट्स ओके···लगता है कि आई कुछ नहीं जानती, उन्हें ऐसे में कोई सदमा देना ठीक नहीं।"

"हूँ!"

"पर तुम बड़ी कमजोर लग रही हो, लगता है कि आई की तीमारदारी में···"

"क्या आज भी तुम्हें मेरी इतनी फिक्र है···आई की भी इतनी परवाह···तुम न आते तो मैं आई को क्या कहती···कब तक सच छुपाती··· अगर उन्हें पता चल जाता तो वो यह सदमा कैसे झेलती···ओह अमर, आज भी तुम वैसे ही हो, संजीदा, शांत, संयत और तटस्थ।"

कितना कुछ कह गई रमा अपने आप से। अमर इनमें से एक लफ्ज भी न सुन पाया। रमा के संवाद उसके अपने ही मन की गुफा में विचरते रहे, खुद से ही गुफ्तगू करते रहे। आज उसी शख्स पर मान हो आया है, जो शादी के एक साल बाद तक रेगिस्तान में कैक्टस की चुभन की तरह उसे सालता रहा।

"बाय रमा, सुबह हॉस्पिटल आऊँगा।"

अमर की आवाज रमा को वर्तमान में खींच लाई। वे दोनों गेस्ट हाउस के द्वार पर खड़े थे। उसे सीढ़ियों तक छोड़ रमा लौट आई। रास्ते भर मन का जंगल साँय-साँय करता रहा। आई के पास लौटी तो वह चहक रही थी।

"रमा! आज जी हलका लग रहा है, अमर को देख लिया तो चैन पड़ गया। अब डॉक्टर से पूछकर मुझे घर ले चल और हाँ, मुंबई का टिकट कटवा दे। अबकी जी भर के तुम दोनों के साथ रहूँगी।"

रमा चुप रही। आई की चहक उसे एक ओर सुकून दे रही थी, मगर दूसरी तरफ परेशानी का सबब भी थी।

अमर से अलगाव की उसने किसी को भनक भी न लगने दी थी।

"अरी, चुप क्यों है? क्या मुझे ले जाना नहीं चाहती?" आई का संशय भरा मीठा उपालंभ उसे उत्तर देने को विवश कर गया।

"आई, जरूर ले जाना चाहती हूँ··· (तुम्हें भी और खुद को भी)।" मौन थे आगे के शब्द।

आज चार दिन बाद रमा हॉस्पिटल के बजाय घर के बिस्तर पर पड़ी है। डॉक्टर ने कहा था कि मरीज की सेहत में तेजी से सुधार हो रहा है, आज रात हॉस्पिटल में रुकने की जरूरत नहीं, फिर नर्स तो ड्यूटी पर रहती ही है। रमा को भी अच्छी नींद की दरकार थी थकान मिटाने के लिए, पर घर के इस बिछौने पर पलभर को भी वह सो न पाई। रात भर तीन चेहरे एक-दूसरे को ओवरलैप करते रहे—नाथ, जॉन और अमर। उसने गौर किया कि आज फोटो क्लिप्स की तरह अमर का अक्स नाथ और जॉन की छवियों को बार-बार धूमिल कर रहा था।

पिछले एक साल में आकाश में उड़ान भर आए पंछी की तरह रमा के विचारों के डैने खासे मजबूत हो चुके थे। एक बरस के आजाद लम्हों के दरिया में डूबते-उतराते उसे किनारों से लेकर भँवर तक का तजुरबा हो गया था। देश-परदेश के सफर को निकला राजा हो या फकीर, लौटकर अपने आशियाने में ही सुकून पाता है—आज पहली बार उसे भी ऐसा ही महसूस हुआ, रमा से बनी रिमी आसमान से अपनी जमीन पर उतरने को अकुला रही थी।

अमर की फोन पर कही बात उसके जेहन में कौंध रही थी, उसे भी बार-बार याद करने में अजीब सा सुकून मिल रहा था, बिल्कुल रिपीट मोड पर डाले गए पसंदीदा गीत की तरह—

"रमा, जब भी तुम्हारी भटकन खत्म हो, घर आ सकती हो।"

यह संवाद चोरी-चोरी रफ्ता-रफ्ता पलती ख्वाहिशों को हवा दे रहा था। एक रोमांच उसकी नसों में भरने लगा, अनायास उनींदी पलकें बंद हो गईं। नींद और उसके बीच कल की हजारों रंगीन कल्पनाएँ तैरने लगीं। रोम-रोम में मादकता छाने लगी। आँखों ही में रात कटी।

भोर की ऐसी अगवानी उसने कभी न की थी, उठकर जल्दी से तैयार हुई। नीली शिफॉन की साड़ी पर मोतियों की माला पहन सूने

ललाट पर छोटी सी लाल बिंदी लगाई, आईने में साल भर बाद लौटी रमा को देख रिमी मुसकरा दी और मीठे अरमान सँजोए हॉस्पिटल की ओर चल दी।

"रमा, आज तू बड़ी सुंदर लग रही है, मेरी वजह से तो तेरा साज-शृंगार ही बिगड़ गया था।"

आई की बात सुन रमा सकुचाई, फिर मुसकरा दी। आँखें बार-बार खिड़की के उस पार के कॉरिडोर की ओर उठ जातीं। कानों को एक आहट की तलब थी। आधे घंटे बाद परदा हिला और अमर दाखिल हुआ। उसकी नीली टी-शर्ट का रंग रमा की साड़ी से कितना मेल खा रहा था। वह मन-ही-मन बोली, 'क्या संयोग है, नीली टी-शर्ट! किसी शुभ का संकेत…।'

धड़कन तेज हो गई, दिल खिलखिला उठा। 'ऐ दिल, उछल मत!' उसने घुड़की दी, फिर कनखियों से अमर को देखा, जैसे अपने महीने भर की कोर्टशिप में देखा करती थी। लगा कि अमर भी कुछ तरंगित है। शादी के बाद रमा ने एक मोटी दीवार खड़ी कर दी थी अपने और अमर के बीच, पर बीती रात एक छोटा सा दरवाजा उग आया है उस दीवार में। उसी पर खड़ी वह इंतजार में थी, नए ख्वाब डोरबेल बजा चुके थे, किसी भी पल दरवाजा खुलेगा और अमर उसे बाँहों में भरकर ड्योढ़ी के भीतर ले जाएगा। अचानक दरवाजा खुला।

"रमा।"

वह अचकचाई, प्रकट में अमर ने एक बार फिर उसे पुकारा।

"हूँ", मानो उसकी चेतना लौटी।

"तुमसे कुछ जरूरी बात करनी है, जरा रिसेप्शन में चलो।" लंबी यात्रा के बाद यात्री की जैसी दशा अंतिम रेलवे स्टेशन पर प्लेटफॉर्म छूने जा रही गाड़ी में होती है, वैसी ही रमा की भी थी। जल्दी ही सारी अनिश्चितताओं का पटाक्षेप होनेवाला है, लहर-लहर भटकती नाव किनारे पर लगनेवाली है।

संवेगों को नियंत्रित करती वह उसके साथ रिसेप्शन में चली आई। वहाँ का सूनापन अच्छा लग रहा था। शीतयुद्ध के बाद संधि-पत्र पर हस्ताक्षर करने के लिए माकूल माहौल। दोनों लंबे सोफे के दो कोनों पर आसीन हुए, कुछ पल का मौन··· अमर मानो भूमिका तैयार कर रहा था। रमा को कोई जल्दी नहीं थी, पहले की तरह झुँझलाने के बजाय आज वह इन पलों का मजा लेना चाहती थी।

"हुँ, देखें जनाब कैसे अपनी बात कहते हैं!"

"रमा, तुम मेरी जिंदगी में आई, मुझे अच्छा लगा, मुझे अपनों का साथ बहुत कम मिला, सो मन का एक कोना सूना ही रह गया। तुमने चाहा, उसमें हजारों फूल खिलते, पर यह हो न सका, तुम्हारे जाने के बाद मैंने बहुत सोचा, गलती मेरी ही थी, तुम जैसी जिंदादिल लड़की मेरे पास आकर मुरझा गई···।"

"अच्छा, तो मेरे गूँगे तोते को इतने डायलॉग बोलने आ गए हैं··· चलो, मुझसे बिछड़कर बच्चू को मेरी वैल्यू तो पता लगी।"

रमा की नस-नस में शरारत और रोमांच भर गया। आज उसकी बात काटकर कुछ कहने की जल्दी न थी, वह सिर्फ और सिर्फ सुनना चाहती थी, उस अमर को जिसकी अनबोली बातें उसे तड़पाती रहीं, रुलाती रहीं। जिसके मौन तले उसकी भावनाएँ दफन रहीं। वह चाहती थी कि अमर बोलता रहे घंटों और वह सुनती रहे यूँ ही खामोशी से। आज उसने अमर का रूप अख्तियार कर लिया था—शांत और संजीदा, एक समझदार श्रोता का।

"बोलो अमर···बोलते रहो, आज मैं बस सुनूँगी···।"

वह डूब गई उसके लफ्जों में, जो समंदर की शांत लहरों की तरह उसके कानों में मिठास घोल रहे थे।

"···वन की हिरनी को क्या कोई बाँध सका है, यूँ भी हम दोनों बहुत अलग हैं। इसलिए तुम्हारे घर से जाने के फैसले को मैंने स्वीकारा था। छह-सात माह तक जब तुम नहीं लौटी तो मैं समझ गया कि तुम्हें

अपनी मंजिल मिल गई है। पिछले कुछ महीनों खुद को तैयार करता रहा उस जिंदगी के लिए, जो अब तुम्हारे बगैर काटनी है।" कहकर अमर ने एक लंबी साँस ली। रमा तो साँस लेना ही भूल गई···अचानक गाड़ी अपने ट्रैक से हट रही है···उसे दुर्घटना का अंदेशा हो रहा है।

अमर ने हाथ में पकड़े एक बड़े लिफाफे में से कागज निकालकर सोफे पर रख दिया। रमा अचरज से अपने और अमर के बीच सोफे पर रखे उस संधि-पत्र को देख रही थी।

"रमा! मैं तुम्हें आजाद कर रहा हूँ, ये हैं डाइवोर्स पेपर्स, मैंने दस्तखत कर दिए हैं, तुम भी···।"

अमर ने कलम रमा की ओर बढ़ा दी। वह अमर का चेहरा न देख पाई। बस कलम पर आकर निगाह जम गई। आज वह भी अमर की तरह अमर के पास आकर उसका हाथ थामकर कह न पाई कि नहीं, अमर! मैं तुम्हारे पास लौटना चाहती हूँ। तब तुम्हें समझ नहीं पाई···अब पूरी तरह समझना चाहती हूँ, तुम्हारे मन की मरुभूमि पर बरसना चाहती हूँ···अब पाना नहीं, लुटाना चाहती हूँ···तुम्हारे सूने मन को जिलाना चाहती हूँ···

उसकी जुबान पर कील गड़ी थी। धीरे-धीरे उसका दायाँ हाथ आगे बढ़ा और काँपती उँगलियों से उसने कलम थाम ली। □

5

सुअरी

खबर सुनकर उमा का सीना चाक-चाक हो गया। देवीदयाल के लिए भी इस दुःखद समाचार पर विश्वास करना कठिन था, ...अभी तो 45 की भी नहीं हुई होगी, यह उसके जाने की उम्र नहीं थी और फिर यूँ अचानक भी कोई जाता है। दो साल पहले तक तो हर दिन वह दिखती थी, इस घर की बैठक में अभी भी उसके पैरों के अदृश्य निशान मौजूद हैं। पर जब से चंद्रकांत यह हवेली छोड़कर गया, उसके परिवार से कभी मेल-मिलाप नहीं हुआ। बीच-बीच में उड़ती खबर मिली थी कि उसने छत्तीस गज का प्लॉट खरीदकर एक छोटा सा मकान बना लिया है। मकान क्या दड़बा होगा, पर उमा को सुनकर अच्छा लगा था। कम-से-कम सिर पर पक्की छत तो हो गई। पर बेचारी मालती! अपने भाग में सुख-सुविधा लिखवाकर नहीं आई थी। चार महीने पहले बेटे का ब्याह पक्का किया, सगाई हुई। अगले महीने शादी थी कि यह दुर्घटना घट गई। गुसलखाने में फिसलकर ऐसी गिरी कि फिर उठ नहीं पाई।

दो दिन पहले एक पोस्टकार्ड आया, जिसका फटा हुआ कोना देखते ही दिल धक-धक करने लगा। चार लाइन में मालती के जाने की मनहूस खबर थी। आते शुक्रवार को तेरहवीं की रस्म अदा की जाएगी। इस औपचारिक सूचना के बाद अंत में एक पंक्ति जोड़ी गई थी, जो उमा

और देवीदयाल के लिए कुछ अजीब थी। लिखा था—तेरहवीं के दिन सोनू को जरूर लेकर आएँ।

शादी-ब्याह, पर्व-त्योहार बच्चों और जवान लोगों के बिना नहीं शोभते, पर मातमी मौकों पर बच्चों का क्या काम! घर के बड़े-बूढ़े ही ऐसी रस्मों को निभाते हैं। कोई उत्सव तो है नहीं, सोनू जाकर क्या करेगा। एक शहर में होने के बावजूद संदेशा चिट्ठी में आया है, कोई हरकारा बनकर आता तो कुछ पूछते भी। पर ठीक ही है, इतना बड़ा शहर...दूर से आने-जाने में घंटों लग जाते हैं, फिर जिस घर में मुरदनी छाई हो, वहाँ हजारों काम होते हैं, किसको फुरसत जो घर-घर जाकर खबर पहुँचाए। आज की तरह मोबाइल का जमाना तो था नहीं, लैंडलाइन भी सबके घर में नहीं होता था, ऐसे में बीसियों पते देकर एक आदमी को बिठा दिया एक-सा मजमून लिखने के लिए और कर दी सबको खबर। दूर-दराज खबर करनी हो तो तार भेजा जाता था।

देवीदयाल और उमा असमंजस में थे कि मौत के कारज में उनके नौ साल के बेटे को क्यों बुलाया है? बहरहाल खुशी के मौके पर कोई जाए-न जाए, मरने पर तो दुश्मन के यहाँ भी हाजिरी देना दुनियादारी है। फिर चंद्रकांत का परिवार इतना भी गैर नहीं, जाना तो होगा ही...उमा का मालती से नेह का नाता था।

आखिर मालती की तेरहवीं में देवीदयाल पत्नी और बेटे को लेकर दिए गए पते पर पहुँचे। बड़ा गमगीन माहौल था, उन्हें देखते ही चंद्रकांत भावुक होकर सुबक पड़ा।

"हौसला रखो, चंद्रकांत! विधि के विधान को कौन टाल सका है।" देवीदयाल ने आत्मीयता से उसके कंधे पर हाथ रखा। पास पड़ी कुरसी खींचकर वे आगंतुक जनों के बीच बैठ गए। उमा भीतरवाले कमरे में चली गई, जहाँ अड़ोस-पड़ोस, रिश्तेदारी की पंद्रह-बीस औरतें बैठी थीं। उसे देख मालती की दोनों बेटियाँ आकर लिपट गईं और फफक पड़ीं। उमा की आँखें भी सजल हो उठीं।

बिन माँ की हो गई इन किशोरियों की पीठ सहलाते हुए उमा उन्हें सांत्वना देने लगी।

घर के अहाते में श्राद्ध संबंधी कर्मकांड शुरू हो गया था। सिवाय सोनू के उसका कोई हमउम्र वहाँ नहीं था। उमा को कुछ अटपटा लग रहा था। मालती की बेटियों को रोता देख सोनू सहम गया। उमा ने उसे खींचकर देह से सटा लिया। निरीह बालक माँ से ऐसे चिपक गया, जैसे नन्हा चूजा चिड़िया के डैनों में मुँह छुपा लेता है, अपरिचित माहौल में सकपकाकर वह इधर-उधर ताक रहा था। कुछ देर बाद माँ का पल्लू सिर पर ओढ़कर गोद में घुस गया।

यहाँ कोई उमा का परिचित नहीं था, जिससे बोल-बतिया सके। अनायास वह सुधियों में घिर गई। चंद्रकांत के परिवार के साथ गुजरे दिन मनकों की माला की तरह गुँथ गए, एक-एक मनके को गिन सकती थी वह। यादें कतार बाँधकर खड़ी हो गईं और वह स्मृतियों का खुद से परिचय कराने लगी, बिल्कुल एक कथावाचक की तरह। स्वयं से यह एकालाप उसके शोकाकुल मन को सुकून दे रहा था।

कैसा विचित्र था न यह परिवार! जिसके सात सदस्य एक हवेली की तीसरी मंजिल की छत पर बने इकलौते कमरे, यानी बरसाती में करीब बारह साल तक रहे। शौच के लिए मकान की सबसे निचली मंजिल पर आना पड़ता था और पानी भरने के लिए पहली मंजिल पर रहनेवाले मकान-मालिक के घर। बरसाती का कोना पीतल के छोटे से स्टोव, मसालदानी के अलावा आटे-चावल के एक-पर-एक रखे अद्धे कनस्तर, दो-चार डिब्बे-डिब्बी और दस-बीस बरतनों से यूँ पटा पड़ा था, जैसे घुसपैठियों ने किसी की जमीन पर नाजायज कब्जा कर रखा हो। दूसरे कोने में खुरदरे फर्श पर दीवार के पार एक छेद बना था, जिसका इस्तेमाल बहुधा माँ-बेटियों के नहाने के बाद पानी की निकासी के लिए होता। घर के पुरुष यानी बाप-बेटे खुली छत पर ही नहाते। कुल मिलाकर यह छोटी सी बरसाती खाने, नहाने और सोने के काम आती।

गृहिणी जाड़े या सूखे मौसम में छत के बाहर एक कोने में ही अँगीठी जलाकर भोजन पकाती। पर बारिश होने पर रसोई भी बंदरिया के बच्चे-सी बरसाती के सीने में सिमट जाती।

घर के पिता जवानी में निश्चित रूप से अपने नाम के अनुरूप खूबसूरत नौजवान रहे होंगे, आज भी खिचड़ी बालों में उनके चेहरे पर एक सलोना आकर्षण था, पर पत्नी इसके उलट बेढब और बेमेल थी।

ताज्जुब होता है उन दिनों की जोड़ियों पर, कैसे माँ-बाप अपने दुग्ध धवल सुदर्शन बेटे का ब्याह बेडौल, कुरूप कन्या से कर देते थे। दोनों साथ चलें तो लगे, मानो चंद्रमा को ग्रहण लग गया हो। पर मजाल है कि पति को पत्नी से किसी तरह की वितृष्णा या उदासीनता हो। कौन जाने होती भी होगी, पर जमाने को खबर नहीं लगती थी। दुनिया तो यही देखती थी कि साल-दर-साल वंश वृद्धि हो रही है और जाहिरी तौर पर यही तो था शादी का मकसद।

ऐसा ही इस दंपती के साथ भी था। पहला बेटा, दूसरी बेटी, तीसरा बेटा, चौथी बेटी और पाँचवीं संतान फिर से बेटा। दिखने में एक भरा-पूरा परिवार, धनी होने का तो सवाल ही नहीं उठता, पर दरिद्र कहना भी बेमानी होगा। मेहनती पिता घर से थोड़ी दूर गली के दूसरे नुक्कड़ पर छोटी सी दर्जी की दुकान चलाता और सब बच्चे स्कूल-कॉलेज में पढ़ने जाते। हाँ, उस जमाने में अंग्रेजी स्कूल में पढ़ाने का कोई कंपीटीशन नहीं था, बस सरकारी स्कूल में दाखिला करा दिया और हो गया गाड़ी का इंजन चालू...अब गाड़ी चलती जा रही है अपनी रफ्तार से, न पढ़ाई के लिए कोई दबाव, न कोई होमवर्क-प्रोजेक्ट करानेवाला, न क्लास में फर्स्ट आने की चिंता, न किसी फुफेरे-चचेरे भाई-बहन से मुकाबला। लड़के स्कूल से निकले तो किसी संगी-साथी के साथ खुद ही जाकर कॉलेज में एडमिशन ले लिया, जहाँ बमुश्किल सोलह रुपए मासिक फीस हुआ करती। लड़कियों के एडमिशन की जिम्मेदारी अमूमन बड़ा भाई या कोई अड़ोस-पड़ोस का मुँहबोला भाई निभा देता था।

खैर, चंद्रकांत''हाँ, यही नाम था पिता का और नाम को चरितार्थ करता रंग-रूप, कद-काठी। पत्नी का नाम था मालती—अपने नाम के उलट कोमलता से कोसों दूर'' खुशबू का नामोनिशान नहीं, मोटी थुलथुल देह पर हँडिया जैसा सिर''माथे के नीचे दोनों आँखों में तालमेल की कुछ कमी से भैंगापन यानी कहीं पर निगाहें, कहीं पर निशाना। नाक के तनिक फूले हुए नथुने चेहरे को कठोर भंगिमा प्रदान करते। गेहुएँ रंग पर कहीं-कहीं बचपन में निकली माता के हलके दाग। मालती के चेहरे पर सबसे बेडौल थे उसके होंठ—बेढब, चौड़े और लालिमाविहीन। हँसती तो मुँह एक फाटक की तरह खुल जाता, चाहे तो कोई दाँत गिन ले। कहते हैं कि साधारण रूप-रंगवाली स्त्री भी मुसकराए तो उसका रूप खिल उठता है, पर यहाँ उलटी बात थी, उसकी मुसकराहट उसकी हँसी से भी ज्यादा विद्रूप थी। अति साधारण नाक-नक्शेवाली मालती जब मुसकराती तो उसकी नाक फूल जाती और होंठ थूथन के-से आकार में फड़कने लगते। मोहल्ले के शरारती बच्चों के खुराफाती दिमाग ने मालती के लिए एक नए नाम की रचना कर डाली—सुअरी। अब पीठ पीछे उसे 'सुअरी' कहना शुरू कर दिया।

एक दिन सारा परिवार बरसाती के दरवाजे पर ताला मारकर कहीं गया था। बच्चों की टोली के एक उद्दंड लड़के ने बरसाती की बाहरी दीवार पर कोयले से एक सुअरी की तसवीर बना दी। ताला खोलते हुए सबसे पहले चंद्रकांत की निगाह उस पर पड़ी, सबकी नजर बचाकर उसने पास पड़े झाड़न से काली लकीरों को मिटा दिया। फिर कनखियों से मालती की ओर देखा, जो इस वाहियात हुज्जत से नावाकिफ थी। उसे पत्नी पर दया हो आई, वह जैसी भी है, उसकी संगिनी है, उसके बच्चों की माँ, इस घर की धुरी। उसकी जगह कोई रूप की रंभा होती, पर दुष्ट और झगड़ालू, आलसी और निकम्मी तो कितना विकट होता उसका जीवन! मालती के गुणों का सोचकर वह अपने क्षुब्ध मन पर मरहम लगाने लगा। पर उस मोहल्ले के बच्चे इतने उत्पाती थे कि कभी मालती

को देख 'सुअरी-सुअरी' का नारा लगाकर खीसें निपोरते तो कभी जोर-जोर से खर्राटे भरते हुए सूअर की आवाज निकालते।

कानोंकान यह नाम मोहल्ले भर में प्रचलित हो गया। शुरू-शुरू में बड़े-बुजुर्गों ने बच्चों को लताड़ा, पर धीरे-धीरे लोग उसका असली नाम भूलने लगे और जरूरत पड़ने पर पीठ पीछे निकनेम की तरह 'सुअरी' कहकर उसकी चर्चा करने लगे। जल्द ही उसके बच्चों को भी अपनी माँ के नामकरण का आभास हो गया। पर बड़े बेटे को छोड़कर बाकी इसका अर्थ समझने के लिए काफी छोटे थे। बड़ा बेटा मुश्तें कसकर बदमाश छोकरों से भिड़ने को तैयार हो जाता, पर चंद्रकांत उसे पीछे से बाँहों में कसकर रोक लेता।

"अरे भौंकने दे मरों को...तू काहे को फनफना रहा है, जब मुझे कोई फरक न पड़े है तो बेटा, तू काहे को अपना खून जलावे है।" मालती सहज भाव से कहती, जिसे सुनकर जवान होता बेटा खून का घूँट पीकर रह जाता।

यूँ तो भगवान् विष्णु ने राक्षस हिरण्याक्ष द्वारा समुद्र में डुबोई गई पृथ्वी को बचाने के लिए वराह अवतार लिया और हिरण्याक्ष का वध करके उसका उद्धार किया। वराह अवतार को पूजनीय माना जाता है, जिसने अपनी थूथन पर उठाकर डूबती पृथ्वी को समुद्र से निकाला था, किंतु प्राणीशास्त्र में इस थूथनवाले जीव को 'सूअर' नाम से जाना जाता है, जिसे सुनते ही लोगों का मन वितृष्णा से भर उठता है। कीचड़ में लोटनेवाले विष्ठा जैसी निकृष्ट चीजों को खानेवाले इस प्राणी को बहुत हठी और बेवकूफ माना जाता है, जो प्राय: अपने चरबीले शरीर के कारण काहिल और सुस्त हो जाते हैं। इस मोहल्ले के बच्चों को विष्णु के दशावतार वाले वराह की जानकारी कहाँ थी, उन्होंने तो आसपास के नालों में रहनेवाले शूकर परिवार को देखकर उनकी थूथन को मालती पर आरोपित कर दिया। जबकि मालती थी प्राणी विज्ञान में वर्णित सुअरी

के स्वभाव से बिल्कुल विपरीत—बेहद मेहनतकश, फुर्तीली, समझदार और ममतामयी।

चंद्रकांत ठीक-ठाक अपनी गृहस्थी की गाड़ी खींच रहा था। मकान-मालिक देवीदयाल का उन पर भरोसा ही नहीं, बड़ा स्नेह भी था। हवेलीनुमा उसी मकान में नौ और किराएदार थे, जिनमें से एक ने गुटबंदी करके सभी को मकान-मालिक के खिलाफ कर रखा था, किराया कभी देते, कभी न देते। घर खाली करने को कहो तो झगड़ा-टंटा। ऐसे में मकान-मालिक को भी अपना पाला मजबूत करने के लिए कोई तो सहारा चाहिए था।

चंद्रकांत शांतिप्रिय हँसमुख आदमी था, पर एक दिक्कत थी कि दो बच्चों के पिता देवीदयाल पहली पत्नी के गुजरने के बाद दूसरा ब्याह करके खुद से पंद्रह साल छोटी कन्या को ब्याहकर लाए थे, जो संयोग से अपूर्व सुंदरी थी। उन्हें चिंता सताने लगी कि कहीं चंद्रकांत उनकी पत्नी की कंचन रूपराशि पर मोहित होकर बुरी नजर न डाले। तुरंत एक उपाय निकाला, पत्नी से चंद्रकांत को राखी बँधवा दी और निश्चिंत हो गए। चंद्रकांत के बच्चे उमा को 'बुआजी', 'बुआजी' कहने लगे, मकान-मालिक के बच्चे भी हमउम्र होने से चंद्रकांत के बच्चों के साथ घुल-मिलकर बातें करते, मकान-मालिक के घर से पानी भरने चंद्रकांत के बेटे-बेटियाँ बारी-बारी से पहली मंजिल पर आते। दिन भर में बीस बाल्टी से कम नहीं ले जाते, पानी भरने के क्रम में मकान-मालिक के बच्चों से गपियाते, गफलत में कभी-कभी नल बंद करना भूल जाते और पानी बहने लगता। देवीदयाल देखते तो झिड़क बैठते, किंतु उमा के माथे पर कभी कोई शिकन न आई।

कई बार धनाढ्य मकान-मालिक के बच्चे स्वादिष्ट मिठाई या फल खा रहे होते, उमा पानी भरने आए चंद्रकांत के बच्चों को हाथ बढ़ाकर कुछ देती तो बच्चे तपाक से हाथ खींच लेते, "नहीं बुआजी, अभी खाकर आए हैं।" इतने बरसों में एक बार भी ऐसा नहीं हुआ कि

उन बच्चों ने हाथ बढ़ाकर उमा के अनुरोध किए जाने पर भी कोई चीज स्वीकारी हो, जबकि वे उम्र के उस दौर में थे, जब खाने-पीने की चीजें देखकर अच्छे-अच्छे खाए-अघाए किशोरों की भी जिह्वा सक्रिय हो उठे, पर इन बच्चों की आत्मा न जाने किस मिट्टी की बनी थी, मानो इनसानी चोले में निष्काम कर्मयोगी थे या कोई विदेहमुक्त प्राणी। जबकि सच यह है कि न उनकी रोटी में कभी घी लगा, न कोई तर माल खाया। इधर देवीदयाल के घर में बहुधा छप्पन भोग का थाल सजा रहता, दूध-दही की नदियाँ बहतीं, फलों का अंबार लगा रहता।

सबसे मजे की बात यह थी कि मकान-मालिक का उमा से जनमा चार बरस का बेटा जब सरपट दौड़ने लायक हो गया तो झटपट सीढ़ियाँ चढ़कर छत पर पहुँच जाता, उसके साथ एक दूसरे किराएदार के दो पोते, जो उसके हमउम्र थे, वे भी एक के पीछे एक चंद्रकांत की बरसाती में पहुँच जाते। कुछ देर बाद खोजाहट होती तो ढूँढ़नेवाले को अलग ही नजारा दिखाई पड़ता। तीनों बच्चे चंद्रकांत की बरसाती के बाहर छत पर एक कतार में बैठे हैं, उनके नीचे कोई फटी-पुरानी दरी या किसी बोरी का टुकड़ा बिछा है, सामने चंद्रकांत की पत्नी अँगीठी पर रोटियाँ सेंक रही है और हर रोटी के तीन टुकड़े करके एक कुशल गेंदबाज की तरह बच्चों की ओर एक-एक टुकड़ा उछाल दे रही है। अपने घर में चाँदी के कटोरे में दूध-मलाई खानेवाला मकान-मालिक का इकलौता पुत्र दूसरे संपन्न किराएदार के पोतों के साथ बड़ी लालसा से पंगत में बैठा है। बच्चों के आगे थाली नहीं है, किसी के आगे टेढ़ी-मेढ़ी तश्तरी है तो किसी के आगे डिब्बे या कनस्तर का ढक्कन या कोई पिचकी कटोरी। मालती ने आज आलू की तरकारी बनाई है, जो तरकारी कम शोरबा ज्यादा है। सात प्राणियों के कुनबे के लिए बनी आधा पतीला सब्जी में से एक-एक दाना आलू का बच्चों को परोसा गया है। सब्जी का रस फैल गया है, उसी में रोटी का टुकड़ा बच्चों के मुँह में जाने से पहले ही भीग गया है। पर तीनों बच्चे ऐसे भोग लगा रहे हैं, जैसे ब्रह्मा, विष्णु और

महेश को इंद्र की सभा में जीमने का न्योता मिला हो और वे त्रिभुवन का सबसे स्वादिष्ट अमृत चख रहे हैं।

एक दिलचस्प बात और थी, जहाँ चंद्रकांत के सारे बच्चे उमा को 'बुआजी' कहकर संबोधित करते, वहाँ मकान-मालिक का बेटा मालती को 'भाभी' कहता। यह विचित्र संबोधन उसने चंद्रकांत के बच्चों से सीखा। जब चंद्रकांत का सबसे बड़ा बेटा जनमा तो चंद्रकांत का छोटा भाई उसी बरसाती में दो-चार साल साथ रहा। देवर होने के कारण वह मालती को भाभी पुकारता। चाचा की देखा-देखी मालती का पुत्र हेमंत भी माँ को भाभी पुकारने लगा। फिर क्या था, उसकी पीठ पीछे जनमे भाई-बहन उसकी देखा-देखी माँ को भाभी कहने लगे, मकान-मालिक का बेटा सोनू भी इसी रीस में मालती को भाभी पुकारता। मकान-मालिक, जिसने सोनू से पहले जनमी चार बेटियों को कभी देह से नहीं सटाया, सोनू को बड़े मनुहार से गोद में बिठाते और काँसे के चमचमाते कटोरे में खीर या हलवा लेकर खिलाने का उपक्रम करते। चम्मच मुँह तक आने से पहले सोनू अपने गुलाबी होंठों को कसकर बंद कर देता और छोटी सी नाक को सिकोड़कर मुँह बिचका देता।

"नहीं, नहीं...नहीं खाऊँगा! भाभी ने खिला दी रोटी" या कहता—"खिला दिया आलू-भात...!"

देवीदयाल मन मसोसकर रह जाता। बेटे को तृप्त करने के आनंद से वंचित उसके मुख से अनायास निकलता, "मालती की दरिद्र कुटिया में कौन से हीरे-मोती जड़े हैं, जो मेरा लाड़ला उधर दौड़ा चला जाता है?"

एक दिन बेखयाली में कही गई बात मालती के कानों में पड़ गई। वह तुनककर बोली, "ननदोईजी, रखो अपने महल-दुमहले...इसे न चाहिए तुम्हारी दूध-मलाई, यह तो मेरी मड़ैया में ही आएगा, मैंने शहद जो चटाया है।"

उमा को वह अपनी ननद मानती तो इस नाते रौब-दाब वाले देवीदयाल से भी सलहज की तरह चुहल करने से बाज न आती। सोनू

के जन्म पर वही उसे अपनी गोद में लेकर उमा के साथ हॉस्पिटल से लौटी थी। उसी ने दो दिन के शिशु को शहद चटाने की रस्म निभाई थी, जिसकी एवज में जचगी में मुरझा गई उमा ने तकिए के नीचे से एक चाँदी का सिक्का निकाला था और मुसकराकर 'यह लीजिए आपका नेग' कहते हुए मालती की ओर बढ़ा दिया। मालती हाथ उठाकर 'ना-ना' करती हुई पीछे हट गई, पर उमा ने जबरन सिक्का मालती की मुट्ठी में खोंस दिया। जिसे पिछले कल ही उसने पति से मँगाकर रख लिया था।

मकान-मालिक देवीदयाल की जड़ें राजस्थान के एक गाँव में थीं, बिरादरी रिश्तेदार दूर-दराज ठहरे। यहाँ किराएदारों से अकसर मनमुटाव रहता, एकमात्र चंद्रकांत ही आड़े वक्त में सहारा था। उमा भी चंद्रकांत के परिवार के प्रति बेहद दयालु और उदार थी। मई-जून की तपती लू में टीन की छतवाली बरसाती अग्निकुंड बन जाती। बच्चे स्कूल-कॉलेज चले जाते और चंद्रकांत दुकान पर। मालती जल्दी-से-जल्दी खाना पकाकर चूल्हा ठंडा कर देती और ग्यारह बजते-बजते देवीदयाल की बैठक में आ धमकती, तब तक देवीदयाल भी अपने काम पर निकल चुके होते। पंखे की ठंडी हवा में पसरी मालती को देख अपने कामों में व्यस्त उमा को जरा भी बुरा न लगता। दोपहर में बच्चों के स्कूल से लौट आने तक लगभग तीन घंटे मालती वहीं गुजारती। यह सिलसिला साल-दर-साल चलता रहा। सबसे खास बात यह थी कि कुछ खाना तो दूर, मालती ने इस दौरान देवीदयाल के घर से कभी एक गिलास पानी भी नहीं पीया। जैसी निर्लोभी माँ, वैसे ही संतोषी बच्चे। हाँ, दीवाली, होली और करवा चौथ जैसे पर्व-त्योहार और श्राद्धों के मौकों पर उमा थाली भर-भर पुआ-पकवान बरसाती में जरूर भिजवाती। जेब भले ही खाली हो, पर मालती में खुद्दारी की कमी नहीं थी। वह भी समय-समय पर अपनी सुदामा की पोटली खोलती रहती। कभी सरसों चने का साग तो कभी कढ़ी का कटोरा, कभी शीशी भर नींबू का अचार तो कभी गाँव से आए दो-चार गन्ने या खरबूजे भिजवाना न भूलती।

आज एक-एक कर उसकी यादें उमा की आँखों में तैर गईं। अपनी पनीली आँखों से उसने कमरे में चारों ओर देखा, मालती कहीं नहीं थी, बस एक दीया खामोशी से कोने में जल रहा था, उसकी टिमटिमाती लौ में उमा मालती का अक्स ढूँढ़ रही थी।

बाहर पिंडदान, तर्पण, गौ दान, शैया दान आदि श्राद्ध के सभी काम संपन्न हो चुके थे। मृतक की आत्मा की शांति के लिए दान में मिली वस्तुएँ ब्राह्मण समेट रहा था। तेरह ब्राह्मणों को भोजन कराने की व्यवस्था की जाने लगी। आमने-सामने दो दरियाँ मोड़कर बिछा दी गईं, जहाँ बैठकर पंगत में ब्रह्मभोज होना था। तेरह ब्राह्मण दरियों पर विराजमान हो गए, पत्तलें बिछ गईं, मिट्टी के सकोरों में पानी लगा दिया गया। दोनों पंगतों के बीचोबीच सामने की ओर एक आसन बिछा था, जिसके आगे पीतल की चमचमाती थाली, कटोरी और गिलास रखा था। ब्राह्मणों के साथ-साथ देखनेवालों को भी कौतूहल था कि यह आसन अलग से क्यों बिछा है, कौन वहाँ बैठकर भोजन करनेवाला है? इस बीच खाने की सारी सामग्री पूड़ी, कचौड़ी, सब्जी, रायता, बूँदी के लड्डू परोस दिए गए थे। ब्राह्मणों ने जल का आचमन लेकर पत्तल के चारों ओर हाथ घुमा दिया और भोजन का कौर तोड़ने ही जा रहे थे कि चंद्रकांत का स्वर सुनाई दिया—

"ब्राह्मण देवता, तनिक ठहरिए!"

सोनू की कलाई को अपने हाथ में थामे वे उस आसन तक लाए और उसे भोजन की थाली के सामने बिठा दिया। ब्राह्मणों की भँवें तन गईं।

"यजमान! यह कौन सी नई परंपरा है। मृत्यु भोज में बालक का क्या काम? क्या तुम नहीं चाहते कि मृतक की आत्मा को शांति मिले, वह तृप्त हो।"

"हाँ महाराज, उसकी आत्मा की शांति के लिए ही यह कर रहा हूँ।" चंद्रकांत हाथ जोड़कर विनीत मुद्रा में खड़े हो गए। आँखों में आँसू

भरकर बोले, "इस बाल-गोपाल को टूटी-फूटी तश्तरी में रूखा-सूखा खिलाकर ही संतोष कर जाती थी वो, आज थाली, कटोरी और गिलास में इसे पूड़ी-पकवान खाता देख कितनी खुश होगी।"

आकाश की ओर हाथ उठाकर उन्होंने कंधे पर रखे गमछे से अपनी आँखें पोंछ लीं।

"...और सोनू बेटा, यह थाली, कटोरी, गिलास तुम लेते जाना, इस पर मैंने तुम्हारा नाम खुदवाया है, तुम्हारी भाभी की सौगात है यह।" उनकी भर्राती आवाज में उल्लास छलक आया।

"भाभी...कौन सी भाभी?" सोनू मासूमियत से पूछ बैठा। दो-चार सालों की यादें उसके दिमाग में धुँधली हो गई थीं।

चंद्रकांत ने इधर-उधर नजर घुमाई, फिर झुककर उसके कानों में फुसफुसाए, "अरे, तेरी सुअरी भाभी।"

सोनू अभी भी असमंजस में था। कुछ सोचते हुए वह खाने के लिए बैठ गया।

उमा की आँखें छलक पड़ीं, उसने कनखियों से देखा और दाईं ओर खड़े दीनदयाल की आँखें भी पनिया गई थीं।

□

6
साँकल

दरवाजे पर घंटी बजी तो सिद्धेश्वरी द्वार की ओर लपकी।

"मेमसाब, मैं द्वारका।"

ड्राइवर का स्वर पहचान दरवाजा खुला। द्वारका के साथ मँझोले कद की चालीस-पैंतालीस वर्षीया एक औरत खड़ी थी। साधारण नाक-नक्श, गोरा रंग और माथे पर चमकती बिंदिया। द्वारका के बिना कुछ कहे ही सिद्धेश्वरी समझ गई। इशारे से स्त्री को भीतर लिया और दरवाजा बंद कर दिया।

पिछले एक सप्ताह से द्वारका आठ-नौ औरतों को ला चुका है, पर बात ही नहीं बन रही, बेहद परेशान है सिद्धेश्वरी।

एक जमाना था, घर में नौकरों की भरमार थी, खाना बनानेवाला महाराज और महरी अलग। तब परिवार भी बड़ा था—तीन बेटियाँ और एक बेटा, फिर गाँव-घर से गोतिया-बिरादरी के दो-एक भानजे-भतीजे, पढ़ाई-लिखाई, बीमारी-सीमारी के बहाने आते-जाते रहते थे। धीरे-धीरे बच्चे स्कूल से निकलकर कॉलेज-यूनिवर्सिटी की पढ़ाई के लिए महानगरों में चले गए और उनके शादी-ब्याह के बाद खाली घर भाँय-भाँय करने लगा। वीरान हवेली का आकार बढ़ता गया, परिवार सिकुड़ता गया। वफादार नौकरों की कमी और खँडहर होती हवेली को

छोड़कर देवेश बाबू पत्नी सिद्धेश्वरी के साथ शहर के नए बसे इलाके के आलीशान फ्लैट में आ बसे।

"क्या नाम है तुम्हारा?" सिद्धेश्वरी ने पूछा।

"गौरी।" कहते हुए उसकी निगाहें बारीकी से ड्राइंग रूम का मुआयना कर रही थीं।

"वाह, बड़ा सुंदर नाम है, गौरी की तो मैं रोज पूजा करती हूँ।" सिद्धेश्वरी की आस्था शब्दों में उतर आई।

गौरी सिर्फ मुसकराई। दस मिनट के संक्षिप्त वार्तालाप में सिद्धेश्वरी की अनुभवी आँखों को गौरी शालीन, शांत, निर्लोभी लगी।

द्वारका की लाई सभी औरतें हाथ नचा-नचाकर ऊँची आवाज में काम करने की शर्तें गिनवाया करतीं; होली और दशहरे पर साड़ी, चूड़ी और बख्शीश की भी गरजकर माँग करतीं। संभ्रांत और कुलीन सिद्धेश्वरी जीवन भर नौकर-चाकरों के अदब की आदी रही। अभद्र बोलचाल के कारण कोई भी उसके मन न भायी, पर गौरी उसे जँच गई और आज से ही उसे काम पर रख लिया गया।

गौरी दिन भर में तीन बार आती। झाड़ू-बासन से लेकर नाश्ते-खाने की तैयारी करती। साथ ही वाशिंग मशीन में पड़े कपड़े पसारना, बालकनी में सजे ढेर सारे गमलों में पानी डालना, घर भर की डस्टिंग, सूखे कपड़े तह बनाना, झाड़-पोंछ और ऐसे ही अनगिनत काम निपटाती। सिद्धेश्वरी दो साल से तरस रही थी एक अच्छी मददगार के लिए। गौरी के आने से उसका मन उल्लसित हो गया। हर इतवार को गौरी उसके बालों में तेल लगाती। पीड़ा होने पर सिर और पैरों में मालिश कर देती।

सिद्धेश्वरी को मनचाही मुराद मिल गई थी। तीन महीने बीतते-बीतते गौरी ने मालकिन का मन जीत लिया। वह भी उसे यथासंभव खाने-पीने और पहनने-ओढ़ने की चीजें दिया करती—कभी अपना पुराना शॉल, कभी दरी तो कभी पुरानी चादर। बेटे राहुल की ढेर सारी छोटी हो गईं टी-शर्ट, कुछ स्वेटर भी उसने निकाल दिए थे। गौरी का

बेटा आठवीं में पढ़ता था। पति के बारे में पूछे जाने पर उसने बताया था कि वह दिल्ली गया था काम करने, पिछले तीन बरस से नहीं लौटा है, सुना है कि उसने कोई और रख ली है।

सिद्धेश्वरी ने विषय बदल दिया था, वह नहीं चाहती थी कि गौरी इस प्रसंग से दुःखी हो।

अकेले में गौरी का धवल चेहरा उभर आया, 'ऐसी गुणी औरत··· पर मर्द की करतूत देखो···बेचारी!'

'शायद इसीलिए सिंदूर लगाना छोड़ दिया है, बिंदिया तो खूब चमकती है माथे पर, खैर! रामजी की इच्छा', सोचकर सिद्धेश्वरी ने लंबी साँस खींची, पर खुद से संवाद जारी रहा—'कौन जग में परम सुखी है, मुझे देखो···क्या राजरानी जैसा जीवन था, इत्ते बड़े कुनबे की जिम्मेदारी निभाई, बच्चों को पढ़ाया-लिखाया, तीन बेटियाँ और दो भतीजियाँ ब्याहीं; सब अपने-अपने घर में राज कर रही हैं, पति का कारोबार रामजी की कृपा से बढ़ता ही गया। एक ही कुलदीपक है—राहुल, पर हो के भी न के बराबर', अनायास आँख की कोर भीग गई और वह सुबकने लगी।

"सिद्धि, अरे भई! खाना-वाना मिलेगा या नहीं?"

"बस-बस, अभी लाई।" पति से निगाहें चुराते हुए सिद्धेश्वरी ने रसोईघर का रुख किया।

भारी देह, तिस पर जोड़ों का दर्द, पर खाना वह खुद ही बनाती है। देवेश के हजार कहने पर भी उसने नौकरों से खाना नहीं बनवाया, जब तक बनारसी महाराज था, तब तक चौके में झाँकती तक न थी। पर उसके बाद से जात-पात को लेकर किसी पर भरोसा न करती। घर में खाने का पहला भोग ठाकुरजी को लगता था, इस कारण खुद भोजन पकाती। बरसों बाद यह सिलसिला आज भी बदस्तूर जारी है।

गौरी के आने के बाद अब काम काफी हलका हो गया है। सारी तैयारी वह करके जाती है। चटपट एक सूखी सब्जी, एक रसेदार तरकारी

छौंक देनी है और पाँच-छह रोटियाँ सेंकनी हैं, बस···काम खत्म। अब तो सिद्धेश्वरी सुबह का पूजा-पाठ और शाम की आरती भी इत्मीनान से करती है। हर पंद्रह दिन पर ठाकुरजी और तमाम मूर्तियों को बड़े थाल में निकालकर मंदिर गौरी के हवाले कर देना नियम सा बन गया है। गौरी जानती है कि ठाकुरजी में प्राण बसे हैं मालकिन के, सो खूब चमका देती मंदिर को, साथ ही ताँबे के पूजा पात्रों और चाँदी के सिंहासनों को भी रगड़ देती। चमचमाते मंदिर को देख सिद्धेश्वरी बच्चों की तरह झूम उठती।

"अरी गौरी, जुग-जुग जिओ; तुमने तो मंदिर को ऐसे चमका दिया, जैसे जयपुर से खरीदकर लाने पर पहली बार जगमगा रहा था।" गौरी को असीसते बड़े मनोयोग से वह ठाकुरजी व अन्य मूर्तियों को उसमें सजाने लगती।

पिछले छह महीने से वह प्रसाद की पँजीरी भी बनाने लगी है। अपने मृदुल व्यवहार, साफ-सुथरे आचरण और सच्ची सेवा से उसने मालकिन का ऐसा मन जीता कि जो सिद्धेश्वरी किसी को चौके में न घुसने देती, वह प्रतिमाह होनेवाले पूर्णमासी-व्रत का प्रसाद भी अब उससे बनवाने लगी। गौरी को यह सब बनाना नहीं आता था, पर मालकिन के सिखाने पर जल्द ही वह सीख गई। हालाँकि मंदिर साफ करने और प्रसाद बनाने जैसे कामों से पहले सिद्धेश्वरी उसके हाथ-पैर धुलवाकर कपड़े बदलवाना न भूलती। एक साफ धोती इस काम के लिए सिद्धेश्वरी ने रख छोड़ी थी, जो गौरी काम के बाद उतारकर धो देती और पसारकर उसे यहीं छोड़ जाती।

गौरी को इस घर में आए साल भर हो चला है। हिरण को भी काला कर देनेवाली क्वार की धूप उतार पर थी और मौसम में मीठा बदलाव आ रहा था। दस दिन बाद घर में कलश स्थापना होनी है। गौरी की मदद से सब काम सुभीते से निभ गया और आज विसर्जन भी संपन्न हुआ। देवी माँ की विदाई के बाद मन खाली-खाली था, पर निश्चिंत भी।

सिद्धेश्वरी नवरात्र का विधिवत् अनुष्ठान करती थी—दुर्गापाठ, व्रत और फलाहार। शरीर क्लांत हो जाता, पर मन में भक्ति से उपजी तृप्ति बड़ा सुकून देती। इसी सुकून के साथ आज बालकनी में पड़ी आरामकुरसी पर वह आँख मूँदे पसरी है।

"सिद्धि! सो गईं क्या?"

"नहीं तो, बस यूँ ही।"

"तुमसे एक बात कहनी थी।" देवेश निकट ही कुरसी खींचकर बैठ गए।

"हुँ, बोलो!"

"दीवाली आ रही है!"

जानी-पहचानी आशंका से सिद्धेश्वरी की भृकुटि तन गई।

"इस बार राहुल को बुला लेते हैं।"

"बिल्कुल नहीं।" सिद्धेश्वरी की देह में बिजली दौड़ गई। वह तनकर खड़ी हुई और झटके से घर के भीतर चली गई।

देवेश पीछे-पीछे गए, पर पहुँचने से पहले दरवाजा उनके मुख पर पटक दिया गया। आज भी देवेश की कोशिश नाकाम रही। पिछले दो साल में कितनी ही बार उन्होंने प्रयास किया है माँ-बेटे के बीच पुल बनने का, परंतु सिद्धेश्वरी पुल का सिरा थामने से पहले ही कोपभवन में चली जाती और टूटे पुल की तरह देवेश का प्रस्ताव अधर में लटक जाता। वे इस मुद्दे पर कड़ा रुख अपनाना नहीं चाहते। सिद्धेश्वरी को हार्ट अटैक जो आ चुका है, शरीर कमजोर है, मन आहत। ऐसे में देवेश मन मारकर रह जाते हैं। आखिर उन्हें भी तो गहरा धक्का लगा था। राहुल की शादी की खबर सुनकर जैसे काठ मार गया था।

वाराणसी का राजपुरोहित वंश श्रेष्ठ कुल गोत्र के कारण ब्राह्मण समाज का सिरमौर था। हवन और यज्ञ की समिधा से सुगंधित वातावरण, मंत्रोच्चार की ध्वनियाँ और वैदिक विधि-विधान—यही जीवनचर्या थी देवेश चंद्र त्रिपाठी के पूर्वजों की। पर समय की बदलती बयार और

आधुनिक तालीम का ऐसा असर हुआ कि देवेश ने पुश्तैनी कर्मकांड और पुरोहिती छोड़ व्यापार में हाथ आजमाया। व्यापार भी सरस्वती से जुड़ा—आज वे एक सफल प्रकाशक हैं और बनारस के साथ दिल्ली में भी पुरोहित प्रकाशन संस्थान की नई शाखा खोल चुके हैं।

एकमात्र पुत्र राहुल ने विदेश से प्रबंधन की डिग्री हासिल की और देवेश ने दिल्ली की कंपनी का कार्यभार उसे सौंप दिया। कहते हैं कि सरस्वती और लक्ष्मी साथ नहीं रहतीं, पर राहुल ने इस कहावत को पलट दिया। सरस्वती तो उन्हें सिद्ध थी ही, लक्ष्मी भी भरपूर बरसने लगी। पुरोहित वंश की धार्मिक विरासत को कुलवधू सिद्धेश्वरी बड़ी गरिमा के साथ आजीवन सँभाले रही। पिता-पुत्र की सफलता व परिवार की सुख-समृद्धि का श्रेय हर कोई सिद्धेश्वरी को देता। सिद्धेश्वरी सुनकर फूली न समाती और सौ-सौ बार ठाकुरजी के आगे शीश नवाती—

"ऐसे ही राखो गोपाल गिरधर मुरलीधर।" पर मुरलीधर की मुरली में कौन से सुर छिपे थे, कौन सी तान थी उसके भविष्य की, न वह सुन पाई, न समझ पाई।

बस एक खबर आई और तुषारापात हो गया...सारे स्वप्न बिखर गए...मनसूबों का महल ढह गया।...

त्रिपाठी परिवार के लिए यह बात किसी अनर्थ से कम न थी कि खानदान के इकलौते वारिस ने एक मुसलिम लड़की से कोर्ट में शादी कर ली थी।

"हे राम!! हे प्रभु!!" कहकर सिद्धेश्वरी जमीन पर लुढ़क गई थी। होश आने पर महीना भर घर में ऐसे मातम छाया रहा, जैसे जवान बेटा मर गया हो। सचमुच माँ-बाप के लिए यह सबसे प्यारे रिश्ते की मौत थी...सबसे बड़ा कुठाराघात...कभी न पूरनेवाली अपूरणीय क्षति...कभी न भरनेवाला घाव।

पतझड़ के बाद देवेश के आँगन में ढेरों कोंपलें पनप रही थीं, ललछौंह-सी रंगत लिये पत्तियाँ मुसकराने लगीं, पर बदलता मौसम भी

सिद्धेश्वरी का मन न बदल सका। आज भी उसका घाव भीतर-ही-भीतर रिसता रहता है।

इस आघात के कुछ महीनों बाद देवेश चंद्र ने खुद को ढाढ़स बँधाया और दिल्ली जाकर बेटे से मिले, क्योंकि राहुल को घर आने की इजाजत नहीं थी। वह शादी के फौरन बाद अपनी दुलहन को लेकर अम्मा-बाबा का आशीष लेने आया था, तब सिद्धेश्वरी की देखा-देखी देवेश चंद्र ने भी दरवाजा तक न खोला। अपने जज्बातों पर वे पहले ही ताला जड़ चुके थे। बेटियों के फोन आए, लाख समझाया, लेकिन इस घर पर वज्रपात हो चुका था, मानो सबकुछ जड़ हो गया हो।

दिल्ली से लौटने के बाद देवेश का मन कुछ पिघला हुआ था। उन्होंने पत्नी को समझाया कि बहू सुशील और संस्कारी है।

"वो म्लेच्छन है।...सिर्फ म्लेच्छन।" सिद्धेश्वरी की दहाड़ सुन देवेश सकपका गए थे।

उसके बाद पिता-पुत्र में फोन पर अकसर व्यापार संबंधी बातें होतीं, यदा-कदा भावनात्मक बातें भी, परंतु सिद्धेश्वरी जीवन भर के लिए पुत्र से रूठ चुकी थी।

आज दो बरस हो गए राहुल के विवाह को। पिछली दीवाली को भी देवेश ने पुत्र को बुलाने का आग्रह किया था, जिसे आज ही की तरह सिद्धेश्वरी ने बड़ी निर्ममता से ठुकरा दिया था। देवेश कभी-कभी अचंभित होते थे सोचकर कि सिद्धेश्वरी कितनी कठोर हो गई है। एक बार उन्होंने कड़ा रुख अपनाया था और कहा था—

"यह मेरा घर है, मेरा निर्णय है कि राहुल यहाँ आए, तुम कौन होती हो मुझे रोकनेवाली?"

"मैं हूँ त्रिपाठी कुल की वधू। राजपुरोहित परिवार की धरोहर को सँभालनेवाली, पुरखों की प्रतिष्ठा की रक्षा करनेवाली, अपनी आस्था से इस घर को सींचनेवाली...जब तक मेरी साँस है, इस घर की चौखट अपवित्र नहीं हो सकती...मेरे जीते-जी वह पतित यहाँ पैर नहीं धर

सकती…" एक ही साँस में सिद्धेश्वरी बोले जा रही थी, आँखों में ज्वाला थी, उग्र स्वर थमने का नाम नहीं ले रहा था।

"…यदि इतना ही शौक है मेरे घर को भ्रष्ट करने का, तो जहर की पुड़िया ला दो मेरे लिए और मेरे साथ मेरे ठाकुरजी को भी गंगा में डुबो दो…फिर पुरखों का नाम जैसे उछालना हो, उछाल लेना……जीते-जी यह अनर्थ…" और सिद्धेश्वरी का स्वर दिल का दौरा पड़ने पर ही बंद हुआ था।

तब से देवेश चंद्र ने राहुल का प्रसंग न छेड़ने का प्रण कर लिया था, पर आज अनचाहे खुद से किया वादा टूट गया।

आज भी सिद्धेश्वरी के कोपभवन के कपाट गौरी की पुकार पर ही खुले। आखिर दीवाली आई। देवेश चंद्र त्योहार के दिन भी उदास और गमगीन रहे। अलबत्ता गौरी ने अपनी मुखरता से घर में पसरे मौन को जरूर भंग किया। पड़ोस के घरों की देखा-देखी उसने हल्दी और रोली में चावल रँगकर खूब सुंदर रंगोली बनाई। दीयों का थाल सजा दिया, दिन भर पकवान बनाने में मशगूल रही।

अगले दिन बुझे दीपों को देख सिद्धेश्वरी का मन भी कुछ बुझ गया। पति द्वारा राहुल को बुलाए जाने की बात याद आई। मन भावुक हो, इससे पूर्व विचार को यूँ झटक दिया, जैसे पाँव में लिपटा कोई साँप हो। परंतु एक वजह थी कि आज रह-रहकर राहुल का खयाल अनचाहे उसके मन पर कब्जा कर रहा था। दरअसल पिछले हफ्ते उसने देवेश को छोटी बेटी अनुराधा से फोन पर बतियाते सुना था कि राबिया प्रेगनेंट है, वे उसे बहू की खबर लेते रहने की हिदायत दे रहे थे।

यह खबर सिद्धेश्वरी के मन पर पड़ी साँकल को चोरी-चोरी छू रही थी।

गौरी को सिद्धेश्वरी के यहाँ काम करते लगभग डेढ़ बरस बीत गया था। वह परिवार की अपरिहार्य सदस्या बन चुकी थी। नए साल पर सिद्धेश्वरी ने उसे नया शॉल दिया। गौरी सकुचाते हुए बोली, "मेमसाब,

अभी तो आपने दीवाली पर साड़ी दी थी, इसकी क्या जरूरत है?"

"अरी, रख ले! जाड़ा बढ़ रहा है...मेरा इतना खयाल रखती है, मैं तेरी फिकर न करूँगी तो कौन करेगा?" सिद्धेश्वरी का स्वर लाड़ में सना था।

गौरी ने शॉल ले लिया और रसोई में घुस गई।

कुछ दिन बाद देवेश काम के सिलसिले में मुंबई गए। इस बीच सिद्धेश्वरी को किसी रिश्तेदार के यहाँ जाना था। ड्राइवर ने गाड़ी निकाली, वह गाड़ी में सवार हुई। लौटते-लौटते साँझ घिर आई। वह चिंतित थी, गौरी के आने का वक्त हो चला है, कहीं घर में ताला देख वह चली न जाए।

"ड्राइवर, जल्दी चलो...पर रुको...घर पर दूध-दही सब चुक गया है, जरा जाओ...दौड़कर मिल्क बूथ से दो-दो पैकेट दूध-दही लेते आना।"

पहले 'जल्दी' फिर 'रुको' सुनकर ड्राइवर ने गाड़ी की गति बढ़ाकर घटा दी और क्रमशः लुढ़काते हुए उसे सड़क के किनारे लगा दिया, सिद्धेश्वरी ने नोट पकड़ाए और वह सड़क के दूसरी ओर बने मिल्क बूथ पर चला गया।

सिद्धेश्वरी कभी घड़ी पर निगाह डालती, कभी सड़क के पार मिल्क बूथ पर। तभी धुँधलके में उसकी नजर तेज कदमों से पीछे से आती एक बुर्काधारी महिला पर पड़ी, जो पास के खँडहर के पीछे गई। उधर कोई मकान नहीं था, वह किसी पुराने मंदिर की टूटी-सी दीवार थी। सिद्धेश्वरी उत्सुक हुई कि वह महिला पीछे क्या करने गई...शायद लघुशंका...किंतु पीछे तो खुला इलाका है...

अचानक उसे झटका लगा, दो मिनट बाद खँडहर के पीछे से महिला निकलकर सीधी चलने लगी, पर यह क्या...यह तो गौरी है... हाथ के झोले से उसने कुछ निकाला...बिंदी का पत्ता...चलते-चलते माथे पर लाल बिंदी चिपकाई। सिद्धेश्वरी ने पुनः खँडहर की ओर दृष्टि

डाली···वो बुर्केवाली महिला ? कुछ और सोचने से पूर्व वह बुरी तरह चौंक गई, दिमाग सुन्न हो गया, जैसे सौ–सौ बिच्छुओं ने एक साथ डंक मार दिया हो।

ड्राइवर दूध–दही ले आया था और गाड़ी तेजी से घर की ओर दौड़ पड़ी। अगले पाँच मिनट में वह अपने घर पर थी। छह–सात मिनट बाद घंटी बजी, दरवाजा खुला, गौरी आई और रसोई की ओर बढ़ गई।

सिद्धेश्वरी अपने कमरे में गई और बिना कपड़े बदले ही पलंग पर चित लेट गई। अँधेरे में वह छत की ओर ऐसे एकटक देख रही थी, जैसे छत के पार आकाश में अभी–अभी उगे तारे गिन रही हो।

"मेमसाब, सब हो गया, मैं जा रही हूँ।" गौरी ने किवाड़ धकेला, फिर धीरे से भिड़का दिया। जब भी मेमसाब की आँख लग जाती है, वह बाधित किए बिना चली जाती है। दरवाजे पर मास्टर लॉक लगा है, जो अपने आप बंद हो जाता है। सिद्धेश्वरी को दरवाजा बंद होने की आहट मिली।

यह संयोग था कि आज वह घर पर निपट अकेली थी—अच्छा ही हुआ, पति होते तो क्या कहती।

उसे पिछले डेढ़ साल में चित्र–विचित्र भाव–भंगिमाओं के साथ गौरी के हजार रूप याद आने लगे···शांत, भोली, कर्मठ, हँसती, आटा गूँथती, पौधे सींचती, मंदिर साफ करती, प्रसाद बनाती, दीये जलाती, उसके बालों में तेल लगाती, पैर दबाती, मुसकराती, निष्कपट गौरी··· धवल मुख पर दमकती बिंदीवाली गौरी···सूनी माँग वाली गौरी। सहस्र रूप थे इस दासी के, पर एक ही आचरण सेवा का, निश्छलता का, मासूमियत का, नेकी का···किंतु आज सत्य का साँचा टूट गया था, सदाचरण का आवरण फट गया था और जो अनावृत्त था, वह विद्रूप था···।

'गौरी, क्यों छला तुमने मुझे···मेरे विश्वास को···मेरे नेह को···?' उसके सीने में दावानल धधक रहा था।

पौ कब फटी, सिद्धेश्वरी को भान ही न हुआ। शैया छोड़ने से पहले उसने संकल्प किया अविचल रहने का और खुद को तैयार किया एक युद्ध के लिए।

नियत समय पर गौरी आई। बिना लाग-लपेट सिद्धेश्वरी ने तोप-सा प्रश्न दागा—"गौरी, तुम मुसलमान हो?"

गौरी सन्न थी, वह कातर निगाहों से ताकने लगी। सिद्धेश्वरी ने दहाड़ते हुए प्रश्न दोहराया। गौरी थर-थर काँप रही थी, वह हाथ जोड़कर उसके चरणों में गिर पड़ी और फूट-फूटकर रोने लगी—"मेमसाब, मुझे माफ कर दीजिए, हाँ, मैं मुसलमान हूँ।"

सिद्धेश्वरी युद्ध लड़ने से पहले ही पराजित हो गई, उसका क्रोध और आवेश एक हारे हुए सेनापति की ढाल और तलवार की तरह खंडित हो चुके थे।

"तुमने झूठ क्यों बोला? क्यों ठगा मुझे?" बटोरे गए शब्दों में तड़प थी, आँखों की आग पानी हो चुकी थी।

"मेमसाब, मेरा खाविंद मुझे छोड़कर चला गया। मैं गरीब दाने-दाने को मोहताज हो गई, अपनों-गैरों ने ठोकर मारी तो गाँव छोड़ यहाँ चली आई, सोचा कि मेहनत-मजूरी कर पेट पाल लूँगी···कई घरों में काम माँगने गई, पर मेरा धरम मेरे पेट पर लात मारता रहा···मैं तो भूखी रह जाती, पर मेमसाब, औलाद की भूख कैसे बरदाश्त करती, आखिर झूठ बोला, फरेब किया···अपना नाम बदला, भेष बदला और हो गया दो जून रोटी का जुगाड़···आपकी तीमारदारी की···आपने अपना लिया, ममता दी···प्यार दिया···

"मेमसाब! आपने मेरा ईमान देखा, मेरा हुनर देखा, मेरी नीयत देखी···आप खुश हुईं···आज मेरा धरम देखा तो आँखें फेर लेंगी?

"मेमसाब, असली धरम तो मेरा ईमान, मेरा जमीर है और वह एकदम पाक है और असली रिश्ता जिस्म का नहीं, रूह का है। मेरा खुदा जानता है···मैं बुर्का उतारकर भी सच्ची मुसलमान हूँ, ठाकुरजी का

मंदिर साफ करने से मेरा खुदा कभी नाराज नहीं हुआ···मेमसाब, आपके भगवान् भी आपसे नाराज नहीं होंगे।

"मैं आपकी जाई नहीं···कोई नहीं···फिर भी आपकी हो चुकी हूँ··· आप ही मेरी माई-बाप हैं, क्या इस रूहानी रिश्ते को आप तोड़ देंगी?" वह ज़ार-ज़ार रो रही थी।

सिद्धेश्वरी का स्वाभिमान, उसका दर्प गौरी के आँसुओं के सैलाब में बह गया। उसने हाथ बढ़ाकर गौरी को कंधों से थाम लिया और सिर पर हाथ फेरा। उसके पास शब्द नहीं थे···मन की साँकल खुल चुकी थी।···सारे बाँध टूट चुके थे और नेह का सागर अपने तट से मीलों आगे तक छलछला उठा था। वह भीतर गई, फोन उठाया और देवेश का नंबर मिलाया।

"हैलो।"

"है लो।" सिद्धेश्वरी की आवाज में कंपन था।

"बोलो सिद्धि! सब ठीक है न, मैं परसों सुबह की फ्लाइट से पहुँच रहा हूँ।"

"वो···मैं कह रही थी···इस बार···"

"हाँ, बोलो···"

"इस बार···इस बार होली पर···राहुल और राबिया को बुला लो।"

"क्या···!" देवेश आश्चर्य से चीख उठे।

□

7
सरगोशियाँ

रीना की शादी की पच्चीसवीं सालगिरह थी। दस साल पहले ही पति घोषणा कर चुके थे कि सिल्वर जुबली पर वे जिंदगी की सारी शिकायतें दूर करेंगे और स्विट्जरलैंड का पैकेज लेकर उसे खूब घुमाएँगे।

मानो तो, न जिंदगी को रीना से कोई शिकायत थी, न रीना को जिंदगी से, शिकायत तो खुद पति को थी, वह भी खुद से। अमीर घर की बेटी को ब्याहकर तो ले आए, पर किराए की ऐसी बरसाती में, जो धूप में तपती थी और बारिश में चूती थी। टीन की छत से लटका पंखा उनकी माली हालत की तरह थका-थका सा घूमता रहता। रीना के माथे से बहकर पसीना आँखों में खलिश भर देता, पर उस पर रंजन के प्यार की पुरसुकूँ ठंडक तारी रहती। दुनिया से लड़कर, घर के ऐशो-आराम छोड़कर आनेवाली मुश्किलात को देख-बूझकर उसने प्यार को चुना था। दोनों पढ़े-लिखे थे। सोचा, कोई-न-कोई नौकरी करके गुजारा कर ही लेंगे। रीना जानती थी, 'यह इश्क नहीं आसाँ, इक आग का दरिया है…' वह आग का दरिया पार करने का मन बना चुकी थी, पर डूबकर नहीं, तैरकर…रंजन जो उसके पास थे…उसकी नाव भी वे, पतवार भी वे।

कॉलेज के जमाने में सहेली के साथ जाने का बहाना कर अपनी

कार को लौटा देती और फिर रंजन के साथ बतियाते मीलों तक कितनी सड़कें-फुटपाथ नाप लेती, गुमान ही न होता। बारिश में घिर जाने पर फ्लाईओवर के नीचे दोनों पनाह लेते। बौछार से बचने के लिए रीना सिर पर ओढ़े दुपट्टे के आधे सिरे में रंजन को ले लेती। बड़ी-बड़ी बरौनियोंवाली आँखें उठाकर सानुराग उसे देखती तो महसूस होता कि रंजन की झुकी पलकों तले वह दुनिया की सबसे महफूज लड़की है। रूमानियत के ऐसे ही अनगिनत किस्सों ने उसके नाजुक तलवों के नीचे मजबूत जमीन बिछा दी थी, जिस पर नंगे पाँव दौड़कर वह रंजन की बाँहों में सिमट जाने का ख्वाब बुनने लगी।

रीना का ख्वाब पूरा हुआ, जब दोनों ने शादी की, पर रंजन का ख्वाब अधूरा था। अपनी प्रेयसी को खुशगवार जिंदगी का तोहफा देने के लिए वे दिन-रात मशक्कत करते। रीना को एक ट्रैवल एजेंसी में नौकरी मिल गई थी, पर रंजन को मन लायक काम नहीं मिला। फिर काले बादलों में चाँदी की रेखा की तरह राकेश से मुलाकात हुई। दोनों ने मिलकर एक नर्सिंग होम में दवा की सप्लाई का काम शुरू किया, फिर बैंक से लोन लेकर केमिस्ट की दुकान खोली। आखिर किस्मत ने करवट बदली और एक दवा कंपनी की एजेंसी मिल गई। दस साल बाद प्यार की बैसाखी थामकर चलनेवाली रीना को रंजन ने सुख-सुविधा से लैस टू बी.एच.के. की मालकिन बना दिया। इस बीच उनकी जिंदगी में औलाद के रूप में रोहित आ चुका था। कोई कमी नहीं थी, रंजन उसे वे सारे ऐशो-आराम मुहैया कराना चाहते थे, जिन पर रीना का शादी के बाद पहले दिन से हक था, किंतु संघर्ष के रास्ते पर चलते-चलते रीना समझदार हो गई थी। अभी उन दोनों को और बचत करनी है रोहित के लिए··· उसकी पढ़ाई और बेहतर जिंदगी के लिए। रंजन को उससे शिकायत रहती, वे उसे देश-विदेश घुमाना चाहते, हीरे-मोतियों में जड़ देना चाहते, पर रीना है कि उसे घर के कोने में रंजन के साथ बैठकर ही जन्नत का-सा अहसास होता। उसकी इन बातों पर जहाँ रंजन को

प्यार आता, वहीं खुद से शिकायत होती। पिता के घर शहजादी-सा जीवन जीनेवाली रीना को शादी के बाद कई सालों तक गुरबत में जीना पड़ा—रह-रहकर यह बात उन्हें सालती। शादी की पंद्रहवीं वर्षगाँठ पर उन्होंने वादा किया कि अपने मिलन का सिल्वर जुबली सेलिब्रेशन वे स्विट्जरलैंड में करेंगे और तब वे रीना की एक नहीं सुनेंगे।

समय पखेरू उड़ता गया, आखिर पच्चीसवीं सालगिरह आ गई। रोहित तेईस बरस का गबरू जवान हो चुका है, शानदार पैकेज पर आई.टी. सेक्टर में काम करनेवाला मेधावी नौजवान। उसे भी याद है पापा का प्रॉमिस। पर रीना कहाँ माननेवाली थी, इस बार भी कोताही करने से बाज न आई, वादाखिलाफी कर ही दी। एक महीने पहले ही घोषणा कर चुकी थी कि उसे स्विट्जरलैंड नहीं, दिल्ली जाना है और वह भी ट्रेन से।

"...और हाँ, मुझे सेकंड क्लास में सफर करना है।"

"आर यू क्रेजी?" रंजन के शब्द दिमाग में कौंध गए। उनसे इसी प्रतिक्रिया की उम्मीद थी। बेटा भी सहमत नहीं था।

"मम्मा, आपकी मनमानी नहीं चलेगी।" रोहित झल्ला उठा। बरसों से यह परिवार केवल हवाई यात्राएँ करता है और सचमुच उसकी न चली। आखिर ए.सी. कोच में टिकट बुक कराई गई।

पूरे सफर में वह अतीत में विचरती रही। माँ-बाप के खिलाफ जाकर कोर्ट में रंजन से शादी की और पच्चीस साल पहले ट्रेन का सफर करके इस अनजान शहर में अपने ससुराल आई। बड़ी मुश्किल से सेकंड क्लास की एक ही रिजर्व सीट मिल पाई थी। तिस पर गाड़ी लेट होने से चौदह घंटे की यात्रा बीस घंटे में बदल गई थी। ट्रेन का लेट होना मानो बसंत की उम्र बढ़ जाना।

"आह! उस साइड बर्थ का सँकरा आकार उन्हें कितने करीब ले आया था। रात में एक ही कंबल में जहाँ भर की रूमानियत दहकने लगी, पटरियों पर दौड़ती रेल में लोहे की लाल छत के नीचे कामनाएँ उफन

पड़ी थीं। किसी फाइव स्टार होटल, सी बीच या रम्य पहाड़ों पर हनीमून मनाते जोड़ों से कई गुना खूबसूरत थे वो मादक अहसास।" याद कर रीना की कनपटियाँ जलने लगीं।

कुछ वक्त के थपेड़े···कुछ उम्र का तकाजा, अब तो जिस्म के साथ-साथ मन की जमीन भी ग्लेशियर बन गई है।

दिल्ली जाकर भी उसकी जिद के चलते किसी शानदार होटल के बजाय गोमती गेस्ट हाउस में बुकिंग थी। जहाँ शादी की पहली रात जे.एन.यू. का छात्र होने की वजह से रंजन को बुकिंग मिल गई थी। यह उसकी अनूठी सिल्वर जुबली सेलिब्रेशन का दूसरा पड़ाव था।

गेस्ट हाउस पहुँचकर एक भरपूर निगाह बिल्डिंग पर डाली, जो उसकी मधु यामिनी की गवाह थी। कमरे में आकर केयर टेकर को दो कप चाय लाने को कहा और आरामकुरसी पर पसर गई। जल्द ही अदरकवाली चाय की भीनी-भीनी खुशबू नथुनों में भर गई। यह आदत रंजन की वजह से पड़ी। उसे तो बस कॉफी पसंद थी, पर जेब से कड़के प्रेमी की सोहबत जो न कराए। शादी के बाद तो इलाइची, सौंफ, दालचीनी और न जाने कितनी वैरायटी की चाय बना-बनाकर वह रंजन को खुश करने की कोशिश करती। चाय का प्याला उठाकर हौले-हौले सिप करते अचानक होंठों पर मुसकान आ गई।

कैसी मदभरी थी वह पहली रात! खाना खाकर दोनों कमरे में आए, रीना ने हौले से खिड़की के पट खोल दिए, जोर से हिलोरें लेती रजनीगंधा की महक उठी। पलटकर देखा तो पलंग बड़ी हसरत से उनकी राह देख रहा था। बाहर सुर्ख शाम रात की स्याही में लिपट जाने को आतुर थी। बरबस रंजन ने उसे बाँहों में बाँध लिया, वह मोम की तरह पिघल गई, उसने आँखें मूँद लीं और बदन ढीला छोड़ दिया कि अचानक कॉलबेल बज उठी। रीना छिटककर पलंग के कोने पर जा बैठी। आँखों का नशा काफूर हो चुका था, अब विकलता तारी थी। रंजन ने दरवाजा खोला तो सामने उनका दोस्त अरुण खड़ा था, जो कोर्ट मैरिज में विटनेस से

लेकर गेस्ट हाउस में कमरा बुक कराने तक में मददगार रह चुका था। फिलवक्त जे.एन.यू. में रिसर्च कर रहा था।

"यार! दोस्तों के साथ बहुत देर हो गई, यदि लास्ट बस नहीं मिली तो मैं यहीं वापस आता हूँ। रात यहीं रुकना पड़ेगा। सोचा, इन्फॉर्म कर दूँ। कहीं आप लोग सो ना जाएँ।"

उस समय रंजन को वह प्यारा दोस्त परले दरजे का दुश्मन नजर आ रहा था। दिल किया, उसे धक्के मारकर कमरे तो क्या, गेस्ट हाउस से ही बाहर फेंक दे, नालायक कहीं का, कहता है कि कहीं आप लोग सो न जाएँ। अरे अहमक! कौन बेवकूफ आज की रात सोता है।

"ठीक है", कहकर उसने बंद होंठों में दाँत पीसे और दरवाजा बंद किया। अचानक एक-दूसरे को देखकर रंजन और रीना हँस पड़े। आधा घंटा बिना कपड़े बदले यूँ ही बैठे रहे।

"लगता है, स्साले को बस मिल गई है।"

यादों की गिरफ्त में रीना ऐसी बँधी कि चाय पीना ही भूल गई। आधा प्याला अभी बाकी था। भीतर यादों की गरमाइश थी, पर चाय ठंडी और बेस्वाद हो चुकी थी।

सूटकेस से कपड़े निकालकर बाथरूम में घुस गई। झटपट तैयार होकर ऑटो लिया, बंगाली मार्किट गई, स्पंजी रसगुल्ले और स्नैक्स पैक कराए और चल दी नेहरू पार्क की ओर, जहाँ उसने रंजन का पहला जन्मदिन मनाया था। आज भी उस दिन की तरह रसगुल्लों का रस कपड़ों पर चू गया, पर परेशान होने के बजाय वह मुसकरा दी। पार्क पहुँचने पर भीतरी पेड़ों के झुरमुट में अपने अतीत का खिलखिलाता अक्स दिखा। एक-दूसरे को रसगुल्ला खिलाते वे दोनों घुटने मोड़कर घास पर बैठे हैं और ऑटो मोड पर डाला गया, याशिका कैमरा ब्लैक एंड व्हाइट फोटो खींच रहा है। प्यार के पंछियों की कुहुक को क्लिक करते कैमरे की रील खत्म हो गई थी। रंगीन लम्हों की वह ब्लैक एंड व्हाइट एलबम आज भी रंजन की चिट्ठियों के पुलिंदे के साथ उसने सहेज रखी है। काफी

समय तक नेहरू पार्क में बिखरी यादों को समेटती रही। जाते-जाते हाथ में पकड़ा खाने का पैकेट गार्ड को पकड़ाकर फुर्र हो गई।

अब ऑटो दौड़ रहा था यूनिवर्सिटी की दिशा में। अचानक कंधे पर रंजन का हाथ आ टिका, उसने गरदन झुकाकर गाल रंजन के हाथ से सटा दिया और आँखें मूँद लीं। पूरी देह पिघल उठी···एक लंबे अंतराल के बाद तृष्णा का ज्वार उठा और दिल के तहखाने से जा टकराया। बेसुधी में ही लंबा रास्ता कटा।

आखिर रिज के गेट पर पहुँचकर ऑटो चालक ने ब्रेक लगाया। किराया चुकता कर वह भीतर दाखिल हुई। पर सबकुछ बदला-बदला सा था। न वह मचान, जहाँ रंजन ने हाथ पकड़कर उसे सीढ़ी पर चढ़ाया था। न वह तालाब, जहाँ उसके सिंदूरी अरमानों से मेल खाते दर्जनों कमल खिला करते थे। न वे कच्ची पगडंडियाँ, जिन पर दो जोड़ी पाँव हर रोज अपने निशान छोड़ जाते थे···जिन पर चलते उसके जिस्म को पहली बार रंजन ने जकड़ लिया था और वह पिघली मोमबत्ती-सी भक से बुझ गई थी।

पर वैसी ही ठहरी-ठहरी शाम थी, वैसा ही धुँधलका, वैसी ही शरारत करती चुप्पी और चुहल करती खामोशी। एक गोल पत्थर पर वह टिक गई। पेड़ों के लंबे होते साए में वह पच्चीस बरस पहले की सरगोशियाँ सुन रही थी। सब भला-भला सा लग रहा था। यहीं कहीं रंजन की जिद पर बंदरों की फौज के साथ डरते-डरते उसने तसवीर खिंचवाई थी। आज कोई बंदर तो नहीं दिखा, बहरहाल झाड़ियों से आती सरसराहट कितने ही जवान किस्से बुन रही थी।

रिज में पसरी धूसर यादों को टूटे फूल की पंखुड़ियों-सा उसने एक-एक कर चुना और झुककर यहाँ-वहाँ बिखरी कुछ मुरझाई पत्तियों को उठाकर टिशू पेपर में एहतियात से लपेटकर रिज से विदा ली। गेस्ट हाउस से सामान उठाया और स्टेशन पहुँचकर गाड़ी में सवार हुई। अगली सुबह घर में कदम रखा तो बदन टूट रहा था। पर मन···मन

चंदन-सा महक रहा था···सोने-सा निखरा-निखरा···दिप-दिप करता उल्लास घर भर में उजास भर गया।

नहा-धोकर रंजन की फेवरिट साड़ी पहनी, परफ्यूम छिड़का, माथे पर सुर्ख बिंदी लगाकर कमरे में रंजन के पास गई, उसकी आँखों में आँखें डालकर बोली, "जान, हैप्पी जुबली!"

रंजन माला चढ़ी तसवीर में वैसे ही मुसकरा रहा था, जैसे दस साल पहले तक मुसकराता था।

□

8

संविधान रमा का

कल जनवरी महीने की 26 तारीख है, प्यारी नातिन मिनी का जन्मदिन। पिछले हफ्ते ही तीन साल का कोर्स पूरा करके विदेश से लौटी है। मम्मी, पापा और सारे फ्रेंड्स एक्साइटेड हैं, अठारह साल तक कभी नागा नहीं हुआ, पापा की दुलारी का जन्मदिन शान से मनाया जाता रहा।

कल फिर ऐसी ही धूम होगी। पापा ने तीन मंजिला चॉकलेट वेलवेट केक ऑर्डर किया है, शानदार बैंक्वेट हॉल की बुकिंग हुई है। दोस्तों ने बीते तीन साल की कसर निकालने के लिए कितने ही गेम्स प्लान किए हैं।

नेहा ने कहा है सुबह ही आ जाने के लिए, क्योंकि सात बजे के बाद दिल्ली के बहुत सारे रास्ते सील कर दिए जाएँगे। बची हुई सड़कों पर ट्रैफिक बढ़ जाने से पहुँचने में दो घंटे लग सकते हैं। उसकी तो इच्छा थी कि माँ एक रात पहले ही उसके घर आ जाएँ, फिर अगले दिन वहीं से सब बैंक्वेट हॉल पहुँचेंगे। विकास ने भी आग्रह किया है।

'ठीक है बेटा, जरूर आऊँगी' कह तो दिया, पर अमल नहीं कर पाई।

अब घिरी है अपराध-बोध से। चाहती तो बेटी की इच्छा पूरी कर सकती थी, आज शाम ही आराम से उसके घर पहुँच जाती। पर जब

अपनी चाहत जन्म ले लेती है तो देह का आराम और दूसरों की चाहतें बेमानी लगने लगती हैं। फिर चाहे वे 'दूसरे' अपने ही बच्चे क्यों न हों, मन स्वार्थी हो जाता है। पर वह तो ऐसी कभी नहीं थी, सारी जिंदगी अपने बच्चों और परिवार को खुश करने में होम कर दी, अब इस बुढ़ौती में शौक चर्राया है मनमानी करने का। सोचकर यकायक खुद से शर्मिंदा हो गई। मन बेचैन है और नींद नदारद। आधी रात होने को आई खुद से सवाल-जवाब करते। किसी फैसले पर पहुँचने से पहले खुद से जिरह करने लगी, अतीत के अनुभव को वर्तमान के तराजू में तौलते हुए।

…26 जनवरी न होती तो कोई असमंजस न था। पर क्या करे…। पिछली बार नाती राहुल के जन्मदिन पर भी वह सुबह ही पहुँच गई थी। राहुल नानी-नानी करता दौड़ा आया था। नेहा ने माँ का आलिंगन किया, विकास ने भी आत्मीयता से स्वागत किया था। फिर नेहा पार्टी की तैयारियों में मशगूल हो गई। शाम को पार्टी में नेहा अपनी सहेलियों और पति के दोस्तों को अटेंड करने में व्यस्त थी। एक तरफ बच्चों का झुरमुट था तो दूसरी ओर उनके जवान माँ-बाप का जमावड़ा। वेटर सॉफ्ट ड्रिंक और कबाब, कटलेट और कई किस्म के स्टार्टर्स से भरी ट्रे लेकर घूम रहे थे। रमा बादामी वल्कलम साड़ी में सोफे पर विराजमान थी, सब उसे अभिवादन करते, वह मुसकरा देती, पर कोई बात करनेवाला नहीं। कुछ देर में केक कटा, बर्थडे सॉन्ग गाया गया, डीजे की धुन पर फ्लोर पर नाच शुरू हो गया। कानफोड़ू म्यूजिक और बच्चों-बड़ों के समवेत कोलाहल से उसके सिर में दर्द होने लगा, घबराकर उठी और गार्डन की तरफ पड़े काउच पर बैठ गई। वेटर कब उसे फ्रूट पंच पकड़ाकर चला गया, भान ही न रहा। यहाँ फरवरी के खुशगवार मौसम की हलकी हवा के झोंके सुखद लग रहे थे, कानो में चुभनेवाला शोर भी कुछ मद्धम पड़ गया था। दो सिप लेने के बाद उसने गिलास बगल की तिपाई पर रख दिया। देर तक बैठे-बैठे टखने दुखने लगे। जी कर रहा था कि सोफे पर पैर चढ़ा ले, किंतु आभिजात्य का अमूर्त चाबुक उसे तरेर देता। देह

टँगे-टँगे कमान हो गई थी। देह से ज्यादा थकान उस नकली मुसकान से हो रही थी, जिसे घंटों से ओढ़े बैठी थी। अब इस बनावटीपन में दम घुटने लगा।

ओह, कल फिर वैसे ही थकना होगा···वही नकली मुसकान, वही आडंबर। जी तो नहीं करता, पर नातिन की वर्षगाँठ है। आखिर तीन साल बाद लौटी है। लोग क्या कहेंगे···पर न जाऊँ तो क्या फर्क पड़ेगा···सब तो अपने में मस्त होंगे, कौन नोटिस करेगा···वैसे मिनी का फरमाइशी गिफ्ट तो तैयार है ही, मृणाल लेता जाएगा। नानी नहीं आई तो क्या, मामा-मामी तो जा ही रहे हैं···नहीं···नहीं, नाराज हो जाएँगे बेटी-दामाद! सोचेंगे कि राहुल के जन्मदिन पर तो हमेशा आती रही, आज क्या हुआ? अब वे क्या जानें तीन साल में क्या बदल चुका, काश! मिनी का जन्मदिन 26 जनवरी को न होता···।

विचारों का घमासान मचा था···ओह, अपने मन का कभी न कर पाई, पति का सामंती स्वभाव था, सो जीवन में अनगिनत काम अनिच्छा से किए, पर अब कौन है रोकनेवाला, बेटे मृणाल ने पूरी आजादी दे रखी है तो भी मन मसोसकर रह जाती है।

"जब जिंदगी भर मन की न की, तो अब क्या···।" लंबी साँस लेकर उसने एक और करवट ली।

26 जनवरी को आजाद देश का संविधान लागू हुआ था, पर उसके संविधान में मन का करने की छूट कहाँ! बहरहाल, पिछले तीन बरस में कुछ बदलाव तो आया है, जीवन में। 40-45 साल तक गृहस्थी को सँभालते चक्करघिन्नी की तरह घर भर में घूमती रही। बच्चों के ब्याह के बाद सोचा था कि कुछ दम लेगी। विडंबना देखो, जिम्मेदारियों की भीड़ कम हुई कि मैराथन करते पाँव शिथिल पड़ने लगे। अपने रोग का नाम 'आर्थराइटिस' सुनकर रमा दुःखी हो गई। 'इससे बचना है तो रोज मॉर्निंग वॉक कीजिए'—डॉक्टर की हिदायत पर मृणाल ने पास के जॉगर्स पार्क में माँ को लाने-ले जाने का इंतजाम कर दिया। यह रमा की जिंदगी

की नई चुनौती थी, पर जल्द ही नई चुनौती जीवन का नया अध्याय बन गई। बरसों से कैद कदमों ने घर की चौखट को लाँघा, पर कुछ अलहदा तरीके से। पहले शादी-ब्याह और उत्सव, मरने-जीने में जाती थी तो परिवार साथ होता, इस बार थी वह निपट अकेली। पहली दफा ऐसे लोगों से वास्ता पड़ा है, जिनके साथ रिश्तेदारी, बिरादरी, नातेदारी का कोई धागा नहीं जुड़ा, जो उसके कुछ नहीं लगते, पर बहुत-कुछ होने लगे। शुरू-शुरू में ड्राइवर सहारा देकर पार्क का आधा-पौना चक्कर लगवा देता था। एक दिन वहाँ रोज आनेवाली महिला मंडली से मीठा निमंत्रण मिला, "माताजी! आओ, हमारे साथ बैठो।" फिर जो बैठी तो उठने का जी ही नहीं किया। उनके साथ योग-व्यायाम करने लगी। धीरे-धीरे पाँव खुले-तो-खुले, चुपके-चुपके मन के पंख भी खुलने लगे। ड्राइवर उसे गेट पर छोड़कर चला जाता, वह वॉक करने के बाद मंडली के साथ एक-डेढ़ घंटा गुजारती और नस-नस में तरावट लिये घर लौट आती। यही सिलसिला चल रहा है पिछले तीन साल से।

नई-नई कॉलेज जाती, तरुणी की तरह रात को ही प्लानिंग करती कि कल कौन सी साड़ी पहनकर जाऊँ। साल भर से पैकेट में बंद पड़ा नेहा का लाया इंपोर्टेड मॉइश्चराइजर भी इस्तेमाल करने लगी है।

...उसका मन 26 जनवरी पर अटक गया। पिछली बार भी पार्क में उसी ने झंडा फहराया था। आहा, कैसा गौरव महसूस होता है! तीन साल से पंद्रह अगस्त और छब्बीस जनवरी को सब उसी के हाथ में झंडे की रस्सी दे देते हैं। वह झुकी कमर से आसमान में देखती है और रस्सी खींचते ही झंडे में लिपटे फूल उसका अभिषेक करते हुए सिर से पाँव तक उसे भिगो देते हैं। छोटे से हाथ को ऐंठाकर वह सलामी की मुद्रा में खड़ी रहती है। सब राष्ट्रगान गाते हैं। साल में दो बार के रोमांचक अनुभव उसे बहुत दिनों तक गुदगुदाते रहते हैं। बचपन के दिन याद करती है, जब देश आजाद भी नहीं हुआ था। पाँचवीं के बाद तो गाँव के बाहर के स्कूल गई ही नहीं। आजादी के बाद स्कूलों में बच्चों को

राष्ट्रगान गाते देख एक ललक जगती, पर तब तक अपना स्कूल छूट चुका था। कभी सोचा न था कि जीवन के इस पड़ाव पर…सपनों के चरमराने की उम्र में यह अधूरी ख्वाहिश पूरी होगी।

नया-नया जनमा जोश अस्सी की बाउंड्री को छूती रमा को ठेलकर रोज सुबह घर के पासवाले पार्क में ले जाता। बेटे मृणाल ने ड्राइवर की ड्यूटी लगा रखी है कि माँ को पार्क तक भी कार से ही छोड़ना है, कहीं लड़खड़ाकर गिर न जाएँ। पार्क के गेट पर उसकी संगिनियों में से कोई-न-कोई लिवाने चली आती। यह पचास, पचपन और साठ पार की बीस-पच्चीस स्त्रियों का समूह था, जो रोज पार्क में मिलता, योग-व्यायाम के बाद हँसी-ठिठोली, कुछ दुःखड़ा, कुछ उपदेश… सब बुढ़ापे की दहलीज पर एक-दूजे की बाँह थामे, थके कदमों को रफ्तार देने में शामिल।

रमा सबसे उम्रदराज, सबसे सीनियर होने के साथ-साथ अपने शांत और सौम्य स्वभाव के कारण सबकी प्यारी 'माताजी' थी। बाज दफे कई औरतें अपने बेटे-बहू की बुराई, अड़ोसी-पड़ोसी की शिकायत या कामवालियों की आलोचना करतीं। ऐसे में अमूमन रमा श्रोता की भूमिका में रहती या गीता, भागवत, रामायण के प्रसंग छेड़कर जीवन-दर्शन समझाती—"कोई बात नहीं, सबमें उसी परमात्मा का अंश है…", "चार दिन की जिंदगी में क्यों किसी से बैर पालना", "ऊपरवाला सबकी सुनता है…धीरज धरो"—क्षमा, धैर्य की बातें कर सुलगती चिनगारियों पर पानी का छींटा मारती। इन्हीं बातों ने उसे सबसे प्यारी, अच्छीवाली माताजी का तमगा दिला रखा था।

इस नए परिवार की ज्यादातर औरतों के हाथ से सत्ता फिसल चुकी थी, चाबियों के गुच्छे बहुओं के हाथ में आ चुके थे, कहने को सभी खाते-पीते घरों की थीं, पर घर के फैसलों में किसी की कोई खास हिस्सेदारी नहीं है। वो घर-संसार, जिसकी कभी धुरी हुआ करती थीं, अब सिर्फ यादों में सहेज रखा है। आलीशान मकान में बसे नई

पीढ़ी के नए घरों में सबका एक-एक कोना ही बचा था। पर इस पार्क ने इन सबको एक नया संसार रचने की कुव्वत दी है, जिसमें कोई रक्त संबंधी नहीं, कोई अनचाहा औपचारिक संबंधी नहीं। सब हैं तो साझा सुख-दुःख, साझा सोच और साझा मन वाले अभी-अभी आजाद हुए पंछी।

किसी के पोते का जन्मदिन हो या पोती की नौकरी, इस पार्क में हफ्ते-दस दिन पर समोसे, गुलाब जामुन और फ्रूटी की पार्टी होती रहती··· सारी महिलाओं के जन्मदिन का कैलेंडर बना है, नीलमजी इंचार्ज हैं। हर तरह की सेलिब्रेशन की प्लानिंग वही करती हैं। तीन महीने पहले उन्होंने रमा का जन्मदिन भी ऐसे ही मनाया था। रमा ने खजांची सीमाजी को चार हजार रुपए इस बाबत दिए। लाज से घर में बताया भी नहीं। बहू मीनाक्षी कहेगी कि अब माँजी को यह क्या हैप्पी बर्थडे का शौक चर्राया। हालाँकि शाम को नेहा केक लेकर आई थी, पर जो मजा पार्क में आया था, वह घर में कहाँ।

घर में बुजुर्गियत का लबादा ओढ़कर उसे गरिमा के फ्रेम में जड़ जाना पड़ता है। खासतौर पर बहू और दामाद के सामने। बुढ़ाने का अभिनय भी कितना उबाऊ है, मन तो अभी भी कुलाँचे भरता है। घर में तो कोई खाने नहीं देता, जबकि पार्क में चटखारे ले-लेकर गोलगप्पे खाते हुए होंठों की कोर में बनी झुर्रीदार पगडंडियों से खट्टा-मीठा पानी चू जाए, तो किसे परवाह। कई बार गाने-बजाने की महफिल सजती। किसी के घर से ढोलक आ जाती, उसकी थाप पर टप्पे गाए जाते, कभी गोल घेरा बनाकर गिद्दा होता तो कभी गरबा। सबकी मनुहार पर वह भी अपनी काँपती आवाज में पहाड़ी गीत सुना देती। गिद्दा करती साथिनें कभी बरजोरी उसे नचाने लगतीं। वह भी रौ में बहकर उनकी ताल से ताल मिलाने लगती। घर में कोई देख लेता, तो डपट बैठता, "अरे···अरे, पैर तोड़ने का इरादा है क्या? कहीं फ्रैक्चर हो जाता तो···हद करती हो, माँ!" वगैरह-वगैरह। यहाँ वह कितनी आजाद है। यह आजादी ही तलवों

में बेताबियाँ भर देती है शायद। छोटी-मोटी कूद-फाँद उसके फेफड़ों में ऑक्सीजन भर देती है।

पार्क की साथिनें उसके गाल से गाल सटाकर सेल्फी खींचते नहीं थकतीं।

"माताजी की स्किन देखो, जैसे मक्खन और यह सफेद साड़ी, जैसे साक्षात् सरस्वती उतर आई हो···।"

रमा के पोपले मुँह पर ललाई उभर आती, मानो किसी ने बचपन के झूले में झोंटे दिला दिए हों, बदन फूल-सा हलका हो जाता। कभी भजन और गीत गाते हुए उसकी वीडियो बनातीं और अपने व्हाट्सएप ग्रुप पर अपलोड कर देतीं। स्मार्टफोन होते हुए भी रमा को उसे ठीक से चलाना नहीं आता। सो उसे वीडियो दिखातीं। पहले वह झिझकती, फिर हँसती-खिलखिलाती। उनकी चुहल उसे दिन भर की खुराक देती, जिसके सहारे वह अपनी आलीशान कोठी में निर्जन पड़ा मन का कोना भर लेती। कई बार देर रात तक सुबह की खुशनुमा यादों की जुगाली करती या अगली सुबह की योजना बनाती। मीठी उधेड़बुन में उनींदी रातें गुजर जातीं, नींद की गोली खाए अरसा हो गया। पर आज की रात मन का खरगोश कब से गुंजल में फँसा है।

भर रात निंदिया रानी रूठी रही और रजाई में लिपटी वह भोर की अगवानी में खिड़की के बाहर ताकती रही। आखिर सुबह होते ही बिस्तर छोड़ दिया। नहा-धोकर मिनी के जन्मदिन में पहनने के लिए रखी हरे पाट की साड़ी पहनी, उस पर स्वेटर, शॉल, पाँव में गरम मोजे और मुलायम जूते पहनते वक्त हाथों में एक ऊर्जा और मन में उमंग थी। सामने रखा सुनहरी गिफ्ट पैक उठाया और बाहर का रुख किया। ड्राइवर सुल्तान ने पैकेट हाथ से लेकर गाड़ी में रख दिया और दरवाजा खोल दिया।

कॉलोनी के गेट पर पहुँचते ही रमा ने ड्राइवर को टोका, "सुल्तान, दाएँ नहीं, बाएँ चलो!"

"माताजी, दीदी के यहाँ जाना है ना!"

"नहीं, पार्क चलो!··· और हाँ, मुझे लेने मत आना, आज मैं शर्मा आंटी की गाड़ी में आ जाऊँगी। तुम यह गिफ्ट ले जाकर नेहा मैडम के यहाँ दे आओ और कहना, शाम को मैं मृणाल और मीनाक्षी के साथ सीधे बैंक्वेट हॉल पहुँच जाऊँगी।" एक साँस में वह कह गई।

पार्क की सहेलियाँ उसे लिवाने चली आई थीं।

"य्य्य्ये! माताजी आ गईं" की स्वरलहरियों ने उसे भीतर तक भिगो दिया।

"मैंने कहा था न, जरूर आएँगी।" ग्रुप की सबसे जिंदादिल पचास साल की स्कूल हैडमिस्ट्रेस रेखा मल्होत्रा उसके गले में बाँहें डालते हुए चहक उठी।

झंडा फहराने के बाद आज फिर उसने तिरंगे को कड़क सलामी दी। वह हौसले से लबरेज थी, आज उसने अपना संविधान जो रचा है। राष्ट्रगान के समवेत स्वर में उसके होंठ भी बुदबुदा रहे थे।

□

9

सुकून कहाँ!

आज पहली बार यूँ घर से निकलते हुए मन रो उठा, उसकी आँखें डबडबा गईं। काले चश्मे ने सारी पीड़ा को छिपा लिया। लोगों की नजरों से बचते-बचाते तेज कदमों से सोसाइटी के बड़े से अहाते से निकल गई। किसी ने उसे गाड़ी के बिना कभी बाहर जाते नहीं देखा था। आज कंधे पर बैग और हाथ से ट्रॉली सूटकेस को खींचते हुए कोई देख लेगा तो खबर ही बन जाएगी। उसे बाहरी लेन बड़ी हिम्मत से क्रॉस करनी पड़ी। कहीं सामने से अपनी ही कार में पति न टकरा जाएँ। तुरत-फुरत एक ऑटो पकड़ा और 'एयरपोर्ट' कहकर उसमें बैठ गई। ऑटो चलते ही कलेजा धक-धक करने लगा, मुँह सूख रहा था, दिमाग निचुड़ा जा रहा था। अजीब सा अहसास… जैसे मायके से विदा होती लड़की को बिछोह का अनुभव हो रहा हो। उसकी रुलाई फूट पड़ी।

सड़क के किनारे एक गुमटी पर ऑटो धीमा करवाया और पानी की बोतल खरीदी। एक साँस में आधी बोतल गटक गई। उसे यूँ घर से नहीं निकलना चाहिए था…बिना सोचे-विचारे…बिना कहे-सुने! खुद ही खुद से पूछ बैठी कि 'क्या उसने गलत किया?'

'नहीं, अच्छा किया, कब तक कमजोर बनेगी…वे तो यही सोचेंगे कि बहादुरी दिखाने, अपनी ईगो दिखाने के लिए गई है। कभी नहीं सोचेंगे

कि आज फिर एक बार उसका दु:ख अपने तटबंधों को तोड़ चुका है। वरना उस जैसी औरत क्या ऐसे जा सकती है!

'अति होती है तो धरती फुफकारती है, धीरज चुकता है तो सागर हुंकार भरता है। नदियाँ भी रास्ता बदलती हैं, बस एक वह ही है, जो अपनी लकीर पर घिसट रही है। कुछ भी हो जाए, अपनी गृहस्थी, अपने परिवार, पति, बच्चों से मुँह नहीं मोड़ेगी। लाख उठा-पटक हो जाए, अपने साथी का साथ नहीं छोड़ेगी। धरती बनकर अपने सूरज के चक्कर काटती रहेगी। इतना लंबा जीवन जिस ढर्रे पर गुजार दिया, अब उसी पर चलना है। दांपत्य के इसी मंत्र को तो जपती रही। कई बार मन घुड़कता—क्यों? क्या स्टांप पेपर पर लिखकर दिया है कि तुम्हें ही सब ढोना है, बिना कहे-सुने मैं चुप रहूँगी···एक आदर्श पत्नी बनूँगी। हुँह, आज सुन लिया न पति ने, क्या सर्टिफिकेट दिया है—

"तुम दुनिया के लिए लाख अच्छी बन जाओ, पर एक अच्छी पत्नी कभी नहीं बन पाई।"

उसकी सारी तपस्या, सारी मेहनत निष्फल हो गई। अच्छा ही तो बनने में खुद को घिस-घिसकर काजल कर दिया, पर हाय, उनकी आँख में ठंडक नहीं पड़ी। कितनी बार पति ने अपशब्द कहे, दुत्कारा, विवाद होने पर कोपभवन में प्रस्थान किया। पति का कोपभवन उसकी आत्मा पर की गई सबसे बड़ी हिंसा थी। जिससे बचने के लिए वह हर समझौता करती गई, पौराणिक युग की बीवी बनकर खाने की थाल सजाकर ले जाती। शुरू में तो रो-रोकर पैरों में गिर जाती, उस एक जोड़ी पाँव को चूमती और सीने से लग जाती। पति का अहं शांत हो जाता, उसकी अकारण क्षमायाचना ने पति के दंभ को कितना पोसा, कितना खाद-पानी दिया, आज ग्लानि होती है। वह प्यार के नाम पर अपनी शिक्षा, संस्कार और स्वाभिमान को भेंट चढ़ाती रही, हारती रही बार-बार, लगातार। पति का पुंसत्व जीतता रहा, बार-बार, लगातार।

आखिर आदर्श दांपत्य की मिसाल जो कायम करनी थी। अपने

चारों ओर देखती कि कैसे स्त्रियाँ अपना सहज गुस्सा, कोफ्त और मूड ओढ़कर बैठ जातीं और पति उनकी मनुहार करते। याद है, एक बार शारदा ने मुसकराते हुए सुनाया था कि उसका राकेश से झगड़ा हुआ और बातचीत बंद। दो दिन बाद वह मुरगा लाया और किचन में आकर शारदा के कंधों को थामकर प्यार से बोला, "डार्लिंग, जरा अच्छे मूड से चिकन बनाना, कहीं स्वाद न बिगड़ जाए।"

उसे तो याद ही नहीं, कभी दो दिन उसने पति को नाराज छोड़ा हो। उसके लिए दो घंटे तो क्या, दो घड़ी भी पति की बेरुखी सहना भारी था।

उसकी अधीरता ने ही उसे इतना दुःख दिया। क्यों नहीं पति की जगह खुद कोपभवन में जाती रही? क्यों नहीं खुद बेरुखी अख्तियार की? क्यों नहीं कुछ पहर, दिन या हफ्तों की जुदाई बरदाश्त की? पाँच बरस पहले जिस दिन पति ने हाथ पकड़कर धक्का देकर कठोर शब्दों में कहा, 'निकलो इस घर से', क्यों नहीं आज की तरह उस दिन निकल आई? किसी को अपना दुःख सुना दे, तो लोग उसे धिक्कारेंगे, क्योंकि वह एक नौकरीशुदा स्त्री है, जो पति के अन्न की मोहताज नहीं। अच्छे ओहदे पर अपनी कंपनी की कुशल और सम्मानित अधिकारी है। आए दिन कंपनी की महत्त्वपूर्ण योजनाओं पर निर्णय के लिए उसकी सलाह ली जाती है। बस अपने घर की योजनाओं में ही निर्णय नहीं ले पाती। विनम्रता और आदर्श का बाना ओढ़कर सप्तपदी के वचनों को निभाती रही, बार-बार अपने स्वाभिमान को कुचलती रही, अपने वजूद को इतना रौंदा कि वक्त के साथ मन में कैक्टस का एक जंगल फैल गया। कुंठा का गहरा कुआँ पनप गया। उसका स्त्रीमन आँसुओं के खारे पानी में तिल-तिल गलता गया। उसी ने धृतराष्ट्र बनकर पति को दुर्योधन बनाया।

आज आने से पहले संतप्त मन से खुद को बाथरूम में बंद कर लिया। पति की जहर बुझी बातें चीख-चीखकर उसे कोंच रही थीं। वह भाग जाना चाहती थी, किसी वीराने में। जहाँ धाड़ मारकर रो सके··· चिल्ला सके···पति के विष बाणों का प्रतिरोध कर सके। पर कितनी

निरीह है वह। आस-पड़ोस, समाज से भागकर इस भीतरी बेडरूम के बाथरूम तक ही उसकी पैठ है।

भीतर जाकर अपनी ही रुलाई का गला घोंटती रही। फिर पालथी मारकर कमोड की सीट पर बैठ गई। संजोग से फोन हाथ में था। ईयरफोन भी लटका हुआ था। ईयर पीस कान में लगाकर शिवस्तोत्र सुनने लगी। देह स्वतः ध्यानमुद्रा में सिमट गई। वह देर तक बैठी रही, आँखें झर-झर बरसती रहीं, अंतरात्मा चीत्कार करती रही—

"प्रभु, मुझे मुक्ति दे इस संताप से, मोह से, इस प्रेमजाल से, अहं से, क्रोध से··· इस संसार से, माया से···।" पर मुक्ति आसान कहाँ!

बहुत देर बाद बाथरूम के साफ फर्श पर टाँगें फैला दीं और स्टूल को सिर के नीचे सिरहाने की तरह टिका लिया। ठंडा फर्श चिलचिलाती गरमी में सुखद लग रहा था। वह कुछ देर सो जाना चाहती थी। तीन दिन के अवसाद और हाल में हुए वाक्युद्ध से तन-मन टूट रहा था। बाथरूम की छोटी खिड़की बेडरूम की बालकनी में खुलती है। अभी फर्श पर वह ऐसे लेटी है कि खिड़की से केवल उसका धड़ दिख रहा होगा। बीच में वॉशबेसिन आने से सिर नहीं दिख रहा। अचानक खयाल आया कि यदि पति खिड़की पर झाँकने आए, यह सोचकर कि इतनी देर से बाथरूम में क्या कर रही है, तब उसकी मुद्रा देखकर खामख्वाह चिंतित हो सकते हैं···सोच सकते हैं कि यह यूँ अचेत-सी क्यों पड़ी है, कहीं कुछ कर तो नहीं बैठी। बाथरूम में एसिड-फिनाइल जैसी तमाम घातक वस्तुएँ रखी हैं।

पर नहीं, वे नहीं आएँगे···अतीत में क्या कभी सोचा कि यह भी दुःख में ऐसा कुछ कर सकती है?

'कभी नहीं···उन्हें मुझे खोने का जरा भी भय नहीं, मुझसे जरा भी प्यार नहीं', उसकी आँखें भीग उठीं।

'पर उन्हें आना चाहिए इस खिड़की पर, इतना निश्चिंत कोई कैसे हो सकता है', वह खुद से तकरार करने लगी।

'अच्छा, यदि सचमुच मुझे यूँ फर्श पर पड़ा देखकर वे डर गए तो क्या हड़बड़ाकर दरवाजा पीटेंगे? कभी नहीं···।'

उसे याद आया, कुछ साल पहले ऐसी ही मनोदशा में दवा की दस-पंद्रह गोलियाँ खा गई। फिर डर गई सोचकर कि कहीं मर गई तो पुलिस केस बनेगा, पति से दरियाफ्त की जाएगी। अखबारों में सुर्खियाँ होंगी। अमुक-अमुक की मौत—हत्या या आत्महत्या। उफ्, खूब उछालेंगे अखबारवाले। वह दौड़कर रोते हुए गई और पति से बोली, "मैंने गोलियाँ खा ली हैं, मुझे उलटी कराओ, वरना मर जाऊँगी।" और यही पति घबराने के बजाय दूसरे कमरे में चला गया था। दूसरे शहर में जवान बेटे को फोन करके ऊँचे स्वर में बोला, "देखो, तुम्हारी माँ मरने की नौटंकी कर रही है···।"

"उसे क्यों टेंशन दे रहे हो?" कहकर वह फोन छीनने की कोशिश करने लगी। तुरंत उसके फोन पर बेटे की कॉल आने लगी। वह दौड़कर बाथरूम में गई और रोते हुए खुद ही तीन उँगलियाँ हलक में डालकर बेसिन में उलटी करती रही।

आज सोचती है कि क्यों वह इतनी कमजोर है, क्यों नहीं कुछ कर बैठती। फिर लगता है, नहीं, वह बहुत स्ट्रॉन्ग है। तैश में आवेश में, भी उसका विवेक नहीं मरता। मस्तिष्क ऊहापोह में भी रास्ता निकाल लेता है। अति अवसाद में भी आश्वस्ति का दामन नहीं छोड़ता। कितनी पॉजिटिव है, वह सबकुछ सँभाल लेती है, किंतु औरों को सँभालना जितना आसान है, उतना ही मुश्किल है खुद को सँभालना।

वह अपने पैरों पर खड़ी है, मान करनेवाला जवान बेटा है। कितनी बार कहा कि मम्मी! मेरे पास आकर रहो। पर जाने किस मिट्टी की बनी है, बार-बार टूटकर बिखरती है···जुड़ती है, फिर से टूटने के लिए। हर बार हौसला बटोरती है···प्रण करती है कि छोड़ दूँगी यह शहर··· यह घर, जिसके दरो-दीवार उसके अपमान और जिल्लत में सने हैं। पर कहाँ छोड़ पाती है इस रिश्ते को। क्या यह रिश्ता उसके लिए नशा

बन चुका है ? नहीं···नहीं, यह तो उसके लिए सजा बन चुका है। खुद से सवाल-जवाब करती कितनी ही देर वह फर्श पर पड़ी रही, पर न तो कड़वी यादें जेहन से गईं, न पति खिड़की पर आए।

वह जानती है कि उसका पति दंभी होने के साथ-साथ क्रोधी भी है। जब उसे क्रोध आता है, जब उसका ईगो हर्ट होता है, तब वह दुनिया का सबसे क्रूर व्यक्ति है। इस क्रोध और ईगो का खोल चौबीसों घंटे उसके मन पर चढ़ा रहता है। कब किस बात पर कैसी प्रतिक्रिया दे दे, वह समझ नहीं पाती और अब तो एक और दुर्गुण उसकी आदतों में शुमार हो गया है, बेवफाई का।

कई बार जब-जब वह शहर से बाहर गई, तब वापस आकर कुछ-न-कुछ ऐसा हुआ, जिसने फसाद खड़ा कर दिया। एक बार उसे बच्चों के कमरे में तकिए के नीचे एक क्लचर मिला, जो उसका नहीं था। घर में कोई दूसरी स्त्री भी नहीं। वह सहज भाव से पूछ बैठी कि किसका है ?

"मुझे क्या पता, आते ही इनकी क्वेरी शुरू हो गई।" पति ऐसे चिल्ला उठा, जैसे वह कोई आरोप लगा रही हो।

एक बार फ्रिज में कुछ अनजान बरतन देखे तो उसी तेवर में जवाब मिला कि अमुक महिला, जो कभी उनके स्टाफ में थी, वह खाना लेकर आई थी।

"अरे, पर तुमने फोन पर बताया नहीं, उस दिन जब कुक नहीं आई तो मैं तुम्हारे खाने के लिए कितनी परेशान थी।"

"हाँ तो ? ···नहीं बताया! तुम्हें सबकुछ बताना जरूरी है क्या ?" आवाज उग्र हो चली थी।

"नहीं, मैं निश्चिंत हो जाती, बस इसीलिए···" उसने मिश्री घोलते हुए कहा।

"मुझे ये सब फालतू बातें याद नहीं रहतीं; और भी बहुत परेशानियाँ हैं ऑफिस की।"

एक बार एक पड़ोसन बोली, "आप बाहर गई थीं तो बिटिया आई थी क्या?"

"नहीं तो।"

"अरे, उस दिन आपके पति के साथ एक लड़की उतरी, मुझे लगा कि बेटी है और आपके साहब खुद ही ड्राइव कर रहे थे। आपका ड्राइवर नहीं था।"

सुनकर वह चुप-सी हो गई, फिर तुरंत हँसते हुए बोली, "हाँ, याद आया, वो...देवरानी की बहन आई थी, वही होगी।" फटे पर पैबंद लगाने की कोशिश की।

अकेले में इस बाबत बड़ा सँभलकर मुलायम स्वर में पति से पूछा। वे बिफर उठे, "कहाँ कोई आया था, तुम्हारे वहम का तो कोई इलाज नहीं।"

"दरअसल पड़ोसन ने कहा, इसीलिए पूछा...पर वो ऐसा क्यों कहेगी?"

"तो तुम्हें जो सोचना है, सोचो, मेरी बला से, मुझे कोई फर्क नहीं पड़ता।"

"कैसी बातें करते हो, मन के भ्रम को मिटाना चाहिए, तभी तो गाँठें पड़ती हैं।"

"तुम्हारे भ्रम का कोई इलाज नहीं..." कहकर अवहेलना से वह उसे काँटों में छोड़ गया।

ऐसी कितनी ही घटनाएँ घट चुकी हैं। वह क्या-क्या याद करे।

हर बार बेकसूर होते हुए उसने कसूरवार की ठोकरें खाईं, शब्दों के बाण झेले। आखिर वह पत्नी है और इस घर की गृहस्थन...एक पक्की गृहिणी। पत्ता भी इधर से उधर हिला कि उसकी निगाह सूँघ लेगी। उसे अन्वेषण की क्या जरूरत! पर पति को लगता है कि वह उसकी खोजबीन करती है, जासूसी करती है। कुछ साल पहले उसके मोबाइल पर किसी से बातचीत के रिकॉर्ड और कुछ आपत्तिजनक संदेश पत्नी

ने देख जो लिये थे। जब पूछा गया तो ओफेन्स इज द बेस्ट डिफेंस के सिद्धांत वाले पति ने तूफान खड़ा कर दिया।

सफाई देने की बजाय उलटे उस पर हाथ उठा दिया। उस दिन जी हुआ कि गंगा में डूबकर जान दे दे। पति की डाँट, फटकार, तिरस्कार से बढ़कर था विश्वासघात। सारी रात वह फूट-फूटकर रोई थी। इस बार भी कुछ ऐसा ही हुआ। शांति से शुरू हुई बात में वह यथावत् आक्रामक होकर बोला—

"तुममें बहुत ईगो आ गया है। खुद को क्या समझती हो? दुनिया के लिए लाख अच्छी बन जाओ, पर एक अच्छी पत्नी कभी नहीं बन पाई।"

वह रो दी, "हाँ, अच्छी पत्नी कहाँ, मैं तो बस बेवकूफ पत्नी बन पाई।" रूँधे गले से उसने कितनी ही भावुक बातें कहीं। किसी का भी दिल जिन्हें सुनकर पसीज जाता। उसे लगा कि अभी पति उठकर सीने से लगा लेगा और उसके आँसू पोंछकर कहेगा कि अच्छा भूल जाओ, मैंने जो कहा गुस्से में कहा, पर वह नहीं आया, न आँसू पोंछे, न सीने से लगाया।

अतीत में कई बार अपशब्द सुनकर वह उसके करीब आकर झुक जाती और उसकी जलती आँखों में अपनी ठंडी निगाह उड़ेलकर कहती, "तुम यह सब गुस्से में कह रहे हो ना!" उसे परे ठेलते हुए चिल्लाकर वह कहता, "जी नहीं, मैं पूरे होशो-हवास में कह रहा हूँ, तुम ऐसी हो··· वैसी हो···।"

आज भी रोती पत्नी को बोला, "महारानी बनती है, मैं इसके सवालों का जवाब दूँ, चाहती है कि इसके जूते की नोक पर रहूँ···"

ऐसी अनर्गल, बेबुनियाद, उलटबाँसी देखकर उसकी रोती आँखें जलने लगीं, उसने दाँत पीसे और झटके से उठकर कमरे से निकल गई। बस जाते-जाते दरवाजे को पुरजोर तीन बार पटका। यह उसके तीव्र प्रतिरोध का बिगुल था, जिसके बाद जाकर खुद को बाथरूम में बंद कर लिया।

लगभग घंटे भर बाद उसने मुँह धोया और खुद को संयत किया। मेनडोर से पति के कहीं जाने की आहट सुनकर बाहर निकली। मन उबल-उबलकर आखिर शांत हो गया था। वह किचन में गई, पति को कढ़ी पसंद है, बहुत दिन से बनाई नहीं, सोचकर झगड़े से पहले तैयार किए गए बेसन के घोल के पकौड़े बनाने लगी। मन की कल्पनाएँ भी पकौड़ों की तरह कुछ नरम हो चली थीं। लगा कि पति घंटे भर बाद लौटेंगे तो आकर कुछ विषयांतर करेंगे, पर मीठे ख्वाबों का गुब्बारा हमेशा की तरह फूट गया। पति आशा के विपरीत दस मिनट में ही लौट आया और सवाल दागा—

"ये तुमने दरवाजा क्यों पटका था?"

वह हतप्रभ थी, यह आदमी अभी भी वहीं अटका है। दरवाजा क्यों पटका, यह वह पूछ रहा था, जिसने गुस्से में दर्जनों बार दरवाजे पटके, बंद दरवाजे को पीट-पीटकर चिटकनी तोड़ दी, कुरसी और सिलाई मशीन उठाकर फेंक दी, काम करते उसके हाथ से लैपटॉप तक पटकने की कोशिश की। कुछ देर वह चुप रही। उसे लगा था कि वह शांत हो गई है, पर यह तूफान से पहले की शांति थी।

पति ने गरजकर सवाल दोहराया, "मैं पूछता हूँ, दरवाजा क्यों पटका?"

पति की खा जानेवाली नजरों को तरेरते हुए आज वह चिल्ला उठी, "क्योंकि कुछ और नहीं कर सकती थी। न अपना सिर फोड़ सकती थी, न तुम्हारा···वश चलता तो जहर खा लेती और तुम्हें भी दे देती।"

"क्या कहा?"

"वही, जो तुमने सुना।" वह दहाड़ी।

"···तो तुम मेरे साथ नहीं आ रही हो?" (कल दोनों को चार दिन के लिए शहर से बाहर पति के मित्र के यहाँ फंक्शन में जाना था)

"मैं तुम्हारे साथ आ रही हूँ? हुँह, तुमने सोचा कैसे! तुम मेरे साथ जो दुर्व्यवहार कर रहे हो, उसके बाद मैं तुम्हारे साथ आऊँगी!

हाउ डेयर यू ?" उसकी आँखें जल रही थीं, वह क्रोध में फुफकारने लगी।

पति का अहं चोट खाए साँप की तरह आक्रामक हो गया। तर्जनी दिखाते हुए उसके बहुत करीब आया। लगा कि उसे थप्पड़ मारेगा। वह भी आज पहाड़ से टकराने का मन बना चुकी थी।

"हाउ डेयर यू, मुझे कह रही हो···मुझे ? घटिया औरत! तुझे देख लूँगा।" जाने किस बात ने आज उसे प्रहार करने से रोक दिया, आँखों से अंगारे बरसाते हुए वह घर से बाहर चला गया।

वह बड़बड़ाई, पति को और भाग्य को कोसा। उसका आवेश चरम पर था, तुरंत गैस बंद की। बिखरी रसोई को यूँ ही छोड़ा, रसोई से ज्यादा आज उसकी अस्मिता बिखरी पड़ी थी। उसे समेटना अधिक आवश्यक लगा। कमरे में आई, कुछ सोचा, सूटकेस खींचा, चार जोड़ी कपड़े, नाइटी, बाथरूम स्लीपर, ब्रश-पेस्ट डाला। पर्स में कैश रखा। क्रेडिट कार्ड और आधार कार्ड तो हमेशा भीतरी पॉकेट में रहता ही है। ड्रेसिंग टेबल में रखा मंगलसूत्र पहना, न जाने क्यों लगा कि पहनना ठीक रहेगा, पहली बार अकेले जा रही है। पति साथ नहीं तो सौभाग्य का यह प्रतीक ही सही···दुनिया को छलने के लिए।

ऑटो लेकर एयरपोर्ट आई, जिसने संपन्न जीवन में कभी ट्रेन खुद नहीं पकड़ी थी, सफर बहुत बार अकेले किया, पर टिकट कभी नहीं खरीदा, न स्टेशन एयरपोर्ट अकेले गई। आज सब कर लिया। सबसे प्रतिकूल स्थिति में ही इनसान की पुरजोर सामर्थ्य प्रकट होती है।

हाथ में बोर्डिंग पास लिये, वह प्लेन की तरफ जा रही थी। कोई सेल्फी ले रहा था···कोई फोन पर प्रियजनों को सूचना दे रहा था, हाय और बाय के स्वर लहरा रहे थे। एक हलचल के साथ जीवंत-सा माहौल। उसका मन वैसे ही बुझा हुआ था, जैसे अतीत में तीन-चार बार परिवार में किसी की मौत या माँ के आई.सी.यू. में भर्ती के वक्त था। हवाई जहाज की ओर बढ़ते क्षत-विक्षत मन ने आज कुशल प्रस्थान के

लिए गणपति से प्रार्थना नहीं की, बल्कि आक्रोश में तड़पते हुए ईश्वर से माँगा कि यह प्लेन क्रैश हो जाए···बस उसे मुक्ति मिल जाए,···सुकून मिल जाए···दुनिया में बाद में जो हाहाकार मचे, उसे क्या!

पर न गणपति ने उसकी पुकार सुनी, न प्लेन क्रैश हुआ। वह सही-सलामत घर से हजारों मील दूर इस नए शहर में आ गई। टैक्सी पकड़कर उस गंतव्य तक पहुँची, जहाँ पहुँचने की छह महीने पहले योजना बनाई थी। तब माहौल अच्छा था, पति के साथ इस आश्रम में आकर आठ दिन की आध्यात्मिक कार्यशाला का हिस्सा बनना था। किसी कारण जाना टल गया। उस समय का किया सर्वेक्षण आज काम आया। घर से निकलने से पहले जब वह रिश्ते, परिवार और समाज के त्रिकोणीय सागर की भयावह लहरों में डूब रही थी, तब यही एक अंतरद्वीप नजर आया था।

आश्रम में पाँव रखते ही एक बार फिर दिल धड़कने लगा। शाम का धुँधलका गहरा चुका था। कितनी ही आशंकाओं के काले साए दिलो-दिमाग में मँडराने लगे। रिसेप्शन पर औपचारिकताएँ पूरी कर एक सप्ताह के लिए उसने वहाँ रहने का शुल्क चुकाया। एक स्टाफ के साथ निचली मंजिल पर अलॉट किए गए कमरे में पहुँची। कमरे का मुआयना किया। यह एक ठीक-ठाक ए.सी. रूम था।

"मैडम, रात का खाना बाहर से मँगाना होगा, कल से आपका नाम रजिस्टर में चढ़ेगा।"

"बाहर से?"

"कोई दिक्कत नहीं है, मैं इंतजाम कर दूँगा।"

"ठीक है" कहते हुए उसने एक नोट उसकी ओर बढ़ा दिया और उसके जाते ही तपाक से दरवाजा बंद कर लिया। अब वह बड़ी एहतियात से कमरे की चिटकनी की जाँच करने लगी, जो किसी पुराने गेस्ट हाउस की जंग खाई चिटकनी जैसी थी। बाथरूम जाकर मुँह धोया और आकर पलंग पर लेट गई।

आश्रम का कर्मचारी अगले दस मिनट में खाने की थाली ले आया था। निर्विकार भाव से उसने थाली पर निगाह डाली। पिछले दस घंटों से पेट में अनाज का दाना नहीं गया था, फिर भी उसकी अंतड़ियाँ शांत थीं। भीड़ भरे मेले में बिछड़ी सहेली-सी उसकी भूख जाने कहाँ भटक रही थी। इतनी जल्दी वैसे भी वह खाना नहीं खाती। देर तक आज की घटनाएँ सिलसिलेवार उसके दिमाग में कौंधती रहीं। अभी भी रह-रहकर घर छोड़ने के फैसले का वह मंथन कर रही थी। कभी अपने किए पर खुद को लताड़ती, कभी अपने किए की पैरवी करती। वही मकतूल, वही अपराधी और वही न्यायाधीश, जाने कब तक इन तीनों भूमिकाओं के मकड़जाल में फँसी रही।

कलाई घड़ी पर निगाह डाली, घड़ी नौ बजा रही थी। पास पड़ी खाने की थाली को उपेक्षा से देखा, दो कौर भी गले से न उतरे। धीरे से दरवाजा खोलकर उसने थाली कमरे के बाहर खिसका दी। कपड़े बदलकर नाइटी पहनी और आँखें मूँद लीं, पर नींद कहाँ!

बुरी यादें जोर-जोर से पलकों के बंद किवाड़ों को ठेलती रहीं। आखिर कब बेसुधी ने तन-मन को गिरफ्त में लिया, पता ही नहीं चला। अचानक नींद टूटी तो बुरी तरह चौंक गई। उसका बिस्तर गीला हो गया था।

अपने ससुर की बीमारी के दौरान एडल्ट बेडवेटिंग के कारणों पर उसने स्टडी की थी और पाया था कि डर, घबराहट, तनाव, उलझन और गहरे मानसिक आघात के कारण एनुरेसिस की समस्या पैदा हो सकती है।

वह अजीब शर्मिंदगी और अपराध-बोध से घिर गई। बेचारगी पलकों में आ ठिठकी। आँसू जज्ब करते हुए आनन-फानन में उसने चादर उठाई। देखती है कि नीचे गद्दा भी गीला हो गया है। एक चोर की तरह भारी गद्दे को खींचकर किसी तरह से पलट दिया। चादर को जाकर बाथरूम में धोया और ए.सी. के सामने फैला दिया। अपने कपड़े बदलकर कुरसी पर आ बैठी।

आकाश चुपचाप चाँदनी बरसा रहा था, भोर की चिड़िया अभी भी घोंसले में दुबकी थी। मटियाले अँधेरे को चीरकर उसकी निगाह दूर ताकने लगी, मानो सूरज के पैर में चिकोटी काटकर उसे जगाने की कोशिश कर रही हो। पर रात की उम्र बिताए नहीं बीत रही थी। पूरी कायनात में आज-सा भयावह एकाकीपन उसने कभी महसूस नहीं किया था। पर अब हाथ मलने से क्या होगा, आखिर यह रात उसी ने तो चुनी थी। बीसियों साल जिस ढर्रे पर गुजार दिए, उसी पर चलती रहती। जीवन संध्या में भला ऐसा जोखिम कोई उठाता है! बार-बार अपने रोष और आवेश के लिए खुद को कठघरे में खड़ा करती रही।

पौ फटते ही नहा-धोकर कमरे से बाहर निकल आई। आश्रम का खुला, हरा-भरा, शांत परिसर माँ की बाँहों की तरह उसे दुलराने लगा। पहली बार घर छोड़ने का मलाल जाता रहा और लगा कि यहाँ आने का फैसला कितना सही था। यह तो स्वर्ग है! न दीन, न दुनिया, न घर, न परिवार, न लोकाचार, सिर्फ मैं और मेरा सुकून···यही मेरा मुक्तिधाम है। अब एक हफ्ता नहीं, अनंत दिनों के लिए यही मेरी ठौर होगी। अगले दो घंटे वह आश्रम में बने योग कक्ष, ध्यान कक्ष, अध्ययन कक्ष, संस्कृति कक्ष और संग्रहालय के साथ शाकाहारी कैफे तक घूम आई। एक बड़े से हॉल में प्रवचन चल रहा था। संन्यासी वक्ता का तेजस्वी ललाट और मुखमंडल उसे सम्मोहित कर गया। स्निग्ध वाणी बिंधे मन पर मरहम लगा रही थी। इस बीच संस्कृति कक्ष में चल रहे अध्यात्म पर आधारित एक लेजर शो को भी उसने देखा। भोजन कक्ष में आश्रमवासियों के लिए मिल रहा नाश्ता किया तो लगा कि अरसे बाद भूख जगी है।

अपने कमरे की ओर लौटते हुए उसके होंठों पर मुसकान थी, तर्जनी अनायास चाबी का छल्ला घुमाने लगी। वह तय कर चुकी थी कि नौकरी से रिजाइन कर देगी, उस शहर को हमेशा के लिए छोड़ देने का खयाल मन पर तारी था। जैसे पिंजरे के पंछी को आसमान मिलने जा रहा हो। इस अजीब सी खुशी का सबसे बड़ा कारण था कि वह खुद

को दुनिया से काट चुकी थी, पिछले बीस घंटे से उसका फोन स्विच ऑफ था।

कमरे में आते ही अनायास उसने फोन स्विच ऑन किया। मैसेज बॉक्स और व्हाट्सएप पर संदेशों की बाढ़ आ गई। बच्चों के, भाई-बहनों के, देवर-देवरानी, कुछ दोस्तों के, ड्राइवर तक के अनगिनत संदेश, जिनमें मान-मनौव्वल कम और चिंता, आशंका, अधिकार, आदेश का पुट अधिक था।

"...कहाँ हैं आप?"

"...लौट आओ!"

"...तुम्हारी फिक्र है।"

"...यह अच्छी बात नहीं!"

"...सब चिंतित हैं।"

"...गुस्सा थूक दो।" वगैरह-वगैरह।

एक संदेश पर उसकी पुतलियाँ ठहर गईं।

"भैया को स्ट्रोक लगा है", यह देवर का संदेश था। इस बीच कई बार फोन घनघना उठा। स्क्रीन पर बेटी का नाम देख आखिर उसने फोन उठा लिया।

"मम्मी, यह अच्छी बात नहीं है...आप कहाँ हैं? हम सब कल से परेशान हैं, मैं और आयुष ग्वालियर आ गए हैं...पापा हॉस्पिटल में हैं आपकी वजह से...डॉक्टर कहते हैं कि इंटेंस स्ट्रोक लगा है, अब शायद चल-फिर नहीं सकेंगे...उन्हें व्हीलचेयर पर ही रहना पड़ेगा। मम्मी, दिस इज नॉट फेयर! कुछ भी हो, आपको इस तरह जाकर उन्हें शॉक नहीं देना चाहिए था, अब जल्दी आइए...!" बेसाख्ता रोते हुए बेटी एक साँस में सब कह गई। वह खामोशी से सुनती रही।

...पापा हॉस्पिटल में हैं आपकी वजह से...रह-रहकर बेटी के शब्द उसकी रूह पर कोड़े बरसा रहे थे, मन कसैला हो उठा। अभी-अभी जमी खुरंड उखड़ गई और तन-मन के घाव फिर से हरे हो गए। खुद को

घसीटकर वह उठी, बिखरा सामान समेटा और कमरे को ताला लगाकर रिसेप्शन पर जाकर चाबी दे दी।

"पर मैडम, आप तो एक हफ्ता रुकनेवाली थीं।"

बिना उत्तर दिए वह मुड़ी। एयरपोर्ट के लिए निकलते हुए मुख्य द्वार से पलटकर आश्रम पर...अपने आभासी मुक्तिधाम पर निगाह डाली। एक फीकी हँसी हँस दी। बरबस मुँह से निकला—

"मुक्ति कहाँ! सुकून कहाँ!!"

□

10

सोशल डिस्टेंसिंग

रोज की तरह दरवाजे की घंटी बजी। सुकेश बाबू ने दरवाजा खोला, सामने दिलीप खड़ा था, दूध की थैलियाँ हाथ में लिये। थैलियों को सिंक में धोते हुए बोला, "साहब, घोष बाबू साफ हो गए?"

"क्या? कब? कैसे?"

"पूरा तो नहीं पता, गार्ड ने बताया कि आज सुबह गुजर गए।"

"जाओ···जाओ जाकर पता लगाओ कि कैसे हुआ", सुकेश बाबू की आवाज काँपने लगी। साँसें सीने में नगाड़े-सी बजने लगीं। चेहरे पर बेचैनी साफ झलक रही थी।

"क्या हुआ?" आधी-अधूरी बात सुनकर सुजाता पूछ बैठी।

"देखो न, क्या बक रहा है दिलीप···कहता है कि घोष बाबू गुजर गए।" सुकेश बाबू के चेहरे पर हवाइयाँ उड़ रही थीं।

सुजाता का मुँह खुला-का-खुला रह गया, पर उसे पति की चिंता ज्यादा थी। कहीं ब्लड प्रेशर न बढ़ जाए। पिछले कुछ महीनों से छोटी-छोटी बात पर बिफर उठते हैं।

"अच्छा आइए, टेबल पर नाश्ता लगा दिया है।"

"अभी रुको, जरा दिलीप को आने दो, ऐसा क्या हुआ घोष को··· ऐसे कैसे···" बड़बड़ाते हुए बालकनी में गए और बेवजह पौधों में पानी डालने लगे।

"अरे, सुबह आप पानी दे चुके हैं न, फिर दोबारा क्यों··· ?"

"हाँ-हाँ, भूल गया था।" वे संयत होने की भरसक कोशिश करने लगे। सोफे पर आकर बैठ गए, मन के साथ-साथ उनकी एक टाँग लगातार काँप रही थी। सुजाता बगल में आकर बैठ गई और हिलते हुए घुटने पर हाथ का दबाव देकर बोली, "मुझे तो लगता है कि किसी ने यूँ ही अफवाह उड़ाई है, कई दिन से चहलकदमी करते नहीं दिखे होंगे, बस लगे लोग अटकलें लगाने···टीवी चैनल की तरह झूठ फैलाने में सब एक से बढ़कर एक हैं।"

पर सुकेश बाबू के फक पड़े चेहरे पर निश्चिंतता का कोई रंग नहीं चढ़ा।

जल्द ही दिलीप लौट आया। सुकेश बाबू उसकी ओर लपके।

"हाँ, क्या पता लगा दिलीप ? बताओ जल्दी।"

"साहब ! पंद्रह दिन पहले घोष बाबू को हलका बुखार और सर्दी-खाँसी थी, घर में ही खुद को क्वारंटाइन किया हुआ था।"

"पर मुझसे तो पिछले इतवार फोन पर बात हुई है, कुछ बताया नहीं उसने।"

"साहब, सुना है कि चार दिन पहले तबीयत ज्यादा बिगड़ी और एक नर्सिंग होम में दाखिल हुए, पर आज सवेरे···" दिलीप ने बात अधूरी छोड़ दी।

"शिव··शिव" कहते सुकेश बाबू के हाथ आकाश की ओर उठ गए।

"कोरोना था क्या ?" सुजाता अनायास पूछ बैठी। आजकल जरा भर सर्दी-खाँसी-बुखार हुआ, छींक आई या देह में दर्द हुआ कि बस एक ही आशंका होती है।

"मेम साहब ! पता नहीं, कोई कुछ बताता थोड़े है।"

"पर इसमें छुपानेवाली कौन सी बात है, सारी दुनिया में आग लगी है इस मुए कोरोना की वजह से···न बच्चा देखती, न बूढ़ा, न अमीर, न

गरीब, न झोंपड़ी, न महल···कब किसका बुलावा आ जाए, कौन जाने। हँसते-खेलते, हट्टे-कट्टे गबरू जवानों को भी नहीं छोड़ती।" चिंता और निराशा में लिपटे सुजाता के शब्द सुकेश बाबू को विचलित करने लगे।

"···तब, और क्या खबर है?" वे दिलीप का मुँह ताकने लगे।

"बारह बजे तक बॉडी आएगी, उसके बाद घाट पर ले जाएँगे।" कहकर दिलीप जाने को उद्यत हुआ।

"दिलीप, तुम नीचे ही रहना···खबर करना।" सुजाता ने निर्देश दिया।

"मैं जाता हूँ घोष के घर!" पैरों में स्लीपर डालते हुए सुकेश बाबू बोले।

"पर अभी जाने से फायदा? घर में तो कोई नहीं होगा।"

"साहब, मेमसाहब ठीक कह रही हैं, अभी घर में कोई भी नहीं है।" दिलीप ने सुजाता की बात का समर्थन किया।

"ठीक है, तुम जाओ।"

सुजाता के आग्रह पर अन्यमनस्क भाव से सुकेश बाबू नाश्ते की टेबल पर आ बैठे, पर पहला ही कौर गले में अटक गया, प्लेट छोड़कर उठ खड़े हुए।

"मेरा खाने का मन नहीं।"

"अरे, ऐसे कैसे···अभी आपको दवा खानी है···भूखे पेट रहेंगे तो कैसे खाएँगे?"

"ठीक है, मेरे लिए आधा गिलास सत्तू बना दो।"

भीतर जाकर सुकेश बाबू आरामकुरसी पर लेट गए।

हर रोज नाश्ते के बाद झपकी लेने की आदत है, पर आज पलकें नहीं झपक रहीं। सामने कोरी दीवार पर एकटक ताकने लगे। आज दीवार में कोई आकृति नहीं खोज पाए। अब से पहले अकसर बैठे-बैठे बच्चों के-से आह्लाद से चिल्ला पड़ते थे—

'सुजाता, जल्दी आओ! देखो, दीवार में यह कितना सुंदर मोर दिख रहा है···। कभी उन्हें बादल दिखता, कभी कलगीवाला बैंगन, गांधीजी का चरखा, तो कभी नाचती हुई औरत, तो कभी गुब्बारे उड़ाता लड़का।'

सुजाता उनके इस अनोखे शौक पर हँस पड़ती और उपहास करती—'पता नहीं, कहाँ से यह अजीब शौक पाल लिया है।' वे हँसकर बचपन में पढ़ी कहानी का हवाला देते। पर आज उनकी कल्पना को पाला मार गया है।

"क्या सोच रहे हैं?" मुलायम स्वर में सुजाता पूछ बैठी।

"कुछ नहीं, कोरोना ने तो दिमाग सुन्न कर दिया है। परसों से तिवारी भी हॉस्पिटलाइज्ड है।"

"कौन, हमारी सोसाइटी के प्रेसिडेंट?"

"हाँ!"

"क्या उन्हें भी कोरोना···?"

"नहीं-नहीं, उनको डायरिया हुआ है···डीहाइड्रेशन···।"

"शुक्र है।" सुजाता ने एक लंबी साँस ली।

"अच्छा सुनो! बारह बजे घोष की बॉडी आएगी। मुझे नीचे जाना चाहिए ना?" जीवन भर खुद निर्णय लेनेवाले, पत्नी के हर मशवरे को सिरे से नकार देनेवाले सुकेश बाबू अबोध बालक की तरह मुँह बाए सुजाता की ओर देख रहे थे।

"क्या कहती हो, मुझे नीचे जाना चाहिए या नहीं?" उन्होंने सवाल दोहराया।

"बिल्कुल! आपको जाना ही चाहिए, आपका कितना दोस्ताना था, घंटों फोन पर बतियाते थे, कैंपस में साथ-साथ वॉक करते थे।"

"कितना मस्त था घोष···जहाँ बैठता, फुलझड़ियाँ छोड़ता; डायबिटीज थी, पर पट्ठा मिठाई खाने से बाज नहीं आता था, जब भी नॉनवेज बात करनी होती तो मुझे फोन करता, एक नंबर का चुहलबाज और जिंदादिल था···पर धोखेबाज साला···चटपट हाथ छुड़ाकर चला गया।"

सुकेश के चेहरे पर पल भर को आई हँसी की लौ भक से बुझ गई। एक लंबी साँस खींचकर बोले, "बड़ी अखरेगी उसकी कमी···"

"इसीलिए तो कहती हूँ कि अपना ध्यान रखा करो, जब देखो, आजकल भी वॉक करने के लिए नीचे उतरने की जिद करते हो।" सुजाता को घुड़की देने का मौका मिल गया।

"अच्छा, मेरे वॉक करने पर इतना हल्ला···और जो अभी मुझे कह रही हो, मैं नीचे चला जाऊँ···तब मुझे कुछ नहीं होगा?" सुकेश बाबू का असमंजस झल्लाहट में बदल गया, न चाहते हुए उलटे पत्नी पर ही बरस पड़े।

"यह लो! मुझ पर ही टूट पड़े, आपको समझ नहीं आता, अभी तो मरनी का मामला है, कैसे कहूँ कि न जाओ···हाँ, ध्यान रखिए, मास्क लगाकर जाइए और ग्लवज भी पहन लीजिए। आपको तो ज्यादा एहतियात बरतनी चाहिए। मत भूलिए, हमेशा ब्लड प्रेशर हाई रहता है।"

सुजाता एक ही साँस में गरम होकर नरम हो गई। जानती है कि पति की ऊहापोह, बेचारे कुछ फैसला नहीं कर पा रहे। मन दोस्त की रूह की ओर धकेलता है, दिमाग तन को दो गज पीछे खींचता है।

"तो फिर छोड़ो, मैं नहीं जाता, वहाँ भीड़ होगी···सोशल डिस्टेंसिंग नहीं रह पाएगी।" उनके चेहरे पर असुरक्षा का भय तारी था।

"तो आप थोड़ा सावधान रहिएगा, दूरी बनाकर रखेंगे तो कुछ नहीं होगा।" सुजाता ने अंजुरी भर हौसला उनके सूखते-मुरझाते विश्वास पर उड़ेल दिया।

"करना क्या है, बस दूर से घोष बाबू का दर्शन करके लौट आइएगा।" सुजाता जानती थी कि दोस्त को देखे बिना पति की आनेवाली कितनी ही रातें उनींदी कटेंगी।

"नहीं-नहीं, मैं सोचता हूँ कि मेरा न जाना ही ठीक है।" सुकेश बाबू निर्णायक स्वर में बोले। उनके माथे पर पसीने की बूँदें चमकने लगीं। मन में उलझन का ज्वार ठाँठें मार रहा था। उसी के कुछ छींटे

माथे पर नन्ही-नन्ही बूँदें बनकर पसीज उठे थे। चेहरे पर दुश्चिंता की बदली घिर आई।

"कहीं मुझे कुछ हो गया तो···बच्चे भी हजारों मील दूर हैं···नहीं-नहीं···मेरा न जाना ही ठीक है।"

"अच्छा तो, जैसी आपकी मर्जी!" सुजाता कोई दबाव नहीं डालना चाह रही थी। मन में पति की उम्र और ब्लड प्रेशर को लेकर भी चेतावनी की घंटी बज रही थी।

पौने बारह बजे ही कुरसी डालकर सुकेश बाबू अपनी बालकनी में बैठ गए और टकटकी लगाकर नीचे आती-जाती इक्की-दुक्की गाड़ियों को ताकने लगे।

'कोई-न-कोई एंबुलेंस ही आएगी शव लेकर···' अपने आप से बतियाते हुए व्यग्र निगाहें सोसाइटी के प्रवेश-द्वार पर टिक गईं।

"चलिए न भीतर! क्यों गरमी में बैठे हैं?"

"अब मैं यहाँ भी न बैठूँ? घोष मेरा दोस्त था, तुम क्या चाहती हो कि पत्थर बन जाऊँ", उनके स्वर में गहरी तड़प देख सुजाता सहम गई, सुकेश बाबू की आँखें दहक रही थीं।

"आप शांत हो जाइए···मेरा मतलब था कि यहाँ बहुत गरमी है, एंबुलेंस आएगी तो भीतर आवाज आ ही जाएगी···फिर मैंने दिलीप को कहा है न, खबर करने के लिए···।"

"बस, मैं ठीक हूँ, तुम जाओ।" रूखी आवाज में बोले। सुजाता जाने की बजाय एक कुरसी खींचकर उनके पास ही बैठ गई।

"उफ्, कोरोना ने तो दुनिया ही लूट ली है···अपने भी पराए हो गए हैं। देखो, नीचे कोई नहीं दिखाई दे रहा···सोसाइटी के लोगों को मालूम नहीं है क्या?" कैंपस का सूनापन उन्हें अखर रहा था।

"मालूम कैसे नहीं होगा, पर ऐसे में सब ऐन मौके पर ही आएँगे।" सुजाता ने दलील दी।

लगभग साढ़े बारह बजे एंबुलेंस आई, किंतु न दरवाजा खुला,

न शव उतारा गया। तभी ड्राइवर गाड़ी से उतरा और पार्किंग में जाकर किसी से बतियाने लगा, सुकेश और सुजाता अधीरता से ताकते रह गए। दस मिनट बाद ड्राइवर आया और उसने एंबुलेंस बैक करके मोड़ी। पार्किंग में से एक और गाड़ी निकली, जिसमें घोष बाबू का भतीजा और साला दो अन्य व्यक्तियों के साथ बैठे थे। एंबुलेंस के पीछे-पीछे यह गाड़ी भी सोसाइटी के मुख्य द्वार की ओर बढ़ चली। प्रशासन ने दाह संस्कार के लिए केवल पाँच परिवार जनों की संख्या निश्चित की है, जिसका उल्लंघन दंडनीय अपराध है।

बालकनी में बैठे दंपती हैरान थे कि सोसाइटी का एक भी व्यक्ति घोष बाबू को विदा करने नहीं आया। बहरहाल आधा दर्जन कुत्ते आज सुबह से कैंपस के बीचोबीच बने मैदान के चारों ओर बदहवास बौराए-बौराए से घूम रहे हैं। एक-एक कर सड़क के इन आवारा कुत्तों को घोष बाबू अपने खाली पड़े दूसरे फ्लैट में पनाह देते रहे। उनका एक स्टाफ खासतौर पर इनकी देखभाल, खाने-पीने और सुबह-सुबह टहलाने के लिए मुकर्रर किया गया है।

कई बार ये कुत्ते जाकर किसी की पार्किंग में गंदगी फैला देते हैं तो कभी एक टाँग उठाकर अभिषेक कर आते हैं। रात-बेरात इनके कोरस में भौंकने पर भी कई लोग गलियाते रहे हैं। आए दिन कोई-न-कोई पड़ोसी घोष बाबू के दुलारों को लेकर उनसे उलझ पड़ता, पर घोष बाबू एक कान से सुनकर दूसरे से निकाल देते। इस दौरान बदस्तूर एक मुसकान उनके चेहरे पर चस्पाँ रहती।

कहते हैं कि जानवर आपदा को इनसान से भी जल्दी सूँघ लेता है, शायद इन बेजुबानों ने भी अपने पालनहार के अनिष्ट को भाँप लिया है।

एंबुलेंस के सोसाइटी से निकलते ही सुकेश बाबू फफक पड़े। अपने दोस्त की जुदाई और अपनी विवशता पर। आज लग रहा था कि मन के साथ-साथ तन की नजदीकियाँ कितनी जरूरी हैं। लड़खड़ाते का

हाथ थाम लेना, मौज-मस्ती की गलबहियाँ, टूटते हौसलों में कंधे पर उम्मीद भरी गरम हथेली। कितना जरूरी है यह सब, लेकिन…लेकिन…

"सब छूट रहा है सुजाता, दुनिया बदल गई…क्या-क्या होनेवाला है?" उनका रुआँसा एकालाप सुजाता को डरा रहा था।

"खुद को सँभालिए, तबीयत खराब हो जाएगी।" उसने पति के कंधे पर हाथ रखकर हौले से दबा दिया।

"छिः, मैं कितना स्वार्थी हो गया हूँ।" आत्मग्लानि से उनका मन धू-धू जल रहा था।

वे नहीं जानते थे कि उनकी तरह कितनी ही बालकनी और खिड़कियों, झरोखों में लोग सींखचों में बंद पंछी की तरह लटके थे और नम आँखों से घोष बाबू को विदा कर रहे थे।

सोसाइटी से निकलती एंबुलेंस के पीछे दौड़कर गए कुत्ते अब भी गेट के पास खड़े हैं। उनकी समवेत भूँक हाहाकार मचा रही है, पर आज कोई उन्हें खदेड़ नहीं रहा।

□

11

संभवतः

हवाई जहाज के उड़ान भरते ही डॉ. दिवाकर का दिल बैठने लगा, मानो कोई कलेजा निचोड़ रहा हो। इस शहर को अलविदा कहते दिल के हजार टुकड़े हो रहे थे। बरसों बाद मजबूरी के तहत यहाँ आना पड़ा, किंतु आज इस शहर से आखिरी मुलाकात थी। कभी न सोचा था, जिस शहर ने इतना कुछ दिया, वहीं अपना सब कुछ लुटाकर यूँ खाली हाथ लौटना पड़ेगा।

उनके चारों ओर हँसी और खुशमिजाजी के गुब्बारे फूट रहे थे, लेकिन वे अपनी विंडो सीट पर उदासी का लिहाफ ओढ़े बैठे थे। उनके साथ खामोशी सफर कर रही थी। जवान, खूबसूरत एयर होस्टेस की हिदायतों में मिठास थी, पर उनके दिल में तीखी खटास डेरा डाले थी। खिड़की से बाहर झाँका तो शहर की ऊँची-ऊँची इमारतें उनके पस्त हौसले की तरह बौनी दिख रही थीं, डूबते सूरज की ललछौंह किरणें बादलों के पीछे बुझी राख-सी धूसर हो चली थीं। जिस अंशुमान ने उनकी कच्ची मिट्टी-सी उम्र को तपाकर पकाकर जिंदगी की गरम-सर्द हवाओं को झेलने की मजबूती बख्शी थी, आज वह भी निगाहें चुरा रहा है, अपनी तपिश को जाने किस पोटली में बाँधकर दूर रख आया है। अचानक उन्हें ठंड महसूस होने लगी। जूते-मोजे के भीतर तलवे सर्द हो उठे। हाथों में उँगलियों की पोर जमने लगीं। सिर के ऊपर लगा बटन

दबाकर उन्होंने एयर होस्टेस को बुलाया और लिनेन की माँग की। आज यहाँ से मुंबई की दूरी एक निस्सीम दरिया के समान लग रही थी।

आकाश में उछाल मारते हवाई जहाज से नीचे चीटियों के झुंड-सा दिखता शहर कितना अजनबी लग रहा था। जहाँ पहली साँस ली, जिस शहर ने पाला-पोसा, तालीम-तहजीब अता फरमाई। घुटनों के बल शुरू हुआ उनका सफर मेडिकल कॉलेज के मंच पर जाकर खत्म हुआ, जब दीक्षांत समारोह के दिन सबसे बड़ी सौगात के रूप में उन्हें डॉक्टरी की डिग्री मिली।

छुटपन में माँ-बाप का साया उठ जाने पर दूर-दराज के रिश्तेदारों ने जैसे-तैसे पढ़ा-लिखाकर इस मुकाम तक पहुँचाया। ऊबड़-खाबड़ रास्तों पर चलते दिवाकर के पैरों में जितने काँटे चुभे, उससे ज्यादा नश्तर रिश्तेदारों की शिकायतों-तानों से दिल में गड़े। भला हो गाँव की टुकड़ा भर पुश्तैनी जमीन का, जिसकी एवज में बालक दिवाकर को दो कड़वे बोल के साथ चार खुश्क निवाले मिल जाते थे, जिन्हें आँसुओं के साथ वह घोंट लिया करता। उसे पढ़-लिखकर अपने पैरों पर खड़ा होना है, अर्जुन की तरह यही एक लक्ष्य उसके लिए मछली की आँख थी, जिसे हर हाल में साधना था। बचपन से जवानी तक एक लंबे रेगिस्तान में चलता रहा। प्यार की मृगमरीचिका तक का आभास न हुआ। आखिरकार इसी शहर में उनकी साध पूरी हुई और मन की मरुभूमि पर हरियाली ने दस्तक भी दी।

इसी शहर की बासंती हवा में डॉ. दिवाकर के प्यार की खुशबू फैली, उनकी जया···उनका पहला और आखिरी प्यार···यह भी तो इसी शहर में मिला।

तीन दिनों के लिए एक सेमिनार में भाग लेने जया अपने शहर इंदौर से यहाँ आई थी, सेमिनार की औपचारिक मुलाकातों में जाने कब दोनों के दिल के मकान आसपास हो गए और प्यार बुरांश के फूलों की तरह दिलों की घाटी में लहक उठा। सेमिनार के बाद वे दूर तक टहलने

निकल जाते और झील के किनारे बिछी पत्थर की बेंच पर बैठकर घंटों बतियाते। दिवाकर के लिए यह निपट नया अनुभव था। उसकी धूप-सी जिंदगी पर जया घना साया बनकर आ खड़ी हुई थी।

सेमिनार के आखिरी दिन भी दोनों यहीं आकर बैठे थे, कल जया को लौट जाना है। दोनों के दिल में एक ही सवाल था—क्या यही है मेरा साथी···मेरा हमसफर? डूबते सूरज की आँखों में झाँककर गोया जवाब तलाश रहे थे दोनों। ओझल होने से पहले सूरज ने आँखें मिचकाकर इशारा किया और झुकी-झुकी निगाहों से जया ने 'हाँ' कह दी। उसके हामी भरते ही आँखों ने इंद्रधनुषी रंग बिखेर दिए। दिवाकर का सूना मन सतरंगी आभा से चमक उठा। प्रेम के धागे का एक सिरा थामे जया इंदौर लौट गई।

उसके जाते ही दिवाकर को लगा कि शहर के जर्रे-जर्रे ने उदासी का लबादा ओढ़ लिया है, वह भीड़ में भी तन्हा महसूस करता, पर अभी दोनों को अपनी-अपनी मास्टर्स डिग्री पूरी करनी थी। दिवाकर को चाइल्ड स्पेशलिस्ट बनना था, जबकि जया एम.एस. करके गायनोलॉजिस्ट बनने जा रही थी। तीन साल की कोर्टशिप में पढ़ाई पूरी करने के साथ-साथ दोनों ने एक-दूसरे को भी खूब पढ़ा, जाँचा-परखा। आखिर प्रणय परिणय पथ की ओर बढ़ चला और वे जन्म-जन्म के रिश्ते में बँध गए। विवाह के बाद जया बरसों के लिए इस शहर की होकर रह गई।

उनका प्यार ऐसे परवान चढ़ा कि जिंदगी पल-पल मुसकराने लगी, साथ ही वे दोनों भी चहकने-महकने लगे, कभी वे मचलते, कभी फिसलते···कभी सँभलते और कभी एक-दूजे को सँभालते-सहेजते।

दोनों अपने-अपने क्षेत्र में कुशल चिकित्सक थे। संयोग से एक ही हॉस्पिटल में ड्यूटी होती। बावजूद व्यस्त दिनचर्या के कभी कॉरिडोर, कभी ओ.पी.डी. में एक-दूजे से टकराते और हलकी सी मुसकान उछालकर अपने-अपने चेंबर में चले जाते। कभी ऑपरेशन या किसी गंभीर केस के तहत ओ.टी. में एक-दूसरे से वास्ता पड़ता तो विशुद्ध

प्रोफेशनल भूमिका में उतर आते। दोनों की जुगलबंदी देख संगी-साथी रश्क करते।

कभी किसी ने उनके बीच अनबन की बात नहीं सुनी, न ही खिटपिट होते देखी। औरतें अपने पतियों से और पुरुष अपनी पत्नियों से उन दोनों का नाम लेकर तकरीर करते, नसीहत देते, उन जैसा बनने की ख्वाहिश रखते।

किस्मत दिवाकर और जया पर बाखूब मेहरबान थी, इज्जत, शोहरत और पैसा तीनों बरसा रही थी, तो भी जिंदगी मुकम्मल न थी। शादी के बारह साल बाद भी वे औलाद का मुँह न देख पाए। आज सी सुविधा होती तो सरोगेसी या कोई दूसरा विकल्प सोचते। आखिर बेइंतहा प्यार के मारे दोनों एक-दूजे का बच्चा बन बैठे।

तीन बरस की कोर्टशिप तीस बरस की दांपत्य-यात्रा में तब्दील हो गई। जया और दिवाकर रसोई से लेकर अस्पताल तक के संगी-साथी बन गए। दुनियावालों को उनके घर में बच्चे की कमी अखरती, पर इस पुरसुकून जोड़े की तो मानो सारी ख्वाहिशें मुकम्मल हो चुकी थीं।

कदम-दर-कदम साथ चलते दोनों एक-दूसरे के बालों की सफेदी के साक्षी बने और चेहरे पर जाल फैलाती महीन लकीरों के राजदार भी। ढलती उम्र को जिंदगी पीछे छोड़ आई थी। उनका प्यार संक्रमण की तरह फैलता गया। दिवाकर जया के लिए चाय बनाते तो जया दिवाकर के लिए कॉफी।

अठारह साल पहले यह शहर छोड़ दिया, मुंबई आ बसे। ढलती उम्र में दो मंजिला घर खरीदा, जिसकी निचली मंजिल पर साझा क्लीनिक और ऊपर घर बना लिया। दोनों का चौबीस घंटे का साथ उन्हें और करीब ले आया। जया क्लीनिक से थककर आती तो दिवाकर उसकी पीठ पर मूव मलते। दिवाकर को थका देख जया कटोरी में तेल ले आती और एक शिशु की तरह उँगली की पोरों की नरम थपथपाहट से मालिश करती। इतवार को क्लीनिक बंद रहता, यह दिन दोनों का अपना था।

दोनों मिलकर टेरस के दर्जनों पौधों को दुलराते, उनसे बतियाते, पसंदीदा गजलें सुनते या कहीं घूम आते। वे एक-दूसरे के साथ इतने पूरे थे कि कभी अधूरेपन का अहसास न होता। इस पूरेपन के कारण कोई खास दोस्त-मित्र भी न बन पाए।

"सुनो, अपनी बहनों से भी कट-सी गई हो, मुझे कुछ हो गया तो बिल्कुल अकेली हो जाओगी। कभी रिश्तेदारों के पास भी आया-जाया करो।"

"अच्छा, तुम तो बहुत रिश्तेदारी निभाते हो अपने दूर के सगेवालों से!" जया ने चुटकी ली।

"...और सुनो, तुम कहीं नहीं जाओगे, मुझे विदा करके ही पीछे-पीछे आ जाना...मेरे सिवा किसी के हाथ की कॉफी भी तो तुम्हें पसंद नहीं!"

"अच्छा, और मैं तुम्हें जाने दूँगा? तुम गईं तो मेरी हेड मसाज कौन करेगा?"

"सुनो, जितनी बार यह दुनिया बनेगी, मैं ही तुम्हें कॉफी पिलाऊँगी और मैं ही हेड मसाज करूँगी...पक्का वादा!" कहकर उसने अँगूठे से थम्सअप का संकेत किया और दोनों ठहाका लगाकर हँस पड़े।

इस अधेड़ जोड़े की जवान खिलखिलाहटों को सुनकर पौधे भी झूम उठते। पर पिछले दस-पंद्रह दिनों से जया बीमार है। मामूली हरारत से शुरू हुई तकलीफ ने छाती को ऐसा जकड़ा कि खाँसते-खाँसते उसका दम फूलने लगता। हफ्ते भर से उसका क्लीनिक जाना भी बंद है। दिन भर पड़े-पड़े कुछ पढ़ती है या टीवी देखती है।

"यह क्या, बाबा लोगों का प्रवचन सुनती रहती हो, कोई कॉमेडी फिल्म लगाकर देखो, ताकि जी बहल जाए।"

अभी-अभी क्लीनिक से लौटे डॉ. दिवाकर कमरे में आकर बोले। जया ने इशारे से पास बुलाया, दिवाकर पास बैठकर उसके बालों में उँगलियाँ फेरने लगे।

"जानते हो, अभी किसी चैनल पर एक महात्माजी मौत के बारे में बता रहे थे। बोले कि गरुड़ पुराण के अनुसार मौत के बाद तेरह दिनों तक आत्मा अपने सगे-संबंधियों के आसपास रहती है, जब मृत्यु के बाद तेरह दिन की रस्में पूरी हो जाती हैं, तब आत्मा को यमलोक ले जाया जाता है।"

"यह क्या अनाप-शनाप देखती रहती हो! सब फिजूल की बातें हैं।"

"पर सुनो, मैं तेरह दिन क्या तेरह महीने तक तुम्हारा पीछा नहीं छोड़ने वाली···" कहते-कहते वह खिलखिला पड़ी, पर आँखों में गहरी नदी उतर आई।

तभी खाँसी का ऐसा दौरा उठा कि लगा, पुतलियाँ आँखों से बाहर आ जाएँगी। हैरान-परेशान दिवाकर उसे दवा पिलाने लगे। निढाल होकर जया ने आँखें मूँद लीं। दिवाकर देर तक बाँहों में थामे-थामे बड़े अनुराग से उसे निरखते रहे।

उनकी चुहलबाजियों और अठखेलियों के आदी पौधे छह महीनों में मुरझा गए हैं। न उन्हें वक्त पर पानी मिलता, न दिवाकर और जया की हँसी की ऊष्मा। जया बहुत बीमार है। दिवाकर उसे लेकर बेहद चिंतित हैं। नर्सिंग होम उनके सहयोगी सँभालते हैं। वे तो जया की सँभाल में ही लगे हैं। दवा, इंजेक्शन, तरह-तरह के टेस्ट··· इसी में जीवन सिमट गया है। जाने कितने दिन हुए उन्हें खुद से मिले हुए।

अजीब मिथकीय था उनका प्यार, जहाँ दो होकर भी वे एक थे। उनकी आत्मा के तंतु एक-दूजे में ऐसे गुँथे थे कि जुदा होने का लेशमात्र संशय न था। वे इतने तृप्त थे कि उनकी कोई चाह न बची।

अचानक दिवाकर को तेज सिरदर्द उठा। जया होती तो कॉफी पिलाती। खयाल के साथ ही कॉफी की भीनी-भीनी खुशबू नथुनों में भर गई।

"सर, योर कॉफी!" खनकती आवाज के साथ एयर होस्टेस ने प्याला बढ़ा दिया। हतप्रभ दिवाकर ने प्याला थामते हुए पूछा—

"पर मैंने तो ऑर्डर नहीं किया।"

"सर, पीछे आपकी वाइफ ने कहा कि सीट नंबर पंद्रह-डी पर मेरे पति को कॉफी की जरूरत है।"

दिवाकर को काटो तो खून नहीं। हकलाते हुए बोले, "मेरी···मेरी पत्नी का श···श···शव तो क···क···कार्गो में है।"

···शायद जया उनके आसपास है, संभवत: अगले तेरह दिनों तक कई-कई रूपों में अपने प्रेम की विरासत उन्हें सौंपती रहेगी···

□□□

आज की कला

आज की कला

प्रयाग शुक्ल

राजकमल प्रकाशन

ISBN : 978-81-267-1301-1

मूल्य : ₹795

पहला संस्करण : 2007
तीसरा संस्करण : 2026

प्रकाशक : राजकमल प्रकाशन प्रा.लि.
1-बी, नेताजी सुभाष मार्ग, दरियागंज
नई दिल्ली-110 002
शाखाएँ : अशोक राजपथ, साइंस कॉलेज के सामने, पटना-800 006
पहली मंजिल, दरबारी बिल्डिंग, महात्मा गांधी मार्ग, प्रयागराज-211 001
1, अनमोल सोराबजी सन्तुक लेन, धोबी तलाव, मरीन लाइंस, मुम्बई-400 002
वेबसाइट : www.rajkamalprakashan.com
ई-मेल : info@rajkamalprakashan.com

मुद्रक : विकास कंप्यूटर एंड प्रिंटर्स
ट्रॉनिका सिटी-201 102

AAJ KI KALA
by Prayag Shukla

समर्पण

चित्रकार-कथाकार रामकुमार जी और उनकी सहधर्मिणी विमला जी को सादर, सप्रेम समर्पित है यह पुस्तक—जिनके स्नेह का सम्बल चालीस वर्षों से मुझे और मेरे परिवार को सहज ही उपलब्ध है, और जिनसे कला और जीवन-जगत की सुन्दर चीज़ों को सराहने-समझने की दृष्टि भी मिलती रही है।

यह पुस्तक

कलाकृतियों को देखने-सराहने और परखने के बहुतेरे ढंग और कोण हैं। स्वयं जीवन में भी चीज़ों को देखने-परखने की बहुतेरी विधियाँ प्रस्तावित की जाती रही हैं, जो समय-सिद्ध और अनुभव-सिद्ध होती हैं। आखिरकार कोई किसान, कोई माली, कोई जौहरी, कोई मेकेनिक, कोई इंजीनियर अपने-अपने क्षेत्र की चीज़ों को अपने अनुभव, संज्ञान और पूर्ववर्ती पीढ़ियों के अर्जित ज्ञान के सहारे ही तो समझता और परखता है। कला का क्षेत्र भी, इन क्षेत्रों से अलग नहीं है। वहाँ भी कला-गुणों की परख पूर्ववर्ती पीढ़ियों द्वारा अर्जित ज्ञान और बोध के साथ ही, नई कृतियों और नई परिस्थितियों को समझ-बूझकर की जाती है। इस पुस्तक में जीवन और कला दोनों में ही 'ध्यान से देखने' और 'ठहरकर कुछ देखने' के महत्त्व की चर्चा है। कला, और कलाकृतियाँ, जीवन और समाज से अलग-थलग पड़ी हुई चीज़ें न तो हैं, और न कभी हो सकती हैं। इसीलिए यह ठीक ही माना जाता है कि चाहे कला-समीक्षक हो, या कला का कोई सामान्य आस्वादक और भावक, उसे जीवन के विभिन्न क्षेत्रों और अनुशासनों का जितना ज्ञान-ध्यान होगा, उतना सब कला-परख में भी उसके काम आएगा। सामान्य-सी बात यही है कि जो जीवन में 'देखता' है, वास्तव में चीज़ों पर गौर करता है, वही कलाकृतियों में भी अन्ततः बहुत कुछ ढूँढ़ और देख पाने की एक स्वाभाविक क्षमता अर्जित कर लेता है।

कला को ऐतिहासिक काल-खंडों में विभाजित करने की भी एक लम्बी परम्परा रही है, भौगोलिक आधारों पर भी वह बाँटी जाती रही है। विभिन्न देशों-प्रदेशों और समाजों के कला-गुणों और लक्षणों की चर्चा भी होती ही है। लोक-आदिवासी और नागर कला या आधुनिक कला और अब तो उत्तर आधुनिक कला, जैसे श्रेणी विभाजन भी

उपलब्ध हैं ही। पर, ठीक ही माना यह भी जाता रहा है कि मूल-रूप से कला अविभाज्य है, जैसे कि कविता-मर्म अविभाज्य है। हम किसी लोकगीत की पंक्ति पर उतना ही मुग्ध हो सकते हैं, जितना कि किसी आधुनिक काव्य की पंक्ति पर। इस पुस्तक में कला-धरोहरों, कला-स्मारकों को भी देखने-परखने के कुछ सूत्र और अनुभव प्रस्तावित हैं, खंड दो में, और आधुनिक कला की भी परख-पहचान की कई टिप्पणियाँ सुधी पाठकों को मिलेंगी। प्रसंगवश कुछ विदेशी और भारतीय कलाकारों की कृतियों पर लिखी गई कुछ समीक्षाएँ भी संकलित कर ली गई हैं, जिससे कि स्वयं पुस्तक के लेखक की कला-दृष्टि का, और कला-विवेचना की कुछ विधियों का एक अन्दाजा पाठकों को हो सके। पर, कुल मिलाकर यह पुस्तक कला-मर्म पर, और कला-निर्मिति की बहुतेरी ज्ञात-अज्ञात विधियों आदि पर है, और ज़ोर इस पर भी है कि कला और कलाकृतियाँ हमारे आस्वाद के किस और कैसे फलक पर, हमारे कुछ और निकट आ सकती हैं। खंड दो में ही कला की आधुनिक रचना-सामग्री और 'कैटलॉग कथा' शीर्षक टिप्पणी में उन कारकों की भी कुछ चर्चा है, जिनसे आज की कला दुनिया के कुछ पार्श्व रूप भी (रंगकर्म में बैकस्टेज की तरह के) सामने आते हैं।

इस पुस्तक में राजकमल से ही पूर्व प्रकाशित मेरी पुस्तक 'देखना' के भी प्रायः सभी लेख समाहित हैं, पर, अन्ततः तो अपने वर्तमान रूप और परिधि में, यह पुस्तक एक बिलकुल नई पुस्तक ही है। अगर, कला को देखने-परखने में यह पाठकों के काम आ सकी, और कला के प्रति उन्हें कुछ और अधिक उत्सुक बना सकी, तो मैं अपना श्रम सार्थक समझूँगा। वर्षों से कलाकृतियों को देखते-समझते हुए, उनके बीच अपना बहुतेरा समय बिताते हुए, जो कुछ मैंने मूल रूप से या सार रूप से, देखा, पाया और जाना है—उसका साझा भी मैंने इस पुस्तक के माध्यम से करना चाहा है। पाठक जानते हैं कि पिछले कोई चालीस वर्षों से 'दिनमान' फिर 'नवभारत टाइम्स' और 'समकालीन कला' के साथ ही अन्य कई पत्र-पत्रिकाओं में मैं कला पर, कलाकारों पर, और कला के सवालों पर, नियमित रूप से लिखता ही रहा हूँ, और वह सामग्री सैंकड़ों पृष्ठों की है, पर 'चित्रप्रेम' (जिसमें मूर्तिशिल्प-प्रेम और कला के अन्य रूपों के प्रति प्रेम भी शामिल है) की इस पुस्तक में प्रमुखतः कला की संगत करने की कुछ विधियाँ और संकेत प्रस्तावित हैं और आँखों

की इस क्षमता पर कि वह पहाड़ और समुद्र भी पलकों पर कोई बोझ डाले बिना उठा लेती हैं, के प्रति एक कृतज्ञता-ज्ञापित है। दरअसल जो आँखें पहाड़ और समुद्र को बिना हमें किसी तरह का 'भार' अनुभव कराए उठा लेती हैं, वही जब कलाकृतियों के सामने होती हैं, तो क्या घटित होता है या हो सकता है—इसका कुछ अनुभव, अनुमान और संज्ञान भी यह पुस्तक दे पाए, या कहें 'और अधिक' दे पाए, यही इच्छा है।

दीपावली 2006 **—प्रयाग शुक्ल**
नई दिल्ली

अनुक्रम

खंड : एक

खंड : दो

आज की कला

खंड : एक

देखने का स्वाद

यह तथ्य कुछ दिलचस्प है कि संगीत, नृत्य, नाटक, फ़िल्म जैसी कलाओं का आस्वाद हम प्रायः बैठकर लेते हैं, ले सकते हैं, पर चित्र और मूर्तिशिल्प तो खड़े होकर ही निहारने और सराहने होते हैं—चाहे वे किसी घर में रखे-टँगे हों या स्टूडियो में या फिर किसी दीर्घा-संग्रहालय में। चित्र दीवार पर ही रहते हैं और मूर्तिशिल्प किसी फर्श पर। और कभी-कभी तो मूर्तिशिल्प भी दीवार पर ही रहते हैं जैसे कि साँची, कोणार्क, एलोरा, एलिफैंटा, महाबलिपुरम आदि में हैं। कई पैनल। मित्रों और परिजनों से यह बात मैं कई बार विनोदपूर्वक कहता भी हूँ कि अपने छियासठ वर्ष के जीवन में मैंने कई वर्ष खड़े रहकर बिताए हैं। देश-दुनिया के संग्रहालयों में, कला-प्रदर्शनियों में, कलाकारों के स्टूडियो में, विभिन्न स्मारकों में, चलने और खड़े-खड़े कभी थोड़ी देर, कभी बहुत देर तक कलाकृतियों को देखने की ढेरों स्मृतियाँ मन में हैं।

नोट करने लायक बात यह भी है कि जब हम किसी कलाकृति के सामने होते हैं तो उसे किसी एक ही कोण से तो देख नहीं रहे होते हैं। उसे कभी बिलकुल निकट जाकर, कभी कुछ दूर खड़े होकर, कभी दाईं ओर से, कभी बाईं ओर से, देखने की ज़रूरत होती ही होती है। कभी इसलिए कि उस पर कोई 'रिफ्लेक्शन' पड़ रहा होता है, कभी इसलिए कि चित्र या मूर्तिशिल्प के कई या कुछ विवरण यह 'माँग' करते हैं कि उन्हें कई कोणों से देखा जाए। और इस प्रक्रिया में समय तो लगता ही है। मान लीजिए किसी प्रदर्शनी में तीस कलाकृतियाँ हैं, और आप हर कलाकृति के सामने दो मिनट भी खड़े रहते हैं तो एक घंटा तो हो गया न ! यह अकारण नहीं है कि प्रायः हर अच्छे संग्रहालय में एक कैफेटेरिया-कैंटीन भी होती है, जहाँ थककर थोड़ी देर बैठा जा सके और कुछ खाया-पिया जा सके। संग्रहालयों में काम भी इतने अधिक होते हैं और उनमें आप डूब भी जा सकते हैं, सो समय का पता नहीं चलता है। और आप दो-तीन घंटे या घंटे भर बाद ही, आँखों से अधिक बोझ पैरों में महसूस करते हैं और फिर रुख करते हैं

कैंटीन-कैफेटेरिया की ओर।

सो, मुझे 1984 में मैनहटन, न्यूयार्क के म्यूजियम ऑफ मॉडर्न आर्ट में बिताया हुआ समय भी जब-तब याद आता है और 1999 में मास्को के त्रेत्याकोव संग्रहालय में बिताया हुआ समय भी। इसी तरह देश-दुनिया के अन्य संग्रहालयों के 'अपने क्षण' भी याद आते हैं। मसलन 'भारत भवन' के 'रूपंकर' संग्रहालय के क्षण। और 'उस समय' की याद के साथ ही इन संग्रहालयों में कुछ खाने-पीने, उनके परिसर की किसी बेंच पर बैठकर सुस्ताने की याद भी अनायास ही चली आती है। भारत भवन के रेस्तराँ का तो नाम ही 'स्वाद' है। कलाकृतियों की याद तो आती ही है, पर सबकी नहीं। यह एक सच्चाई है कि बहुतेरी कलाकृतियाँ एक साथ देखने पर, सबकी सब हमें याद नहीं रहती हैं। पर एक चित्र-बोध और मूर्तिशिल्प-बोध को हर कलाकृति ज़रूर सघन करती जाती है, भीतर। कहीं गहरे।

आज इस बात को कुछ सन्तोष के साथ ही देखता हूँ कि जीवन का बहुत-सा समय कलाकृतियों को 'श्रमपूर्वक' देखते हुए बिताया है। कभी-कभी सोचता हूँ कि कला माध्यम् के साथ जो यह बात जुड़ी हुई है कि कलाकृतियों को प्रायः खड़े होकर देखना होता है; अगर वह न जुड़ी होती तो कलाकृतियों को देखने का क्या वैसा ही आनन्द आता, जैसा कि उन्हें अपने पैरों पर बोझ डालकर देखने में आता है। नहीं, हम इस आनन्द से कुछ वंचित रहते जो अभी हम उठा पाते हैं। 'मेहनत का फल' मीठा होता है जैसी कहावत को हम इस सिलसिले में भी चरितार्थ कर सकते हैं। एक प्रदर्शनी, स्मारक या संग्रहालय से निकलकर हम यह महसूस करते हैं कि हमने मिले हुए आस्वाद के लिए कुछ (शारीरिक) श्रम भी किया है, और जो कुछ मिला है, वह थाली में परोसकर आराम से खाने के लिए नहीं दे दिया गया है—हमने थाली तक पहुँचने की जहमत उठाई है। और अपने लिए, कुछ चीज़ें स्वयं परोसी भी हैं।

सो, जब हम खड़े रहकर, चल-फिर कर, पलटकर, आगे-पीछे जाकर किसी चित्र को या मूर्तिशिल्प को या ग्राफिक प्रिंट को या किसी छायांकन (फोटोग्राफ) को देखते हैं तो अपने लिए कुछ विवरणों की, कुछ रंग-आकारों की, कुछ छवियों-बिम्बों की एक 'खोज' भी करते हैं—ठीक उसी अर्थ में जिस अर्थ में हमारी परम्परा में 'रसिक' या 'सहृदय' की अवधारणा की गई है। दर्शक, श्रोता या पाठक ही किसी कृति को पूर्ण करता है, और अपनी तरह से उस कृति के प्रसंग में एक 'रचना' करता है।

निश्चय ही हर श्रोंता, दर्शक, पाठक स्वयं एक 'कलाकार' हो सकता है, अगर वह

चाहे तो, और इसे लेकर कुछ सजग भी हो कि जब वह किसी रचना के आधार पर कुछ सोच-समझ रहा होता है, और मन ही मन कई अन्य छवियाँ भी उभार रहा होता है, किसी रचना में कुछ जोड़-घटा रहा होता है, तो वह भी एक प्रकार का कलाकार ही होता (हो जाता) है। जिसे हम किसी रचना के आस्वाद का आनन्द कहते हैं, तो वह आनन्द दर्शक-श्रोता-पाठक के लिए एक कलाकार की रचना-प्रक्रिया जैसा ही आनन्द तो होता है—और ऐसा 'आनन्द' हम नई, समकालीन, आधुनिक-उत्तर आधुनिक कृतियों से भी उठा पाते हैं, और पुरानी कृतियों से भी।

चित्रकला और मूर्तिशिल्प की ही बात करें तो 'आधुनिक' हुसेन, रामकुमार, गायतोंडे, स्वामीनाथन की कृतियों से भी हम आनन्द उठा पाते हैं, उठा सकते हैं और अजन्ता, एलोरा, साँची, खजुराहो, कोणार्क से उठाते ही हैं। हाँ, इस आनन्द उठाने के क्रम में फिर देखने के ही कुछ कोण शामिल हैं। किसी दीर्घा-संग्रहालय में समकालीन कृतियों को देखने के 'कोण' कुछ अलग होंगे, और अजन्ता, एलोरा, कोणार्क को देखने के कुछ अलग, क्योंकि 'आधुनिक' और 'पुराने' की रचना-विधियों में जो फर्क होगा सो तो होगा ही, कलाकृतियों के आकार-प्रकार के कारण भी हमें उन्हें अलग-अलग कोणों से, अलग-अलग तरह से देखना होगा।

खजुराहो में चलते-फिरते, कहीं खड़े होकर या आगे-पीछे होकर हमें अपनी दृष्टि ऊपर भी उठानी होती है, 'आई लेवल' से ऊपर। कई बार और मन्दिर के चबूतरों (प्लेटफॉर्म्स) के कारण मानो हमारे देखने के कुछ कोण अपने आप बन जाते हैं। ऐसी ही कोई स्थिति किसी नई कलाकृति को, किसी संस्थापन को लेकर, किसी चित्र-मूर्तिशिल्प को लेकर भी हो सकती है। दिल्ली में आई.टी.ओ. के निकट हुसेन के म्यूरल की याद इस सिलसिले में कर सकते हैं।

नए-पुराने के आस्वाद को लेकर 'रत्नाकर' (अर्थात् गोलोकवासी जगन्नाथ दास रत्नाकर के सम्पूर्ण काव्यों का संग्रह) के पहले भाग की भूमिका में शयामसुन्दर दास ने एक बड़ी सटीक बात लिखी है। इसमें तिथि है 1 जून, 1933 की और इस 'रत्नाकर' संग्रह को प्रकाशित किया था काशी नागरी प्रचारिणी सभा ने। श्यामसुन्दर दास लिखते हैं : 'यद्यपि नवलता ही जगत के आहलाद का सेतु है, पर पुरानी कलाएँ भी चिरन्तन आनन्द का विषय बनी रहती हैं।' इसी भूमिका में भाषा, काव्य, नए-पुराने आदि पर चर्चा करते हुए उन्होंने प्रसंगवश एक जगह अजन्ता को देखने और बंगाल स्कूल शैली की कृतियों को 'देखने' पर भी, इसी क्रम में, टिप्पणी की है। बहरहाल, नए के साथ 'आहलाद' को जोड़कर उन्होंने

निश्चय ही आनन्द और आह्लाद के बोधगम्य फर्क को उभारा है।

यह आँखों का ही वरदान है कि क्षणांश में वे बिना कोई बोझ महसूस किए पर्वत, समुद्र और अट्टालिका को भी 'उठा' लेती हैं, और हमारे भीतर उतार देती हैं। पर कलाकृतियों में वह केन्द्रित (फोकस्ड) भाव से यह काम कर रही होती हैं। यह काम वे पैरों के साथ एक 'रिश्ता' बनाकर, उनकी गति-अगति से प्रेरित होकर करती हैं। सो देखने के आस्वाद में यह जो आँखों और पैरों की सम्मिलित भूमिका है, वह ध्यान देने लायक तो है ही।

देखो मगर ध्यान से

किसी भी कलाकृति, फ़िल्म या नाटक को *किस तरह* देखा जाए यह सवाल हमेशा खड़ा होता है। और इसमें यह निहित है कि देखने का ढंग महत्त्वपूर्ण चीज़ है। क्योंकि यह ढंग ही कलाकृति के बहुत से अभिप्राय प्रकट कर सकता है। लेकिन 'देखना' क्या कलाकृति के सन्दर्भ में ही महत्त्वपूर्ण है ? नहीं, बिलकुल नहीं। वह दैनन्दिन जीवन में भी महत्त्वपूर्ण है और देखने के विशेष ढंग के बिना हम अपना काम नहीं चला सकते। सच पूछें तो, दैनन्दिन जीवन का *देखना* ही तो कलाकृति को देखने के सन्दर्भ में और विकसित होता है।

हम कपड़ा देखते हैं, उसकी बुनावट और रंग देखते हैं, फिर उसे खरीदते हैं। कपड़ा ही क्यों—कोई सब्जी या फल खरीदते वक्त भी हम उसका रंग-रूप, आकार-प्रकार, उसका ताजापन—सब जाँचते-परखते हैं। यही बात अन्य चीज़ों पर भी लागू होती है, जिन्हें हम बरतते हैं। दरअसल हम हर क्षण कुछ-न-कुछ देख रहे होते हैं। अगर हम किसी के साथ बातचीत कर रहे हों तो उसकी भाव-मुद्राओं को देखते हैं। यही नहीं, हम किसी को कुछ उठाते-रखते देख रहे हों तो भी उसकी मुद्राओं को देखते हैं।

स्मृति का एक बड़ा आधार देखना भी है। घर, गलियाँ, शहर, गाँव, जगहें, लोग—हमें देखने के कारण ही तो याद रहते हैं। हम इनमें आनेवाले परिवर्तनों को भी तो 'देखकर' ही जानते हैं। किसी से दस साल बाद मिल रहे हों तो इन दस बरसों के अन्तराल को हम फिर से न जाने कितनी तरह से *देखने* लगते हैं।

देखना, विस्मय और औत्सुक्य से भी जुड़ा है। न जाने कितनी चीज़ें ऐसी हैं जिन्हें हम सैकड़ों बार देख चुके होते हैं, लेकिन किसी क्षण-विशेष में उन्हें एक नई उत्सुकता से देखते हैं। सैकड़ों बार देखी हुई बारिश और धूप-छाया को हम आखिर कभी-कभी टकटकी बाँधकर क्यों देखते हैं।

ये सब जानी-पहचानी स्थितियाँ हैं, लेकिन इन्हें याद करने का मतलब है। क्योंकि देखने और देखने में भी फर्क है। यह फर्क केवल 'नज़र अपनी-अपनी'

के कारण ही नहीं है। बल्कि इसलिए भी है कि हम किसी चीज़ को *कब* और *किस तरह* देखते हैं। देखने के बिना संवेदना न तो बची रह सकती है, न विकसित हो सकती है। कोई मुसीबत में है, इसे हम किन्हीं लक्षणों के सहारे ही तो पहचानते हैं। और ये 'लक्षण' देखने के एक अटूट सिलसिले से ही तो बनते हैं। इस सिलसिले को अगर तोड़ दें—कहीं से तोड़ दें—तो लक्षणों की हमारी पहचान भी कुंठित होने लगती है।

आज देखने को लेकर समस्या यह है कि हमने देखने को दो खानों में बाँट दिया है—उपयोगी और अनुपयोगी। जबकि देखना बराबर उपयोगी ही होता है। हाँ, देखने को लेकर जो कामचलाऊपन है वह हमें देखने के उपयोगितावाद का शिकार बनाता है। बिजली चले जाने पर हम झट से मोमबत्ती या लैम्प की तलाश करते हैं। और थोड़ा प्रकाश उससे पाकर, हम उसे भूल जाते हैं। और अगर किसी को हम अचानक बदल गई प्रकाश-छायाओं की ओर देखता या टिप्पणी करता पाएँ तो मान लेंगे कि वह अनुपयोगी काम कर रहा है। अरे, इसमें देखना क्या ? थोड़ी-बहुत जो रोशनी मोमबत्ती से आ गई है, उससे अपना काम चलाओ और बिजली आने की प्रतीक्षा करो !

लेकिन एक कवि या कलाकार तो तरह-तरह की प्रकाश-छायाओं-रंगतों आदि को देखने का यह 'अनुपयोगी' काम करता ही है क्योंकि वह जानता है कि अनदेखी किसी भी चीज़ की नहीं करनी चाहिए। और पेड़ पर भी क्या फूल और फल देखने—यानी उन्हीं का उपयोग करने—भर से काम चल सकता है ? पेड़ की तो छाया तक काम आती है—बरतने में भी और केवल उसे निहारकर उसका सौन्दर्य उठाने में भी।

कवि और कलाकार ही तथाकथित 'अनुपयोगी' चीज़ें नहीं देखते, सब देखते हैं। लोकजीवन में या दैनन्दिन जीवन में केवल 'उपयोगी' को देखने भर से काम नहीं चलता। 'दीया तले अँधेरा' जैसी उक्ति दीये के नीचे के अँधेरे को ध्यान से देखने से ही बनी होगी ! और ऐसी उक्तियाँ क्या हमारे काम नहीं आतीं।

दरअसल देखने को हम जितना सीमित करते जाएँगे, हमारे अनुभवों की दुनिया भी उतनी ही सिकुड़ती जाएगी। आज ऐसी ही सिकुड़न हम पा रहे हैं। हम टी.वी. के कार्यक्रमों को 'देखना' तो एक उपयोगी काम मानते हैं लेकिन अपने आसपास की बहुत-सी चीज़ों को देखना, अनुपयोगी काम मानने लगे हैं। लेकिन जिस दिन हम एक चिड़िया की उड़ान को, एक बच्चे की हँसी को, नदी के जल को, पेड़-पत्तियों को, रंगों और रंगतों को, शाम के आकाश को, बदलती हुई ऋतु को, बादलों को, पहाड़ों को, रेगिस्तानी विस्तार को देखना 'अनुपयोगी' काम मानने

लगेंगे, वह दिन एक बहुत बुरा दिन होगा ! इस सूची में हज़ारों चीज़ें जोड़ी जा सकती हैं, हमने तो कुछ का ही उल्लेख किया।

आज बातचीत के बीच हम अकसर यह चर्चा करते हैं कि हम अमुक जगह हो आए, अमुक टी.वी. कार्यक्रम हमने देखा, बाज़ार में आई अमुक चीज़ का नया या बाज़ार-भाव यह है, लेकिन हम दैनन्दिन जीवन कीं अन्य बहुतेरी चीज़ों को 'देखने' की बात कम करते हैं। सो 'उपयोगी' देखने के साथ-साथ, हमें 'अनुपयोगी' देखना भी करना होगा।

एक ज़माना था जब किसी यात्रा से लौटा व्यक्ति अपनी 'देखी' हुई तमाम चीज़ों का साझा भी मित्रों-परिचितों-सम्बन्धियों से करता था, आज कोई ऐसा साझा करना भी चाहे तो लोग उसे हतोत्साहित ही करते हैं। वे तो केवल यह जान लेना चाहते हैं कि जहाँ वह गया, वहाँ उसने क्या खाया-पिया, क्या खरीदा, उसका कौन-सा काम बना ? उन्हें यह जानने में दिलचस्पी कम ही होती है कि वहाँ उसने 'सचमुच' क्या देखा !

इस दिलचस्पी के अभाव में, हम अपने अनुभवों–खासतौर पर ऐन्द्रिक अनुभवों–को अधमरा कर देते हैं। और हर खुली खिड़की को भी एक बन्द खिड़की में बदल देते हैं। मानो खिड़की का काम इतना ही हो कि आँधी-पानी हो तो बन्द कर दें, न हो तो वह खुली रहे लेकिन उसके बाहर झाँका न जाए !

जब आप इन पंक्तियों को पढ़ रहे होंगे तो दिन या रात का कोई पहर होगा और उस पहर के कारण आपके आसपास रंगतों, प्रकाश-छायाओं, हल्के या गहरे अँधेरे के कई रूप होंगे–वे दीवार पर, मेज के नीचे, कुर्सी के गिर्द, बिस्तर के चौतरफ़ छितरे होंगे। आसपास जो वस्तुएँ होंगी, उनमें भी रंगों और प्रकाश-छाया का कोई-न-कोई 'खेल' चल रहा होगा। और आवाज़ें होंगी। इन सबको 'देखिए' ! जी हाँ, आवाज़ों को भी ! ट्रेन की सीटी के साथ क्या एक ट्रेन भी नहीं जा रही, या साइकिल की घंटी या गाड़ी के हार्न या सिर्फ उसके गुजरने की आवाज़ के साथ कोई वाहन भी नहीं जा रहा ! क्या कहीं से बोलने-बतियाने की आवाज़ भी आ रही है ? और क्या इस आवाज़ के कारण आप कुछ लोगों का 'होना' भी नहीं देख रहे ! जैसे सुबह नींद खुलने पर चिड़ियों की आवाज़ से उनका 'होना' जानते हैं। आवाज़ों में, चीज़ों या मौसम की महक को भी शामिल कर लीजिए। अब देखिए। क्या इन सबको 'मिलाकर देखने' से एक बड़ा फर्क नहीं पड़ा। और क्या यह देखना काम का नहीं है ? क्या कुछ स्मृतियाँ आप तक नहीं लौट रहीं ? क्या यह पहर अब और ज्यादा आपके निकट नहीं आ गया ? और क्या इस निकटता

ने आपके अनुभवों को सघन नहीं किया ? क्या चीज़ें वही रह गई हैं, जो चीज़ों पर एक उड़ती हुई नज़र डालने पर दिखाई पड़ती हैं !

क्या किसी अच्छे फ़िल्मकार की कृति यही सब चीज़ें भी आपको नहीं दिखाती ! मसलन सत्यजित राय या अडूर गोपालकृष्णन की कोई फ़िल्म ! लेकिन बम्बइया सिनेमा या टी.वी. का कोई सीरियल प्रायः यह सब नहीं दिखाता। दिखाता भी है, तो इन चीज़ों के 'मर्म' से अपना वास्ता नहीं रखता। इसीलिए वह शोर-शराबा तो बहुत करता है लेकिन अकसर वास्तविक जीवनानुभवों के निकट नहीं होता। कोई अच्छा चित्र, कोई अच्छा नाटक चीज़ों के रूप और मर्म को जोड़कर ही तो हमारे सामने आता है ! चीज़ों को *सचमुच* देखने के बाद ही तो वह हमें सचमुच कुछ दिखा पाता है। और हमारे देखने को कुछ और सम्पन्न कर जाता है !

हम कुछ चुनते क्यों हैं ?

यह देखने का ही वरदान है कि हम कुछ चुन भी सकते हैं। देखेंगे नहीं तो अपने लिए सार्थक चीज़ें चुन भी नहीं सकेंगे। जब हम कहीं पिकनिक मनाने जाते हैं तो सबसे पहले उस स्थान में अपने लिए कोई जगह चुनते हैं, फिर कहीं चादर-दरी बिछाते हैं। आखिर क्यों ? इसीलिए न कि हमें पेड़ की छाया का या झील के किनारे का या फूलों का 'साथ' अच्छा लगता है। इनका साथ अच्छा लगना शुरू कैसे होता है ! देखने के एक अटूट सिलसिले के कारण ही तो। बहता पानी या साफ पानी इसीलिए अच्छा लगता है कि हम *देख* चुके होते हैं कि ठहरे हुए और गन्दले पानी की ओर देखते हुए आँखें राहत नहीं पातीं। वहाँ वे अपने को सक्रिय भी नहीं रख पातीं।

जब हम किसी पुराने किले या स्मारक में पहुँचते हैं तो वहाँ भी ऐसी ही कोई जगह चुनते हैं जहाँ से हमें दृश्य *अच्छा और अच्छी तरह* दिखाई दे। चुनने की यह प्रक्रिया लगातार ज़ारी रहती है। जहाँ सम्भव हो वहाँ हम ट्रेन और बस की सीट तक 'चुनते' हैं। दीवार पर रंग कौन-सा कराया जाए, बिस्तर पर चादर कैसी और किस रंग की बिछाई जाए—चुनने का यह सिलसिला अन्तहीन है। और अन्तहीन होने के कारण ही जीवन में अर्थ भरता है। उसे नया भी करता रहता है। देखने और फिर चुनने की यह प्रक्रिया न हो तो हमारा जीवन नीरस और उबाऊ हो जाएगा।

जब हम किसी व्यक्ति या वस्तु के लिए कहते हैं कि वह 'सुरुचिपूर्ण' है तो इस नतीजे पर हम कैसे पहुँचते हैं ? कुछ देखकर और फिर देखी हुई चीज़ों की तुलना करके ही तो। लेकिन यहाँ एक सवाल और पैदा होता है। किसी-किसी को तो भड़कीली और दिखावटी चीज़ें ही अच्छी लगती हैं। वह तो इन्हीं को चुनता है—शायद ढेर सारी अच्छी चीज़ों के बीच में से भी तो क्या उसके *देखने* को खारिज और अमान्य कर दें।

नहीं, उसे खारिज हम नहीं करेंगे। सवाल यह उठाएँगे कि यह उसका *अपना*

देखना है या यह चुनाव किसी दबाव में किया गया है। जी हाँ, दबाव में। भले ही उस व्यक्ति को स्वयं यह मालूम न हो कि जो कुछ वह कर रहा है, वह एक दबाव में कर रहा है। हम एक उदाहरण लेंगे। बम्बइया फ़िल्मों के असर में लोग किस तरह बम्बइया फ़िल्मों जैसे कपड़े भी पहनते हैं, इसे हम सब जानते हैं। कपड़े ही क्यों, लोग तो 'हेयर स्टाइल' तक वही रखते रहे हैं जो किसी अभिनेता की हो। इसे क्या कहेंगे ? यही न कि यह प्रवृत्ति कुछ देखकर फिर उसे नकल करने की है। लेकिन *सचमुच के देखने* में नकल करना शामिल नहीं होता। समाज में यह धारणा बहुत दिनों से व्याप्त है कि स्त्री हो या पुरुष, अगर उसका रंग गोरा नहीं है तो वह सुन्दर भी नहीं है। अच्छे-अच्छे, समझदार कहे जानेवाले पढ़े-लिखे लोग तक यह भ्रान्ति पाले हुए हैं। जबकि सच्चाई यह है कि इस बात में रत्ती-भर भी सच नहीं है। इसीलिए जो व्यक्ति सचमुच सौन्दर्य देखता है वह ऐसा कोई भेद नहीं करता। यहीं हम यह भी याद कर सकते हैं कि सौन्दर्य किन्हीं प्रचलित चीज़ों या धारणाओं में ही नहीं बसता, वह उन धारणाओं के विरोध में या उनके विरोधी रूपों में भी हो सकता है।

एक बात और, सौन्दर्य केवल बाह्य लक्षणों में या रूपों में भी नहीं बसता। जब हम कहते हैं कि अमुक चीज़ के गुण भी देखो तो हमारा आशय क्या होता है ! यही न कि कुछ और भीतर देखो, और गहरे पैठो। बाहर ही न उलझे रहो। गुण के लिए भी *देखो* शब्द का इस्तेमाल क्यों किया गया। इसीलिए न कि जो ऊपर से दिखाई नहीं पड़ता या जिसकी कोई स्पष्ट शक्ल नहीं है, उसे देखने का जिम्मा भी जब तक हम नहीं उठाएँगे तब तक किसी चीज़ की आत्मा तक नहीं पहुँच पाएँगे। जब हम किसी कलाकृति या कविता की *आत्मा* या *मर्म* को भी देखने का आग्रह करते हैं तो क्या हमारा आग्रह यह नहीं होता कि देखने और समझने का काम बिना गहरे झाँके पूरा नहीं होता। यह गहरे झाँकना क्या है ? परत-दर-परत *देखना* ही तो है। जो परत-दर-परत देखते हैं वही दरअसल देखते हैं। परत-दर-परत देखनेवाले ही प्रचलित धारणाओं के विरोध में खड़े हो सकते हैं। गांधी ने इस देश में पिछड़ों और हरिजनों की दुर्दशा कैसे *देख* ली थी ! विद्यमान तो वह उनसे पहले से थी। सचमुच का *देखना* ही आदमी के भीतर शक्ति पैदा करता है। 'अन्तर्यामी' या मन में भी झाँक लेनेवाले को बड़ा क्यों माना जाता रहा है—फिर चाहे वह ईश्वर हो या साधु या लेखक या कलाकार।

लेकिन भीतर-बाहर देखने की कड़ियाँ दरअसल आपस में गुंथी हुई हैं। हम शरीर को न देखें और सीधे ही आत्मा में प्रवेश कर जाएँ यह नहीं होता। हाँ, यह हो सकता है कि हम किसी वस्तु की देह के विवरणों को, उसकी आत्मा में प्रवेश

करने के लिए, छोड़ते जाएँ। कविता यही तो करती है। जब सूर भक्तिगान के लिए यह कहते हैं कि *'सलिल कौं सब रंग तजि कै एक रंग मिलाय'* तो वह एक रंग की बात करने से पहले 'पानी के अनेक रंगों' की ओर इशारा कर चुके होते हैं—गिन-गिन करके उन रंगों के नाम भले न ले रहे हों। 'कई रंगोंवाले पानी' की 'देह' कुछ ही शब्दों में बताकर वे मानो उन रंगों को हमें और अच्छी तरह *दिखा* देते हैं। और क्या हम यह भी नहीं *देखने* लगते कि बात पानी के ही कई रंगों की नहीं हो रही, मानव-मन की अनेक अवस्थाओं, अनेक व्याधियों-वासनाओं की भी हो रही है।

वस्तु-जगत जहाँ व्यवस्थित है, वहीं वह अराजक भी कम नहीं है। और आज की वस्तु-जगत की अराजकता बढ़ती ही जा रही है। उपभोक्ता वस्तुओं के रूप में ही नहीं, तरह-तरह के प्रचार-माध्यमों से प्रकट होनेवाले 'दृश्यों' के रूप में भी, न जाने कितनी चीज़ें हमारी आँखों के सामने से गुज़रती रहती हैं। गुज़रती ही नहीं रहतीं, हम पर एक हमला-सा करती हैं। यह बात केवल बरती जानेवाली वस्तुओं के लिए ही सही नहीं है, 'कलाओं' के नाम पर प्रचारित होनेवाली चीज़ों के लिए भी सही है। चीज़ों का अम्बार बढ़ता जा रहा है—हर क्षेत्र में। यह और बढ़ेगा ही, घटेगा नहीं। एक शहरी व्यक्ति की आँखों को तो आज न देखना चाहते हुए भी इतना कुछ देखना पड़ रहा है कि वे यों ही दुखने लगें।

ऐसे में चुनने की प्रक्रिया और कठिन हो गई है, लेकिन वह उतनी ही ज़रूरी भी हो गई है। आज के *देखने* में और ज्यादा *सजगता* शामिल करने की ज़रूरत आ पड़ी है। प्रचार-माध्यम जब बहुत सक्रिय हो जाते हैं तो वे चीज़ों को कई बार अनुपात से बहुत बड़ा करके दिखाते हैं। उन्हें ऐसी चीज़ भी चाहिए होती है जिसे ग्रहण करने और कराने में ज्यादा सोच-विचार की ज़रूरत न पड़े। सो वे एक फुरफुरी पैदा करके ही काम चलाना चाहते हैं। दुर्भाग्य से आज बिचौलियों और कलाकारों (आशय यहाँ केवल चित्रकारों से नहीं है) की एक ऐसी जमात भी खड़ी हो गई है जो प्रचार-माध्यमों के हाथों में खेलने को न केवल आतुर है, बल्कि उन्हें हर तरह का गैर ज़रूरी सहयोग करने को भी तैयार है। कला, खेल, नृत्य-संगीत, साहित्य, सिनेमा—कोई भी क्षेत्र या माध्यम इस व्याधि से पूरी तरह अछूता नहीं है। नतीजा यह कि चीज़ें आपके सामने लगातार 'गिरती' रहती हैं, तरह-तरह के शोर-शराबे और तरह-तरह की छवियों के साथ। आप यह विकल्प भी नहीं अपना सकते कि इनसे अपना सरोकार न रखें और अपने ही एक एकान्त में रहें। वह विकल्प कोई अच्छा विकल्प भी नहीं है। क्योंकि तब आप यह जान ही नहीं पाएँगे कि आपके चारों ओर *कैसा, क्या, किस* तरह घटित हो रहा है। सो देखना और

फिर उसे परखना ज़रूरी है। दरअसल *देखने* के साथ हम कुछ-न-कुछ सोचते तो हैं ही, अच्छा हो कि इस सोच में आलोचनात्मक या समीक्षात्मक दृष्टि भी शामिल रहे। यह दृष्टि साथ न रखने पर चीज़ें अपनी शर्तों पर हमें नचाने लगती हैं और हमें *देखने* की धुरी से हटाने का काम उनके लिए सुलभ हो जाता है।

पुरानी चीज़ों पर पड़नेवाली नई रोशनी

हो सकता है जिस घर में आप वर्षों से रह रहे हों, उसकी कोई चीज़ एक दिन आप इस तरह देखें जैसे पहली बार देख रहे हों। और आप ताज्जुब करें कि उसकी ओर आपका ध्यान पहले क्यों नहीं गया था। मसलन किसी खिड़की-दरवाजे या मेज-कुरसी की बनावट या इनसे छनकर दिन में किसी पहर-विशेष में आनेवाली रोशनी आपको अनोखी और अनदेखी लग सकती है। और यह तो होता ही है कि आप किसी चीज़ को कहीं रखकर भूल गए हों या वह चीज़ अन्य चीज़ों के बीच ओझल हो गई हो और किसी समय कुछ ढूँढ़ते-रखते वक्त आप उसे फिर 'देखें' और चौंक जाएँ कि 'अरे ! यह तो आपने अमुक जगह से ली थी या अमुक व्यक्ति ने यह आपको भेंट में दी थी।'

दरअसल, बहुत सारी चीज़ों के बीच रहते हुए और उन्हें 'देखते' हुए भी यह ज़रूरी नहीं है कि हम उन्हें पूरी तरह देख भी चुकते हों। और तो और, जिस चादर को आप बिस्तर पर बिछाकर सोते हैं या जिस रजाई-चादर को आप रोज ओढ़ते हैं, उस पर बना पैटर्न या उस पर बनी कोई डिजाइन आपको एक दिन अचरज में डाल दे सकती है कि आपने पहले यह देखा ही नहीं था या गौर ही नहीं किया था कि उसका 'असली' रूप क्या है ? हो सकता है कि उसके रंगों का तो मोटे तौर पर आपको ध्यान हो, लेकिन यह ध्यान न हो कि उस पर बने फूलों की पंखुड़ियाँ संख्या में कितनी हैं, या उस पर बना कोई रूप-क्रम (पैटर्न) अपने को कितनी बार, किस तरह से दुहराता है।

ऐसा 'भुलक्कड़' होने की वजह से नहीं होता। यह तो हम सबके साथ होता है। अगर आप 'चेक' वाली कोई कमीज पहनते हैं तो एक दिन आप उसे गौर से देखिए। आप पाएँगे कि उसमें कितनी धारियों में कितने रंग हैं—इसका हिसाब आपके पास पहले न था। इसी तरह किसी सिगरेट के पैकेट को, कॉफी या चाय के डिब्बे को देखिए या फिर उस बस-टिकट को ही जो आप रोज खरीदते हैं—इन्हें गौर से देखने पर आप पाएँगे कि उन पर लिखी या बनी हुई चीज़ों की ओर, उनके

सभी रंगों की ओर, आपका ध्यान पूरी तरह गया ही नहीं था।

देखने का सिलसिला अन्तहीन है। इसीलिए नए सिरे से हमारा देखना बराबर रोचक होता है। जिस रास्ते आप बस या किसी अन्य वाहन से रोज आते-जाते हैं, उसकी भी सब चीज़ें आपकी देखी हुई नहीं होतीं—पूरी तरह देखी हुई नहीं होतीं। फिर उस रास्ते में नई चीज़ें भी जुड़ती ही रहती हैं। पर उन्हें छोड़ भी दें तो बरसों से 'ज्यों-की-त्यों' रखी चीज़ों पर भी हमारी निगाह पड़ ही चुकी हो, यह ज़रूरी नहीं।

किसी कलाकृति के साथ भी क्या यही बात घटित नहीं होती ? हम किसी कलाकृति को कई बार देख चुकने के बाद भी उसे पूरी तरह देखने का दावा कहाँ कर पाते हैं ? थोड़े-थोड़े दिनों के अन्तराल के बाद हमें उसमें कुछ नई चीज़ें दिखाई पड़ती हैं या एक नए 'कोण' से दिखाई पड़ती हैं। किसी मिनियेचर चित्र को ही लीजिए। मसलन कोटा या बूँदी शैली में बने किसी चित्र को। उसे देखिए और थोड़े दिनों बाद फिर देखिए—आप पाएँगे कि आपको कई चीज़ें 'नए सिरे' से दिखाई पड़ रही हैं।

इसी कारण हम किसी कला-पुस्तक को, संग्रहालय में रखे किसी चित्र या मूर्तिशिल्प को बार-बार भी देखते हैं।

एक बात और। चीज़ों को अलग-अलग समय और अलग-अलग दौर में देखने से भी एक फर्क पड़ता है। कोई चीज़ या कोई कलाकृति आपने बीस वर्ष की उम्र में देखी हो, उसी को फिर तीस-चालीस-पचास की उम्र में देखने पर आप यह फर्क महसूस करेंगे। इसका कारण यही है कि आपके जीवन में भी इस बीच कई चीज़ें घटित हो चुकी होती हैं, आपके 'देखने' का ढंग भी कुछ बदल चुका होता है।

कला या कलाकृति की महत्ता इस बात में भी है कि एक बार 'अन्तिम रूप' पा जाने पर वह बराबर नए अर्थ 'खोलती' रहती है। एक उदाहरण लें। हो सकता है आप अपने पैतृक शहर या गाँव में जाएँ—अरसे बाद—और पाएँ कि इस बीच वहाँ बहुत-कुछ बदल चुका है। वहाँ कुछ नए मकान बन चुके होते हैं, कुछ पुराने मकान गिर चुके होते हैं। हो सकता है पहले वहाँ ताँगे-इक्के चलते रहे हों, अब साइकिल-रिक्शे, स्कूटर या टेंपू आ चुके हों। या इसी तरह के और परिवर्तन हुए हों। और इन परिवर्तनों के कारण एक बड़ा फर्क पड़ा हो। लेकिन जब किसी संग्रहालय की किसी कलाकृति के सामने आप पाँच या दस बरस बाद खड़े होते

हैं तो वह तो ठीक वही होती है जैसी आपने दस या पाँच बरस पहले भी देखी थी। फिर भी उसे देखते हुए आप कोई-न-कोई फर्क महसूस करते हैं—अपने भीतर। यहाँ हम 'कलाकृति' में किसी किताब को भी शामिल कर सकते हैं। ताल्स्तॉय, तुर्गनेव, चेखोव, प्रेमचन्द की कोई किताब हो सकता है आपने दस बरस पहले भी पढ़ी हो, लेकिन दस बरस बाद उसे पढ़ने पर कुछ 'नई' चीज़ें कौंधती हैं, जो हो सकता है आपने पहले न 'देखी' हों। किताब को भी हमने यहाँ इसीलिए शामिल किया कि किताब भले ही *पढ़ने* की चीज़ हो, लेकिन वह भी हमें 'देखना' सिखाती है। या कुछ-न-कुछ देखने का मौका देती है। हममें से कोई ऐसा नहीं होगा जिसे कोई अच्छी और महत्त्वपूर्ण किताब पढ़ते हुए कुछ चीज़ें दिखाई न पड़ती हों। कुछ चित्र, कुछ दृश्य आपके मन में बराबर उभरते रहते हैं। प्रेमचन्द की कहानी 'कफ़न' पढ़ते हुए क्या हम घीसू-माधव के हर कार्य-व्यापार को देखने भी नहीं लगते ?

किसी पुरानी लेकिन अच्छी फ़िल्म को देखते हुए—एक अन्तराल के बाद देखते हुए—भी हमारे भीतर नए अर्थ कौंधते हैं। कोई भी अच्छी रचना दरअसल मानवीय अनुभवों का एक अक्षय भंडार ही तो होती है जिसमें वर्तमान और अगली पीढ़ियाँ अपने अर्थ भरती हैं। अपना *देखना* उसमें शामिल करती हैं।

अगर यह देखना शामिल न रहे तो चाहे कोई 'मूक' किताब या चित्रकृति हो या सवाक् फ़िल्म—'नया जीवन' कैसे पाएगी ? बार-बार का देखना ही तो उसे पुनरुज्जीवित करता रहता है। इस तरह देखने का *आधार* प्रदान करनेवाली रचना और उस रचना को नए सिरे से देखा जाना—इन दोनों का महत्त्व है। इस हद तक महत्त्व है कि एक के बिना दूसरे का काम चल नहीं सकता।

इसीलिए किसी रचना पर नई खोज या नए शोध या नई व्याख्या का महत्त्व भी बना रहता है। इसी कारण लिखी जाती हैं स्वयं रचनाकारों की कई-कई जीवनियाँ भी, इसी कारण तलाश रहती है उस सामग्री की भी जो किसी रचना या रचनाकार को 'नया' अर्थ देती हो। यह सब 'नए सिरे' से देखने के कारण ही सम्भव होता है।

ज़रूरी है कि हम ठहरकर भी कुछ देखें

चिले के विश्वप्रसिद्ध कवि *पाब्लो नेरुदा* ने एक जगह लिखा है कि 'दिन या रात के समय जब चीज़ें *आराम* कर रही हों तो उन्हें *देखना* एक मर्मभरा अनुभव होता है।' आगे उन्होंने कुछ चीज़ों की एक सूची भी गिनाई है, जिसमें उन्होंने आराम करते पहियों, दरवाज़ों, खिड़कियों आदि को शामिल किया है। उनका आशय यही है कि बरती जानेवाली चीज़ों को जब हम निस्पन्द रूप में देखते हैं तो उनमें समाहित कई मर्मस्पर्शी मानवीय अनुभव अपने को 'खोलने' लगते हैं।

मसलन किसी पहिए को ही लें। जब वह 'सुस्ता' रहा होता है तो क्या हमें यह ध्यान नहीं आता कि वह कई यात्राएँ कर चुका है। यही बात कई अन्य चीज़ों पर भी लागू होती है। मनुष्य द्वारा बरती गई चीज़ें अपने में कई निशान लिए होती हैं। कुछ घिस जाती हैं, कुछ कहीं से खुरदुरी होती हैं, कुछ बदरंग हो जाती हैं—इनमें क्या जीवन की ही एक *छाप* नहीं होती ? इस छाप को देखना-जानना आखिर किसलिए महत्त्वपूर्ण है ? इसीलिए तो कि वह जीवन की निरन्तरता का बोध कराती है।

दरअसल 'ठहरी' हुई चीज़ों को *देखना* हमें स्वयं कुछ 'ठहर' कर देखने के लिए मजबूर करता है। हमें चीज़ों से अपने सम्बन्ध को जानने-परखने के लिए प्रेरित करता है। और उन्हें केवल 'उपयोग' में ही आनेवाली वस्तु न रहने देकर, एक 'नए' अनुभव में विन्यस्त करता है। सो 'ठहर' कर देखना ज़रूरी है। आज के 'गतिशील' युग में ठहरकर 'यह देखना' और भी ज़रूरी है। भागमभाग में भी हमारा देखना चलता रहता है—और वह चलता रहना चाहिए भी—लेकिन ठहरकर देखने से हमारी आलोचनात्मक और संवेदनात्मक दृष्टि और विकसित होती है।

आखिर एक कलाकृति के सामने हम क्यों ठहरते हैं ? जब तक हम उसके सामने कुछ देर खड़े नहीं रहेंगे तब तक हम यह जानेंगे कैसे कि वह हमसे क्या कहना चाह रही है ! आप किसी संग्रहालय या दीर्घा में प्रवेश करें और भागते हुए-से निकल आएँ तो क्या वह अनुभव ठीक वही होगा जो कलाकृतियों के सामने

ठिठकने और ठहरने से बनता है ?

कलाकृतियाँ ही क्यों, और बरती जानेवाली वस्तुएँ ही क्यों, चिड़ियों और पशुओं तक को जब तक हम 'ठहरकर' नहीं देखेंगे, यह कैसे जान पाएँगे कि उनका रूप-रंग-गुण-स्वभाव कैसा है ! जिसे अंग्रेजी में 'बर्ड वाचर' कहा जाता है, उसका काम महत्त्वपूर्ण क्यों माना जाता है ? इसीलिए तो कि वह चिड़ियों को–उनकी बोली-बानी को, उनकी चाल को, उनकी उड़ान को, उनकी विभिन्न मुद्राओं को, उनकी खाने-पीने की आदतों को बारीकी से देखता-जाँचता है।

कला-नाट्य-नृत्य-फ़िल्म समीक्षक का या भावक-दर्शक का काम भी तब तक कहाँ पूरा होता है जब तक वह चीज़ों को बारीकी से जाँचे-परखे नहीं ! उसका महत्त्व भी तो चीज़ों के उसके *देखने* के ढंग में ही निहित होता है।

जीवन और कला के बीच की 'आवाजाही' भी तो देखने के ढंग पर–दोनों जगह देखने के ढंग पर–टिकी हुई है। हम एक मिनिएचर चित्र को देखते हैं, जिसमें पेड़-पहाड़ बने हुए हैं, फिर हम कभी वैसे ही किसी दृश्य के बीच हों तो क्या वह चित्र हमें याद नहीं आता ! इसी तरह हम किसी दृश्य को देख चुके हों, फिर वैसे ही दृश्यवाले एक चित्र के सामने खड़े हों तो क्या हमें देखा हुआ वह दृश्य ध्यान नहीं आएगा ! इसी तरह जब हम निराला की कविता 'वह तोड़ती पत्थर' पढ़ते हैं तो क्या उसमें हमें पत्थर तोड़ती हुई वह औरत ध्यान नहीं आती–जिसे हम भी कभी कहीं *देख* चुके हैं ? और क्या जब हम फिर एक पत्थर तोड़ती औरत को कभी कहीं देखते हैं तो वह कविता ही हमें फिर ध्यान नहीं आती ?

यह कोई करिश्मा या चमत्कार नहीं है। जीवन और कला का प्रगाढ़ सम्बन्ध है, जिसे हम अगर देख और पहचान लेते हैं तो *देखने* और *पहचानने* का महत्त्व और अच्छी तरह जान लेते हैं।

चित्रकार कृष्ण खन्ना ने एक समय 'ट्रक सिरीज' में कई चित्र बनाए थे। इनमें कहीं बोरों पर या उनके बीच बैठी धूल-रेती से सनी मजदूर आकृतियाँ थीं, कहीं किसी सामान के ऊपर चित लेटी थकी आकृतियाँ थीं। इन चित्रों को देखने के बाद हम सड़क पर जाते किसी ट्रक को देखें और उन चित्रों की भी याद हमें हो आए तो यह सहज स्वाभाविक है। कला दरअसल हमारे देखने को भी *नया* करती है, उसे और खुराक देती है, इसी में उसकी महत्ता है। जो कविता और कला हमारे देखने को नया नहीं करती वह किसी काम की नहीं होती–वह केवल आलंकारिक या औपचारिक होकर रह जाती है।

कलाएँ हमारे देखने को व्यवस्थित करने का काम भी करती हैं। एक नाटक के शुरू होने से पहले परदा क्यों उठता है ? और नाटक के खत्म होने पर वह गिरा क्यों दिया जाता है ? इसीलिए न कि उसके शुरू और खत्म होने का एक समय निश्चित है। मुक्ताकाशी रंगमंच को परदे की ज़रूरत नहीं पड़ती। लेकिन उसका समय भी सुनिश्चित रहता है। इसी तरह एक फ़िल्म का। कोई फ़िल्म चौबीसों घंटे चलती रहे और हम उसमें से कभी भी आ-जा सकें, ऐसा तो होता नहीं। हो भी तो क्या हम किसी ऐसे कला-अनुभव से गुज़र पाएँगे जो अपने में एक 'सम्पूर्ण' स्मृति के रूप में हमारे भीतर सुरक्षित रहे ? जीवन में हमारा अविराम देखना अपनी जगह है, और वह बहुत महत्त्वपूर्ण है लेकिन किसी कलाकृति, किसी नाटक, किसी फ़िल्म के सामने 'जीवन में अविराम देखा हुआ' अपने को एक नई स्थिति में पाता है, जहाँ उसे अपने को व्यवस्थित या विन्यस्त करने का एक मौका मिलता है। कलाकृति, नाटक या फ़िल्में—जीवन को, देखे और जाने हुए को, और अधिक जाग्रत करती हैं। देखने के 'कोण' बनाती हैं, देखने को और धारदार बनाती हैं। इसीलिए कलाकृति नाटक या फ़िल्में हमें 'समीक्षा' के लिए उकसाती हैं। आशय यहाँ केवल 'लिखित समीक्षा' से नहीं है बल्कि उस चर्चा और बातचीत से भी है जो हम किसी कलाकृति, फ़िल्म या नाटक को देखने के बाद आपस में या एकान्त में भी करते ही हैं।

जब किसी संगीत-सभा से लोग उठकर जाने-आने लगते हैं तो कई संगीतकारों को भी आखिर इस पर आपत्ति क्यों होती है ? इसीलिए न कि आयोजन और स्वयं संगीत की व्यवस्था इससे भंग होती है। 'सुनने' का अनुभव ठीक 'देखने' की तरह भले न हो लेकिन उस सुनने की प्रक्रिया में कुछ देखना भी शामिल रहता ही है। जब हम संगीत सुनते हैं तो ऐसा तो होता नहीं कि आँख बन्द कर लेने पर भी हमें कुछ चीज़ें, कुछ छवियाँ ध्यान में न आती हों या 'दिखाई' न पड़ती हों। मन या स्मृति का परदा भी दरअसल बिलकुल कोरा कभी रहता ही नहीं !

आँखों से छूना

आदमी का मन कभी-कभी 'अकेलेपन' का अनुभव भले करे, लेकिन अपनी शारीरिक उपस्थिति में कोई चीज़ कभी 'अकेली' नहीं होती। इसीलिए हम किसी चीज़ को अकेला करके नहीं देख सकते, उसे थोड़ी देर के लिए 'अलग' करके भले देख लें। क्या आकाश में उड़ती हुई चिड़िया कभी अकेली होती है ? क्या हम उसे आकाश और धरती और प्रकाश की रंगतों से अलग करके देख सकते हैं ? इसी तरह एक विस्तार में खड़ा कोई पेड़ क्या कभी अकेला होता है ? जिस मिट्टी में उसकी जड़ें हैं और जिन प्रकाश-छायाओं से वह बँधा है, वे भी तो उसके साथ रहती हैं। मेज पर एक ही गिलास रखा हो तो भी क्या वह अकेला होता है ? उसके साथ मेज होती है, कमरे की दीवारें होती हैं और वह रोशनी होती है, जिसमें हम उसे देखते हैं।

पूरा देखना वही होता है, जिसमें हम किसी वस्तु के इर्द-गिर्द की सारी चीज़ें देखते हैं। एक समय इंप्रेसनिस्ट चित्रकारों ने यही तो किया था और दृश्यों के अंकन में एक नई ही शुरुआत की थी। दरअसल प्रकाश और अँधेरे की, और विभिन्न रंगतों की, भूमिका हमारे देखने को बहुत दूर तक प्रभावित करती है। यही कारण है कि कला-दीर्घाओं में और संग्रहालयों में आज प्रकाश-व्यवस्था पर विशेष ध्यान दिया जाता है।

हो सकता है कि डाली पर खिला हुआ फूल हमारा ध्यान सबसे पहले खींचे या किसी स्त्री की बड़ी सुन्दर आँखें हमें उसकी सुन्दरता का पता सबसे पहले दें, लेकिन वह फूल एक पेड़-पौधे का हिस्सा है और आँखें अन्ततः एक आकृति की हैं—यह बात क्या हम कभी भुला सकते हैं !

किसी नृत्य की मुद्रा और भंगिमा हो या किसी चित्र में आया कोई 'विवरण'—वे हमें अलग से भी दीखते हैं और उन पर हमारा ध्यान केन्द्रित करने का प्रयत्न स्वयं कलाकार करता है, लेकिन देखते तो हम कुल नृत्य को और कुल चित्र को ही हैं। अन्तिम छाप तो इक्का-दुक्की चीज़ों की ही न होकर 'पूरी' रचना की ही होती है।

रंग, रूप, स्पर्श, गंध—इन सबका महत्त्व क्या इसलिए नहीं है कि ये सब मिलकर हमारे ऐन्द्रिक अनुभव को सम्पन्नतर बनाते हैं ? लेकिन कुछ कला माध्यम ऐसे हैं जहाँ यह ज़रूरी नहीं है कि हम इन सबका सीधा आस्वाद ले पाएँ ! मसलन चित्र को हम छू नहीं सकते और गंध तो वहाँ हो नहीं सकती। वहाँ तो रूप और रंग ही है। पर ये रूप और रंग क्या स्पर्श और गंध की स्मृतियाँ और सन्दर्भ भी हममें नहीं जगाते ! मिनिएचर चित्रों के पेड़-पौधों, फलों-फूलों को ही लें। वे सब 'दरस' के साथ 'परस' की भी एक गूँज हममें पैदा करते हैं या नहीं ?

कुछ दिनों पहले दिल्ली में चित्रकार परमजीत सिंह के नए चित्रों की प्रदर्शनी लगी थी। परमजीत के चित्रों में आकाश-बादल-पेड़-पौधों-घास-पानी-पगडंडी-धूप की अनेकों 'स्मृतियाँ' हैं। उनके इन चित्रों को देखकर एक मित्र ने टिप्पणी की : 'इन्हें तो छूने की इच्छा होती है।' क्यों होती है देखने के साथ ही छूने की भी इच्छा ? इसीलिए न कि इनमें एक ऐसा ऐन्द्रिक-राग भी है जो हमें परस का आमन्त्रण भी देता है। हम इन्हें आँखों से 'छूते' हैं ?

क्या 'आँखों से छूना' केवल एक रूपक है ? नहीं, वह निरा रूपक नहीं है। जैसे हम हाथों से 'देख' सकते हैं, वैसे आँखों से 'छू' भी तो सकते हैं। क्या हम अँधेरे से हाथों से टटोलकर कुछ पहचानने का यत्न नहीं करते ? फिर उजाले में आँखों से 'छूकर' तो उससे भी ज्यादा जाना जा सकता है, जितना अँधेरे में हाथों से टटोलकर।

यह 'छूना' देखने से कुछ भिन्न है : हम किसी दूर की वस्तु को या दूर के दृश्य को जब देखते हैं तो क्या उस वक्त सक्रियता केवल आँखों की होती है ? क्या सुनने-सूँघने-छूने की क्रियाएँ उस वक्त कहीं दुबकी होती हैं ? हो सकता है कि शुरू में वे दुबकी हुई रहती हों। पर जब हम किसी वस्तु या दृश्य को 'सचमुच' देखने लगते हैं तो क्या वे क्रियाएँ भी हमारे भीतर एक हलचल नहीं मचाने लगतीं। अपने को एकाग्र नहीं करतीं ? हम आँखों से 'छूने' भी नहीं लगते ?

लेकिन आँखों से छूने और सूँघने की क्रिया को बहुत दूर तक भी नहीं खींच सकते—उस पर एक हद के बाद जोर नहीं दिया जा सकता। क्योंकि चाहे कोई दृश्य हो या रचना, उसे देखने-सूँघने-छूने का अनुभव इन क्रियाओं के साथ रहने का एकान्तिक अनुभव-भर नहीं है। इनकी एकाग्रता के बाद हम स्वाभाविक रूप से किसी दृश्य या रचना के 'अर्थ' या अभिप्राय की ओर भी लौटते हैं। और एक नई प्रक्रिया शुरू हो जाती है—दृश्य या रचना के आधार पर हमारी ओर से भी

कुछ बुनने, छाँटने-बीनने, सहेजने-सँजोने की प्रक्रिया !

पर आँखों से 'छूने' की पहली प्रक्रिया के बिना यह दूसरी प्रक्रिया शुरू नहीं हो सकती—इसी को यहाँ दुहराना ज़रूरी है।

एक बात और। विभिन्न कला-माध्यमों की खोज भी क्या इसीलिए नहीं हुई कि आदमी के अनुभव करने और सोचने की क्रिया को एक तरह की पूर्णता मिल सके। मूर्तिशिल्प का हम छू भी सकते हैं, संगीत 'सुनने' की क्रिया को बढ़ाता और सजग करता है, नृत्य और नाटक की शारीरिक भंगिमाएँ और मुद्राएँ जीवन के समान्तर एक 'जीवन-कथा' रचती हैं। चित्रकला देखे और अनुभव किए हुए को एक नई तरह से 'अवतरित' करती है। ये सब माध्यम अलग-अलग हैं, सबकी अपनी ज़रूरतें और अपनी सत्ता भी है, लेकिन क्या सभी में, सभी के कुछ तत्त्व भी नहीं हैं !

बहरहाल, यह तो चिर-परिचित अनुभव है और कलाओं के आपसी रिश्ते की बात समय-समय पर दुहराई भी जाती है। ध्यान रखनेवाली चीज़ तो यही है कि हम वास्तविक जीवन में, और कलाओं में भी—चीज़ों को केवल उतना ही करके नहीं 'देख' सकते जितना कि वे अपनी आकारगत उपस्थिति में होती हैं। हमें तो इस आकारगत उपस्थिति में दूसरी तमाम चीज़ों को शामिल करना ही पड़ता है—और उन चीज़ों की भी सुधि लेनी पड़ती है जो इस आकारगत उपस्थिति में तत्काल नहीं दीख पड़तीं।

कोई आपके हाथ में गिलास या कप में चाय लाकर देता है; पहली नज़र में वह चाय से भरा हुआ कप या गिलास है। लेकिन अगर वह गरम है तो उससे उठता हुआ धुआँ भी हम देखते हैं, फिर यह भी देख सकते हैं कि उसका 'वास्तविक' आकार क्या है, उसकी बनावट कैसी है ? स्वयं उसका और चाय का रंग क्या है ? और फिर उसका स्वाद क्या है ? और क्या कप या गिलास का रंग किसी प्रकाश-छाया से प्रभावित भी हो रहा है ? क्या हमने यहाँ बैठकर चाय पहले पी थी ? कब पी थी ! किसके साथ पी थी ?

यह एक मोटा उदाहरण है। और रोजमर्रा जीवन में हमें इतनी फुसरत कहाँ होती है कि हम अपने हर कार्य-व्यापार को इस तरह जाँचते भी चलें। पर सवाल यही है कि जब हम ऐसी 'जाँच' कर पाते हैं तो उस चीज़ से हमारा रिश्ता और बढ़ जाता है या नहीं ? हमारी तल्लीनता बढ़ जाती है या नहीं ? हमारा अनुभव बढ़ जाता है या नहीं ? हम कप को हाथों से उठाते हैं, ओंठों से लगते हैं, पर आँखों से भी कुछ चीज़ों को 'छूने' की क्रिया भी चलती रहती है या नहीं ?

कलाओं को देखना और सुनना

सभी कलाओं में केवल चित्र और मूर्तिशिल्प के माध्यम ऐसे हैं जिनकी कृतियों को हमें प्रायः खड़े रहकर ही देखना होता है। नाटक, नृत्य और फ़िल्म हम बैठकर देखते हैं, संगीत भी बैठकर ही सुनते हैं पर चित्र और मूर्तिशिल्प के साथ हमें ऐसी सुविधा प्राप्त नहीं है। किसी प्रदर्शनी में गए हों, या संग्रहालय में, तो न केवल चित्रों के सामने खड़े रहना होगा, और मूर्तिशिल्पों की परिक्रमा करनी पड़ेगी, बल्कि अपने लिए वे कोण भी चुनने पड़ेंगे कि कहाँ से, और कितनी दूरी से, उन्हें देखें। यहीं यह याद कर सकते हैं कि सभागार में बैठे हों तो चाहे फ़िल्म देख रहे हों या नाटक या नृत्य, या फिर संगीत सुन रहे हों—बैठने की व्यवस्था भी प्रायः सुनिश्चित रहती है। कुर्सियाँ हैं तो उनकी कतारें और उनकी संख्याएँ होती हैं, या फिर फर्श पर पड़े किसी बिछावन की व्यवस्था है तो वहाँ भी कतारें स्वयं प्रेक्षकों-श्रोताओं की ओर से बना ली जाती हैं। लेकिन संग्रहालयों या प्रदर्शनियों में दर्शकों के लिए ऐसी किसी व्यवस्था की कोई सम्भावना ही नहीं है। यह तो हर दर्शक अपनी तरफ़ से तय करता है कि किसी चित्र या मूर्तिशिल्प को वह किस कोण से देखेगा, और किस चित्र या मूर्तिशिल्प के सामने कितनी देर तक खड़ा रहना पसन्द करेगा। प्रदर्शनियों और संग्रहालयों में व्यवस्था सिर्फ इतनी की जाती है कि चित्र/मूर्तिशिल्प भलीभाँति देखे जा सकें—और उन पर पड़नेवाली रोशनी पर्याप्त हो। यह भी कि चित्र और मूर्तिशिल्प ठीक से प्रदर्शित हों। ऐसा न हो कि वे इतने ऊपर टँगे या रखे हों कि दृष्टि-परिधि से दूर हों, या बेढंगे ढंग से टँगे या रखे हों। एक चीज़ पर और गौर कर सकते हैं : नाटक, नृत्य, फ़िल्म, संगीत के कार्यक्रम प्रायः किसी न किसी अवधि का बन्धन अपने लिए मानकर चलते हैं।

इसीलिए इन्हें देखने-सुनने जाने से पहले दर्शक-श्रोता प्रायः ड्यूरेशन (अवधि) पहले से जान लेना पसन्द करते हैं, या संगीत के मामले में कुछ अनुमान भी लगा लेते हैं कि अमुक गाएँगे या बजाएँगे तो भला कितनी देर तक। पर, संग्रहालय

में या कला दीर्घाओं में होनेवाली प्रदर्शनियों में अवधि का सवाल सिर्फ यह होता है कि किसी गैलरी या संग्रहालय के खुलने-बन्द होने का समय क्या है। और मान लें कि वह समय दस से पाँच या ग्यारह से आठ का है, तो इस अवधि के बीच कोई दर्शक चाहे तो आधा घंटा या पन्द्रह मिनट भी रह सकता है और कृतियाँ देख सकता है, या चाहे दो-चार घंटे भी बिता सकता है। पर, एक बार फिर याद कर लें कि वह जितनी देर वहाँ रहेगा और कलाकृतियाँ देखेगा, उसे खड़ा ही रहना पड़ेगा। अचरज नहीं कि संग्रहालयों में या कला दीर्घाओं में कलाकृतियों को देखना शारीरिक रूप से थकानेवाला काम भी होता है। अगर किसी ने किसी प्रदर्शनी में या संग्रहालय में कोई तीस चित्र ही देखे, और उनमें से ज्यादा नहीं, प्रत्येक के सामने कोई दो मिनट भी खड़ा रहा हो तो एक घंटा हो गया। यह आकस्मिक नहीं है कि यूरोप-अमेरिका में संग्रहालयों में अच्छे कैफे और रेस्तराँ भी होते ही होते हैं कि दर्शक थक जाए, या वहाँ दिन बिताना चाहे तो उसकी भूख-प्यास-थकान कुछ मिटती रह सके।

यह कुछ अजीब-सी ही बात है कि हमारे यहाँ कलाओं के देखने-सुनने के ढंग पर (इस सिलसिले की कई सुविधाओं, असुविधाओं पर) ध्यान कम ही जाता है, और देखने-सुनने की बारीकियों की चर्चा भी जरा कम ही होती है। एक सचाई क्या यह भी नहीं है कि चित्रों और मूर्तिशिल्पों को देखने का आनन्द बुजुर्ग लोग कम ही उठा पाते हैं, क्योंकि संग्रहालयों-प्रदर्शनियों तक आना-जाना, और वहाँ खड़े रहकर कृतियों को देखना, उनके लिए प्रायः आसान नहीं रह जाता, जबकि नाटक, नृत्य, फ़िल्म या संगीत के कार्यक्रम में उन्हें अच्छी सीट मिल जाए तो वे वहाँ ज्यादा देर तक टिके रह सकते हैं। कुछ वर्ष पहले एक अंग्रेजी अखबार के बुजुर्ग कला-समीक्षक के एक प्रदर्शनी से जल्दी ही चले जाने पर, एक युवा कलाकार ने जब रोष प्रकट किया था, तो उससे मुझे यह कहना पड़ा था कि 'यह मत भूलो कि अब उनकी उम्र क्या है, और अगर वे तुम्हारी पच्चीस कृतियों में से प्रत्येक के सामने दो-तीन मिनट खड़े हों (जैसा कि तुम शायद चाहते हो) तो यह उनके लिए सचमुच भारी पड़ेगा। वे अनुभवी हैं, और एक नज़र में भी कुछ तो देख-पहचान ही सकते हैं। तुम्हें तो कृतज्ञ होना चाहिए कि वे तुम्हारी प्रदर्शनी देखने आए, और तुमसे कुछ बातें भी कीं।' इस स्थिति को न समझने का ही यह नतीजा है कि युवा कलाकार बुजुर्ग कला-समीक्षकों को उनकी 'निष्क्रियता' के लिए कोसते हैं, और बुजुर्ग कलाकार भी अगर प्रदर्शनियाँ देखने नहीं पहुँच पाते, तो उन्हें भी कई बार आड़े हाथों लेते हैं। यह बात मैं हर युवा कलाकार के लिए नहीं लिख रहा हूँ, पर, एक प्रकार की नासमझी तो इस सिलसिले में बहुधा देखने

को मिलती ही है।

कलाओं की दुनिया में देखने-सुनने की जो स्थितियाँ हैं, वे निश्चय ही बेहद दिलचस्प हैं। और स्वयं कला माध्यमों के अपने-अपने स्वभाव के बारे में भी बहुत कुछ कहती हैं। मसलन यही कि नाटक देख रहे हों तो आगे की कुछ सीटें, और सभागार के मध्य वाली सीटें ज्यादा अच्छी मानी जाती हैं, पर फ़िल्म में अगली सीटें अच्छी नहीं मानी जातीं। कारण यही कि मध्यभागवाली सीटों से या पिछली सीटों से, स्क्रीन पर उभरनेवाली छवियाँ कुछ बेहतर दिखती हैं। और अगर कोई 'क्लोज अप' है, और उसमें किसी चेहरे की झुर्रियाँ हैं, तो वे झुर्रियाँ पिछली सीटों पर बैठे लोगों तक वैसे ही प्रकट होंगी जैसी कि अगली सीटों पर बैठे लोगों पर प्रकट होंगी।

थिएटर और सिनेमा में देखने की इस स्थिति (या प्रक्रिया) पर सत्यजित राय ने अपने एक बांग्ला निबन्ध 'सिनेमार कथा' (सिनेमा की बात) में एक और महत्त्वपूर्ण बात रेखांकित की है। वे लिखते हैं : 'सिनेमा और थिएटर के एक और अन्तर को भी याद कर लूँ। थिएटर में स्टेज पूरी तरह खाली है, और उसके इस खाली होने को, लोग कई हजार वर्षों से मानते चले आ रहे हैं। स्टेज पर जब लोग निश्चिन्दपुर (पथेर पांचाली का गाँव) की कहानी देखने जाएँगे तो क्या वे यह सोचकर जाएँगे कि वहाँ सचमुच गाँव के घाट-मैदान, घर-मकान देखने को मिलेंगे ? सभी जानते हैं कि यह सम्भव ही नहीं है। इसीलिए हमें थिएटर में कई चीज़ों की कल्पना कर लेनी होती है—संकेतित जगहों को मन ही मन भर लेना होता है, और उन्हें असली भी मान लेना होता है।'

इसी निबन्ध में उन्होंने एक और पते की बात लिखी है : 'पथेर पांचाली' को अगर मंच पर प्रस्तुत किया जाता (जाए) तो वहाँ भी एक इंदिर ठाकुरन की ज़रूरत पड़ती (पड़ेगी), लेकिन थिएटर में कई बार युवा लोग भी रंग पोतकर, मेकअप करके बूढ़े-बूढ़ी का अभिनय कर लेते हैं, और इससे कोई विशेष अन्तर नहीं पड़ता क्योंकि जो नाटक देख रहे होते हैं, वे उसे कुछ दूर से ही देखते हैं, और उन्हें मेकअप पूरी तरह दिखाई नहीं पड़ता है। लेकिन सिनेमा में जो लोग अभिनय करते हैं, उनका चेहरा कई बार, दर्शक को बहुत निकट से दिखाया जाता है, (जाहिर है क्लोज अप से), इसलिए अगर कोई मेकअप किया गया है, तो वह तुरन्त पकड़ में आ जाता है। और उसके पकड़ में आते ही, मजा किरकिरा हो जाता है।

ऐसी ही तमाम बारीकियों की चर्चा—सिनेमा और थिएटर को देखने की बारीकियों की चर्चा—कई निर्देशकों ने की है, और जाहिर है कि कुरोसावा जैसे

निर्देशकों ने तो किसी दृश्य को देखने के हमारे तरीकों को मौलिक रूप से बदल दिया है। और पिकासो, ब्राक, डॉली, शागाल जैसे कलाकारों ने मनुष्य आकृति और वस्तुरूपों को आँकने में इतने प्रयोग कर डाले हैं कि अब हम कला में ऐसी छवियों को सहज ही स्वीकार करने लगे हैं, जिन्हें स्वीकार करना कुछ सदियों पहले तक कठिन ही था। और चित्र भाषा में उन्होंने जो बदलाव किए, उनके कारण हम स्वयं आकृतियों और चीज़ों को तो एक नई निगाह से देखने ही लगे हैं—किसी भी चीज़ या आकृति को कई रूपों में देखना-देख लेना अब उतना कठिन नहीं रहा। और अतियथार्थवादियों (सुररियलिस्ट्स) के प्रयोगों ने भी तो सिनेमा-कला-कविता-रंगमच आदि में देखने के बहुतेरे कोण हमें दिए हैं। पर, वह एक अलग ही प्रसंग है, फिलहाल तो हम कलाओं में देखने-सुनने की भिन्न स्थितियों की बात ही ज्यादा कर रहे हैं।

सभी कलाओं में वास्तुशिल्प एक ऐसी कला है, हम जिसका 'उपयोग' भी करते हैं, और अन्य कलाओं की तुलना में इस हद तक करते हैं कि उसके भीतर रह भी लेते हैं। पर, यह भी सच्चाई है कि जब हम ताजमहल या फतेहपुर सीकरी को देखते हैं, या चार्ल्स कोरिया की डिजाइन की हुई किसी इमारत को, और उनके वास्तुशिल्पीय गुणों को सराहना-जाँचना चाहते हैं तो यह कोई, हम एक जगह खड़े रहकर तो नहीं ही कर सकते हैं। हमें चलना होगा, कई जगह रुकना और खड़े रहना भी, और फिर चलना होगा, फिर कोई कोण ढूँढ़ना होगा, कुछ और देखने के लिए—ये शायद सभी मोटी-मोटी बातें हैं, और हम इनसे परिचित भी हैं, पर इसके बारे में सोचकर, और अपने को एक बार फिर सचेत कर, मुझे हमेशा बहुत आनन्द आता है। इन्हें दुहराकर मैं मानो, इन सबको हर बार एक नई उत्सुकता से देखने के लिए अपने को तैयार करता हूँ।

रूपंकर कलाओं की—चित्र, मूर्तिशिल्प की—यह बात भी मुझे कम आकर्षित नहीं करती है कि, कोई पुराना चित्र या मूर्तिशिल्प देखते हुए, उसमें बसा हुआ समय मूर्तिमान हो उठता है। ज्यों ही हम यह कहते हैं कि खजुराहो को एक हज़ार साल बीते, त्यों ही मानो हमें उस अवधि का एक मूर्तिमान भान होता है और हम उसे आज देख रहे हैं, और अपने लिए प्रासंगिक पा रहे हैं—यह प्रतीति बढ़ते ही, उसके प्रति हमारा आकर्षण भी कुछ और बढ़ जाता है। मिनिएचर चित्रों को देखते हुए भी क्या कुछ ऐसा ही एहसास नहीं होता है ?

गोद में या मेज पर रखकर कला-पुस्तकों में देखने का भी अपना एक सुख और अनुभव है। पर, जाहिर है कि हम बात यहाँ मौलिक कलाकृतियों को 'देखने' की स्थिति के सन्दर्भ में ही कर रहे हैं। जिस किसी स्मारक में हम पहले भी

हो आए हों, और किसी संग्रहालय में किसी चित्र या मूर्तिशिल्प को पहले भी देख आए हों, उसमें दुबारा-तिबारा-चौबारा जाना, और उनमें अपनी किसी प्रिय कलाकृति को फिर से देखना भी 'देखने' के कुछ नए कोण हमें सौंपता ही है।

हम ही हैं भोक्ता और दृष्टा

रविवार का दिन था। मैं ललित कला अकादेमी के गढ़ी स्टूडियोज (दिल्ली) में अपने कलाकार मित्रों से मिलने गया था। सर्दियों की खुली धूप में हम एक घेरा बनाकर घास पर बैठे थे। सहसा हिम्मत शाह ने कहा, 'उधर देखो, उन बच्चों की ओर।'

आठ-दस की उम्र के पाँच-छह बच्चे दूर आपस में खेल रहे थे। नहीं, कोई खेल नहीं। उनमें से दो-एक बातें कर रहे थे, बाकी कभी इस करवट घास पर लेटते, कभी उस करवट। कभी उठकर बैठ जाते या खड़े होकर कुछ दूर चले जाते, फिर झुंड के पास वापस लौट आते। उनकी मुद्राएँ लगातार बदल रही थीं और उनका झुंड तो जैसे हर पल बदल रहा था। हिम्मत ने फिर कहा, 'इनके उठने-बैठने से कितने रूप बन रहे हैं।' हिम्मत का वाक्य ठीक-ठीक क्या था वह याद नहीं, लेकिन आशय यही था। हम सबको भी इसमें एक मजा आने लगा। थोड़ी देर तक कोई कुछ बोला नहीं। लगा जैसे अविराम एक 'नाटक' चल रहा हो—स्वतःस्फूर्त।

कोई मूर्तिशिल्पी जब आकृतियों का एक समूहन बनाता है तो क्या उसके स्मृति-भंडार में ऐसी ही गतियाँ नहीं रहती होंगी ? इसी तरह जब किसी नाटक में पात्र दो या तीन या चार के समूह में मंच घेरते हैं तो उनका चलना-फिरना, उनकी भावमुद्राएँ क्या यथार्थ जीवन से ही परिकल्पित नहीं की जातीं ? और फ़िल्मों में भी तो विभिन्न पात्रों का उठना-बैठना, चलना-फिरना 'सजीव' बनता तभी है जब निर्देशक-अभिनेता यह तय कर लेते हैं कि प्रसंग के अनुरूप चलने-फिरने उठने-बैठने का 'रूप' क्या हो ? अभिनेता-अभिनेत्रियों के ऐसे 'अनुभव' आपने ज़रूर पढ़े होंगे जब उन्होंने किसी पात्र की भूमिका के लिए, किसी व्यक्ति या व्यक्तियों की चाल-ढाल से कुछ सीखा और उसे अपनी भूमिका में उतारा। यहाँ हम उन बम्बइया फ़िल्मों की बात नहीं कर रहे, जिनमें चाल-ढाल और भावमुद्राएँ सब अतिनाटकीय होती हैं। हम यहाँ उन्हीं की बात कर रहे हैं,

जिनमें किसी पात्र के उठने-बैठने-बोलने का ढंग उनकी भूमिका का अहम हिस्सा होता है। मसलन सत्यजीत राय की फ़िल्मों को ही लें। 'चारुलता' की चारु को इस दृष्टि से हम क्या कभी भुला सकते हैं।

उपन्यास और कहानियों के पात्र भी हवा में से तो आते नहीं। हाँ, यह ज़रूर होता है कि लेखक के जाने-देखे पात्र अन्ततः किसी कृति में 'रूपान्तरित' भी हो जाते हैं। कभी यह भी होता है कि एक पात्र में वास्तविक दुनिया के दो-तीन पात्र समा जाते हैं। लेकिन ऐसा तो कभी नहीं होता कि पात्रों का वास्तविक जीवन में कोई आधार ही न रहा हो।

सड़क पार करते हुए तो हमें निरापद ढंग से सड़क पार करने की ही धुन रहती है। लेकिन कभी फुरसत के क्षणों में किसी सड़क-चौराहे पर लोगों का आना-जाना देखिए। आप पाएँगे कि असंख्य मुद्राएँ और भंगिमाएँ आप देख रहे हैं। हड़बड़ी, चिन्ता और तरह-तरह की गतियों और मनःस्थितियों के रूप आपको देखने को मिलेंगे। दरअसल जीवन के बारे में बहुत-सी समझ तो हमें सायास और अनायास कुछ देखने से ही मिलती है।

कभी-कभी 'सायास' देखने का काम इसलिए ज़रूरी है कि आप जब स्वयं किसी काम में लगे होते हैं तब आप स्वयं को ही नहीं, उस पूरे कार्य-व्यापार को भी ठीक से नहीं देख रहे होते। देख सकते नहीं। आप किसी दुकान में अन्य बहुत-से ग्राहकों की उपस्थिति में जब कोई चीज़ खरीद रहे होते हैं तो आप नहीं जानते कि यह पूरा दृश्य वास्तव में कैसा लग रहा होगा। ऐसे किसी 'दृश्य' को आप तभी देख पाते हैं जब आप स्वयं इस दृश्य के 'बाहर' हों।

'दृष्टा' और 'भोक्ता' की बात साहित्य और कलाओं में बहुत हुई है। और प्रायः यह ज़रूरी माना गया है कि आप दोनों ही भूमिकाएँ चरितार्थ करें। अगर आप केवल दृष्टा हैं तो भी बात बननेवाली नहीं है और अगर आप भोक्ता हैं तो भी नहीं।

दिल्ली में ग्यारहवें अन्तर्राष्ट्रीय फ़िल्म महोत्सव के अवसर पर *तारकोवस्की* की फ़िल्म सैक्रिफाइस (बलिदान) दिखाई गई। बुनावट के स्तर पर यह एक संश्लिष्ट फ़िल्म है। परमाणु युद्ध से दुनिया के विनष्ट हो जाने की चिन्ता इसके मूल में है। इसका 'नायक' यह देख रहा है कि यह चिन्ता उसके आस-पास के परिवार

के लोगों को (समाज को) उस तरह नहीं व्याप रही, जिस तरह से उनमें भी व्यापनी चाहिए। वह एक भयावह 'स्वप्न' में अपने को लगभग नष्ट हो गई दुनिया के बीच भी देखता है—स्याह-सी छायाओं के संसार में पानी कीचड़ है, एक वीरानी है और वह है—दलदली-सी मिट्टी से वह कुछ सिक्के उठाता है, उन्हें चीथड़ों से अलग करता है और फिर उन्हें जहाँ का तहाँ छोड़ देता है। इस लम्बे भयावह सपने की ऐसी तमाम चीज़ों के बीच से वह फिर 'यथार्थ' जगत में लौटता है। लेकिन इस बीच वह इस सपने का 'भोक्ता' और 'दृष्टा' दोनों बन चुका है। फ़िल्म देखते हुए हमें यह भी लगता रहता है कि यह 'कुल सपना' उसने स्वयं 'बुना' है क्योंकि उसके जीवन से सम्बन्ध रखनेवाली कई मर्मभरी घटनाएँ इसमें गुँथी हुई हैं। यानी एक स्तर पर यह सपना नहीं रह जाता—ऐसा सच बन जाता है जो लगातार उसका और हमारा पीछा कर रहा है।

ऐसा क्योंकर हुआ ? इसीलिए तो कि फ़िल्म अपने कथ्य और लहजे के कारण हमें 'भोक्ता' और 'दृष्टा' दोनों बना देती है। कोई भी कलाकृति ऐसा कर सके तो यह उसकी बहुत बड़ी उपलब्धि है। आमतौर पर होता यह है कि कोई फ़िल्म, नाटक या चित्रकृति हमें 'दर्शक' ही बनाए रखती है और उसके भोक्ता होने का दावा हम इसलिए भी नहीं कर सकते कि अन्ततः एक कलाकृति और दर्शक—ये दो अलग-अलग इकाइयाँ हैं और दोनों के बीच संवाद और अनुभवों का एक साझा ही सम्भव होता है। हाँ, दोनों के बीच कभी-कभी एक प्रकार की अभिन्नता भी बनती है लेकिन बस 'एक प्रकार की' ही।

पर तारकोवस्की की जिस फ़िल्म की हम चर्चा कर रहे हैं वह इस 'एक प्रकार की अभिन्नता' ही फ़िल्म और दर्शक के बीच नहीं बनाती, दोनों के सम्बन्ध को कुछ और आगे ले जाती है। यह एक अलग तरह का अनुभव है। इसके 'भोक्ता' भी हम इस अर्थ में बन जाते हैं कि हम इसकी सभी चिन्ताओं की गिरफ्त में आ जाते हैं। 'हम पर भी यह बीत रही है' या 'हमीं पर यह बीत रही है'—ऐसा भान हमें होने लगता है।

हमने यहाँ फ़िल्म की चर्चा संक्षेप में की है और अपने अनुभव की बात ज्यादा लिखी है। उस अनुभव की जो यह फ़िल्म हमें देती है। इसको भी इस बात क़ा प्रमाण ही माना जाए कि मैं इस फ़िल्म का 'भोक्ता' भी था। जो कुछ आप पर बीतती है, उसको लिखकर या कहकर आप तुरन्त नहीं बता पाते। लगता है कुछ समय और चाहिए जब आप अपने 'भोक्ता' होने को 'दृष्टा' होने के साथ जोड़ सकें।

आँखें भी सोचती हैं

देखने के साथ सोचना जुड़ा हुआ है। हम जो कुछ भी देखते हैं, उस पर किसी-न-किसी रूप में सोचते ज़रूर हैं। कभी-कभी यह भी होता है कि हम देखे हुए पर तत्काल नहीं सोचते, लेकिन दिनों या बरसों बाद उस पर 'सोचते' हैं। हम जो कुछ भी देखते हैं, वह हमारे स्मृति-भंडार में जमा होता जाता है। इसीलिए तो बचपन भी हमारे साथ बहुत दूर तक रहता है—वह बचपन, जब हमें देखने का 'महत्त्व' पूरी तरह पता नहीं होता।

बचपन में चीज़ों को देखने से जो विस्मय पैदा होता है, उसे अन्त तक बनाए रखने की ज़रूरत कवि-कलाकार मानते हैं तो इसलिए कि उस वक़्त हमें देखने का महत्त्व भले न पता रहता हो, लेकिन उसका 'टटकापन' बड़े काम की चीज़ है। देखने के ढंग को बासी होने से भी बचाना बड़ा ज़रूरी होता है। देखने के बासी होने के साथ हमारे सोचने की—मौलिक सोचने की—क्षमता भी क्षीण होने लगती है।

हमारी कलाओं और साहित्य में आँखों का जो गुणगान किया गया है, वह अकारण नहीं है। पत्थर पर तराशी गईं बुद्ध प्रतिमाएँ हों या मिट्टी से सिरजी गईं दुर्गा-प्रतिमाएँ या मधुबनी चित्रों में आँकी गईं देवी-प्रतिमाएँ—सबकी आँखों पर गौर करें तो पाएँगे कि उनके गुण-स्वभाव का बहुतेरा अर्थ और रहस्य तो उनकी आँखों में ही छिपा है। यहीं यह भी याद कर सकते हैं कि बुद्ध का वैराग्य कुछ दृश्यों को देखने से ही तो पैदा हुआ था—उन दृश्यों ने उन्हें बहुत सोचने के लिए मजबूर कर दिया था।

हमारी बहुत-सी नीति कथाएँ भी 'कुछ देखने' से जन्मी थीं।

किसी चीज़ के वास्तविक रूप को ही देखने का महत्त्व नहीं है, बल्कि उसके प्रतिबिम्ब को देखना भी मायने रखता है। जल पर सूर्य-चन्द्र की प्रतिच्छाया क्या हमें एक अतिरिक्त सौन्दर्य और अर्थबोध नहीं देती ? दर्पण का भी महत्त्व क्यों है ? 'साहित्य समाज का दर्पण है'—यह कहते ही क्या 'कुछ देखने' और फिर 'उसे

दिखाने' की क्रिया प्रकट नहीं होती ? अतियथार्थवादियों (सुररियलिस्ट्स) ने जब वस्तुगत यथार्थ के और पार जाने की बात की तो क्या वह देखने का ही एक विस्तार नहीं कर रहे थे ? और अवचेतन क्या देखे हुए का ही 'मुँदा' हुआ रूप नहीं है! जिस तरह किसी चीज़ से ढक्कन या परदा हटाकर देखते हैं क्या उसी तरह अवचेतन का ढक्कन नहीं खोलते !

फंतासी क्या है ? कई चीज़ों को मिलाकार एक नई चीज़ खड़ी करने की या इस तरह 'कुछ नया' देखने की कोशिश ही नहीं ?

फंतासी को थोड़ी देर के लिए एक ओर रखकर रोजमर्रा जीवन को ही लें। सुए जैसी नाक, मोती जैसे दाँत, कौड़ियों जैसी आँखें कहकर हमने 'देखने' का ही एक विस्तार नहीं किया था ? देखने को लगातार नया करते रहने की ही कोशिश यह नहीं थी। एक चीज़ से दूसरी को जोड़कर देखने की यह ज़रूरत क्यों महसूस हुई ? हमने एक चीज़ में दूसरी का अर्थ और रूप क्यों भरा ? इसीलिए तो कि हम एक चीज़ को देखने पर ही रुके नहीं रहे—कुछ सोचने भी लगे।

कला में आकार कहाँ से आते हैं ? कुछ 'देखने' से ही तो। बचपन में हम बादलों की ओर देखकर बादलों पर क्यों नहीं 'ठहर' जाते ? क्यों हम उनमें हाथी और ऐसी ही तमाम आकृतियाँ ढूँढ़ने लगते हैं। एक अमूर्त चित्र पर भी हम क्यों कोई रूपाकार 'आरोपित' करते हैं। भले ही उस रूपाकार का उस चित्र से कोई सम्बन्ध न हो और वह चित्रकार का मन्तव्य भी न रहा हो। ऐसा नहीं कि कोई आरोपित रूपाकार उस अमूर्त चित्र का आशय हम तक जल्दी पहुँचा देगा या ऐसा करना उस चित्र के सन्दर्भ में ज़रूरी ही हो। ऐसा आरोपण एक सहज प्रवृत्ति है। और उस प्रवृत्ति की बात ही हम यहाँ कर रहे हैं।

एक बार राष्ट्रीय आधुनिक कला संग्रहालय, जयपुर हाउस, नई दिल्ली में 'आर्ट एप्रेशिएसन' कोर्स के छात्रों के बीच मुझे बोलना था। मैंने कुछ समकालीन कलाकारों के चित्रों की स्लाइड्स दिखाई और उनमें प्रकट आकारों के चित्रों को कुछ अन्य चीज़ों से जोड़ने भी लगा। इस पर एक छात्र ने यह सवाल उठाया कि चित्रों/अमूर्त चित्रों के सन्दर्भ में ऐसा 'आरोपण' ज़रूरी क्यों हो ? हम एक चित्र को/एक कलाकृति को देखकर ही उसका आनन्द क्यों न उठाएँ ? 'आरोपण' से चित्र के वास्तविक अर्थ तक पहुँचने में क्या एक बाधा भी उत्पन्न नहीं होती ?

मैंने कहा : 'आपकी बात अपनी जगह बिलकुल सही है। लेकिन हम किसी चित्र की अपने लिए भी एक 'शक्ल' बनाए बिना काम नहीं चला सकते। यों भी कोई भी प्रतिक्रिया, मौनी प्रतिक्रिया नहीं होती। आप किसी कलाकृति के सामने खड़े होकर 'ठहर' तो जाते नहीं हैं। कुछ सोचना भी शुरू करते हैं। और भले मन

में ही कहें, ऐसा कुछ कहते ज़रूर हैं कि यह आपको 'अच्छा' लगा या 'नहीं अच्छा' लगा। आपके भीतर एक हलचल होती ही है। आप किसी चीज़ को बिलकुल खारिज भी कर देना चाहें तो वह भी किसी हलचल का परिणाम होता है।

दूसरे, कोई कलाकार कई बार स्वयं भी कुछ 'आरोपण' करता है—जान-अनजाने। मसलन जोगेन चौधरी अपनी आँकी आकृतियों के हाथ-पाँव कई बार वनस्पतियों से उपकरण उधार लेकर बनाते हैं—वे हाथ-पाँव किसी बेल या लता की तरह भी लग सकते हैं। उनका यह जो आँकना है वह हमें सहज ही वनस्पतियों की दुनिया की भी याद दिलाता है। हम सोचना शुरू करते हैं कि ऐसा उन्होंने क्यों किया ? सोच का एक सिलसिला शुरू होता है। यह सोचना एक सीढ़ी की तरह ही काम आता है। लेकिन आता है। बिना ऐसी किसी सीढ़ी के हम किसी चीज़ के अर्थ और आशय तक कैसे पहुँच सकते हैं।

कलाकृति की ही नहीं, जीवन की बात करें और एक उदाहरण लें : हम किसी मकान की एक चितकबरी दीवार को देखते हैं तो क्या तुरन्त यह नहीं सोचते कि वह सम्भवतः पुरानी है और उस पर बहुत दिनों से रंग-रोगन नहीं हुआ ? क्या किसी नए रंग में चमकती और एक चितकबरी दीवार को देखने में अन्तर नहीं होता ? क्या दोनों को देखकर हमारी प्रतिक्रिया एक-जैसी होती है ? हम दो लोगों को देखते हैं और एक जुलूस को देखते हैं तो इन 'दो दृश्यों' के अलग-अलग सन्दर्भ क्या हमारे ध्यान में नहीं आते ? हम एक मजदूर को बोझा ढोते सड़क पर देखते हैं और एक मजदूर को नई बन रही इमारत की पाँचवीं या छठी मंजिल पर 'लटके' हुए, तो क्या दोनों को देखकर एक जैसी ही प्रतीति होती है ?

सो देखने में 'सन्दर्भ' की भी एक महत्त्वपूर्ण भूमिका होती है। कौन-सी चीज़ किस सन्दर्भ में घटित हो रही है, इसका भी मतलब है। पेड़ की डाली पर बैठी वही चिड़िया जब उड़ान भरने लगती है तो सन्दर्भ बदल जाता है। पानी में और पानी के बाहर 'मछली' एक ही चीज़ 'होकर' भी एक ही चीज़ नहीं रहती। और अलग-अलग सन्दर्भों की हमारी पहचान न हो तो हम कई जीवनानुभवों से भी वंचित रह जाते हैं।

जब मीरा कहती हैं : 'कोई दिन हस्ती कोई दिन घोड़ा कोई दिन पाँव चलना जी' तब हम यही नहीं 'देखते' कि तीन तरह से 'चलने' की बात की जा रही है, हम तीन सन्दर्भों को भी देखते हैं। इन्हें नहीं देखेंगे तो उनकी बात को भी नहीं समझ पाएँगे। या जब कबीर कहते हैं 'हदै छाड़ि बेहद गया जहाँ निरन्तर होय, बेहद के मैदान में रहा कबीरा सोय।' तो हम 'हद' और 'बेहद' का फर्क 'देखने' लगते हैं और सोच की एक प्रक्रिया में पड़ जाते हैं। और 'बेहद के मैदान'

की 'शक्ल' क्या इस प्रक्रिया को और प्रगाढ नहीं करती ?

दरअसल यह 'देखने' का ही कमाल है कि हम किसी कलाकृति को, किसी वस्तु को ही नहीं, 'कविता' को भी देखते हैं। अच्छी कविता भी हमें कुछ-न-कुछ दिखाती है और उसके पढ़े-सुने रूप के साथ यह 'देखना' भी हमें उसके निकट ले जाता है।

लेकिन हम वास्तविक जीवन में चीज़ों को न देखें, सचमुच न देखें तो क्या कोई कविता, कहानी या कलाकृति हमें कुछ भी दिखा पाएगी ? हरगिज नहीं। जब यह बात कही जाती है कि एक श्रोता, दर्शक, पाठक किसी रचना की पुनर्रचना करता है तो क्या उसका आशय यही नहीं है कि वह उसे अपने अनुभवों से जोड़कर एक 'आकार' देता/पाता है। उसका अपना 'देखना' भी रचना में शामिल हो जाता है।

जब आज की कविता या कला के 'अबूझ' होने की बात की जाती है तो इस आलोचना से पहले यह जान लेना ज़रूरी है कि पाठक, दर्शक भी अपने 'देखने' की जिम्मेवारी निभा रहा है या नहीं ? कहीं ऐसा तो नहीं कि वह अपने देखने की सीमाओं को ही उन पर लाद रहा है—देखने की संवेदना और उसके खुलेपन को नहीं। हमारे देखने से जो चीज़ मेल न खाए वह अप्रासंगिक नहीं हो जाती है, न ही खारिज करने लायक ! दरअसल देखने में एक विनम्र भाव भी ज़रूरी है और धीरज भी। 'विहंगम दृष्टि' की या तेवर-भरी दृष्टि की सीमाएँ क्या बहुत साफ नहीं हैं ?

ऋतुओं के साथ

ऋतुएँ भी हमारे देखने के ढंग को प्रभावित करती हैं। गर्मियों को ही लें। एक अलस भाव के कारण हम चीज़ों को जैसे 'विलम्बित' रूप में देखते हैं। धूप और तपन के कारण भी हमारा देखना प्रभावित होता है। दोपहर को किसी पेड़ के पत्तों पर चमकती धूप में मानो उनका हरियरपन कुछ बदल जाता है, लेकिन उनकी छाया अधिक गहरी मालूम पड़ती है। उड़ती हुई धूल या रेत के कारण भी क्या चीज़ें कुछ बदल नहीं जातीं ? गर्मियों में हम ऐसी चीज़ें कुछ अधिक रुचि के साथ देखना चाहते हैं जो आँखों को शीतलता पहुँचाए। गर्मियों में पानी और छाया के साथ ज्यादा आत्मीय सम्बन्ध बनता है। तेज रोशनी कमरों में न आ पाए हम इसकी व्यवस्था करते हैं। चौंध से बचना चाहते हैं। गर्मियों में दूर तक देखने की इच्छा नहीं होती। दूर तक देखना भी चाहें तो कम-से-कम भरी दोपहर में ज्यादा दूर तक हम देख नहीं सकते।

इसी तरह अन्य ऋतुओं या अलग-अलग तरह के मौसम के साथ भी हमारा देखना बदल जाता है। धूप हो, फिर अचानक बदली छा जाए तो चीज़ों के रंग बदल जाते हैं। तेज बारिश भी दूर तक देखने से रोकती है। हमारे वास्तुशिल्प में ऋतुओं के ऐसे ही प्रभाव के कारण भी क्या छज्जों, झरोखों आदि की परिकल्पना खास तरह से नहीं की गई थी ?

देखने के ढंग पर पड़नेवाले ऋतुओं के प्रभाव के चलते ही एक समय हमारे साहित्य और हमारी कलाओं में ऋतु-सम्बन्धी चीज़ों की खास जगह रही है। भारत के ऋतु-चक्र में जितनी विविधता है, उतनी दुनिया के कम ही देशों में है। क्या इस कारण भी हमारा देखना कुछ अलग नहीं है ?

ऋतुओं की इस विविधता के कारण प्रकृति के उपकरणों में जो परिवर्तन होते हैं, उन्हें मानवीय स्थितियों के बखान के लिए भी खूब इस्तेमाल किया गया है। कुल मिलाकर स्थिति यह रही है कि रूपकों, प्रतीकों और आलम्बनों की कमी कभी महसूस नहीं की गई। चित्रकला में अनेक रंगों और रंगतों की गुंजाइश रही है।

मिनिएचर चित्र इस बात का सबसे अच्छा उदाहरण हैं।

यह स्थिति देखने के ढंग को बढ़ानेवाली ही रही है, उसे नया करनेवाली भी रही है। ग्रीष्म के बाद वर्षा को देखनेवाली आँख क्या एक 'आवरण' को उतारकर दूसरे 'आवरण' या पट भूमि में प्रवेश करनेवाली नहीं हो जाती ?

देखने के ढंग में यह परिवर्तन बहुत सचेत रूप में न होकर, सहज रूप में ही होता है। इसीलिए हम हर बार देखने का कोई नया 'व्याकरण' इस्तेमाल न करते हुए भी एक सहजता में ही हर चीज़ को अपने में अंकित हुआ पाते हैं। लेकिन यह 'अंकित' होना भी महत्त्वपूर्ण है क्योंकि इससे चीज़ों से सम्बन्धित एक लम्बी स्मृति-शृंखला निर्मित होती है।

धूप में पेड़, बारिश में पेड़, शरद में पेड़ और वसन्त में पेड़—हमारी आँखों की 'क्रिया' को बदल देते हैं। बारिश की नदी और गर्मियों की लम्बी-चौड़ी रेतीवाली नदी भी यही करती है। 'पल-पल परिवर्तित प्रकृति वेश' हमारे यहाँ सचमुच पल-पल परिवर्तित होनेवाला ही रहा है जिसने हमारे किसान और कवि को देखने के सूक्ष्म 'औजार' विकसित करने के लिए यों भी बाध्य किया है।

लेकिन प्रकृति की दुनिया से आज हमारा जिस तरह का सम्बन्ध है, उसने यह 'सूक्ष्मता' हमसे कहीं छीन भी ली है। पर 'नया सम्बन्ध' चाहे जैसा हो, प्रकृति की दुनिया के बाहर तो अन्ततः कोई दुनिया होती नहीं। फर्क यह पड़ा है कि अब हमें इस 'सूक्ष्मता' के प्रति सचमुच सचेत होना पड़ेगा—नहीं तो हमारे देखने का ढंग सपाट होता जाएगा।

देखने की 'सूक्ष्मता' हमें प्रकृति या परिस्थितियाँ जितना सिखाती हैं, उतना ही साहित्यिक कृतियाँ और कलाएँ भी। तुलसी या निराला का वर्षा-वर्णन पढ़कर हम जिस 'बादल राग' से परिचित होते हैं, वह अन्ततः मानव-राग भी है। 'घन घमंड नभ गरजत घोरा, प्रियाहीन डरपत मन मोरा' की सूक्ष्मता और गहराई क्या कभी पुरानी पड़नेवाली चीज़ है ?

"जहाँ साँझ-सी कोमल छाया, ढीले अपनी कोमल काया। नील गगन पर ढुलकाती हो ताराओं की पाँत घनी रे।" प्रसाद की इन पंक्तियों से जो चित्र बनता है, वह क्या प्रकृति उपकरणों को देखने की एक विलक्षण सूक्ष्मता की ओर ही संकेत नहीं करता ? और क्या यह ढंग एक गहरी मानवीय अनुभूति से भी सम्पृक्त नहीं है ?

"जहाँ न पहुँचे रवि, वहाँ पहुँचे कवि" जैसी उक्ति आज हमें भले ही स्कूली लगे, लेकिन इसका आशय देखने की सूक्ष्मता से ही जुड़ा है।

फूल को सचमुच खिलते हुए किसने देखा है ? कली के फूल बनने की प्रक्रिया लगभग 'अदृश्य' है। लेकिन हम इस 'अदृश्य' क्रिया का भी अनुभव कर पाते हैं तो क्या इसके पीछे भी कविता की शक्ति नहीं है ?

जो 'अदृश्य' है उसका सम्बन्ध भी आँख से है, देखने से है। 'मन की आँख' क्या 'आँख' का—देखने का—ही एक विस्तार नहीं है ? यह विस्तार होता कैसे है ? अनुभव की गहराई और उसकी सम्पन्नता से ही। लेकिन अन्ततः 'अदृश्य' और 'अमूर्त' अनुभव भी अपने लिए एक आँख चाहता है, अनुभव को स्वर और शब्द, चित्र और रंग तो बाद में मिलते हैं।

देखने की 'सूक्ष्मता' से सम्बन्ध टूटते ही हमारे लिए देखने की राह अवरुद्ध-सी हो जाती है। वह अवरुद्ध हो गई है, इसका अनुभव हम तब करते हैं, जब किसी परिस्थिति विशेष को हम ठीक से समझ नहीं पाते या उसके प्रति कोई प्रतिक्रिया नहीं कर पाते। लेकिन 'सूक्ष्मता' की पहचान भी कोई ठहरी हुई चीज़ नहीं है, उसे प्राप्त करने की एक प्रक्रिया हमें लगातार ज़ारी रखनी पड़ती है। या, उसे हमें बार-बार 'जगाना' पड़ता है।

पोलैंड के 'बोलते' हुए पोस्टर

पोलैंड के पोस्टर प्रायः दुनिया भर में मशहूर हैं। कला-प्रदर्शनियों, नाटकों, फ़िल्मों और संगीत के आयोजनों से सम्बन्धित ये पोस्टर बड़े और मँझोले आकार में होते हैं। इनकी खूबी यही है कि इनमें चित्र-बिम्ब और शब्द का एक अनोखा सामंजस्य होता है।

एक ज़माना था जब नागरिकों को किसी बात की सूचना देने के लिए ढोल-नगाड़े बजाकर उनका ध्यान अपनी ओर खींचा जाता था। फिर शब्दों के माध्यम से वह सूचना उन तक पहुँचाई जाती थी। छापे के चलन के बाद इश्तिहार बाँटे जाने लगे। लेकिन कला-आयोजनों के साथ अब कलात्मक पोस्टर अभिन्न रूप से जुड़ गए हैं। यूरोप-अमेरिका और जापान जैसे देशों में तो कलात्मक पोस्टरों का चलन अब अपने चरम पर है। फिर भी यह बात प्रायः सर्वसम्मत रूप से स्वीकार की जाती है कि पोलैंड के पोस्टरों की 'ऊँचाई' अन्य देश अभी भी छू नहीं सके हैं।

देखें तो, पोस्टर भी एक तरह की मुनादी ही हैं। और लगता यही है कि पोलैंड में पोस्टर तैयार करनेवाले कलाकार इस बात को बखूबी समझते हैं : पोलैंड का प्रत्येक पोस्टर 'बोलता' हुआ भी होता है। बिम्ब और शब्द तो हमारा ध्यान खींचते ही हैं—उनमें छिपी हुई गूँज भी मानो हमें सुनाई पड़ती है।

कब बोलने लगता है एक चित्र-बिम्ब—खासकर पोस्टर में ! शायद तभी जब वह संकेत-रूप में हमें उस विषय का भी पूरी तरह भान करा दे, जिससे कि वह सम्बन्धित है। हाँ, इसके लिए बिम्ब ही ज़रूरी है—पूरा चित्रण नहीं। क्योंकि अगर किसी विषय पर एक पोस्टर में बहुत ज्यादा शब्द हों और उस विषय का 'चित्रण' भी बहुत ज्यादा हो तो हम देख और पढ़ तो रहे होंगे लेकिन उस पोस्टर का सन्देश सुन नहीं रहे होंगे। यही नहीं, उसे पढ़ने और 'देखने' का काम भी तब उबाऊ हो जा सकता है।

एक पोस्टर में चित्र-बिम्ब को बोलने के लिए जगह भी चाहिए—ऐसा स्पेस जिसमें वह ध्वनित हो सके। और पोलैंड के पोस्टर इस बात का ध्यान भी अच्छी तरह रखते हैं। हम पाएँगे कि उनमें रूपाकारों की भीड़ नहीं होती, न ही कोई रूपाकार जगह की तंगी की वजह से साँस लेने में कठिनाई का अनुभव करता है।

ये सभी बातें वारसा के 'एशियन और पैसिफिक म्यूजियम' से आए हुए पोस्टरों को देखकर एक बार फिर ध्यान में आई। ये पोस्टर इंडोनेशिया, नेपाल, भारत, अफगानिस्तान की चित्र या फोटो या हस्तशिल्पों की प्रदर्शनियों के वक्त बनाए गए थे जिनका आयोजन वारसा या पोलैंड के अन्य शहरों में 'एशियन और पैसिफिक म्यूजियम' ने किया था।

भारत सम्बन्धी जितने पोस्टर हैं, उनमें भारतीय रंगों और अभिप्रायों की भी छटा है। स्वयं पोस्टरों की इस प्रदर्शनी से सम्बन्धित जो पोस्टर हैं, उसमें एक भारतीय स्त्री की आकृति है—केवल कुछ ही आकार-रेखाओं में। इस आकृति में दुर्गा जैसी बड़ी आँखें हैं, माथे पर एक बिन्दी है और नाक पर तूलिका के माध्यम से संकेतित की गई है। तूलिका के बालों में लाल रंग है। तोते की लाल चोंच की तरह। पोस्टर के चारों ओर रंग हाशिया (बार्डर) है—कुछ-कुछ वैसा ही जैसा हमारे मिनिएचर चित्रों में बनाया जाता रहा है।

काठमांडो (नेपाल) से सम्बन्धित एक पोस्टर में कुछ मन्दिरों के शिखर हैं, जो घट या कलश जैसे भी लगते हैं। एक और पोस्टर में एक साधु का बड़ा फोटो है—फोटो में से आकार-रेखाएँ ले ली गई हैं, लेकिन उसमें भरी हुई रंगतें निकाल दी गई हैं। जाहिर है कि पोस्टर में फोटो का यही रूप ज्यादा बोलता हुआ हो सकता है।

पोलैंड में पोस्टर विधा का विकास वहाँ की प्रयोगात्मक फ़िल्मों से भी जुड़ा हुआ है और ग्राफिक माध्यमों से भी। ये पोस्टर ग्राफिक तकनीकों से भी तैयार किए गए हैं और फोटो माध्यम का भी इनमें सतर्क इस्तेमाल है। और फ़िल्मों में जिस तरह क्लोजअप, लांग शॉट, मोंताज वगैरह की तकनीक का प्रयोग किया जाता है, वैसे प्रयोग भी हम यहाँ पाएँगे।

पोलैंड के पोस्टरों में रंगों का कभी इतना अधिक इस्तेमाल नहीं किया जाता कि वे हमें चौंधिया दें। ज्यादा से ज्यादा दो-तीन रंग होते हैं। इसी प्रदर्शनी में कई तो एकवर्णी (मोनोक्रोमेटिक) पोस्टर हैं। उद्देश्य यही लगता है कि रंग, बिम्ब, शब्द—इन सबका एक ऐसा अनुपात हो, जो किसी एक को दूसरे पर हावी न होने दे। विचित्र और अजूबे बिम्बों के प्रयोग से भी ये पोस्टर कन्नी काटते हैं। वे बिम्बों के सटीक और ऊर्जापूर्ण होने पर जोर देते हैं।

पूर्व के देशों की जो झाँकी आमतौर पर पश्चिम में पेश की जाती है, उसमें इन देशों की चित्र-विचित्र चीज़ों पर ही जोर रहता है। पोलैंड के इन पोस्टरों में ऐसी कोई बात नहीं। ये पोस्टर इस बात पर भरोसा करते हैं कि पूर्व की बात बौद्ध प्रतिमाओं, यहाँ की हस्तकलाओं के अभिप्रायों, और पूर्व के रंगों के द्वारा भी की जा सकती है। बंगाल, बिहार, उड़ीसा की हस्तकलाओं की प्रदर्शनी से सम्बन्धित जो पोस्टर हैं, वे इस सिलसिले में गौरतलब हैं।

इन पोस्टरों को देखकर यह बात कहीं कचोटती है कि हम अभी अन्य आयोजनों की तो बात छोड़ें, स्वयं कला-आयोजनों के अच्छे पोस्टर तैयार नहीं कर पाते। 'त्रैवार्षिकी भारत' जैसी अन्तर्राष्ट्रीय प्रदर्शनी के पोस्टर क्या किसी को याद हैं ?

कलाकृतियाँ एक पुल हैं

यह वृत्तांत 1973 का है, जर्मनी की कला-यात्रा का, और यह दिनमान *में प्रकाशित हुआ था।*

उस सुबह पश्चिम बर्लिन में बादल थे। दो-तीन बार बूँदाबाँदी हो चुकी थी। यह अगस्त का दूसरा सप्ताह था। हमारी बस *ब्रुइके* संग्रहालय के बाहर आकर खड़ी हुई तो संग्रहालय की छोटी-सी इमारत बन्द लगी। लेकिन पश्चिम बर्लिन में हमारी गाइड ने आकर बताया कि संग्रहालय खुल चुका है और संग्रहालय के निदेशक भी मौजूद हैं, जिनसे हमारी थोड़ी देर में ही मुलाकात होगी। हमें मालूम था कि हम जर्मन अभिव्यंजनावादी कलाकारों का संग्रहालय देखने वाले हैं लेकिन संग्रहालय के नाम पर हमने जिस तरह की इमारत की कल्पना की थी, उससे यह बहुत भिन्न लग रही थी। भिन्न वह सचमुच थी। इसका अहसास अन्दर जाकर और अधिक हुआ। बर्लिन हमारी यात्रा के बीच में था और कोलोन कैथिड्रल से शुरू करके हम अब तक जर्मनी के कई शहरों में बहुतेरे संग्रहालय देख चुके थे, स्वयं कोलोन में जर्मन-रोमन संग्रहालय और लुडविग संग्रह की विशाल वीथिकाओं में हमने कई घंटे बिताए थे। बर्लिन की नेशनल गैलरी की चर्चित इमारत भी हम देख चुके थे जो अपने आकार और क्षेत्र में बहुत बड़ी थी। बहुत नई तरह की भी। (इसका संग्रह भी हमने बाद में देखा) *ब्रुइके संग्रहालय* में प्रवेश करना जैसे किसी सुरुचिपूर्ण छोटे से घर में प्रवेश करना था। यह भ्रम भी हो सकता था कि हम संग्रहालय में नहीं किसी के घर में कलाकृतियों का कोई निजी संग्रह देखने आए हैं। संग्रहालय के बाहर वैसी भीड़ और आवाजाही नहीं थी जिसके कि हम आदी हो चुके थे। लेकिन अन्दर जाकर हमने पाया कि न सही बड़ी संख्या में सुबह 10 के करीब ही कई लोग हैं और यूरोप के हर संग्रहालय की तरह कैटलॉग, कला पुस्तकें, स्लाइडें, प्रिंट्स और पिक्चर पोस्टरकार्ड बेचनेवाली दुकान में कुछ ग्राहक भी हैं।

जर्मन अभिव्यंजनावादी कलाकारों का किताबों में और प्रिंट्स के रूप में बहुत बार देखा हुआ काम सामने है। प्रकाश-व्यवस्था ऐसी है कि छत पर लगी बत्तियाँ

दीख नहीं पड़तीं। किसी भी तरह के आडम्बर और संग्रहालयी आतंक से दूर ब्रुइके संग्रहालय में कलाकृतियों से सामना बेहद आत्मीय लगा। संग्रहालय की सादगी से चमत्कृत, वेनेजुएला से आए, युवा कलासमीक्षक और वेनेजुएला के रेखांकन और प्रिंट्स के एक संग्रहालय में निदेशक *रोमेरो* भी कहते हैं : 'मैंने अब तक ऐसा कोई संग्रहालय नहीं देखा।' *रोमेरो* से अब तक मेरी काफी दोस्ती हो चुकी है। मैं और वह पहले जल्दी-जल्दी संग्रहालय के हर कमरे से गुजर लेना चाहते हैं, फिर रुककर हर काम को देखेंगे। हम अब तक यही करते आए हैं। संग्रहालय में चार-पाँच कमरे हैं। यह संग्रहालय कुछ वर्षों पहले ही बना है। इन्हीं में ब्रुइके (पुल) मंडली के प्रायः सभी कलाकारों की 25-30 कलाकृतियाँ हैं। कार्ल श्मीट रोटलुफ, ओटो मुइलर, एरिष हेकेल, अर्न्स्ट लुडविग किर्षनर, एमिल नोल्डे, हेर्मान मक्स पेषश्टाइन आदि की। सबसे अधिक काम कार्ल श्मीट रोटलुफ का है। अब तक संग्रहालय के निदेशक *लेओपाल्ड राइडेमाइस्टर* आ गए हैं। वह रोटलुफ के अभिन्न मित्रों में रहे हैं। अब वह वृद्ध हैं। लेकिन बड़ी चुस्ती और स्फूर्ति है। हम सब उनके इर्द-गिर्द इकट्ठा हैं। हम सब यानी 13 देशों के 19 लोग जो *इंतर नेसियोंस* के निमंत्रण पर पं. जर्मनी के संग्रहालयों में विशेषत : 'यूरोपीय कला आन्दोलनों के साक्ष्य' देखने के लिए आए हैं। कुछ कला इतिहासकार हैं, कुछ कला अध्यापक, कलासमीक्षक और संग्रहालयों से सम्बन्धित लोग। राइडेमाइस्टर बताते हैं कि किस तरह इस संग्रहालय की नींव पड़ी थी। कार्ल श्मीट रोटलुफ (जिनका कुछ वर्षों पहले ही देहान्त हुआ है) चाहते थे कि उनकी कई कृतियाँ किसी एक ही संग्रहालय में हों।

बाद में यह तय पाया गया कि क्यों न उसके साथी चित्रकारों के काम का एक संग्रहालय अलग से बनाया जाए जिसमें रोटलुफ का काम तो हो ही, ब्रुइके ग्रुप के अन्य चित्रकारों का काम भी हो। राइडेमाइस्टर कुछ स्मृतियों में डूबे हुए से कुछ चित्रों के संग्रहालय में आने की कहानी बताते हैं। (जर्मन अभिव्यंजनावादियों की कला, संवेगबहुल कला थी। वे अफ्रीकी कला से प्रभावित हुए थे। रंगों रेखाओं की अतिरंजनाओं और विरूपणों के माध्यम से उन्होंने अभिव्यक्ति की थी : इंप्रेसनिज्म (प्रभाववाद) में निहित प्रकृत-रुझानों को छोड़कर एक 'सरलीकृत' शैली में संवेगों के गहरे असर के लिए। नात्सी जर्मनी में उनकी कला को पतनशील करार दे दिया गया था, इसलिए उनके बचे रहने की यों भी कई कहानियाँ हैं।) इन कहानियों को सुनते हुए ध्यान आता है कि सचमुच हर कलाकृति का अपना एक जीवन होता है—उसके रचे जाने से लेकर, उसके अलग-अलग हाथों में पहुँचने तक। फिर यह भी कि वही कलाकृति अलग-अलग व्यक्तियों में न जाने कितने

अर्थ प्रकट करती है। यूरोप के संग्रहालयों में कभी भीड़ को, कभी किसी को अकेले-दुकेले मँडराते-डोलते और कभी एक सपाटे से गुजर जाते देखकर पहले अचम्भा हुआ था कि इस तरह वे कलाकृतियों को 'कितना' देख पाते होंगे, लेकिन बाद में मेरे लिए इसका एक नया अर्थ प्रकट हुआ। मैंने यह अनुभव किया कि कला इतिहास और कला की व्याख्या या कलाकृति के सामने खास तरह से खड़े होने की बात कई बार महत्त्वपूर्ण नहीं रह जाती। कुछ युवक-युवतियों को किसी चित्र में एकाध चीज़ की ओर इशारा करके प्रसन्न होते और फिर आगे बढ़ जाते देखकर यह समझने में मुश्किल नहीं हुई कि वह कलाकृति उनको *उस क्षण* कुछ दे गई है। वह एक माध्यम है, *एक पुल है* जिससे वह अपने जीवन को कला-रस के साथ जोड़ रहे हैं। और यह भी कि वह फिर इसी रस के लिए संग्रहालयों में मँडराएँगे। मँडराते हैं। मैंने यह भी गौर किया कि वहाँ की बिलकुल आज की कला में दिलचस्पी की बनिस्बत जिसे कुछ 'पुराना' काम कहेंगे उसमें दिलचस्पी ज्यादा है। *नूर्नबेर्ग* में इसी वर्ष से युवा कलाकारों के रेखांकनों और प्रिंटों की एक *त्रैवार्षिकी* शुरू हुई है, उसे देखने जब हम शाम को पहुँचे तो वहाँ दर्शक नहीं के बराबर थे जबकि नूर्नबेर्ग के जर्मन इतिहास और कला के संग्रहालय में दर्शकों का ताँता लगा रहता है। कोलोन कैथिड्रल में दर्शकों की भीड़ आज भी याद आती है, चर्चों के संग्रह और पुराने प्रासादों (कासेल्स) में भी लोग बड़ी संख्या में आते हैं। बर्लिन के डालहेम संग्रहालय में, मिस्री कला के संग्रहालय में भी खासी भीड़ होती है। फ्रांसीसी प्रभाववादियों, सत्रहवीं-अठारहवीं शती के कई चित्रकारों और बीसवीं शती के आरम्भिक और कुछ बाद के दशकों के चित्रकारों के प्रति भी खासा आकर्षण है।

ब्रुइके संग्रहालय की ओर लौटें : हमें इस संग्रहालय का विचार अपने आपमें अच्छा लगता है : यही कि एक ग्रुप के चित्रकारों का काम एक साथ देखने को मिले, जिससे न केवल उनके काम से अधिक घनिष्ठ परिचय होता हो, उनके *समय* में भी हम कहीं पैठ सकते हों। ऐसा नहीं कि इस तरह के संग्रहालय कहीं और नहीं हैं—इसी यात्रा में मैंने पहले *म्यूनिख* में *ब्लाऊ राइटर* ग्रुप के चित्रकारों का लेनबाख हाउस का अद्भुत संग्रह देखा जिसमें *कांदिस्की* के चित्रों के तीन-चार कमरों में जाकर बाहर निकलने का मन नहीं होता, *पेरिस* में *इंप्रेसनिस्ट* चित्रकारों का संग्रहालय तो अपने आप में एक बहुत अच्छा अनुभव है ही—लेकिन ब्रुइके संग्रहालय की रूपरेखा, उसका विनम्र वास्तुशिल्प, उसका रखरखाव उसे संग्रहालय-अनुभव में एक अलग ही कोना दे देते हैं। हम इस संग्रहालय में रहते हुए चित्रों को तो देख ही रहे थे, जर्मन अभिव्यंजनावादी चित्रकारों की आपसी

दोस्तियों, चिन्ताओं और रुझानों को भी याद कर रहे थे। इन्हीं चित्रकारों की बहुत-सी अन्य कृतियाँ हमने प. जर्मनी और अन्य यूरोपीय संग्रहालयों में भी बाद में देखीं और तब हमें ब्रुइके संग्रहालय की और भी याद आई : संग्रहालयों में वे हमें कहीं 'अकेली' लगीं। ब्रुइके संग्रहालय में हमें जर्मन अभिव्यंजनावादी चित्रकारों के मूर्तिशिल्प भी देखने को मिले। यह भी याद आता है कि ब्रुइके संग्रहालय में हमारे कुछ घंटे रहने के अनुभव में सचमुच लेओपोल्ड राइडेमाइस्टर की मौजूदगी ने बहुत कुछ जोड़ा।

रेखा नाम की चीज़

दिल्ली में राष्ट्रीय आधुनिक कला संग्रहालय (जयपुर हाउस) में विश्वप्रसिद्ध चित्रकार पाब्लो पिकासो की ग्राफिक माध्यमों में की हुई 60 कृतियों की एक प्रदर्शनी लगी थी। यह माद्रीद (स्पेन) के 'समकालीन कला संग्रहालय' से आई थी। प्रदर्शनी देखते हुए एक राय यह बनी कि पिकासो का काम उनके चित्रों की बनिस्बत उनके रेखांकनों और ग्राफिक-माध्यमों में की हुई कृतियों में ज्यादा 'समझ' में आता है। दरअसल बात पिकासो जैसे चित्रकार की ही नहीं है।

रेखाएँ और आकार-रेखाएँ आँखों के लिए एक अलग तरह की दृष्टि-पथ तैयार करती हैं। सच पूछें तो कई बार किसी चीज़ को देखते हुए भी हमारी दृष्टि में पहले उसकी आकार-रेखा ही उभरती है। चाहे वह खिड़की हो या दरवाज़ा या कुर्सी या गिलास या पेड़ या पहाड़। ऐसा कभी नहीं होता कि ये चीज़ें हमें स्वयं आकार-रेखाएँ न सौंपती हों। वे स्पष्टतः न भी सौंपे तो भी हम उन्हें आकारबद्ध कर लेते हैं। मसलन पहाड़ की चोटी से हम पूरे पहाड़ की 'कल्पना' कर लेते हैं, आधी खुली हुई खिड़की से पूरी खिड़की की।

लेकिन कुछ चीज़ें ऐसी भी होती हैं जो सहसा अपनी आकार-रेखाएँ हमारे सामने नहीं खोलतीं—मसलन एक घना जंगल, एक फेनिल समुद्र या रेतीला विस्तार हमारे दृष्टि-पथ में सहजता से आबद्ध नहीं होते। क्या रंगों भरे चित्र के साथ या अमूर्त चित्रों के साथ भी यही बात लागू नहीं होती ? उन्हें हमें एक और तरह से देखना पड़ता है कि नहीं ?

जिन चीज़ों की आकार-रेखाएँ सुस्पष्ट या तीक्ष्ण हों—किसी हद तक सुस्पष्ट हों—वे हमसे अपना सम्बन्ध जल्दी बनाती हैं। यह रेखा की महत्ता है। और हम इस महत्ता को स्वीकार करते ही हैं। लेकिन रेखाओं के भीतर बँधी 'गहराई' और 'वाल्यूम' का महत्त्व भी कुछ कम नहीं होता। सो आकार-रेखाओं या रेखाओं के साथ हमें इस महत्त्व को भी पहचानना होता है।

पर बात फिलहाल पिकासो के सन्दर्भ से रेखा की महत्ता की हो रही थी।

उसे ही ज़ारी रखें। मानव-आकृति हो या सूर्य-चन्द्र की आकृति या किसी पशु-पक्षी की आकृति—वह कुछ 'मोटी' रेखाओं में भी साकार होती है। कला-विद्यालयों में रेखा सम्बन्धी जो अभ्यास कराए जाते हैं सो अकारण नहीं। दरअसल जितना हम रंगों के साथ खेल सकते हैं उससे कम रेखा के साथ नहीं। आप किसी बच्चे को भी पेंसिल, कलम या मोमी खड़िया दे दीजिए, आप पाएँगे कि वह अपनी तरह से कुछ चीज़ों को आकारबद्ध करेगा ही। वह किसी सिद्धहस्त अमूर्त चित्रकार की तरह काम शायद ही करे। वह रंगों से भी खेलेगा, लेकिन पहला खेल उसका रेखा के साथ ही होगा।

ऐसा क्यों होता है ? मनुष्य में यह चीज़ लगभग जन्मजात क्यों है ? सम्भवतः इसीलिए कि 'आँखें खुलने' के साथ ही जब हम चीज़ों को देखना शुरू करते हैं तो देखे हुए को अपने तईं आकारबद्ध करना चाहते हैं। एक बच्चा रेलगाड़ी या कुर्सी या पलंग बनाता है तो वह इन चीज़ों का घोर यथार्थवादी अंकन तो करता नहीं—कर भी नहीं सकता—लेकिन वह जो कुछ बनाता है वह इन चीज़ों से काफी हद तक मिलता-जुलता हुआ ही होता है।

सर्दियों में दिल्ली में एक सुबह घना कोहरा छा गया। दस कदम दूर की चीज़ नहीं दिखती थी। धीरे-धीरे उभरती थी कोई मोटर, कोई आकृति, कोई गाय, कोई स्कूटर या कोई अन्य चीज़। जब वह कोहरे से उभरने लगती तो एक अजीब राहत मिलती थी। वह थोड़ी-सी भी दिखती तो हम मन-ही-मन उसकी पूरी आकार-रेखा बनाना शुरू कर देते।

अँधेरे में—घनघोर अँधेरे में—हम माचिस, टॉर्च, दीया, लालटेन, मशाल क्यों जलाते हैं ? इसीलिए कि हमें आकार-रेखाओं का मिट जाना या लुप्त हो जाना कहीं परेशानी में डालता है। हम अँधेरे कमरे में बिस्तर पर लेटे हों, कुछ कर न रहे हों और नींद में बिलकुल डूब न गए हों तो भी क्या हम कुछ चीज़ों की आकार-रेखाओं के साथ नहीं होते—अपने सोच में।

रेखा और आकार-रेखा चित्रकला में या जीवन में बरती जानेवाली चीज़ों के सन्दर्भ में ही महत्त्वपूर्ण हो सो बात नहीं—वह वास्तुकला में—भी उतनी ही महत्त्वपूर्ण है। किसी इमारत की कल्पना क्या हम आकार-रेखाओं के बिना कर सकते हैं ? ज्यामिति में भी रेखा ही महत्त्वपूर्ण है और एक लम्बे अरसे से आधुनिक काल तक क्या ज्यामितिक-रेखाएँ और संरचनाएँ भी वास्तुशिल्प का हिस्सा नहीं रहीं ?

कुछ कलाकारों के हाथ में अगर रेखा बहुत शक्तिशाली हो उठती है तो

सामान्यतः कहा यही जाता है कि उनमें बहुत प्रतिभा है। लेकिन अकेले अंकन की प्रतिभा ही किसी कलाकार को बड़ा नहीं बनाती। बड़ा तो उसे यही चीज़ बनाती है कि उसने रेखाओं में किन अनुभवों को घेरा है और वे अनुभव कितने सर्वव्यापी हैं।

पिकासो की ग्राफिक-कृतियों में से कई ऐसी हैं जिनमें चित्रित आकृतियाँ 'काल्पनिक' हैं लेकिन इनमें मानवीय-स्थितियाँ या अनुभव इस तरह एकत्र हुए हैं कि काल के गर्त में बिला गए हज़ारहा लोगों का 'प्रतिनिधित्व'करने में वे समर्थ हैं। स्त्री-पुरुष सम्बन्ध हों या इस लोक के साथ मनुष्य और जीवों का रिश्ता—ये सब अगर इन ग्राफिक-कृतियों में एक बेचैनी भरे ढंग से अंकित हैं तो इसीलिए कि कलाकार की दृष्टि सदियों के आर-पार सक्रिय है और वह अपने जीवनानुभवों और ज्ञात को 'दृश्य' और 'अदृश्य' दोनों में घटित करने में सक्षम है।

'दृश्य' और 'अदृश्य' से आशय यह है कि कोई कलाकार हर चीज़ स्वयं शारीरिक रूप से उपस्थित रहकर नहीं देखता। वह इतनी बड़ी दुनिया में हर जगह उपस्थित रह भी क़ैसे सकता है। लेकिन अपने निजी अनुभव और देखी-सुनी-पढ़ी और अनुमानित चीज़ों के आधार पर वह अगर ऐसा कुछ रच देता है जो सबको कहीं-न-कहीं अपने अनुभव का अंग लगने लगता है तो इसका कारण यही है कि वह कलाकार तमाम अनाम व गुमनाम चीज़ों से भी अपना एक रिश्ता मानता है। और इसी रिश्ते के कारण वह तमाम ऐसी चीज़ों के आर-पार हो जाता है जो उसने प्रत्यक्षतः शायद कभी देखी भी नहीं होतीं।

चाहें तो इसे कला का रहस्य कह लें, लेकिन यह कोई रहस्य है नहीं। यह उस माध्यम में आस्था रखने का नतीजा है, जिस माध्यम में कोई कलाकार काम करता है। *शब्द* पर आस्था ही तो किसी को ऐसा कवि-लेखक बनाती है जिसकी चीज़ों में बहुतेरे अपनी अनुगूँज पाते हैं। इसी तरह *रेखा* पर आस्था किसी को ऐसा कलाकार बनाती है जिसमें सभी को अपनी कोई-न-कोई बात मिलती है।

पिकासो को रेखा पर ऐसा ही भरोसा था। वह रेखाओं में विदूषकों, राजाओं, प्रेमियों, कलाकारों, स्त्री-पुरुष आकृतियों, विभिन्न जीवों को इस तरह रखते हैं कि स्वयं जीवन कई 'चेहरों' में चरितार्थ हो उठता है—जीवन और मरण के सवाल, हैसियत और बेहैसियत होने के सवाल, प्रेम और वासना के सवाल, रचना और समय के साथ उसके सम्बन्ध के सवाल, कोमलता और मानवीयता के सवाल, संवेदनशील और वहशी होने के सवाल, तृप्ति और अतृप्ति के सवाल, परस्पर सम्बन्ध बना पाने और न बना पाने के सवाल, और ऐसे ही अन्य ढेरों सवाल—

रेखाओं में अपने को सक्रिय करते हैं।

हाँ, पिकासो के ही नहीं, स्वयं कला के सन्दर्भ में आकार-रेखा और सीमा-रेखा का भेद भी बराबर ध्यान में रखना ज़रूरी है। सीमा-रेखाएँ भौगोलिक मान-चित्रों की हुआ करती हैं या किन्हीं चीज़ों की हदबन्दी बतानेवाली हुआ करती हैं, आकार-रेखा—कला में आकार-रेखा—सीमा-रेखा से बिलकुल उलट चीज़ है। आकार-रेखा अर्थ को बाँधती है तो उसे 'मुक्त' भी करती है। ठीक वैसे ही जैसे शब्द अर्थ को बाँधता भी है और उसे मुक्त भी करता है। इसीलिए कला या कविता कहीं जाकर रुक नहीं जाया करतीं। वे शब्दों और रेखाओं को बार-बार 'नई' तरह से प्रयुक्त करती हैं और इसीलिए कला और कविता स्वयं अपने को नया करते हुए, जीवन को 'नया' करती हैं।

इस चित्र-प्रेम के मायने

आमतौर पर यह मान लिया जाता है कि चित्र-प्रेम केवल अभिजात और धनाढ्य वर्ग की चीज़ है। पर वास्तव में ऐसा नहीं है। यह सही है कि धनाढ्य वर्ग महँगी कलाकृतियाँ और कला-वस्तुएँ खरीदकर अपने घरों को सजाता है। कला का भावक और संग्राहक बनता है। उसी के कारण कलाकृतियों का एक बाज़ार बनता है। पर चित्र-प्रेम पर उसका एकाधिकार नहीं है। यही कारण है कि एक और वर्ग, जो महँगी कलाकृतियों की प्रतिकृतियाँ भी खरीद सकता है, या युवा कलाकारों के कम महँगे चित्र वह उन्हें खरीदता है। मध्यवर्गीय और निम्न मध्यवर्गीय घरों में आपको कैलेंडरों से काटकर फ्रेम करा ली गई तस्वीरें मिलेंगी, देवी-देवताओं के चित्र मिलेंगे, और नहीं तो पत्र-पत्रिकाओं से काट लिए गए प्राकृतिक दृश्यों के फ़ोटो-चित्र ही मिलेंगे। यह ध्यान देने वाली बात है कि फ्रेमिंग की दुकानें अब अच्छा धन्धा कर रही हैं और हम सब अपने-अपने अनुभवों के आधार पर, महलों से लेकर झुग्गी-झोपड़ियों तक की दीवारों की मन ही मन एक 'यात्रा' कर सकते हैं। वहाँ टँगी हुई, चिपकी हुई, बँधी हुई, रखी हुई चित्र-सामग्री की कल्पना करते जा सकते हैं। ज़रूरी नहीं कि ये चित्र कैनवास या कागज पर बने हों या मुद्रित हों, वे ऊन और तारों से बुने हुए भी हो सकते हैं। किन्हीं चीज़ों के 'कोलाज' भी। और गाँवों की दीवारों पर तो बिलकुल घरेलू रंगों से आँके हुए भी हो सकते हैं। इन चित्रों के कला-गुणों पर फ़िलहाल न जाएँ, इन्हें कला-प्रेम भी न मानें, पर इतना तो हम मानेंगे ही कि ये चित्र-प्रेम के उदाहरण तो हैं ही। चित्र, बिना किन्हीं रंगों के पूरे नहीं होते, इसलिए हम इन्हें रंग-प्रेम का भी एक उदाहरण मान सकते हैं।

यह तथ्य गौर करने लायक है तो इसलिए भी कि समाज में इस चित्र-प्रेम के बिना, कभी कोई कला सम्भव नहीं होती। कोई भी कलाकार कभी कोरी स्लेट से अपना जीवन शुरू नहीं करता। वह बचपन में, किशोरावस्था में, किसी न किसी रूप में, कहीं न कहीं कोई चित्र देखता है तभी उसके भीतर भी कुछ आँकने का

अंकुर फूटता है। आप किसी भी चित्रकार का आत्मचरित देख लीजिए उसमें कहीं न कहीं यह दर्ज़ मिलेगा कि कला के प्रति उसका रुझान किसी चित्र को देखकर ही हुआ था या किसी को चित्र बनाते हुए देखकर हुआ था। कोई लोक जीवन के चित्रों से पहला प्रभाव ग्रहण करता है, कोई सिनेमा होर्डिंगों से (हुसेन ने तो अपने चित्रकार-जीवन की शुरुआत इन्हीं से की थी।) कोई कैलेंडर-चित्रों से, कोई प्रदर्शनियों से, कोई किसी किताब में देखी हुई या घर पर टँगी हुई तस्वीरों से—यानी हर चित्रकार के पीछे कोई न कोई चित्र-कथा भी होती है। यह भी याद करनेवाली चीज़ है कि आदमी में कुछ न कुछ आँकने की जन्मजात इच्छा होती है। बच्चे रंग पाते ही खड़िया या मोमी पेंसिल हाथ में लेते ही, कागज पर कुछ आँकने क्यों बैठ जाते हैं। जब से रंग-सामग्री कुछ ज्यादा सुलभ हुई है और स्कूलों में भी बच्चों को 'कला' किसी न किसी रूप में सिखाई जाने लगी है, आप पाएँगे कि क्या शहर, क्या कस्बा, क्या गाँव, सब जगह क्या धनी, क्या निर्धन बच्चे कॉपी पर कुछ न कुछ बनाने लगे हैं। कुछ इतने सुन्दर चित्र आँकते हैं कि देखनेवाली पारखी आँखें भी देखती रह जाएँ। लोगों के चित्र-प्रेम को और इन सब स्थितियों को याद करने का एक मकसद है। वह यही कि आज जब हमारे यहाँ कला-जगत की गतिविधियाँ बहुत बढ़ रही हैं, खरीद-बिक्री की चर्चा भी जोरों पर रहती है, और कलाकारों और कला जगत का एक ग्लैमर भी बन गया है, तो आमतौर पर सारी निगाहें उन्हीं की ओर उठी रहती हैं। न्यूयॉर्क में सदबी की नीलामी में कौन चित्र कितने में बिका, इस नीलामी का अर्थ क्या है ? आदि-आदि चीज़ों पर चर्चाएँ बढ़ रही हैं। यह सब कहीं स्वाभाविक और शायद ज़रूरी भी है। पर अस्वाभाविक है तो यही कि सामान्यतः हमारे सामाजिक जीवन में चित्र-प्रेम की क्या स्थितियाँ बन-बिगड़ रही हैं, इसकी ओर हमारा ध्यान कम जाता है।

मैं तो इसे एक बहुत अच्छा लक्षण मानता हूँ कि अब बहुतेरी गृहिणियाँ भी चित्र आँकने को अपना रही है। विभिन्न क्षेत्रों की कामकाजी महिलाएँ भी शौकिया चित्र-रचना में सुख पाती हैं। यह उनकी 'हॉबी' नहीं है। हॉबीवाला युग शायद बीत चुका है। यह समाज में कला के 'प्रतिष्ठित' होने का भी नतीजा है कि चित्र आँकना उन्हें हॉबी से बढ़कर लगने लगा है। अपने खाली समय में चित्रों की दुनिया में अपनी 'दुनिया' को टटोलने का एक ज़रिया। मसलन एक बार दिल्ली में श्रीमती कस्तूरी मणि के चित्रों को देखने का मौका मिला—उनकी बेटी वाल्सा मणि के निवास पर। श्रीमती कस्तूरी त्रिवेन्द्रम में फार्माकोलाजी पढ़ाती हैं।

मलयालम का 'केरल कौमुदी' समाचारपत्र समूह उसी परिवार का है, जिसमें वे विवाहित हैं। चित्र-रचना में आत्म-दीक्षित हैं। बेटा वाल्सा, जो स्वयं पत्रकार

है, उन्हें प्रोत्साहित करती रहती है कि 'माँ, आप और चित्र बनाएँ।' वात्सा कहती हैं, 'माँ हमारे पास दिल्ली आती हैं तो उसके पास काफी समय रहता है। हमें मालूम है कि संगीत में, बागवानी में, उनकी गहरी दिलचस्पी है। और चित्र-आँकना भी उन्हें अच्छा लगता है। सो, मैं सुबह से ही उनके पीछे पड़ जाती हूँ। 'देखें, आपने क्या बनाया ? या और क्या बनाने जा रहीं हैं ?' चित्रों में उनका खूब मन लगता है। इन चित्रों को जाहिर है कि कला के किन्हीं मापदंडों से न भी मापें तो वे अपने आप में एक अच्छी गतिविधि है। श्रीमती कस्तूरी के आँके हुए सैरे (लैंडस्केप) और फूल-पत्ते सहज, सुन्दर और ध्यान बँटानेवाले हैं। मानव आकृति-अंकन पर भी उनकी सहज पकड़ है।

और यह तो एक ही उदाहरण हुआ। शायद ऐसा उदाहरण भी, जो हर वर्ग में नहीं ढूँढ़ा जा सकता। कैनवास और रंग महँगे ही हैं। और जाहिर है कि उन्हें वे ही परिवार खरीद सकते हैं, जो किसी न किसी रूप में सम्पन्न हों। पर चित्र-सामग्री इतनी महँगी भी नहीं है कि इच्छा होने पर, खाते-पीते मध्यवर्गीय उसे न खरीद सकें। मैंने ऐसी मध्यमवर्गीय गृहिणियों का भी काम देखा है जो अपने सीमित साधनों में ही चित्र आँकती हैं। सेना के अफसरों की पत्नियाँ हों या अध्यापिकाएँ या प्रशासनिक अधिकारी या किन्हीं अन्य क्षेत्रों में काम-काज करनेवाले स्त्री-पुरुष, या युवक-युवतियाँ, बहुतों को चित्र-रचना अब अपनी ओर खींचती है। कुछ महत्त्वाकांक्षी होकर, बाकायदा कला की दुनिया में प्रवेश भी करना चाहते हैं। वह एक अलग प्रसंग है। गौर करनेवाली बात यही है कि कला की दुनिया के बाहर, चित्र-प्रेम के ये जो रूप हमें कहीं न कहीं दिखाई पड़ते हैं, उन्हें भी क्यों नहीं जाँचे-परखें ?

भविष्य के किसी वर्तमान में

अतीत की किसी भी कृति-कलाकृति को जब हम आज देखते-पढ़ते-सुनते हैं तो उसके आस्वाद में सहज ही वर्तमान का वह क्षण आकर शामिल हो जाता है जिसमें कि देखने-पढ़ने-सुनने की कोई क्रिया सम्पन्न हो रही होती है। मसलन अजन्ता-एलोरा की किसी कृति के सम्मुख मैं खड़ा होता हूँ तो यह भान तो मुझे रहता है कि मैं कहीं अतीत के किसी एक क्षण से—रचना-क्षण से, साक्षात्कार कर रहा हूँ, पर, मन में यह बात भी कहीं बहुत ऊपर रहती है कि मैं इसे आज देख रहा हूँ—इक्कीसवीं सदी के अमुक वर्ष की अमुक तारीख को, और जिनके बीच देख रहा हूँ उनमें कई देशी-विदेशी चेहरे शामिल हैं। और दर्शकों में हैं सभी आयु वर्ग के लोग—स्त्रियाँ, पुरुष, बूढ़े-बच्चे, किशोर-किशोरियाँ आदि। यह स्थिति मुझे उन क्लासिक कृतियों को कई तरह से देखने-जाँचने-परखने का अवसर देती है।

पहली बात तो यही कि अतीत की कोई भी कृति सबसे पहले तो मन में विस्मय और उत्सुकता का संचार करती है। हम अपने अनुभव से जानते हैं कि किसी दीर्घा में प्रदर्शित किसी समकालीन कलाकार के चित्र विस्मय और उत्सुकता का ठीक वही भाव मन में पैदा नहीं करते हैं जो अजन्ता-एलोरा, साँची, कोणार्क, महाबलिपुरम या चोलकालीन कांस्य मूर्तियाँ करती हैं। इसके क्या कारण हो सकते हैं ? विचार करने पर एक कारण तो यही लगता है कि क्लासिक कृतियाँ अपनी अवधारणा, रचनात्मक विधियों और रूप-स्वरूप में भिन्न लगती हैं। फिर, पुरानी कलाकृतियों में हम समय की छाप को ज्यादा प्रत्यक्ष देख पाते हैं। सौ-दो सौ या हजार साल पुरानी किसी कृति के बारे में यह मालूम होते ही कि वह इतने वर्षों पुरानी है, एक क्षण में वह 'व्यतीत समय' हमें साक्षात् दिखाई पड़ने लगता है—हमारे पास लौट आता है। और हम एक विस्मय से भर उठते हैं। ठीक इसी मात्रा में ऐसा विस्मय सम्भवतः हमें किसी साहित्यिक कृति के बारे में तत्काल नहीं होता। क्योंकि वह विस्मय, या कोई अन्य अनुभव, तो उसे पढ़ लेने के बाद ही होगा। सिर्फ पुस्तक देखकर तो नहीं ही होगा। ललित कलाओं में तत्काल

होनेवाला यह विस्मय जहाँ हमें किसी कलाकृति को और गहराई, और बारीकी से देखने के लिए उकसाता है, वहीं वह मानो हमें आज से और अधिक जोड़ देता है : हम अनुभव करते हैं कि विस्मय करनेवाले हम हैं जो आज में स्थित हैं। अतीत और आज का यह बोध ही मानो क्लासिक कृतियों के आस्वाद की एक सरस, मनोरम, उल्लसित भूमि की रचना करता है।

ललित कला के लिए कालिदास सम्मान से अलंकृत सुपरिचित कलाकार हिम्मत शाह का एक संस्मरण मुझे इस सन्दर्भ में विशेष रूप से याद आता है। एक बार उन्होंने मुझे बताया था कि बड़ौदा के अपने छात्र जीवन में वह अपने सहपाठियों और गुरुओं के साथ खजुराहो देखने के लिए गए थे। वहाँ जब किसी गाइड ने खुजराहो का इतिहास बताना शुरू किया तो हिम्मत शाह ने उसे तत्काल रोक दिया, और कहा कि 'पहले तो आप इसे मुझे देख लेने दीजिए, यह मेरे लिए आज जन्मा है, और आज बना है। इतिहास मैं बाद में जान लूँगा। इसे मेरे लिए बासी मत बनाइए।'

जाहिर है कि हिम्मत खजुराहो का इतिहास भी जान लेने के खिलाफ नहीं थे, पर, वे पहले अपने भीतर उस ताजगी को ही जगाए रखने के लिए यत्नशील थे जो उन्हें खजुराहो देखने पर महसूस हुई थी। मैं समझता हूँ कि कलाकृतियों के सन्दर्भ में, जहाँ रूप-रंग-रेखा की अहमियत अधिक होती है, इस ताजगी को बनाए रखना ज़रूरी है, क्योंकि तभी हम उस पुराने में, अभी का, आज का बोध ठीक-ठीक कर पाएँगे, जो दरअसल वहाँ पहले से ही मौजूद है। कालजयी होना और क्या होता है ? यही न कि कोई रचना किसी भी कालखंड में हमें नई और प्रासंगिक लगे। और वह नई और प्रासंगिक लगती ही इसलिए है कि उसमें भविष्य के किसी वर्तमान में भी अपनी गूँजें सुनाने की क्षमता होती है यानी उसमें मानवीय अनुभवों, गुणों और मर्मों का कोई ऐसा संचय होता है, जो भविष्य के किसी वर्तमान में और उजला होकर दिखता है।

यहाँ, एक और तथ्य पर गौर कर लेना ज़रूरी है। जब हम वर्तमान में किसी क्लासिक कृति के आमने-सामने होते हैं तो जाहिर है कि उस कृति के रचे जाने से लेकर वर्तमान के उस क्षण तक जब हम उसे देख रहे होते हैं या उस पर विचार कर रहे होते हैं, काफी कुछ घटित हो चुका होता है : समाज में, भाषा में, जीवन शैलियों में और कला के विभिन्न माध्यमों में भी। हम जाने-अनजाने उस घटित हो चुके को साथ लेकर ही तो उस कृति को देख रहे होते हैं। इसलिए बावजूद उसे देखने के नए बोध के, हमारी अन्तःक्रिया उसके साथ कोरे ढंग से घटित नहीं होती है, बल्कि वह कई तरह की तरंगों के साथ घटित होती है। और हमें क्रमशः

विस्मय की, पुलक की, उत्सुकता की, रोमांच की तरंगों को पार कर, और अपने ऊपर लदे हुए कई तरह के बोझ को भी उतार फेंककर उस कृति को देखना होता है—उसके अर्थ और आशयों को पढ़ना होता है। यानी हमें एक सम पर आना होता है : काल के भी सम पर। शान्त चित्त और एकाग्र होकर पहचानना होता है कि जो कुछ सामने है, उससे हमारा सम्बन्ध कैसा और किस तरह का बन रहा है, और उस सम्बन्ध को बताने की कुछ युक्तियाँ भी ढूँढ़नी पड़ती हैं।

नाट्य की दुनिया से एक उदाहरण लें : कालिदास के काव्य 'ऋतु संहार' को जब आज मंच पर प्रस्तुत करने की रतन थियम ने ठानी तो उसके केन्द्र में उन्होंने प्रकृति गन्धी वस्तुओं और छवियों को ही रखा है, पर बीच-बीच में मंच की परिक्रमा करता हुआ, सूटबूटधारी एक व्यक्ति आता है, ट्राली बैग ठेलता हुआ, और इसका भान हमें करा जाता है कि प्रकृति से हमारा रिश्ता, उतना लयभरा, उतना रसरंजक नहीं रह गया है, जितना कि अतीत के किसी क्षण में था। पर, इसी में एक संकेत यह भी छिपा हुआ है कि काम्य तो वह पहलेवाला रिश्ता ही है : प्रस्तुति की कुल छवियाँ हमारे ही वर्तमान में रची जाकर ही तो हमें उस रिश्ते की याद दिला रही हैं। वे थोड़ी देर के लिए हमें उस सम पर ले आई हैं, जहाँ अतीत और वर्तमान हमसे एक ही धरातल पर मिलते हैं, एक साथ 'एक ही रूप' में, पर, वर्तमान का कोई एक धड़कता हुआ बोध भी हमारे भीतर रह-रहकर मानो अलग से भी बज उठता है, यानी हमें सुन पड़ता है। ऐसा ही कुछ कारंत जी ने भी किया था जब उन्होंने 'अँधेर नगरी' की प्रस्तुति की थी। और हबीब तनवीर की प्रस्तुति 'मिट्‌टी की गाड़ी' भी तो शूद्रक के 'मृच्छकटिकम' को अतीत से उठाकर 'भविष्य के किसी वर्तमान' में लाने का ही उपक्रम है।

मैं समझता हूँ कि नाट्य में, ललित कलाओं में, दीख पड़ने के साथ-साथ वर्तमान की यानी एक नए बोध की, यह जो धड़कन है, वही बहुत महत्त्वपूर्ण है : यह धड़कन ही अतीत और वर्तमान को, एक अलग तरह से जगा और जिला देती है। और क्लासिक कृतियों के आस्वाद को हमारे लिए अर्थवान और सारवान बनाती है। हाँ, साहित्यिक कृतियों के पाठ में स्थिति ज़रूर कुछ बदल जाती है : वहाँ टेक्स्ट के साथ हमारी भिड़न्त, हमारी भेंट, और उस भेंट की प्रासंगिकता, इस पर निर्भर करती है कि हम अर्थ-बोध की कैसी रोशनी में उसे पढ़ रहे हैं, और किस भाव-बोध के साथ उससे जुड़ रहे हैं। पर, वहाँ भी काम्य तो यही है कि अतीत और वर्तमान के दो बिन्दुओं की दूरी मिटाकर ही उससे एक सम्बन्ध बनाया जाए, और वर्तमान में सुनी जा रही धड़कन को कुछ ऊपर रखा जाए।

कला जो कल भी रहेगी

हाँ, वह कल भी रहेगी। ऐसा मानने का एक प्रमुख कारण तो यही है कि वह हर तरह से मनुष्य जाति के साथ बँध गई है। और जब तक मनुष्य है, तब तक वह रहेगी ही रहेगी। ऐसा कहते ही मानो इस वक्तव्य में एक शुभाशंसा ही शामिल हो गई है कि कला ही नहीं, मनुष्य जाति भी हर आनेवाले कल में बची रहेगी। यह भुलाया नहीं जा सकता कि मनुष्य के बचे रहने, और मनुष्य के मनुष्य रूप में बचे रहने, में कला ने एक बड़ी भूमिका निभाई है। तो फिर मनुष्य कला को बचाना ही चाहेगा, अपने हित में। इसलिए भी कला बची रहेगी।

समाज चाहे आदिवासी हों, या लोक के, या प्रौद्योगिक-शहरी, कला का स्थान हर तरह के समाज में रहा है, और है। इन सभी तरह के समाजों में कला की परम्पराएँ भी बनीं और विकसित हुई हैं। चित्र की, मूर्ति की, चित्रात्मक सज्जा की, रचना-सामग्री खोजी गई है, इन्हें रचने की विधियाँ ढूँढ़ी गई हैं, चित्र और मूर्ति की भाषाएँ विकसित हुई हैं, और अपने-अपने समय में कलाकारों ने कभी सामूहिक-सम्मिलित रूप से, और कभी निजी, वैयक्तिक, एकल स्तर पर स्वयं कला-रचना का एक अनोखा, अपूर्व मानक तैयार किया और रचा है तथा मनुष्य समाज को सौंपा है। अजन्ता के कलाकारों को और पाब्लो पिकासो जैसे कलाकारों को हम इसी बात का उदाहरण मान सकते हैं। और जाहिर है कि ये अकेले उदाहरण नहीं हैं।

यह अकारण नहीं है कि प्रायः हर तरह के समाज में व्यंजन बनाने को, परिधानों को, गृह-सज्जा को, बागवानी आदि को भी कला का दरजा हासिल रहा है। और जीवन के तमाम तरह के कार्य-व्यापारों में कलात्मकता जाँची और परखी गई है। लोक और आदिवासी कलाओं में तो कई बार स्वयं जीवन के इन्हीं कार्य-व्यापारों को चित्रकला में चित्रित किया जाता रहा है। और उनमें जब-जब देवी-देवता या पौराणिक आख्यानों के पात्र आदि भी चित्रित किए गए हैं तो उनमें भी जीवन के ही तमाम कार्य-व्यापारों को, अनुष्ठानों को एक नए राग-बँध में

बाँधा गया है। मिथिलांचल की मधुबनी और महाराष्ट्र की वरली लोक-आदिवासी शैलियों को हम इस रूप में भी देख और सराह सकते हैं। हमारे देश में लोक और आदिवासी कला की परम्पराएँ तो इतनी सबल रही हैं कि स्वयं हमारे आधुनिक कलाकारों ने इनसे एक संवाद चलाने की ज़रूरत समझी है। भारत में हस्तशिल्प और हुनर को भी कला जैसा ही सम्माननीय दरजा प्राप्त रहा है। अचरज नहीं कि के.जी. सुब्रह्मण्यन जैसे महत्त्वपूर्ण आधुनिक कलाकारों ने हस्तशिल्पों और हुनरवाले कामकाज से भी एक रिश्ता बनाया है और अपनी रचना-विधियों, रचना-सामग्री और अपनी अभिव्यक्ति(यों) में इजाफा किया है। कुम्भकार हो या बुनकर या राजमिस्त्री और रंगरेज—इन सबकी दुनिया की ओर उनकी आँखें रही हैं। यह भी अकारण नहीं है कि स्वामीनाथन हों या रामचन्द्रन या हाकु शाह—हमारे कई उल्लेखनीय कलाकारों ने लोक से एक सीधा सम्बन्ध भी बनाया है, और स्वयं लोक और आदिवासी जीवन-चर्या में प्रवेश करने का एक उपक्रम किया है। जब भारत भवन की स्थापना हुई और स्वामी उसके संग्रहालय के निदेशक बने तो उन्होंने आधुनिक कला तथा लोक और आदिवासी कला के दो अलग-अलग संग्रहालय तो बनाए पर उन्हें एक ही परिसर में, एक-दूसरे की निकटता में ही रखा। और आग्रह किया कि आधुनिक कलाकारों, और आधुनिक कला के प्रवक्ताओं को, लोक और आदिवासी कला को एक नई दृष्टि से देखना चाहिए और उनके बीच किसी ऊँच-नीच का श्रेणी विभाजन नहीं करना चाहिए।

जहाँ तक कला की विभिन्न कोटियों या उसके विभिन्न रूपों का सवाल है तो उन सभी रूपों की प्रासंगिकता और अनिवार्यता तो स्वतःसिद्ध है। हम अजन्ता-एलोरा, खजुराहो-महाबलिपुरम-साँची-कोणार्क में कला ही देखने तो जाते हैं। हुसेन-सूजा-रजा के काम में भी कला की ही खोज करते हैं और मधुबनी-वरली की कलाकृतियाँ हों या नीलमणि देवी और सारा इब्राहिम की माटी में की गई रचनाएँ—वहाँ भी हम कला को ही सराहते-परखते हैं। विभिन्न कला-रूपों और कलाकारों के बीच जो एक अनवरत लेन-देन चलता रहा है, वह भी इसी बात का संकेत है कि विभिन्न कला-रूप एक-दूसरे को प्रभावित करके, या एक-दूसरे से कुछ ग्रहण करके, अपनी धार और चमक को बढ़ाते हैं। और चित्र-भाषा तथा शिल्प-भाषा में कुछ नई चीज़ें घटित होने की सम्भावना बनी रहती है। सो, पिकासो ने अफ्रीकी मुखौटों से प्रेरणा ग्रहण की और हुसेन-सूजा ने मन्दिर मूर्तिशिल्पों की त्रिभंग-मुद्राओं आदि से कुछ ग्रहण किया और अपने आकारों-रेखाओं में एक नई गति और नए तेवरों की सृष्टि की। जो दैनिक उपयोग की वस्तुएँ रही हैं,उनकी कलात्मकता को भी तो कलाकार और कला-प्रेमी सराहते ही रहे हैं। हमारे

देश में घड़े-सुराहियाँ हों, या हाथ के पंखे, या पान-सुपारी का सामान रखनेवाली थैलियाँ, या चूल्हे-चौके के उपकरण, और बर्तन-भांडे या हाथ के बुने हुए वस्त्र—सब में एक समय सौन्दर्य और कलात्मकता की खोज रही है।

अज्ञेय की एक टीप है : 'उसने मुँदरी में से पूरी साड़ी गुजार दी और कहा, देखिए। मैंने साड़ी फैलाई और देखता रहा : कितने बेल-बूटे, फल-फूल, कैरियाँ, कमल-वन, गुलाब-गाछीः और फिर जहाँ-तहाँ पशु-पक्षी, मोर-मुरैले, हंस, हाथी, हिरनों के जोड़े—और ये क्या हैं ? सांकेतिक बंगले या कुटीर...एक साड़ी के फैलाव पर पूरा विश्व-दर्शन। कल्पना एक सरल ग्रामवासी की रही होगी, पर उस कल्पना ने खुलकर विहार किया था यह वस्त्र बुनते समय। मैंने श्रद्धा-भरे हाथों से उनकी सलवटें निकालकर उसे सीधा किया कि सफाई से तहाया जा सके, कि उसने साड़ी अपनी ओर खींच ली और उसे समेटते हुए दोबारा कहा, देखिए। फिर और फिर सर्र से पूरी साड़ी अँगूठी में से गुजार दी।

और मैं नहीं सोच पा रहा कि किससे ज्यादा प्रभावित हूँ : साड़ी के फैलाव पर रचे गए जगत से, या मुँदरी के वृत्त में से उसके गुजार दिए जा सकने से।

निश्चय ही किसी कला-वस्तु या कलात्मक वस्तु को देखकर हम कुछ विस्मित-चमत्कृत होते हैं, आँखें सौन्दर्य के किसी एक इलाके में प्रवेश करती हैं, और हम कला-गुणों की पहचान और परख की ओर भी बढ़ते हैं। पर, पहली अनुभूति तो जो प्रत्यक्ष है, उसके सम्मोहन से ही बँधी होती है।

इस पर भी गौर करें कि हुनर तो निश्चय ही बड़ी चीज़ है, और बिना कलात्मकता-निपुणता के न तो कोई शिल्प सराहा जा सकता है, और न ही कोई कला सराही जा सकती है जिसे गढ़ने-रचने में किसी न किसी हुनर की मदद न रही हो।

पर वह कौन-सी भित्ति है, कौन-सी चीज़ है, जो एक बहुत सुन्दर तरीके से बनाए गए और चित्रित भी किए गए हाथ के पंखे को अजन्ता की कला (अभिव्यक्ति) से अलग कर देती है और हम दोनों को देखने-सराहने की दृष्टि में भी कुछ भेद करने के लिए बाध्य होते हैं।

जाहिर है कि यह भित्ति कल्पना की, विचार की, भावना की, और उन मानवीय अनुभवों की ही भित्ति हो सकती है जिनके आधार पर कोई कलाकृति सदियों खड़ी रहती है और अपने अर्थ, आशय, सौन्दर्य आदि की व्याख्या-पुनर्व्याख्या की माँग करती रहती है, जैसे कि अजन्ता की अप्सरा और अन्य कलाकृतियाँ आज भी करती हैं। इसी तरह विभिन्न मिनिएचर शैलियों के श्रेष्ठ नमूने भी तो सदियों से कला पारखियों के मन और बुद्धि को उलझाए हुए हैं। चोल-वंश के

कांस्य मूर्तिशिल्प—जिनमें कई छोटे आकार में भी हैं—हम जितनी बार भी देखते हैं, देखते ही रह जाते हैं। और हर बार पाते हैं कि जो भान हमें हो रहा है, उसके पार अभी और भी बहुत कुछ है, जहाँ तक जाना है।

किसी भी अच्छी और टिकाऊ कलाकृति के कई आकार-विचार भी होते हैं। ज़रूरी नहीं कि ये विचार पूर्व निर्धारित हों, और फिर किसी कलाकृति में ढाल किए गए हों। आकारों में जो विचार हमें दिखते हैं, वे किसी चिन्तनशीलता या चिन्तन प्रक्रिया का ही फल या गुणनफल होते हैं। कई बार तो स्वयं रचना-प्रक्रिया के दौरान कोई विचार, जैसे चुपचाप किसी आकार में ढल जाता है, विन्यस्त हो जाता है किसी रंग और रेखा में। मामला लगभग कविता वाला ही है जिसमें स्वयं कवि कविता लिखने से पूर्व ठीक-ठीक यह नहीं जानता कि कोई कविता अन्ततः कौन-सा रूप लेगी या उसमें से क्या-क्या प्रकट होगा और आगे भी होता रहेगा। उसी तरह कला और कलाकार के साथ भी है। कविता और कला की रचना-प्रक्रिया मानो एक सतत अनुसन्धान ही है। वह किसी हद तक अँधेरे में छलांग भी है, पर ऐसी छलांग जो इस भरोसे और सामर्थ्य से की जाती है जिसके संकेत मिलते रहे हैं, उसे अँधेरे में भी ढूँढ़ लेना शायद सम्भव होगा। बहरहाल, कला और कलाकृतियों को परखने की जो कसौटियाँ रही हैं, वह किसी भी कलाकृति में विचार, शिल्प निपुणता, अनुभव और सौन्दर्य की ही खोज करती रही हैं। चूँकि कला, मनुष्य, प्रकृति, समाज से ही बँधी है, पर सम्बोधित वह केवल मनुष्य को ही है, इसलिए कलाकृतियों में परख इसकी भी होती रही है कि कला स्वयं मनुष्य की कल्पना, उसकी चाक्षुष और दिमाग़ी भूख को जाग्रत और तृप्त करने में कितनी सक्षम है। वह उपजती भले किसी समाज विशेष के बीच से हो, पर सम्बोधित तो वह हर तरह के समाज में रहनेवाले व्यक्ति को होती है, इसलिए परख इसकी भी की जाती है कि वह सार्वभौम स्तर पर भी किन ऊँचाइयों को छूती है। अगर अजन्ता को एक भारतीय, एक फ्रांसीसी, एक स्वीडी, एक जापानी भी सराहता है तो जाहिर है कि सिर्फ उसके किसी प्रचार के कारण ही नहीं, उसके कलात्मक गुणों के कारण ही, और उसमें व्यक्त 'विचार' के कारण भी।

यहाँ विचार से आशय किसी विचारधारा से उपजे हुए विचार से नहीं है, हालाँकि कभी-कभी कोई विचारधारा भी कलाकार को किसी न किसी विचार से अनुप्राणित करती है और उसकी कला को उस विचारधारा की कसौटियों या परिप्रेक्ष्य में भी देखा जा सकता है जैसे कि नन्दलाल बसु की कला में हम कभी-कभी गांधी-विचार का, स्वदेशी का, एक खास तरह का आलोक भी पा सकते हैं। मार्क्सवादी विचारधारा की कसौटियों की परख-पहचान वाले मानकों पर

भी कलाकारों की कला को जाँचा-परखा गया ही है। पर यहाँ 'विचार' शब्द से हमारा मूल आशय यह है कि कला में सोच-विचार की भी एक ज़रूरी भूमिका रहती है : और अच्छी कलाकृतियाँ किसी चीज़ का अंकन या हूबहू अंकन मात्र नहीं होतीं, वह कोई न कोई विचार-प्रक्रिया भी साथ लेकर चलती हैं। यह विचार कला-रचना सम्बन्धी भी हो सकता है और जीवन-जगत से प्राप्त किसी अनुभव या दृष्टि सम्बन्धी भी। कला-रचना सम्बन्धी विचारों या विचार-सरणियों ने ही तो घनवाद (क्यूबिज्म) इंप्रेशनिज्म, सुररियलिज्म जैसे कई कला-आन्दोलनों को गति दी है। इसके अलावा, कई बार स्वयं कलाकारों के निजी विचारों ने कला के, जीवन के, कुछ नए आयाम उद्घाटित किए हैं। आखिरकार, कांदिस्की, पाल क्ले, वॉन गॉग, जैक्सन पोलॅक जैसे कई कलाकारों के विचार उनके काम में भी विन्यस्त हैं, और कला-सम्बन्धी उनके लिखित या दस्तावेजी विचारों में भी।

कला-सम्बन्धी बहुतेरा लेखन इसका गवाह है कि स्वयं कला-इतिहासकारों और कला समीक्षकों-आलोचकों को बहुतेरे विचार और चिन्तन सूत्र कलाकारों के वक्तव्यों से भी मिलते रहे हैं। यह भी अकारण नहीं है कि कलाकृति के अच्छी/कालजयी/दीर्घजीवी आदि होने का एक प्रमाण यह भी माना जाता है कि वह बराबर कुछ नए विचार भी हमें सौंपती रहती है। कला माध्यम की कुछ अन्य विशेषताएँ हैं : कोई भी कलाकृति पुरानी होते ही मूल्यवान हो जाती है। ज्योंही हम कहते-बताते हैं कि अमुक कलाकृति चार सौ बरस या हज़ार बरस पुरानी है, उसमें यह 'बीता काल' मानो प्रत्यक्ष हो उठता है और उसे हम एक अन्य प्रकार की उत्सुकता से देखने लगते हैं : तो ऐसा था चार सौ या हज़ार साल पहले का रचना-विधान, और सामग्री भी तो देखो, कैसी टिकाऊ साबित हुई है, और अगर उसका कोई अंश नष्ट भी हो गया है तो जो बचा रह गया है, वह भी क्या कम मूल्यवान है।

इसी नाते भी तो हज़ारों साल पहले के भीमबैठका को, हज़ार साल पहले के खुजराहो को, और चार-पाँच सौ साल पहले की किसी मिनिएचर शैली की कृति को ही नहीं, सौ-सवा सौ साल पहले राजा रवि वर्मा की किसी चित्र-कृति को और सत्तर-अस्सी साल पहले अमृता शेरगिल के बनाए किसी चित्र को हम कुछ अधिक मूल्यवान मानते हैं। नीलामी-घरों द्वारा पुरानी कलावस्तुओं की जो बोली लगाई जाती है, उसमें जो जितनी ज्यादा पुरानी हो, वह प्रायः सर्वाधिक ध्यान, कीमत, प्रचार आदि वसूल करती है। यह सुविधा, ठीक इसी रूप में किसी अन्य माध्यम को प्राप्त नहीं है। इस माध्यम की एक अन्य उल्लेखनीय विशेषता यह है कि इसमें तत्काल एक घटना बना देने की क्षमता है। ज्योंही कोई कलाकार, छात्र या बच्चा

किसी चित्र का अंकन शुरू करता है, आसपास के लोग उसे उत्सुकतापूर्वक देखने लगते हैं। यह अकारण नहीं है कि एक देश का व्यक्ति जब किसी अन्य देश में पहुँचता है तो वह सबसे अधिक और सबसे पहले आसानी और सहजता से वहाँ के चित्रों और मूर्तिशिल्पों से अपना एक सम्बन्ध बना लेता है/बना ले सकता है, क्योंकि चित्र की भाषा ही वास्तव में सार्वभौम होती है। साहित्य पढ़ने-समझने और उस पर चर्चा के लिए भाषा/भाषाओं का ज्ञान ज़रूरी है। नृत्य-संगीत-नाटक के साथ एक सम्बन्ध बनाने के लिए उनका कोई प्रदर्शन देखना अनिवार्य है। पर चित्र या मूर्तिशिल्प के साथ तो यह है कि वह कहीं भी हो, किसी रूप में हो, मसलन प्रिंट या प्रतिकृति के रूप में, उस पर तत्काल चर्चा और ध्यानाकर्षण सम्भव है। दुनिया भर में राजनयिक आज से नहीं, एक ज़माने से, किसी देश में पहुँचने पर वहाँ की कला गतिविधियों से ही सबसे पहले एक सम्बन्ध स्थापित कर पाते हैं।

कला का जो गोचर रूप है, प्रत्यक्ष रूप है, उसमें तो सभी साझा कर ही सकते हैं और कम से कम रंग-रेखाओं को तो सभी पहचान ले सकते हैं, किसी कलाकृति के आशय के अर्थ-मर्म का समझने में भले ही कुछ देर लगे। कोई कलाकार/कला छात्र जब किसी स्टेशन, घाट, स्मारक आदि में स्केचिंग के लिए पहुँचता है तो कुछ दूर से लोग यह देखने लगते हैं कि वह 'दृश्य' को कैसे उतार रहा है और ऐसा करते हुए वे भी मानो उसके साथ मन ही मन, या आँखों ही आँखों में एक अंकन करने लगते हैं।

अन्य माध्यमों की तरह ही, कला माध्यम की भी अपनी एक निरन्तरता है। उसका अपना प्रवाह है। कला रुकती नहीं है। वह किसी न किसी रूप में उगती/फूटती भी रहती है—दूब घास की तरह। न सही उतने नैसर्गिक रूप से, पर उगती है। यही कारण है कि वह किसी एक रचना-सामग्री पर निर्भर नहीं है। खड़िया, पेंसिल, गेरू, स्याही से लेकर न जाने कितनी चीज़ें उसके काम आती रही हैं और जेल की दीवारों से लेकर युद्ध के खाई-खंदकों तक में वह प्रकट होती रही है। इसका अर्थ यह नहीं कि कैसे भी आँकी गई और किसी भी तरह बना दी गई कोई भी चीज़ कला का या श्रेष्ठ कला का उदाहरण होती है, पर इतना तय है कि उसके जो तत्त्व और उपकरण हैं, उसके जो रूप और लक्षण हैं, वे हर जन में बसे होते हैं—किसी न किसी मात्रा या रूप में। यह भी अकारण नहीं है कि आप किसी भी शिशु को कैसी भी रंग सामग्री दे दें—वह उससे खेलने अवश्य लगेगा। कुछ लकीरें, कुछ रंग वृत्त, वह कागज या फर्श या दीवार पर उभार ज़रूर देगा और हम उसके अंकन को, क्षण भर सही, चकित-मुग्ध दृष्टि से देखने

ज़रूर लगेंगे।

कला के माध्यम से सदियों से मानव-आकृति के, प्रकृति के, पशु-पक्षियों के जो बिम्ब और रूप उभरते रहे हैं, उनसे मानो यह सृष्टि, और मनुष्य की रची हुई सामाजिक़-सृष्टि, हमारे लिए अधिक गोचर, अधिक प्रत्यक्ष और अधिक बोधगम्य होती रही है। उसने जीवन को अधिक कल्पनाशील, अधिक सहनीय और कई अर्थों में अधिक रूपवान बनाया है। जो प्रत्यक्ष नहीं है, और जिसका सम्बन्ध किसी अन्तरलोक से है, उसे भी उसने उभारा है—और फिर, जीवन से हमारी पहचान को नए सन्दर्भ और अर्थ दिए हैं।

कभी-कभी उसने किसी देश-समाज की सामान्य वस्तुओं को, उसके औसत प्रतिरूपों-छवियों को, प्रतीकों में ढाला है, और उनसे हमारे सम्बन्ध को प्रगाढ़तर किया है या कहें उसके बहाने कई जीवन-स्थितियों को समझने में, और उनके मर्म में उतरने और उतारने में सहायक हुई है। एक ज़माने में जब हुसेन ने जूता-छाता-लालटेन को प्रतीकों की तरह भी बरता तो मानो हम अपने ही सामाजिक जीवन की कुछ औसत छवियों के माध्यम से, अपने आसपास को, अपने परिवेश को, अपनी सामान्य जीवन-चर्या को एक नई या एक अलग तरह से भी देख सके। मिनिएचर चित्रों में प्रकट हुए पशु-पक्षी, वनस्पतियाँ आदि भी तो भारतीय प्रकृति और भारतीय-मानस को एक अपूर्व चित्र-राग में पिरो सके।

नन्दलाल बसु, रामकिंकर, विनोद बिहारी मुखर्जी से लेकर के.जी. सुब्रह्मण्यन तक की कला ने आधुनिक काल में न जाने कितने ऐसे रूप-प्रतिरूप अपनी कला में रचाए-बसाए हैं कि हम स्वयं कला और जीवन के प्रगाढ़तर सम्बन्धों को भी वहाँ पढ़-देख सकते हैं।

कला की और किसी अच्छी कलाकृति की भी एक कसौटी, एक पहचान, एक परख यही हो सकती है कि वह कभी निःशेष नहीं होती—हम जितनी बार उनके निकट जाएँगे, कुछ नए अर्थ, आशय, मूल्य, मर्म एक बार फिर पाएँगे। कुछ ऐसा पाएँगे जो उसमें पहले देखने से रह गया था। उसमें अपने को और हमें भी नया करते रहने की अपूर्व क्षमता है।

तो, कल भी रहेगी कला।

मनुष्य और प्रकृति का यह अटूट संवाद

भारतीय जीवन, चिन्तन और दर्शन के केन्द्र में मनुष्य अकेला नहीं रहा। और मनुष्य जीवन की पूर्णता भी प्रकृति और जीव-जगत से एक गहरे तादात्म्य के रूप में देखी गई है। भारतीय मिथक, पुरा-कथाएँ, आख्यान आदि इसी बात की गवाही देते हैं। हमारा बहुतेरा साहित्य भी इसी स्थिति की उपज है। कलाएँ भी मनुष्य, जीव-जगत और प्रकृति को एक साथ लेकर चलती रही हैं। इसके भी प्रमाण हमें सहज ही मन्दिर मूर्तिशिल्पों, अजन्ता के भित्तिचित्रों और मिनिएचर चित्रों में मिल जाएँगे। लोक कलाओं में भी यही दृष्टि काम करती रही है। वरली चित्रों से लेकर मधुबनी या मिथिला शैली के चित्र इसी बात के उदाहरण हैं। और ये तो अत्यन्त परिचित शैलियाँ हैं। 'लोक' में जिधर भी दृष्टि दौड़ाइए आपको मनुष्य, प्रकृति और जीव-जगत के बीच एक अनोखा संवाद ही मिलेगा। सच्चाई यह है कि इस भारतीय दृष्टि को जानने के लिए विद्वान और साक्षर होना भी ज़रूरी नहीं रहा है। क्योंकि दैनंदिन की जीवन-शैली भी इसी दृष्टि में ढली रही हैं। अक्षर-जगत इसी बोध या दृष्टि को अपने में और गहरा ही तो करता रहा है। वाल्मीकि हों, कालिदास, तुलसी या रवीन्द्र—इसी दृष्टि की एक अनवरत धारा बहती रही है। और स्वयं मनुष्य-बोध को और अधिक विस्तृत, सम्यक, ऐन्द्रिक, अर्थपूर्ण बनाती रही हैं।

अचरज नहीं कि आधुनिक काल और आधुनिक कला में भी यही दृष्टि दूर तक सक्रिय रही है और है। रचना की विधियों में, तकनीक में, चित्र-भाषा में, मुहावरों में, भाव-बोध में और चाहे जो भी परिवर्तन हुए हों, पर, मनुष्य और प्रकृति के बीच का यह संवाद अटूट रहा है। राष्ट्रीय आधुनिक कला संग्रहालय (जयपुर हाउस, नई दिल्ली) में रवीन्द्र नाथ ठाकुर, गगनेन्द्रनाथ ठाकुर, अवनीन्द्र नाथ ठाकुर, नन्दलाल बसु, विनोद बिहारी मुखर्जी और रामकिंकर बैज के चित्रों की एक प्रदर्शनी का सामान्य शीर्षक ही था, 'मनुष्य और प्रकृति'। क्यूरेटर (चयन अैर प्रस्तुतकर्ता) सुकान्त बसु थे। इन कलाकारों के जीवन-काल में, इनमें से ज्यादातर

से, उनकी भेंट भी रही थी। इनके चित्रों की विशेष प्रदर्शनियों के दौरान, वे पहले भी इन कलाकारों के काम की साज-सम्भाल कर चुके थे। अचरज नहीं कि जब 'मनुष्य और प्रकृति' प्रदर्शनी के लिए उन्होंने इनके काम का चयन स्वयं राष्ट्रीय आधुनिक कला संग्रहालय के संग्रह से किया है तो इस चयन में गहरी सूझ-बूझ, भावात्मकता, रचात्मक समझ परिलक्षित हो रही थी। निश्चय ही यह एक बहुत अच्छी प्रदर्शनी बनी। बेहद तृप्तिकर।

प्रदर्शनी इस नाते भी अच्छी थी कि इसे न तो कृतियों की भरमार से गड्डमड्ड किया गया था और न ही इन कलाकारों के वास्तविक रचना-गुणों को दृष्टि से ओझल। 'मनुष्य और प्रकृति' के बीच के संवाद को ही केन्द्र में रखा गया था। इसी से हम गगनेन्द्रनाथ ठाकुर के इस रूप से परिचित हो पाते हैं जो गहराई में मनुष्य और प्रकृति-प्रेमी भी था। गगनेन्द्रनाथ (1967-1938) अपने कार्टूनों, सामाजिक विषयों पर सामयिक टिप्पणियों आदि के लिए भी ख्यात रहे हैं। पर, इस प्रदर्शनी में हिमालय की पर्वत श्रेणियाँ, कंचनजंघा और कथा वाचक शीर्षक उनके जो कुल तीन चित्र लगे, वे तीन चित्र ही यह बताने के लिए काफी हैं कि प्रकृति और मनुष्य के आन्तरिक और बाहृय सौन्दर्य पर उनकी पकड़ कितनी गहरी थी। पहला चित्र कागज पर जलरंगों से है, शेष दोनों में वाश और टेम्पेरा का प्रयोग है और यह प्रयोग उनके तकनीकी कौशल पर भी मुग्ध करता है। रामकिंकर बैज (1910-1980) तो ग्रामीण-आदिवासी अंचल के अद्‌भुत चित्रकार रहे ही हैं। इस प्रदर्शनी में उनके 'कमलताल' और 'ताँगा' शीर्षक चित्र ही यह झलका देने के लिए पर्याप्त थे कि उनका मूर्तिशिल्पी रूप भले ज्यादा प्रतिष्ठित हुआ हो, पर चित्र-रचना में भी, उनमें बसी हुई प्रकृति अैर मानवीय संवेदना कितनी मुखर है। उनके सोलह चित्र इस प्रदर्शनी में थे, और हर चित्र आपकी राह रोकता है। विनोद बिहारी मुखर्जी (1904-1980) के छह चित्र थे। ललित कला अकादेमी ने उन पर जो मोनोग्राफ प्रकाशित किया था, उसके आवरण पर भी यही चित्र है। और इस प्रदर्शनी के कैटलॉग के आवरण पर भी। प्रसंगवश, यहाँ यह भी बता दें कि इस प्रदर्शनी का कैटलॉग भी अच्छा था। सुकान्त बसु की टिप्पणी के अतिरिक्त इसमें एक विशेष लेख कला-समीक्षक केशव मलिक का है। कुछ चित्र भी हैं—रंगों में। विनोद बाबू के छहों चित्रों में, उनका गम्भीर चिन्तक स्वभाव तो लक्षित है ही, देखने का मौलिक ढंग भी। अपने अम्लांकनों (एचिंग्स) में भी, वह कितने कम में, कितना कुछ कहते हैं। पर, चटख रंगों में उनका 'हँसी' शीर्षक चित्र तो अविस्मरणीय है। राशि-राशि वनस्पतियाँ और पुष्प, यहाँ सचमुच राशि-राशि हँस रहे हैं। अवनीन्द्रनाथ ठाकुर (1871-1951) के दस और नन्दलाल

बसु (1889-1966) के आठ चित्र थे। इनकी चिर-परिचित शैलियों में ही। निश्चय ही इन अग्रणी कलाकारों ने भारतीय आख्यानों, ऋतुओं, परम्पराओं, दृश्यों का अंकन अपने द्वारा निर्मित (पर एक-दूसरे से भिन्न) चित्र-अनुशासनों में समर्पित भाव से किया और जो छवियाँ हमें सौंपी वे एक धरोहर से कम नहीं। रवीन्द्रनाथ (1861-1941) का चित्रकार-रूप तो सर्वथा भिन्न था ही। इसे ही एक बार फिर हम पहचान पाते हैं। पेड़ों, दृश्यों, सैरों (लैंडस्केप), पक्षियों, आकृतियों ('सात आकृतियाँ' शीर्षक चित्र) का उनका संसार, सहज ही गूढ़तम अर्थों और आकारों की ओर हमें ले जाता है। चकित, विस्मित भी कम नहीं करता।

यहीं यह याद कर सकते हैं कि पिछले दो-तीन दशकों में इन सभी कलाकारों के पूनर्मूल्यांकन के बहुतेरे प्रयत्न हुए हैं। और वरिष्ठ, मँझली और युवा पीढ़ी के कई कलाकारों ने इनसे एक नया संवाद बनाया है। और भारतीय 'आधुनिकता' के स्रोतों और मुहावरों की एक नई पहचान कायम की है। यह प्रदर्शनी भी यही बताती थी कि ये सभी कलाकार हमारे लिए कितने प्रासंगिक हैं।

खोज खबर अमूर्तन की

कला को समझने-परखने, और हाँ, उसका इतिहास दर्ज करने के लिए भी समय-समय पर परिभाषा-मूलक कुछ शैलियों-श्रेणियों को कोई एक नाम दिया जाता रहा है। बीसवीं शती में अत्यन्त चर्चित रही ऐसी ही एक शैली/श्रेणी रही है—अमूर्त कला (एब्स्ट्रैक्ट ऑर्ट)। अन्तरराष्ट्रीय स्तर पर चर्चित इस शैली/श्रेणी के इर्द-गिर्द बहुतेरे विचार बुने गए हैं। स्वयं कलाकारों को मूर्त-अमूर्त के आधार पर विभाजित किया गया है, और अमूर्तन के बरक्स आकृतिमूलक (फिगरेटिव आर्ट) को रखा गया है और आपस में इन्हें परस्पर विरोधी या प्रतिस्पर्धी भी माना गया है। कभी-कभी दोनों के बीच समझौते और मेलमिलाप को भी कुछ तरजीह दी गई है, और 'सेमी एब्स्ट्रैक्ट' (यानी कुछ मूर्त कुछ अमूर्त) जैसा पद या विशेषण भी गढ़ लिया गया है। ऐसे कलाकार भी हुए ही हैं, जिन्होंने शुरुआत तो आकृति मूलक काम से की पर धीरे-धीरे अमूर्तन की ओर बढ़ते गए और फिर आकृतिमूलक काम करना उन्होंने बिलकुल ही छोड़ दिया। हमारे यहाँ समकालीन कला में इस बात के कुछ बड़े उदाहरण हैं : रज़ा, रामकुमार, गायतोंडे और अम्बादास जैसे। और जेराम पटेल जैसे कलाकार भी हैं ही जिनके काम में आकृति या वस्तु-रूपों का तो कभी कोई उभार देखने को नहीं मिला, पर, उनका कुछ आभास-सा होता रहा, और उन्हें शायद इसीलिए कभी पूरी तरह से 'एब्स्ट्रैक्ट' की श्रेणी में रखकर नहीं देखा गया। इस सिलसिले में याद हिम्मत शाह जैसे कलाकार की भी की जानी चाहिए जो मानो आकृति और अमूर्तन को एक साथ ही या आगे-पीछे साधते रहे : और उनके कुछ काम (मूर्तिशिल्प) तो प्रकटतः आकृतिमूलक रहे, पर बहुतेरे रेखांकन/मूर्तिशिल्प किन्हीं वस्तु-रूपों से अपना पल्ला झाड़कर ही खड़े हुए दिखाई पड़ते रहे। इससे एक नतीजा यह भी निकाल सकते हैं कि मूर्तन-अमूर्तन का झगड़ा, कुछ कलाकारों के लिए कभी कोई झगड़ा ही नहीं रहा है, उन्होंने रूप को ही प्रमुख माना है, और उस चित्र देश (स्पेस) को, जो बिम्बों-छवियों को ग्रहण करता है, फिर वे चाहे मूर्त हों या

तथाकथित ढंग से अमूर्त। धीरे-धीरे स्थिति यह भी होती गई है कि अमूर्तन और आकृतिमूलक की सीमाएँ छीजती गई हैं, और कला-रूपों को कला रूपों की तरह ही देखने का आग्रह बढ़ा है, और वह ज़माना कुछ लद गया मालूम पड़ता है जब अमूर्तन और आकृतिमूलक की बिलकुल दो स्पष्ट कोटियाँ हुआ करती थीं। स्वयं अमूर्तन की भी कुछ कोटियाँ थीं : एक तो प्रकृति या नगर-ग्राम्य दृश्यों का अमूर्तन, और दूसरे ऐसे रूपाकारों का सृजन जो अपने आप में अमूर्त हों।

निश्चय ही यह एक अच्छी स्थिति है। हालाँकि हमारे समाज में, और लगता यही है कि बहुतेरे अन्य समाजों में भी एब्स्ट्रैक्ट ऑर्ट सम्बन्धी चुटकुले समाप्त नहीं हुए हैं, पर, यह गौर करनेवाली बात है कि उनमें कमी ज़रूर हुई है। और वह ज़माना भी बीत गया लगता है, जब निरा भ्रान्तिवश यह माना जाने लगा था कि आधुनिक कला का या आधुनिक बोध का एकमात्र लक्षण अमूर्त कला है। स्वयं हमारे यहाँ, धीरे-धीरे उस भ्रान्ति से उबरकर, आकृतिमूलक कामों में तेजी आई, और अब हम यह देख ही रहे हैं कि आकृतिमूलक और अमूर्तन के बीच कोई घमासान बाकी नहीं बचा है। हुसेन-तैयब मेहता एक ओर हैं, तो दूसरी ओर या उन्हीं के साथ-साथ रज़ा-रामकुमार भी हैं और वे हमें एक साथ स्वीकार्य हैं। बाद की पीढ़ियों में आएँ तो मनजीत बावा, अर्पिता सिंह, जोगेन चौधरी, जयश्री चक्रवर्ती आदि एक ओर या एक साथ हैं, तो दूसरी ओर अपेक्षाकृत बाद के प्रभाकर कोलते, सीमा घुरैय्या, योगेन्द्र त्रिपाठी, हर्षवर्धन आदि हैं, और उनके काम को भी हम अमूर्तन की किन्हीं अबूझ पहेलियों की तरह अब नहीं देख रहे हैं।

आकृतिमूलकता और अमूर्तन का झगड़ा सुलटाने में एक योगदान आधुनिक मूर्तिशिल्पों का भी माना जाना चाहिए। हम जानते हैं कि आधुनिक मूर्तिशिल्पों में जब आकृतियाँ रही हैं तो वे किन्हीं हूबहू प्रतिरूपों की तरह नहीं रहीं, जिआकामेत्ती का काम हो या हेनरी मूर का, हम वहाँ यही स्थिति देखते हैं, और बहुतेरे मूर्तिशिल्पी तो रचते ही अमूर्त आकार रहे हैं। अब चूँकि मूर्तिशिल्प अपने आप में—रचना सामग्री के कारण—एक ठोस चीज़ भी है तो हम वहाँ अमूर्तन को भी चित्रकला के मुक़ाबले अधिक स्वीकार्य पाते रहे हैं। आज जब भारतीय कला परिदृश्य में हम शंखो चौधरी से लेकर, नागजी पटेल और फिर मदन लाल तथा राजिन्दर तिकू जैसे कई मूर्तिशिल्पियों को सक्रिय पाते हैं, और उनके यहाँ मूर्तन-अमूर्तन के पलड़ों में कौन-सा भारी है, इस बात को सोचे बिना, उनके काम को सराहते हैं तो इसके पीछे मूर्तन-अमूर्तन का झगड़ा सुलटने की पृष्ठभूमि ही है।

मूर्तन-अमूर्तन के विमर्श में कुछ नए आयाम जोड़ने की एक भूमिका उस

आधुनिक वास्तुशिल्प की भी रही है जिसमें ज्यामितिक आकारों और अवधारणाओं पर विशेष बल रहा है।

आकृति और वस्तुरूपों के अलावा बहुतेरे रूपाकार/रंगाकार ऐसे हैं जो हमारे लिए मूर्त ही हैं—रूपविहीन नहीं हैं—यह बोध भी बढ़ता गया है, हमारे जाने अनजाने। बादलों का घुमड़ना हो या आकाश में सूर्योदय और सूर्यास्त के रंगों का बिखरना या दीवारों पर बारिश और हवा से चूने-पलस्तर पर चकत्तों और धब्बों का बनना—हम उनमें कुछ न कुछ पहचानने-पाने का यत्न करते हैं। सौन्दर्य की खोज करते हैं। और नागरिक जीवन में भी जब हम जेब्राक्रासिंग की पट्टियों को देखते हैं, या ट्राफ़िक लाइट्स को तो उन्हें मूर्त करके ही तो देख रहे होते हैं। कम्प्यूटर की स्क्रीन पर उभरनेवाले रंग हों, या टैक्सटाइल डिज़ाइन और फ़ैशन डिज़ाइन में केवल पट्टियों या किन्हीं रूपक्रम में बुने हुए रंग—हमें 'परेशान' नहीं करते हैं। हम उन्हें सहज ही स्वीकार कर लेते हैं।

कुल मिलाकर यह कि जब कोई चित्रकार सिर्फ़ कैनवास या कागज़ पर रंगाकार रखता है, या अमूर्त लगनेवाले रूपाकार तो हम अब यह सोचकर न तो बेचैन होते हैं, न उलझन में पड़ते हैं कि अरे, यह कैसी चीज़ सामने आ गई। हम उसके आन्तरिक 'रूप' को पढ़ने-पकड़ने की कोशिश करते हैं और उसके आन्तरिक भावों को। आकारों-रंगों-रेखाओं की लय को 'सुनना' चाहते हैं।

कला की दुनिया में एक और चीज़ घटित हुई है। विभिन्न देशों के बीच कला का आदान-प्रदान बढ़ने के साथ, हमने यह भी पाया है कि समकालीन कला परिदृश्य के अतिरिक्त, विभिन्न देशों के लोक-आदिवासी समाजों की कला में भी अमूर्तन के लक्षण पहचाने गए हैं। आदिवासी चाहे आस्ट्रेलिया के हों या भारत के वे बहुतेरे ऐसे कला-रूप बरतते रहे हैं, जिनमें अमूर्त आकारों या निरे रंगाकारों की प्रमुखता रही है।

निश्चय ही यह समझ भी बढ़ती गई है कि कला चाहे आकृतिमूलक हो या अमूर्त, वहाँ जो अमूर्तन बोध होता है, वह उनसे गुज़रकर होता है। यानी एक प्रकार का अमूर्तन-बोध, आकृतिमूलक कला में से भी सम्भव है, और तथाकथित अमूर्तकला से गुज़रने पर तो वह सम्भव है ही, उसी के साथ सम्भव यह भी है कि अमूर्तन हमें किसी मूर्त बोध की ओर ले जाए—अमूर्तन में से प्रकट हो एक मूर्तन हमारी स्मृतियों का, हमारे देखे-अनदेखे आकारों का, कुछ आशयों और (अर्थों का भी) मूर्तन, जो रंग-रूपाकार हमें सौंप रहे हैं। कुल मिलाकर यह कि अमूर्तन कला (एब्स्ट्रैक्ट आर्ट) की श्रेणी/शैली भले कला-इतिहास और कला-सिद्धान्तों में बनी रहे, और हम *वासिली कांदिस्की* (1966-1928) जैसे कई

कलाकारों के तत्सम्बन्धी विमर्श को भी याद करते रहें, पर, मूर्तन-अमूर्तन का झगड़ा काफ़ी हद तक सुलझ चुका है। समझ इसकी भी बढ़ती ही गई है कि किन्हीं वस्तु-रूपों, आकारों (यहाँ तक कि आकृतियों) को जो चित्र-स्पेस धारण करता है, उसका एक हिस्सा अमूर्त ही तो होता है। इस सिलसिले में हम स्वामीनाथन के उन चित्रों की याद कर सकते हैं, जहाँ चिड़िया, पेड़, पत्थर आदि तो उभरते हैं, पर, कुल चित्र-फलक का एक बड़ा भाग किसी या किन्हीं रंगाकारों से ही स्पन्दित रहता है।

ग्लोबीकरण के इस दौर तक आते-आते अमूर्तन की अवधारणा में कई आमूल परिवर्तन हुए हैं। कह तो यह भी सकते हैं कि अमूर्तन की लड़ाई जीती जा चुकी है, और मूर्त-अमूर्त अब सखा-भाव की तरह एक-दूसरे की बगल में बैठे हैं।

लोकप्रिय छवियों की जादुई दुनिया

कला में 'लोकप्रिय' छवियों का इस्तेमाल बढ़ता जा रहा है। यह बहुत स्वाभाविक भी है। आज हम चारों ओर ऐसी बहुतेरी छवियों से घिरे हैं जो विज्ञापनों, अखबारों, पत्र-पत्रिकाओं, टीवी, सिनेमा, इंटरनेट आदि से लगातार प्रचारित, प्रसारित और 'वितरित' हो रही हैं। इन्हीं में हम दीवारों पर चिपके हुए पोस्टरों, और उन पर लिखी, और बनी हुई इबारतों को भी शामिल कर लें, और कैलेंडर-छवियों को भी तो ये छवियाँ असंख्य हो उठती हैं। ज़ाहिर है कि देवी-देवताओं, सिने-सितारों, खिलाड़ियों, विश्व सुन्दरियों, राजनेताओं, फैशन डिज़ाइनरों, पर्यटक स्थलों और खाने-पीने, पहनने-ओढ़ने की वस्तुओं की बहुविध छवियाँ रोजमर्रा जीवन में इस तरह शामिल हो गई हैं कि उनकी अनदेखी किसी के लिए भी मुश्किल हो गई है। और अगर वे हमारे जीवन का किसी न किसी रूप में हिस्सा बन गई हैं तो यह बिलकुल लाजिमी है कि कलाकार उनका इस्तेमाल किसी न किसी रूप में, और किन्हीं न-किन्हीं अंशों में करेंगे ही। सो आज चित्रों की दुनिया हो या मूर्तिशिल्पों की या संस्थापनों (इंस्टॉलेशंस) की, या ग्राफिक-कृतियों की या कलात्मक फोटोग्राफ़ी की, सबमें वे छवियाँ पिरोई हुई दिखती हैं, जिन्हें हम अन्यथा भी घरों में, सड़कों में, बाज़ारों-दुकानों में देखते ही देखते हैं। पर, इसका मतलब यह भी नहीं है कि हर कलाकार इनका इस्तेमाल कर ही रहा है, क्योंकि कला का एक बड़ा हिस्सा आज भी ऐसा है, जो प्रकृति उपकरणों पर, अमूर्त और अचीन्हे आकारों पर, मानव-आकृति की नई 'सर्जना' पर, और मिथकों की रचना-पुनर्रचना पर टिका है। हाँ, यहाँ अगर हम इस 'छवि-तथ्य' की ओर कुछ जोर देकर इशारा करना चाह रहे हैं तो इसीलिए कि जो विज्ञापनी और बहुप्रचारित छवियाँ हमारे चारों ओर हैं, और जिन्हें हम सामान्यतः कला की कोटि में नहीं रखते, उनमें से बहुतेरी या तो सीधे-सीधे या रूप बदलकर कला की दुनिया में प्रवेश कर रही हैं, और उनके ज़रिए बहुतेरे कलाकार अपनी कलाकृतियों में या तो कोई टिप्पणी करना चाह रहे हैं, या

सामाजिक-राजनैतिक-आर्थिक स्थितियों का विश्लेषण या फिर वे उन्हें मोहक-आकर्षक रूपाकार मानकर उन्हें अपने द्वारा सर्जित रूपाकारों में शामिल करके एक संग्रथित रूपात्मक दुनिया बनाना चाह रहे हैं। यह स्थिति बिलकुल ही नई हो, सो बात नहीं क्योंकि आधुनिक काल में ही 'पॉप ऑर्ट' का—अमेरिकी पॉप ऑर्ट का—बोलबाला एक समय काफी रह चुका है, और अंग्रेजी के पापुलर से निकला 'पॉप' शब्द, अन्य कला-माध्यमों और अनुशासनों में व्यवहृत हुआ है तथा 'पापुलर कल्चर' और 'मास कल्चर' जैसे 'पारिभाषिक' शब्द भी धड़ल्ले से प्रचलित रहे ही हैं—और आज भी हैं, पर देखने-जाँचनेवाली बात यही है कि इन सन्दर्भों की कुछ बिलकुल नई स्थितियाँ बनी हैं, जिनमें से एक प्रमुख स्थिति तो यही है कि संचार और सूचना माध्यमों में हुई नई क्रान्ति के कारण किसी देश-समाज की प्रचलित छवियाँ, अन्य देश-समाज में तेजी से पहुँची हैं, और वहाँ जाकर उस देश-समाज की आंचलिक और देसी छवियों के बीच घुल-मिल गई हैं, और कहीं-कहीं उनका 'रूपान्तरण' भी हो गया है। इन छवियों की मात्रा में भी काफी बढ़ोतरी हुई है। देखने-जाँचने-पहचाननेवाली बात यह भी है कि विज्ञापनी दुनिया की ये छवियाँ या विज्ञापनों की तरह प्रचारित ये लोकप्रिय छवियाँ भी अपने स्वभाव और प्रकृति में काफी बदल गई हैं। अव्वल तो ये स्वयं ऐसे ग्राफिक कलाकारों-डिज़ाइनरों-फोटोग्राफरों द्वारा अंकित-छायांकित की जाती हैं जो स्वयं 'प्रशिक्षित' कलाकार ही हैं, और जो इनके रूपात्मक परिष्कार का बहुत ध्यान रखते हैं, कुल मिलाकर यह कि इनके रंग-रूप काफी बदल गए हैं, और 'तेवर' भी नए ही हैं। ये छवियाँ काफी सोची-विचारी भी होती हैं। और हम जानते हैं कि अब विज्ञापन एजेंसियों में, अखबारों-टीवी में, यहाँ तक कि विज्ञापन-पटों में, दुकानों के साइनबोर्डों में, किसी 'ब्रांड' के प्रचार अभियान में, किसी नेता-अभिनेता-राजनेता की छवि-मंडित करने में, किसी न किसी 'कला-विभाग' या 'विजुअलाइजरों' का दिमाग़ काम कर रहा होता है। नतीजा यह है कि जो 'लोकप्रिय' छवियाँ अब हम अपने चारों ओर देखते हैं उनमें से बहुतेरी, सुमुद्रित, 'कलात्मक' या 'मोहक' ही होती हैं। और जब कोई कलाकार अपनी किसी कृति में इनका इस्तेमाल किसी न किसी रूप में करता है, तो वे उसके रचे हुए अन्य रूपाकारों के मध्य होती हैं, और तब भिन्न कलात्मक रूपों का एक 'संगम' भी बनता है। यानी हुसेन ने जिस 'माधुरी छवि' का इस्तेमाल किया है, वह जितनी उनकी रची हुई है, उतनी ही उन 'कलात्मक' छवियों की देन है जो पहले से समाज में प्रचलित (लोकप्रिय) रही हैं। यानी वे एक 'लोकप्रिय इमेज' को अपनी चित्र-भाषा में उतार रहे हैं। और स्वयं हुसेन ने इस तथ्य को 'स्वीकार' किया है। इसी तरह विकास भट्टाचार्य, भूपेन खक्खर,

अर्पिता सिंह, जोगेन चौधरी, मनजीत बावा, विवान सुन्दरम से लेकर अतुल दोडिया, जितीश कल्लत, नरेन्द्रपाल सिंह आदि ने ऐसी बहुतेरी छवियों का इस्तेमाल अपनी कला में किया है जो समाज में किसी न किसी रूप में पहले से मौजूद (रही) हैं। और इन या ऐसी छवियों के इस्तेमाल से या तो कोई टिप्पणी की है या किसी सूझ की रचना–जो हमें सोचने-विचारने या चीज़ों को नई तरह से देखने की ओर ले जाती है। मूर्तिशिल्पियों और ग्राफ़िक चित्रकारों ने भी ऐसी 'छवियों' को, और बाज़ार में या लोक-जीवन में, प्रचलित रंग रूपों को, एक नई तरह से बरता है। अनुपम सूद, रविन्दर रेड्डी, राधिका वैद्यनाथन आदि के नाम इस सिलसिले में सहज ही ध्यान में आते हैं।

विश्व कला की प्रदर्शनी–दसवीं त्रैवार्षिकी–भारत को देखते हुए भी हमें ये सारी चीज़ें एक बार फिर ध्यान में आईं, और हमने यह भी गौर किया कि स्वयं विभिन्न देशों के कलाकार, लोकप्रिय छवियों की जादुई और हाँ, लुभावनी 'मायावी' दुनिया को न सिर्फ टिप्पणी के लिए चुन रहे हैं, बल्कि रोजमर्रा जीवन में उनके प्रवेश को एक उल्लेखनीय 'नाटकीयता' के साथ बरत और परख रहे हैं। ब्रिटेन की कलाकार कैथरीन ने मुम्बई में रहकर अमिताभ बच्चन, माधुरी दीक्षित, शाहरुख खान आदि की लोकप्रिय 'छवियों' को उस 'नाटकीय' क्षण की प्रस्तुति के लिए चुना है जब मानो यथार्थ और मोहिनी माया का मेल होता है, और एक 'नए यथार्थ' का जन्म ! आस्ट्रिया की कलाकार क्रिस्टी अस्तुई सीधे-सीधे तो लोकप्रिय छवियों का इस्तेमाल नहीं करतीं, पर लोकप्रिय छवियों से उत्पन्न होनेवाली प्रवृत्तियों को बड़ी सावधानीपूर्वक जाँचती और चुनती हैं। मसलन अपनी कुछ स्त्री आकृतियों को उन्होंने जान-बूझकर विश्व सुन्दरियोंवाली मुद्रा में बरता है, और फूलों का इस्तेमाल भी एक खास तरह से किया है। मसलन प्लास्टिक के फूलों का, और स्वयं फूलों का, जैसा इस्तेमाल दुनिया भर में औपचारिक और 'सज्जात्मक' ढंग से बढ़ता गया है, उसकी ओर उन्होंने अपनी कई कृतियों में 'संकेत' किया है। फ्रांस के मिशेल ब्लांडेल ने अपने संस्थापन में, जो काँच का बना है, ऐसी कई वस्तुओं का प्रयोग किया है जिन्हें हम सहज ही 'पहचान' लेते हैं–फैशनेबुल जूते-जूतियाँ, पान की शक्लवाला 'हृदय चिह्न', कई औज़ार और हाँ, साक्षात् वीडियो स्क्रीन।...अति परिचित रचना-सामग्री यानी 'काँच' भी हमसे कुछ कह रही है...

दरअसल यूरोपीय कलाकार रेने माग्रीत ने आज से कोई चार-पाँच दशक पहले, अपनी कृतियों में, विलक्षण ढंग से लोकप्रिय छवियों को रखना शुरू किया था–और मानो उनके 'स्थानान्तरण' से नई इमेज बनाई थी। मसलन कहीं

आकाश में स्थानान्तरित टीवी स्क्रीन, या एक हरे लैंडस्केप के बीच जूता, या ऐसी ही कोई और चीज़, जो अपनी जगह से 'उड़कर' कहीं और पहुँच गई हो—दर्शक की कल्पना-दृष्टि को एक अलग तरह से पकड़ लेती थी। और वह अपने परिवेश को, अपनी परिचित छवियों को, स्वयं अपने जीवन यथार्थ को, एक नई तरह से देखने लगता था।

जीवन यथार्थ को हम नई तरह से देखें-जाँचें इसी का आग्रह बढ़ता जा रहा है। आखिरकार भारत से ही त्रैवार्षिकी में जो दो युवा कलाकार पुरस्कृत हुए हैं—हेमा उपाध्याय और प्रबीर गुप्ता—उनकी कृतियाँ भी तो ऐसी ही छवियों का 'रूपान्तरण' हैं जो हमारी बहुत जानी-पहचानी हैं। बिलकुल वास्तविक मालूम पड़ते, दीवार से चिपके, और फर्श पर छितरे हेमा उपाध्याय के 'तिलचट्टे' हों या हमारी सामाजिक-समकालिक स्थितियों पर टिप्पणी करती हुई प्रबीर गुप्ता की कई मौन-मुखर छवियाँ—ये हमारी देखने-सोचने की क्षमता को ही सक्रिय करने का तो उपक्रम हैं।...मसलन हेमा के एमसिल और पतले तारों से बने तिलचट्टे अगर एक ओर मच्छर-तिलचट्टे मारने-भगानेवाले विज्ञापनों से 'निकले' हुए मालूम पड़ते हैं, तो दूसरी ओर ये 'घरेलू' स्थितियों तक, और 'अगर संहारक नीतियों से दुनिया खत्म हुई तो ये ही बचे रह जाएँगे...' जैसी 'टिप्पणियों' तक पहुँच जाते हैं।...

देखें कि हम क्या देख रहे हैं

आमतौर पर आज हम पहले से कहीं ज्यादा चीज़ें देख रहे हैं। टी.वी., वीडियों से लेकर पोस्टरों, होर्डिंगों, साइनबोर्डों तक की दुनिया लगातार फैलती जा रही है। अखबारों और पत्र-पत्रिकाओं में भी सचित्र, रंगीन सामग्री बढ़ती जा रही है। विज्ञापन के भी नए-नए तरीके ईजाद हो रहे हैं, और हम चाहें या न चाहें, अब हमारी आँखों (और हाँ, हमारे कानों को भी) फुरसत कम ही मिलती है। इस सूची में अगर आप स्टिकर्स, और पालिथिन के प्रिंटेड थैलों जैसी चीज़ों को भी शामिल कर लें तो आप पाएँगे कि एक के बाद दूसरी चीज़ को हटाती या गड्डमड्ड करती हुई कोई एक और चीज़ चली आ रही है।

ट्रकों-ऑटोरिक्शों से लेकर गाड़ियों तक को सजाने का पहले से चला आ रहा प्रचलन और बढ़ा है। घरों में भी अब किशोर-किशोरियाँ, अपने कमरों को पोस्टरों-स्टिकरों आदि से सजाने लगे हैं। और भले ही कैलेन्डरों से निकाली गई तसवीरें हो, उन्हें फ्रेम कराके टाँगने का चलन भी खूब बढ़ रहा है। दिल्ली जैसे शहर में तसवीरों को फ्रेम करनेवाली किसी भी दुकान में जाकर आप खड़े हों तो पाएँगे कि तरह-तरह की तसवीरें लेकर आनेवालों का एक ताँता-सा लगा हुआ है।

किसी भी सरकारी विभाग से लेकर किसी निजी उद्यम-उद्योग के विज्ञापनी विभाग तक में तसवीरों-शब्दों आदि का अब एक ऐसा सिलसिला है, जो लगातार हमारी आँखों की ओर चला आ रहा है। इससे आँखों की रोशनी किस तरह और कितनी प्रभावित हो रही है, उसकी जाँच तो डॉक्टरी दुनिया ही कर सकती है, लेकिन इतना तो साफ दिखाई पड़ रहा है कि सामान्यतः हमारी आँखों पर बोझ बढ़ता ही जा रहा है। इस बोझ के कम होने के आसार नहीं हैं। समाज में 'देखने' के लिए सामग्री और बढ़ने ही वाली है। और यह सामग्री मानव-निर्मित ही होगी। वे दिन लद गए जब लोग आकाश के तारे देखते थे या सूर्योदय और सूर्यास्त। बच्चों और किशोरों की दुनिया में भी अब फूल-पत्तों, चिड़ियों, कीट-पंतगों के लिए

पहले जैसी उत्सुकता नहीं रही। और इन चीज़ों से उनका जीवन्त रिश्ता कम ही बनता है क्योंकि उसके अवसर भी कम ही आते हैं। वे इन चीज़ों को देखते भी हैं तो किताबों, टी.वी विज्ञापनों और कॉमिक्स में ही अधिक देखते हैं। सूर्योदय और सूर्यास्त भी अब पर्यटन-स्थलों में जाकर ही देखने की चीज़ प्रायः रह गए हैं।

यह स्थिति शहरों की ही नहीं है, स्वयं गाँवों-कस्बों में भी टी.वी., वीडियों और उपभोक्ता सामग्री के पहुँचने या उसके प्रचार के पहुँचने से एक बड़ा फ़र्क पड़ा है। अब गाँवों-कस्बों की दुकानों की सज्जा में भी अन्तर दिखाई पड़ेगा। देखने को जो चीज़ें लगातार बढ़ रही हैं, उनसे सबका सम्बन्ध एक जैसा बनता हो सो बात नहीं। कुछ लोग इन पर एक हल्की-सी निगाह डालते हैं, कुछ इन्हें गौर से देखते हैं, और कुछ इन्हें एक दृश्य का हिस्सा मानकर यों ही देखते चले जाते हैं।

बहरहाल देखने की सामग्री की मात्रा, उसका रंग-रूप—सब कुछ बदल रहा है। लोकसभा के चुनावों के दौरान भी हमने यह देखा है कि पोस्टरों-होर्डिंगों और नेताओं के बड़े-बड़े कट-आउट और ऑडियो-वीडियो के माध्यम से ढेरों चीज़ें सामने आईं। यानी कोई भी अवसर हो, देखने की सामग्री में इजाफा होता जा रहा है। शादी-विवाह के अवसरों पर भी 'अनिल वेड्स अनिता' जैसे स्टिकर्स तो अब आम बात हैं ही, निमन्त्रण-पत्रों की सज्जा से लेकर, पंडाल-सज्जा तक में एक होड़-सी मची हुई है।

ज़ाहिर है कि इस सज्जा में सुरुचि के कई स्तर-भेद हैं। पर ग़ौर करने लायक बात यही है कि हमारा परिवेश अब रंगों-रूपों और शब्दों के मामले में अधिक भीड़भरा है। और इस हमले को समय-समय पर जाँचते-परखते रहना बहुत ज़रूरी है।

जहाँ तक विज्ञापन और प्रचार-सामग्री का सवाल है, उसकी गुणवत्ता में फ़र्क पड़ा है। कई संस्थानों द्वारा जारी की जानेवाली ऐसी सामग्री अब प्रशिक्षित लोग तैयार करते हैं। ललित कला महाविद्यालयों के कमर्शियल आर्ट विभाग से निकले हुए लड़के-लड़कियाँ अपनी सूझबूझ के अनुसार कई नई चीज़ें भी कर रहे हैं। उनकी ट्रेनिंग में पश्चिमी चीज़ों का असर रहता ज़रूर है, पर अवसर मिलने पर वे देसी ढंग से भी सोचते हैं। अंकन में, रंगों के चयन में, अब पहले से कहीं ज्यादा ध्यान दिया जाता है। पत्र-पत्रिकाओं के रंगीन संस्करणों में भी छोटी-मोटी चीज़ पर सोचा-विचारा जाता है। पर, ऐसी पत्र-पत्रिकाएँ भी हैं जो रंगों का इस्तेमाल तो कर रही हैं पर जिनमें सुरुचि नहीं है। वे रंगों का इस्तेमाल केवल तड़क-भड़क के लिए करती हैं। यही स्थिति हमें कई साइनबोर्डों और होर्डिंगों में भी देखने को

मिलेगी, जहाँ तड़क-भड़क का ही बोलबाला होगा, सुरुचि और सूझबूझ का नहीं।

यानी देखने को जो चीज़ें हमें मिल रही है, वे सब अच्छी या रचनात्मक नहीं हैं। गौरतलब है कि जिस तरह शब्द-सतर्कता हमारी सुरुचि, भाषा-सामर्थ्य, संस्कार आदि को उजाकर करती है, उसी तरह रंगों-रेखाओं-रूपों की दुनिया भी हमारी सुरुचि या कुरुचि को प्रतिबिम्बित करती है। इसीलिए 'देखनेवाली' चीज़ों के हमले के साथ ही हमें अपनी नज़र पैनी और धारदार करनी होगी।

पिछले कुछ वर्षों में हमारे समाज में आधुनिक या समकालीन कला के प्रति एक आकर्षण बढ़ा है। नई आर्ट गैलरियाँ खुली हैं और कलाकृतियों की खरीद-बिक्री भी बढ़ी है। पर ज़ाहिर है कि यह दुनिया कुल समाज को देखते हुए अभी भी बहुत छोटी-सी है। कितने लोग ऐसे हैं जो कला-संग्रहालयों या कला दीर्घाओं में जाते होंगे या अपने घरों को समकालीन कला से सुसज्जित कर सकते होंगे। (यह तो एक अलग बहस का विषय है ही कि स्वयं आधुनिक कला की दुनिया में कितना और कैसा रचनात्मक कार्य हो रहा है।) इसलिए भी यह ज़रूरी है कि समाज में जो देखनेवाली चीज़ें सड़क-बाज़ार और चौराहों पर हों, सार्वजनिक जगहों पर हों, उनकी गुणवत्ता पर हमारा ध्यान जाए।

हमें जो कुछ सुनने-पढ़ने को मिलता है, उससे यह कम महत्त्वपूर्ण नहीं है कि हमें देखने को क्या मिलता है। दिखाई पड़नेवाले परिवेश का कितना गहरा असर होता है, इसे हम नात्सियों के चरम उदाहरण से समझ सकते हैं। हिटलर के समय जर्मनी के वास्तुशिल्प और चीज़ों की बंजर या एकायामी सज्जा आदि ने लोगों की मानसिकता को दूर तक प्रभावित किया था।

समाज में इसलिए चीज़ों की सज्जा और लगातार देखने को मिलनेवाली सामग्री पर बराबर एक गहरा सोच-विचार होना चाहिए। जो चीज़ें हमें देखने को मिलती हैं, उनके सामाजिक, आर्थिक, व्यावसायिक और हाँ, कई बार राजनीतिक आशय भी होते हैं। और ये आशय सामाजिक-राजनीतिक परिवर्तनों के अनुसार बदलते भी रहते हैं। इसलिए देखें कि हमें देखने को दरअसल क्या मिल रहा है ?

आज की कला में जलरंग माध्यम

जलरंगों में काम करने का चलन बहुत पुराना है। ऐसे रंग जिन्हें पानी के साथ घुलाकर बरता जा सके, जलरंगों की श्रेणी के माने जाते रहे हैं। वनस्पतियों और खनिजों से बनाए गए रंग भी पानी के साथ बरते जाते रहे हैं। हमारे तमाम मिनिएचर चित्रों में भी यही विधि अपनाई गई थी। पूर्व के देशों में जलरंगों का ऐसा इतिहास एक लम्बे अरसे तक अटूट रहा है।

लेकिन आज जिन्हें जलरंग कहकर पुकारा जाता है, वे कुछ भिन्न हैं। अब प्रायः 'वाटरकलर पेन्टिंग' से यही आशय लिया जाता है कि जो काम कागज पर तैयारशुदा जलरंगों से किए गए हों वे ही जलरंगी काम हैं। ट्यूब और चौकोर-से टुकड़ों में जलरंग बहुतायत में मिलते हैं।

कागज, जलरंग और सुकोमल ब्रशों से किए गए जलरंगी चित्र अपनी प्रकृति में भी भिन्न माने जाते हैं। जलरंगों का माध्यम प्रमुखतः रंग-माध्यम ही है, वह रैखिक (लीनियर) नहीं है। इसीलिए यह भी माना जाता है कि जलरंगों में काम करना ज्यादा सहज है और अभिव्यक्ति की 'स्वच्छन्दता' जलरंगों में बनाए रखी जा सकती है। जलरंगों का एक गुण यह भी है कि वे जल्दी सूखते हैं।

तकनीकी स्तर पर जलरंगों का एक-दूसरे में मिश्रण भी किया जा सकता है, वे एक-दूसरे के अगल-बगल भी रखे जा सकते हैं, एक-दूसरे के ऊपर भी—उन्हें पारदर्शी बनाया जा सकता है और अपारदर्शी भी। जलरंगों में अनन्त सम्भावनाएँ देखी गई हैं।

जहाँ तक यूरोपीय कला का सवाल है, उसमें रिनेसाँ के बाद से तैलरंगों की ही प्रमुखता रही है और जलरंगों की जगह बनती-बदलती रही है। किसी-किसी दौर में जलरंग बहुत महत्त्वपूर्ण रहे हैं और किसी दौर में वे कुछ भुला भी दिए गए हैं। लेकिन ऐसा कभी नहीं हुआ कि वे लौटकर न आते रहे हों। आधुनिक कला के अनेक महत्त्वपूर्ण कलाकारों ने भी जलरंग बरते हैं। सेजाँ, वान गॉग, पिकासो, पॉल क्ले, मतीस, शॉगाल जैसे कई नाम इस सिलसिले में गिनाए जा सकते हैं।

यूरोप में जलरंगों में बहुत उल्लेखनीय काम जर्मन कलाकार अल्ब्रेख्त ड्यूरर ने पन्द्रहवीं सदी के अन्तिम दशक में किया था। इसी सदी में कागज का चलन भी बढ़ा। जलरंगों को एक नई गति मिली और जलरंग कभी ठहरकर और कभी फिर तेज चलकर आधुनिक पश्चिमी कला में अपनी खास जगह बनाने के लिए आ खड़े हुए।

पूर्व के देशों में भी जलरंगों का इतिहास अटूट होने के बावजूद इस्तेमाल की विधियों में बदलता रहा है। जलरंगों में नए-नए प्रयोग हुए हैं और आज विश्व कला की रचना-सामग्री जब बहुतेरे मामलों में एक-सी हो गई है, तब अपने मिजाज के अनुसार जलरंगों को खास तरह से बरता जा रहा है।

अपने ही देश की बात करें तो हाल के वर्षों में जलरंगों के प्रति एक नया रुझान फिर प्रकट हुआ है और बहुतेरे कलाकार जलरंगों में काम करते दिखाई पड़ रहे हैं। इस स्थिति की जाँच दिलचस्प हो सकती है।

बंगाल स्कूल ने जलरंगों को एक नई प्रतिष्ठा दी थी और उस दौर के कलाकारों ने इस माध्यम को एक गहरे लगाव के साथ अपनाया था। वॉश तकनीक के कारण भले ही इस शैली की कई आलोचकों ने यह कहकर आलोचना की थी कि इसने बंगाल स्कूल को ही 'पनीला' बना दिया; पर, यह पूरा सच नहीं है। बंगाल स्कूल के कई कलाकारों ने जलरंगों को जिस एहतियात के साथ बरता, वह एक उल्लेखनीय चीज़ ही है। पर, फिलहाल इस बहस में न जाएँ और देखें कि जलरंगों के साथ आज के कलाकारों ने अपना सम्बन्ध किस तरह नया किया है।

ज्यादा दिन नहीं बीते जब चार स्त्री चित्रकारों—अर्पिता सिंह, नीलिमा शेख, माधवी पारेख और नलिनी मलानी—ने केवल अपने जलरंगों की ही एक प्रदर्शनी आयोजित की थी। यह प्रदर्शनी इस दृष्टि से भी उल्लेखनीय लगी थी कि इसमें एक क्षण के लिए भी यह नहीं लगा था कि जलरंग आधुनिक जीवन के जटिल बोध को व्यक्त नहीं कर सकते। यही लगा था कि ये कलाकार तैलचित्रों में अपना कथ्य जिस तरह रखते रहे हैं, उससे कुछ बढ़कर ही वे अपनी बात जलरंगों में कह सके थे। लगा तो यहाँ तक था कि जलरंगों में वे जैसी अभिव्यक्ति कर सके हैं, वैसी तैलरंगों में प्रायः सम्भव न थी।

वैसे तो किसी भी रचना-सामग्री के साथ यह होता है कि वह जिस काम आ सकती है, ठीक उसी तरह दूसरी रचना-सामग्री उस काम नहीं आ सकती और स्वयं रचना-सामग्रियों के बीच किसी 'होड़' की बात सोचनी भी नहीं चाहिए। पर, अगर किसी दौर में कोई रचना-सामग्री हमें कुछ मामलों में अधिक सम्भावनामय

नज़र आने लगे तो उसकी इस भूमिका की ओर अलग से ध्यान जाएगा ही।

दरअसल उल्लेख तो इस बात का भी किया जाना चाहिए कि पचास के दशक के आसपास यह मान लिया गया था कि तैलरंगों में बनाए गए चित्र ही मानो आधुनिक बोध और आधुनिक मुहावरों को वहन कर सकते हैं। हम यह भी पाएँगे कि स्वयं हमारे कई सुपरिचित कलाकारों ने जलरंगों को बरतना बहुत कम कर दिया था और किसी नामी-गिरामी कलाकार की प्रदर्शनी का मतलब ही था कैनवास पर तैलरंगों से बने चित्रों की प्रदर्शनी।

पर, धीरे-धीरे स्थिति बदली और हम याद कर सकते हैं कि स्वामीनाथन, भूपेन खक्खर जैसे कलाकारों ने ऐसी प्रदर्शनियाँ भी कीं जिनमें उनके जलरंगों से बने चित्र ही प्रदर्शित हुए। अम्बादास जैसे कलाकार ने एक दौर में जलरंगों में ही अच्छी संख्या में चित्र बनाए। नई पीढ़ी के चित्रकारों में से अमिताभ दास ने जलरंगों को प्रेम के साथ बरता और तैलरंगों के साथ ही आज भी वह जलरंगों को अपनी रचना का माध्यम बनाए हुए हैं। उदाहरण और भी हैं और हम पाएँगे कि आज के कला-परिदृश्य में जलरंगों ने सचमुच एक जगह फिर से बना ली है। जय झरोटिया जैसे कलाकार ने जलरंगों को आत्मीयतापूर्वक बरता है। वरिष्ठ कलाकारों में से भवेश सान्याल ने पर्वतीय दृश्यों और आत्मिक अनुभूतियोंवाले जलरंगी चित्रों की रचना भी की है। बंगाल के श्यामल दत्त राय और धर्मनारायण दासगुप्त ने जलरंगों में जो रचनाएँ की हैं, वे अपनी रंग आभाओं में, पारदर्शी और अपारदर्शी रंग-परतों में और अपनी सूक्ष्म अनुभूतियों में मन पर एक अच्छी छाप छोड़ती हैं। गोगी सरोजपाल ने जलरंगों/गुऑश में एक चित्र-प्रदर्शनी नई दिल्ली में की थी।

सवाल जलरंगों में चित्रों की बढ़ती हुई संख्या का ही नहीं है, सवाल तो यही है कि जलरंगों में हम आज वह सब व्यक्त होता देख रहे हैं, जिसकी कल्पना हम कोई बीस बरस पहले नहीं कर पा रहे थे।

जलरंगों के प्रति रुझान का एक व्यावहारिक कारण भी वैसे एक युवा चित्रकार ने गिनाया। उनका मानना है कि जलरंगों में काम करने की प्रवृत्ति इसलिए भी बढ़ रही है कि अपेक्षाकृत यह कम महँगी रंग-सामग्री है और इसमें किए हुए कामों का रख-रखाव भी कहीं ज्यादा आसान है। हो सकता है कि यह कारण भी अपनी जगह सही हो। लेकिन कुल मिलाकर मात्र यही नहीं है। कारण यह भी है कि जलरंग हमारी प्रकृति के कहीं ज्यादा अनुकूल हैं और यह अनुकूलता एक बार फिर पहचानी जा रही है।

हम पहले कह आए हैं कि पूर्व के देशों में जलरंगों का चलन काफी पुराना

है। यह भी एक सच्चाई है कि तैलरंग यूरोप की देन हैं और ईज़ल और कैनवास चित्रों का इतिहास प्रमुखता यूरोपीय कला का ही इतिहास रहा है। तैलरंगों से हमारे सम्बन्धों में वैसी 'सहजता' नहीं है जैसी कलम-स्याही और जलरंगों में दिखाई पड़ जाती है। क्या यह भी एक तथ्य नहीं है कि रवीन्द्रनाथ ठाकुर ने अपने चित्रों की शुरुआत तैलरंगों से ही की थी, पर, तैलरंगों को उन्होंने यह कहकर छोड़ दिया था कि उनके सूखने में देर लगती है और वे मेरी प्रकृति के अनुकूल नहीं हैं। इसे एक कलाकार की निजी प्रकृति भी मान लें तो क्या तथ्य यह भी नहीं है कि तैल माध्यम से परिचित होने के बावजूद नन्दबाबू और विनोदबिहारी मुखर्जी जैसे कलाकारों ने भी अपनी ज्यादातर रचनाएँ जलरंगों, टेंपरा में ही की थीं। यामिनी राय को तो इस सिलसिले में भूल ही नहीं सकते।

हाँ, जब हम जलरंगों की चर्चा कर रहे हैं तो इसे भी नहीं भुला रहे कि अमृता शेरगिल, हुसेन, सूज़ा, रामकुमार, स्वामीनाथन जैसे चित्रकारों का बहुत-सा पोढ़ा काम तैलरंगों, एक्रिलिक रंगों में ही है। हम तो इसी ओर संकेत कर रहे हैं कि आधुनिक कला में तैलरंगों की इस उपस्थिति के साथ, जलरंगों की उपस्थिति के मूल्यांकन के सन्दर्भों की ओर हमारा ध्यान एक बार फिर नई तरह से जाना चाहिए।

यूरोपीय कला इतिहास में यह माना गया है कि जलरंगों का एक विशिष्ट इस्तेमाल ब्रितानी कलाकारों ने किया। इस सिलसिले में टर्नर जैसे कलाकारों की चर्चा विशेष रूप से की जाती रही है। इन कलाकारों ने जलरंगों में प्रकाश की एक खास तरह की सम्भावना देखी जो तैलरंगों में मानो ठीक उसी तरह उपलब्ध न थी। पर वह एक अलग, हालाँकि याद रखा जानेवाला, सन्दर्भ है। फिर हम वान गॉग जैसे कलाकारों का काम देखते हैं जिन्होंने जलरंगों में लगभग तैलरंगों जैसी रंग-आभाओं को सम्भव किया। 'कैफ़े में रात' और 'पीला मकान' जैसे उनके जलरंगी चित्रों में हम न केवल कई-कई रंगों का इस्तेमाल एक चित्र में पाते हैं बल्कि 'कैफ़े में रात' चित्र में तो हर रंग के विशिष्ट अपारदर्शी क्षेत्र भी पाते हैं। पॉल क्ले ने तो जलरंगों को कई तरह से बरता और कैनवास पर भी जलरंगों से चित्र बनाए।

लेकिन इन सन्दर्भों को ध्यान में रखते हुए जब हम यह कहते हैं कि जलरंग सचमुच हमारे अधिक अनुकूल हैं तो इस बात का आशय यह भी है कि यह रचना-सामग्री हमें सम्भवतः हर तरह से अधिक रास आती है।

हम एक और कारण पर गौर कर सकते हैं। हमारे यहाँ लोकजीवन में वनस्पति-रंगों का ही चलन रहा है और ये रंग भी अपने स्वभाव में जलरंगों के

ही निकट हैं। अल्पना से लेकर मधुबनी चित्रों तक में हम क्या पानी मिले रंगों का ही इस्तेमाल नहीं देखते ? गौर करनेवाली बात यह भी है लोककलाओं की धारा अभी हमारे यहाँ सूखी नहीं है और कई स्तरों पर आज के नागर आधुनिक कलाकार भी लोककलाओं के सम्पर्क में आते ही हैं। यह मानने के सभी कारण हैं कि लोककलाओं का रंग-स्वभाव भी उन्हें कहीं-न-कहीं से तो छूता ही होगा। स्वयं यामिनी राय के साथ भी क्या ऐसा ही कुछ घटित नहीं हुआ था ?

जलरंगों की एक अनुकूलता हमारे लिए यह भी है कि वे जल्दी सूखते हैं और 'बदलती' प्रकाश-आभाओं को भी हम उसमें जल्दी पकड़ सकते हैं। किसी दृश्य या दृश्य-स्थिति का निचोड़ उनमें अधिक प्रवाही ढंग से हासिल हो सकता है पर उनकी नई अनुकूलता इस बात में भी छिपी है कि हम उनमें सूक्ष्मतर अनुभूतियों को भी झलका दे सकते हैं और आज की जटिल जीवन-स्थितियों को ठीक उस तरह भी उनमें पकड़ सकते हैं, जैसे कि कोई कविता पकड़ती है। नीलिमा शेख के कई चित्रों में ऐसी कई सम्भावनाएँ दिखाई पड़ती हैं। पिकनिक में एक सदस्य के अस्वस्थ हो जाने की घटना से सम्बन्धित उनका चित्र हो या परीक्षा के भूत से सम्बन्धित चित्र—हम मनःस्थितियों से बिलकुल मिलते-जुलते रंगों/रंगतों को देखकर मानो यह भी पहचानते हैं कि हर मनःस्थिति के अपने रंग भी होते हैं और केवल रंगों/रंगतों से उन मनःस्थितियों तक हमें पहुँचा देने का काम जलरंगों से बेहतर सम्भवतः और कोई नहीं कर सकता। इसी तरह अर्पिता सिंह का 'सड़क पार करती औरत' से सम्बन्धित चित्र हो या अन्य महानगरीय स्थितियों के चित्र हों—जलरंगों की एक नई सक्रियता ही हमें देखने को मिलती है। दरअसल रंगतों को 'पनीला' बनाकर नहीं बल्कि संवेदनों की आर्द्रता से उन्हें जोड़कर कुछ कलाकार जलरंगों में जैसा काम कर रहे हैं, उसे हमें एक नई तरह से देखना होगा। यह भी कि गैररूमानी ढंग से जलरंगों को बरतकर कई कलाकारों ने आज की विसंगतियों को जिस तरह अपने चित्रों में उभारा है, उसकी भी अनदेखी हम नहीं कर सकते।

किसी भी समाज में कुछ चीज़ों की स्मृति अनजाने भी इकट्ठा और सक्रिय होती है। आज के कई कलाकारों के काम में हम मिनिएचर चित्रों की एक स्मृति भी पाते हैं यानी जो कलाकार मिनिएचर चित्रों से सीधे प्रभावित नहीं हैं, उनके काम में भी हम मिनिएचर चित्रों के कई तत्त्व सक्रिय देखते हैं। यों तो जलरंगों में भी यूरोपीय दृष्टिक्रम (पर्सपेक्टिव) की रचना सम्भव है, पर क्या यह भी एक सच नहीं है कि हमारे आज के बहुतेरे कलाकार जलरंगों में काम करते हुए द्विआयामी अंकन-पद्धति पर ही ज्यादा भरोसा कर रहे हैं ? चित्र फलक पर वे

बहुतेरी चीज़ों को एक ही धरातल पर रखकर झलका रहे हैं।

फिर जलरंगों में किए हुए काम का यह भी एक स्वभाव रहा है कि उसके लिए बड़े आकार के कागज का इस्तेमाल नहीं किया जाता रहा। कहीं यह भी माना जाता रहा है कि जलरंगों की अच्छी और आत्मीय व्याप्ति छोटे-मझोले आकार के कागज पर ही सम्भव है। फिर हमारे पोथी चित्रों, मिनिएचर चित्रों में लघु आकारों में बहुत कुछ को झलका देने की जो प्रवृत्ति रही है, क्या वह भी हम आज जलरंगी चित्रों में एक और तरह से नहीं पा रहे ? दरअसल अर्पिता सिंह के जलरंगी चित्रों में हम इसे खासतौर पर लक्ष्य कर सकते हैं।

हमारी चित्र परम्परा में भारतीय यथार्थ का, भारतीय सौन्दर्यशास्त्रीय दर्शन और विचार का कुछ लेना-देना इस बात से भी रहा है कि हम किसी दृश्य या चित्र को जब तक अपने बहुत निकट न कर लें, उससे वास्तव में अपना सम्बन्ध नहीं बना पाते। क्या इसी स्थिति का 'स्मरण' हम आज अपने जलरंगी चित्रों में फिर से नहीं कर रहे ?

बात भारतीय चित्रकारों की ही नहीं है। किसी विदेशी चित्रकार को भी जब भारतीय यथार्थ को पकड़ना होगा तो उसे काफी हद तक इसी रास्ते पर नहीं चलना होगा ? हाल ही में नार्वे की चित्रकार 'बेला' एलिजाबेथ मेडबोय ने अपने लघुचित्रों की प्रदर्शनी दिल्ली की त्रिवेणी कला दीर्घा में की थी। उनके ये चित्र बहुत सराहे गए। भारतीय दैनन्दिन यथार्थ को बेला ने लघु आकारों में झलकाकर जैसे उसका एक निचोड़-सा प्रस्तुत किया है। बेला ने अन्य रचना-सामग्री के साथ जलरंगों का ही इस्तेमाल किया है। रंगों की दीप्ति, रंगों की एक 'आँच' से ये चित्र परिपूर्ण हैं और मानो चीज़ों और दृश्यों के शरीर में ही नहीं, उनकी आत्मा में भी प्रवेश करने में सक्षम हैं। यह क्योंकर सम्भव हुआ ? क्या इसका ताल्लुक हमारी चित्र परम्परा, हमारे लोग और सामाजिक जीवन से नहीं है ? बेला ने घरों-दुकानों में टाँगे जानेवाले मझोले कैलेंडरों को अपने कुछ चित्रों में माचिस की डिब्बी जितने बड़े आकार में रचा है। हम पाते हैं कि हम उनके मर्म को इस आकार में और ज्यादा अच्छी तरह पहचान पा रहे हैं। ठीक उसी तरह जैसे कि हम मिनिएचर चित्रों में किसी वस्तु-रूप को लघुतम आकार में पहचानते रहे हैं।

लेकिन हम यह भी जानते हैं कि कला में कोई भी चीज़ सामान्य नियम की तरह लागू नहीं की जा सकती। आज के जलरंगी चित्रों की उल्लेखनीय भूमिका पर बात करने का मतलब यह नहीं है कि अब जो कुछ भी अच्छा और सार्थक सम्भव होगा, वह जलरंग के माध्यम से ही। नहीं, कतई नहीं। आज की कला में जलरंगों पर चर्चा का उद्देश्य तो स्वयं परम्परा और आज की स्थितियों के बीच

अन्तर्सम्बन्धों को तलाशना है और उन चीज़ों की ओर भी इशारा करना है, जो जलरंग माध्यम के साथ इस बीच घटित हुई हैं। मसलन, आज के जलरंगी चित्रों में हमें ग्राफ़िक माध्यमों के भी कुछ रूप मिलेंगे। इस स्थिति ने भी क्या जलरंगी माध्यम में एक गुणात्मक परिवर्तन नहीं ला दिया और जलरंग माध्यम की अभिव्यक्ति क्षमता को और ज्यादा नहीं बढ़ा दिया ?

विभिन्न माध्यमों के बीच तकनीकी स्तर पर ही नहीं, चाक्षुष स्तर पर भी जो आदान-प्रदान हुए हैं, उनके कारण प्रायः हर माध्यम में एक नई क्षमता पैदा हुई है और जलरंगी माध्यम भी इससे अछूता नहीं रहा है। इस दृष्टि से भी हम जलरंगी माध्यम के चित्रों पर नया सोच-विचार कर सकते हैं।

कला बनाम आधुनिक कला

आधुनिक कला का *आधुनिक* होना, कला परम्पराओं और विभिन्न कला रूपों से उसका कट जाना नहीं है। दुर्भाग्य से एक यह भ्रान्ति फैली है कि आधुनिक कला का वास्ता तथाकथित आधुनिक रूपों को छोड़कर अन्य दूसरे कला रूपों से नहीं है—और न ही शायद होना चाहिए। इससे एक यह आग्रह भी उपजता है कि आधुनिक कला को जब भी देखा जाए, जाँचा-परखा जाए, 'अलग' से ही देखा जाँचा परखा जाए। शायद यह भ्रान्ति ही वह कारण हो जो उसे साधारणतः दर्शकों से दूर रखती है—न केवल दर्शकों से दूर रखती है बल्कि कई एक कलाकारों में भी इस धारणा को पोसती है कि आधुनिक कला वह विशिष्ट चीज़ है जिसे कहीं और से खाद-पानी की ज़रूरत नहीं है। ज़ाहिर है कि ऐसी धारणाएँ एक अधकचरेपन का ही प्रमाण हैं। लेकिन यह अधकचरापन कला शिक्षा से लेकर सामाजिक और तथाकथित रचनात्मक स्तर पर हमारे यहाँ इतना ज्यादा बढ़ा है कि उस पर टिप्पणी करने की ज़रूरत महसूस होती है। वैसे जब हमने कहा कि यही स्थिति शायद दर्शकों को आधुनिक कला से दूर रखती है तो एक अधूरी बात ही कही : पूरी और ज़्यादा ज़रूरी बात यह भी है कि हमारे यहाँ कला के आस्वाद को लेकर ही एक उदासीनता दिखती है। केवल आधुनिक कला को लेकर ही नहीं। लेकिन इस तथ्य को हमने आधुनिक कला के सन्दर्भ में इसीलिए उठाया है कि एक हद तक ही नहीं काफी हद तक किसी भी समय के समकालीन रूप अपने समय में अपने माध्यम को उत्तेजक बनाते हैं—उसके बारे में चेतना और सजगता बढ़ाते हैं। इसी में कला परम्परा के भी जीवित रहने की बात निहित रहती है। एक बिलकुल सहज बात पर गौर करें। *आधुनिक कला में कला मौजूद है। कला के पहले आधुनिक लगा लिया गया है यही सही है, आधुनिक के पीछे कला शब्द जुड़ा है—यह सही नहीं है। इसे कोई सही शायद ठहराना भी नहीं चाहेगा।*

भारत की समृद्धिशाली कला परम्परा की बात उचित ही हमारे यहाँ अक्सर कही जाती है। हजारों वर्ष पुराना मन्दिर मूर्तिशिल्प आज भी उतना ही जीवित

लगता है। बौद्ध, जैन कला परम्पराओं की भी अनेक जीवित धरोहरें हैं। लेकिन कला-संवेदना के बहुतेरे कारणों से क्षीण होते जाने का ही शायद यह एक प्रमाण हो कि हमारे उन बहुत अच्छे कला संग्रहालयों में भी उतनी भीड़ नहीं होती जितनी कि होनी चाहिए। दर्शक अकेले कोई आधुनिक कला के ही कम नहीं हैं—पारम्परिक कलाओं को भी आज जैसे दर्शकों का अभाव है। सामाजिक स्तर पर भी हम देखते हैं कि हम कला को उतनी अहमियत नहीं देते जितनी हमारी बौद्धिक संवेगों और संवेदनात्मक स्तर पर खुराक के लिए ज़रूरी है।

इतिहास की पुस्तकों में—पाठ्य पुस्तकों में—कला संस्कृति के पहलुओं पर हम बहुत थोड़ा ही बताते हैं। कहीं बुद्ध की एक प्रतिमा, कहीं एक अशोक स्तम्भ और बस। साँची, कोणार्क या महाबलिपुरम की यात्रा पर स्कूल-कॉलेजों के विद्यार्थियों के दल बहुत कम ही निकलते हैं। (जिन स्कूलों के छात्र-छात्राएँ प्रायः पहाड़ों की या दूसरी यात्राओं पर ले जाए जाते हैं—उन स्कूलों के छात्र भी नहीं)। कला-संवेदना के बिना आधुनिक कला के प्रति संवेदना नहीं हो सकती। आधुनिक कला में भी तो अन्ततः उतना ही तत्त्व बचता है—जीवित रहता है—जितने में हमें कला दिखाई पड़ती है। केवल आधुनिक कला के प्रति ही कोई संवेदना का दावा करे, कला के प्रति नहीं—ऐसा नहीं हो सकता।

आधुनिकता का एक अर्थ निश्चय ही खोज भी है : निरा पुनराविष्कार ही नहीं। (पुनराविष्कार का प्रयत्न ही—सायास प्रयत्न—शायद हमारे यहाँ बंगाल स्कूल के रूढ़ और किन्हीं अर्थों में बेजान हो जाने का कारण भी बना।) और इस खोज में संवेदना की वह सूक्ष्मता शामिल है जो हमें बासीपन से बचाती है। और नए आयामों—नई दृष्टियों की ओर ले जाती है। *पिकासो* का अफ्रीकी मुखौटों से प्रभावित होना और सुप्रसिद्ध अमेरिकी चित्रकार *जैक्सन पोलक* का अमेरिकी इंडियनों के कई कला-रूपों से प्रभावित होना इसी सूक्ष्मता के स्तर पर था। कहते हैं जैक्सन पोलक (जिनके बारे में यह माना जाता है कि उन्होंने आधुनिक अमेरिकी कला की नींव डाली। उनसे पहले अमेरिकी कला जैसे योरोपीय कला की छाया में पनपती रही—उसका 'स्वतंत्र' व्यक्तित्व नहीं बना था) अमेरिकी कलाकार न्यू मैक्सिको के नवाहो इंडियनों द्वारा रेत पर बनाए जानेवाले चित्रों की स्मृतियों से भी दूर तक प्रभावित हुए। *नवाहो इंडियन* रेत पर ये चित्र सुबह बनाते थे और सूर्यास्त तक वे मिट जाते थे। उनकी यह कला आदिम थी। प्रकृति, जादू, प्रतीकों और परिवेश के साथ एक प्रकार की तात्कालिकता से भी सम्बन्धित। पोलक ने जब 'एक्शन पेंटिंग' (जिसमें चित्र-रचना वे रंगों को सीधे जमीन पर फैलाए गए कैनवास पर छिड़ककर एक धार में ट्यूब से सीधे गिराकर करते थे

और कभी-कभी तो कैनवास के बीचोंबीच खड़े होकर ही वह ऐसा करते थे) की शुरुआत की तो निश्चय ही वह आधुनिक शुरुआत भी थी लेकिन उसमें उन तत्त्वों का जाने-अनजाने समावेश भी था जो नवाहो इंडियन अपने काम में बरतते थे। स्वयं हमारे यहाँ मिनिएचर चित्रों को लेकर एक नई संवेदना आधुनिक कला में बढ़ी और कुछ महत्त्वपूर्ण चित्रकार प्रत्यक्षतः उनसे एक निकटता महसूस करते हुए लगते हैं—अपने काम में।

कला और दूसरे माध्यम प्रायः सभी कालों में जैसे अविभाज्य हैं—मूलतः। और कोई वर्गीकरण हम जब करते हैं तो यह बताने के लिए नहीं कि मूल संवेदना विभाजित हो गई बल्कि यह बताने के लिए कि वह किन-किन दिशाओं में और फैली और किसी समाज ने उन दिशाओं से क्या-क्या ग्रहण किया। क्या और नई दृष्टियाँ आकर जुड़ीं जो उस मूल संवेदना को धार देनेवाली साबित हुईं। कला के आगे आधुनिक का जुड़ना कुछ इसी तरह के ही प्रसंग से सम्बन्धित है।

दरअसल आधुनिक कला के प्रति संवेदना बढ़े इसके लिए ज़रूरी है कि कला के प्रति ही संवेदना बढ़े। यह कहने में यह भी शामिल है कि आधुनिक कला भी कला-परम्परा से जोड़कर ही देखी जाए।

देखने का अनुभव

वर्ष 1977 में स्वामीनाथन के चित्रों पर यह टिप्पणी दिनमान *में प्रकाशित हुई थी। उसी वर्ष आयोजित उनकी प्रदर्शनी के प्रसंग से ही यह लिखी गई थी।*

स्वामीनाथन के 14 नए चित्रों की प्रदर्शनी पिछले दिनों *धूमिमल गैलरी* (नई दिल्ली) में 20 मई तक के लिए शुरू हुई : इस बार भी स्वामीनाथन के चित्रों में चिड़िया, पेड़, पहाड़ ही प्रकट हैं और जैसे एक-दूसरी से उलझी हुई वनस्पतियाँ और आकर जुड़ गई हैं। इन्हीं उलझी हुई वनस्पतियों में कुछ के बीच चटखरंगी फूल भी हैं—सैकड़ों की संख्या में न होने पर भी सैकड़ों का आभास देते हुए। ठीक उसी तरह जैसे उनके पेड़, पर्वत, चिड़िया—एक के बाद एक सैकड़ों की संख्या का 'अभास' देते हैं। संख्या की बात यहाँ शायद अनजाने ही उठ गई—लेकिन एक बार उठ जाने यह यह जोड़ने का मन होता है कि संख्या की अधिकता का यह आभास उनके यहाँ रूपाकारों के किसी गुणनफल के कारण नहीं है बल्कि 'एक में अनेक' का पर्याय होने का कारण ही है : उनके किसी चित्र में जब हम एक चिड़िया देखते हैं तो अकेली और निस्संग होने के बावजूद वह एक ही नहीं है। हम सबकी स्मृति की एक-अनेक चिड़ियों से वह जुड़ जा सकती है—जुड़ जाती है : और वह कोई 'प्रतीक' भी नहीं है—चिड़िया ही है जो हमें किसी चिड़िया या चिड़ियों का ध्यान दिलाती है।

स्वामीनाथन के इन चित्रों में वनस्पतियों की उपस्थिति भी किसी चीज़ का प्रतीक नहीं है : 'वनस्पति' ही है जो उनके काली कलम और जलीय स्पर्शोंवाले रेखांकनों (जिनकी प्रदर्शनी कुछ अरसा पहले भोपाल और फिर दिल्ली में हुई थीं।) से होती हुई इन चित्रों में भी आ गई है। और एक बात यहाँ तुरंत याद कर लेनी चाहिए कि चिड़िया हो या वनस्पति या पर्वत—स्वामीनाथन इनकी वास्तविकता के अंकन पर जोर नहीं देते—जोर उनके अस्तित्व की वास्तविकता पर है और उन्हें देखे जाने की वास्तविकता पर—किसी चीज़ को बार-बार तरह-तरह से देखने की वास्तविकता पर, और इस तरह 'देखने का अनुभव' ही यहाँ प्रमुख है।

स्वामीनाथन के चित्रों को हम कभी एक दृश्य की तरह नहीं देख सकते। इसकी छूट ही वे हमें नहीं देते। दृश्य भी वे एक स्तर पर हैं ज़रूर—लेकिन देखने के अनुभव के दृश्य : एक अनुभव में निहित स्पेस के बीच स्थित दृश्य—जहाँ हमारे परिचित रूपाकार तो हैं लेकिन एक और ही तरह के स्पेस में। दरअसल यह स्पेस ही हर बार की तरह इस बार भी उनके यहाँ महत्त्वपूर्ण है—बल्कि कह सकते हैं कि उनकी हर प्रदर्शनी एक अरसे से जैसे स्पेस के सन्धान की ओर बढ़ती रही है—कमोवेश एक खास तरह के रूपाकारों को लेकर।

वह हमें पहले से ही दो आयामी चित्र सतह के बारे में सजग करते हैं; कुछ वर्षों से स्वामीनाथन अपने हर कैनवस के ऊपर-नीचे एक सफेद हाशिया (चौड़ा) छोड़ते रहे हैं—जैसे इस ओर संकेत करते हुए कि इसके बाद एक दूसरा क्षेत्र शुरू होता है—एक स्तर पर यह जैसे माध्यम—चित्र माध्यम का एक उल्लेखनीय स्मरण भी है : और उसके तकनीकी पहलुओं को उजागर करना भी। स्पेस और रंग—या रंगों से प्राप्त कर लिया गया स्पेस—स्वामीनाथन के चित्रों का प्रमुख आधार रहे हैं—अब भी हैं। इस सिलसिले में उनकी इस प्रदर्शनी में एक चित्र का ध्यान खासतौर पर आता है जिसमें पृष्ठभूमि के रंग—हल्दिया, पीला—और चिड़िया के रंग कमोवेश एक ही रूप और स्वभाववाले हैं—एक पत्रहीन पेड़ के रंग को छोड़कर जो ललछौंह है। दूसरे चित्रों के सन्दर्भ और उनकी तुलना में यह चित्र हमें जहाँ ले आया है वह मानो चिड़िया के लिए एक और ही लोक है : स्मृति का ऐसा लोक जहाँ अस्तित्व की बहुत ज़रूरी और प्राथमिक चीज़ें ही शेष रह गई हैं—रंग एक-एक कर पीछे छूट गए हैं—पहाड़ भी जैसे अपनी किसी अन्तिम परत के रूप में हैं : हम निश्चियपूर्वक नहीं कह सकते कि चिड़िया उड़ते-उड़ते कहाँ आ पहुँची है—स्मृति के किसी पिछले छोर पर जहाँ से उसने उड़ान भरी थी या वहाँ जहाँ से सब साथ छूटने लगते हैं। यहाँ कहीं कोई अन्त नहीं है—न समय का, न रंग का, न रूप का। दरअसल स्वामीनाथन के ये चित्र रंगों के अस्तित्व के बारे में भी हैं : रंग हमारे लिए कुछ प्रत्यक्ष कर सकते हैं—करते हैं—और इस प्रत्यक्षीकरण में निरा रूप का प्रत्यक्षीकरण नहीं है : अस्तित्व के अनुभवों का प्रत्यक्षीकरण शामिल है। इसी प्रत्यक्षीकरण को और अधिक गहरा और अधिक विस्तृत करने के लिए ही है स्पेस का एक अचम्भित 'स्थगित' रूप—और इसकी गहरी प्रशान्ति के बीच है एक तरह की सनसनाहट भी : दो-एक चित्रों में एक पर्वत से दूसरे पर्वत तक जैसे अनेक स्पन्दन हैं और अनेक अनुगूँजें। स्वामीनाथन के इन चित्रों में से कुछ में पहाड़ जैसे एक समुद्र ज्वार के रूप में हैं—दो-एक में वे जैसे टेढी हो गई मीनारों के रूपवाले हैं (यह हम किसी चाक्षुष

विवरण को उभारने के लिए यहाँ लिख रहे हैं—किसी रूप साम्य के अर्थ में ही।) रूपाकारों की ये स्थितियाँ जैसे हमारे भीतर के भी अनथाहे स्पेस से जुड़ने लगती हैं : एक स्तर पर स्पेस प्रत्यक्ष होता है, दूसरे स्तर पर उसका एक और प्रत्यक्षीकरण शेष रहता है। और अक्सर किन्हीं खास रूपाकारों के रहते हुए भी उतना दुहराव नहीं लगता जितना कि सामान्यतः अन्यत्र लग सकता है।

इस प्रदर्शनी के चित्र में ठीक सामनेवाला पहाड़ फूलों, वनस्पतियों से भरा हुआ पहाड़ है—पीछे के पर्वतों के रंग उतने चटख नहीं हैं—इन्हीं पर्वतों-घाटियों में एक चिड़िया उड़ रही है। कुछ इस तरह कि हम कह सकते हैं चिड़िया दोनों ही स्थितियाँ जानती है—पत्रहीन पेड़ के वातावरण (या अनुभव की) और रंगों से भर उठे पहाड़ की भी।

स्वामीनाथन के इन सभी चित्रों में एक सूर्य-चन्द्राकार है जो स्वयं हल्दिए-पीले में मद्धिम रंगत का है—प्रायः सभी चित्रों की पृष्ठभूमि प्रकाशित है और कुछेक चित्रों में पृष्ठभूमि से अधिक प्रकाशित है कोई एक प्रमुख रूपाकार—नहीं, प्रकाशित न कहें इसे रंगों का एक धना गहरा बिम्ब कहें। उनके कुछ चित्रों में कुछ रूपाकारों का इस्तेमाल 'अस्तित्व की छाया और छाया का अस्तित्व' जैसे किसी सन्दर्भ में भी है : कुछेक चित्रों में जैसे एक प्रकार की संरचना भी है : दो शिखर, दो पेड़—एक-सी टहनी-से रूपवाले तने पर टिके हुए : और यही वे चित्र हैं जो स्वामीनाथन की कला के सन्दर्भ में कुछ 'अलंकृत' लगते हैं। यहाँ जोर जैसे रूप पर अधिक हो गया है—देखने के अनुभव पर उतना नहीं (यह सही है कि उनके काव्यात्मक अनुभूतिवाले चित्रों को कोई चाहे तो निरा रूप-रंगों की रागात्मकता के स्तर पर भी देख सकता है। लेकिन कोई ऐसा 'आग्रह' जाने-अनजाने उनकी कला में आए तो बात और होगी)। स्वामीनाथन के इन चित्रों के रूपाकारों ने जैसे एक और करवट ली है—चित्र स्पेस में। और उनके चित्रों के बारे में जो यह आशंका व्यक्त की जाती रही है कि कुछ ही रूपाकार कब तक स्पेस का विश्वसनीय ढंग से सन्धान करते रहेंगे, उसे उन्होंने फिर एक बार निर्मूल किया है—इन चित्रों में। खासतौर पर स्वयं रूपाकारों—वनस्पतियों, फूलों और चिड़िया को एक नई संवेदनात्मक तीव्रता से भरकर।

अतीत के झरोखे से वर्तमान

जब हम किसी पुरानी कलाकृति को देखते हैं तो यह सोचे बिना नहीं रहते कि वह हमें अतीत में ले जा रही है, पर, वह हमारे लिए कहीं नई भी होती है, क्योंकि हम उसे आज देख रहे होते हैं। एक कलाकृति का सम्बन्ध काल से किस तरह का होता है और स्वयं उसमें काल किस तरह इकट्ठा होता है, इस पर बहुत-सी बातें कही गई हैं। एक पहलू यह है कि कलाकृति में एक काल-खंड एकत्र होता है और इस काल-खंड के बाहर वह कुछ मुरझा जाती है, दूसरा यह है कि वह सर्वकालिक होती है और अपने काल-खंड को हमेशा लाँघ भी जाती है।

इस तरह एक कलाकृति का महत्त्व उसके कालातीत या कालजयी हो जाने में ही है। पर कोई कलाकृति—फिर वह चाहे चित्रकृति हो या कविता—कालजयी बनती कैसे है ? ज़ाहिर है कि इसका कालजयी होना मात्र इतना नहीं है कि वह बीसियों या सैकड़ों या हज़ारों साल में भी अपने को क्षय से बचाए रही है और अपना अस्तित्व कायम रख सकी है—दरअसल उसके कालजयी होने का मर्म तो इस बात में निहित है कि वह पुरानी भले हो हमसे कुछ न कुछ कहती ज़रूर है।

जिस देश या समाज में कोई कलाकृति रची गई होती है, वह समय के साथ स्वयं बहुत बदल जाता है, इतिहास कई उत्थान-पतन देख चुका होता है, न जाने कितनी चीज़ें और कितने लोग और जीव-जन्तु तिरोहित हो चुके होते हैं, पर, एक कलाकृति 'अपनी जगह' रहती है। पीढ़ियाँ उसे सँभालती हैं और अगली पीढ़ी को हस्तान्तरित करती जाती हैं। तब क्या यह भी न मानें कि किसी कलाकृति का कालजयी होना इस पर भी निर्भर है कि उसके महत्त्व को ठीक उस समय भी पहचान लिया जाए, जब वह रची जाती है। उसे तभी सँभाला जाए।

पर, ऐसे भी उदाहरण हैं जब कोई कलाकृति अपने समय में नहीं भी पहचानी गई। वान गॉग के चित्र आज करोड़ों में बिक रहे हैं, पर, उनके अपने समय में आसानी से उनके चित्रों का कोई लेनदार न था। हमारे यहाँ हाल का उदाहरण मुक्तिबोध का है जो अपने जीवन काल में साहित्य-जगत के लिए अपरिचित तो

न थे लेकिन जिनका पूरा महत्त्व मरणोपरान्त ही पहचाना गया है। और मरणोपरान्त ही जिनका साहित्य ठीक से संकलित हुआ।

हाँ, इसी के साथ हम यह भी देखेंगे कि किसी कलाकृति की रचना के ऐन समय में उसका महत्त्व भले न पहचाना जा सके, पर उसकी रचना के सौ-पचास वर्षों के भीतर उसका महत्त्व पहचाना जाना ज़रूरी है। नहीं तो होगा यह कि वे बराबर के लिए विलीन भी हो जा सकती हैं। इसीलिए किसी भी समय और समाज में ऐसे कुछ पारखियों की ज़रूरत बराबर होती है जो व्यावसायिकता के दबावों और किसी समय की प्रचलित मान्यताओं के खिलाफ जाकर भी किसी रचना और रचनाकार को बल दे सकें। आखिरकार वान गॉग को उनके भाई थियो ने ऐसा बल और समर्थन दिया ही था।

दरअसल किसी भी समय में यह भी ज़रूरी होता है कि अतीत और वर्तमान दोनों के प्रति निगाहें चौकन्नी रखनी पड़ती हैं। कई मानक हम अतीत से सीखते हैं और वर्तमान में नए बोध और मानकों की रचना भी करते हैं। इनके अभाव में हम अतीत की कलाकृतियों की भी नई व्याख्या कहाँ कर पाएँगें।

अतीत की किसी कलाकृति में क्या हम अतीत और वर्तमान को एक साथ नहीं पहचानते ? किसी वर्तमान में अतीत की कोई कलाकृति क्या उस वर्तमान से भी जुड़ी नहीं होती। उसकी सार्थकता और प्रासंगिकता इसी बात में तो होती है कि वह बीते हुए कल को ही सम्बोधित न होकर 'आज' को भी सम्बोधित होती है।

क्या ऐसा सम्बोधन पहले से तय किया हुआ है ? नहीं, वह तय किया हुआ तो नहीं होता लेकिन किसी भी अच्छी रचना में वह 'निहित' होता है। यह निहितार्थ ही उसे कालजयी बनाता है।

ज़रूरी नहीं कि रचनाकार को यह भान हो ही कि उसकी कोई रचना कालजयी होनेवाली है। दरअसल कोई रचनाकार सबसे पहले तो अपने और अपने समय की सचाइयों से ही मुखातिब होता है। एक मनुष्य और रचनाकार के नाते वह जिन स्थितियों और अनुभवों से गुजरता है, उसकी 'सच्ची' अभिव्यक्ति ही उसका अभीष्ट होती है। यह सच्चापन प्रमाणित किस तरह होता है ? इसी तरह तो कि किसी रचना-अनुभव की अनुगूँजें कई पीढ़ियों बाद भी पैदा होती रहती हैं।

टाल्स्टॉय या चेखोव या पास्तरनाक की रचनाएँ कालजयी क्यों हैं ? इसीलिए न किसी काल-खंड में बँधी होने के बावजूद वे आज भी हमारे मनुष्य-बोध को और गहरा करती है। शरत बाबू का महत्त्व भी क्या इसी में नहीं छिपा हुआ ?

हाँ, एक समय ऐसा भी आ सकता है जब कालजयी रचनाओं का प्रचास-प्रसार इतर कारणों से भी होने लगे, और उनका महिमा मंडन अन्य कारणों से भी किया जाने लगे। कुछ अरसा पहले वान गॉग की कलाकृति 'सूर्यमुखी' लंदन में लगभग 35 करोड़ रुपए की बिकी थी। और हाल ही में अमरीका में उनकी एक कृति इससे ड्योढे दाम में नीलाम हुई है। दुनिया भर के संचार माध्यम आज वान गॉग के महत्त्व को मानो इसी नाते प्रचारित करने में लगे हुए हैं।

लेकिन वान गॉग का वास्तविक महत्त्व और सच तो उनके जीवन और उनकी रचना में ही है। वह इस बात में तो कतई नहीं है कि आज उनकी कलाकृतियाँ करोड़ों में बिक रही हैं।

इसलिए किसी भी समय में पाठक-श्रोता-दर्शक-पारखी का एक संघर्ष यह भी होता है कि वह किसी कलाकृति के इर्द-गिर्द बुन दिए गए एक इतर महिमा मंडन में ही न उलझा रहे। वह इस महिमा मंडन के चौंधियाते प्रकाश को भेदकर किसी रचना से साक्षात्कार करे। क्योंकि किसी भी रचना का सत तो स्वयं उस रचना में ही होता है।

अपने आप में एक जादू है जीवन

हेनरी कार्तिए-ब्रेसों उन छायाकारों में प्रमुख हैं जिनके कारण छायांकन (फ़ोटोग्राफ़ी) को कला का दरजा हासिल हुआ है। एक ज़माना था जब कला-संग्रहालय छायांकनों को संग्रहणीय नहीं मानते थे। आज हालत यह है कि न्यूयार्क के विश्वप्रसिद्ध म्यूजियम ऑफ मॉडर्न ऑर्ट से लेकर दुनिया के कई उल्लेखनीय संग्रहालयों में छायांकनों के लिए एक अलग विभाग है। और ये संग्रहालय प्रमुख छायाकारों की प्रदर्शनियाँ भी आयोजित करते हैं।

फ्रांस में 1908 में जन्मे कार्तिए-ब्रेसों की पहली प्रदर्शनी 1932 में न्यूयार्क में हुई थी। तब से लेकर आज तक दुनिया-भर में कार्तिए-ब्रेसों की ढेरों प्रदर्शनियाँ आयोजित हो चुकी हैं। 1986 में दिल्ली के रवीन्द्र भवन में उनकी एक बड़ी प्रदर्शनी लगी थी। इसमें 23 देशों में खींचे हुए 156 छायांकन थे। अपने पचास वर्षों के काम में से ये छायाचित्र कार्तिए-ब्रेसों ने स्वयं चुने थे।

स्वयं कार्तिए-ब्रेसों कई बार भारत आ चुके हैं। इस प्रदर्शनी में भी भारत में खींचे हुए कई छायाचित्र थे। एक छायाचित्र महात्मा गांधी की शव-यात्रा का भी है—अपार जनसमूह के बीच एक पेड़ पर, जो ठूँठ जैसा है, कुछ लोग बैठे हुए हैं। जनसमूह में छायी व्यथा, पेड़ पर सिमटे-सिकुड़े बैठे लोगों में और अधिक गहरा आई है। इतिहास का एक 'क्षण' यहाँ स्थिर है।

कार्तिए-ब्रेसों मानते हैं कि एक छायाचित्र पहले से नियोजित नहीं होना चाहिए। प्रवाहित जीवन के बीच किसी ऐसे क्षण को पकड़ लेने के पक्ष में वह हैं जो जीवन के किसी संवेग, उसकी किसी खास दशा, उसकी सुन्दरता, उसके वैचित्र्य, उसकी विडम्बनाओं को उभार देनेवाला हो। कार्तिए-ब्रेसों का शायद ही कोई ऐसा छायाचित्र हो, जिसमें कोई न कोई मानव-आकृति न हो। जीवन से जुड़ी जितनी तरह ही हलचलें, स्थितियाँ, मनः स्थितियाँ हो सकती हैं, वे सब उनके काम में मौजूद हैं : उत्सुकता, विस्मय, आशंका, भय, हर्षोल्लास, गति, थकान, हँसी-आँसू, भीड़, कोई एक अकेला, कुछ व्यक्तियों का समूह, युगल—सब यहाँ हैं।

इसी तरह युद्ध, मरण, अपार शान्ति, ज्वालामुखी का विस्फोट, दुर्घटनाएँ, रोजमर्रा का सामान्य-जीवन, पानी, ज़मीन, आकाश, पेड़-वनस्पतियाँ, घर-द्वार, सीढ़ियाँ, सड़कें सबके तीव्र गहरे स्पन्दन हैं।

रचनात्मक छायांकन के लिए 35 एम.एम. कैमरे का इस्तेमाल सबसे पहले कार्तिए-ब्रेसों ने किया था। कार्तिए-ब्रेसों कैमरे को एक कलाकार की स्केच-बुक की तरह मानते हैं, जिसमें कुछ 'गढ़ा' हुआ न हो, बल्कि रेखाओं के सहज बहाव से कुछ ऐसा अंकित हो जाए जो जीवन का कोई-न-कोई मर्म हम तक पहुँचाए। उनके छायाचित्रों में प्रकाशछाया का, निकटता और दूरी का, गति और स्थिरता का कुछ ऐसा गजब का अनुपात है कि हम एक क्षणांश के भीतर निहित रंगतों को भी देख लेते हैं—इन रंगतों में एक छायाचित्र में 'पकड़ी' गई दृश्यमान वास्तविक रंगतें भी शामिल हैं और उस छायाचित्र की मनःस्थिति की रंगतें भी।

पूर्व और पश्चिम जर्मनी के बीच खड़ी 'बर्लिन-दीवार' को देखते हुए तीन लोग हैं एक छायाचित्र में। वे फुटपाथ पर बने बिजली के तारोंवालें बक्से के ऊपर खड़े हुए हैं—जड़ मूर्तियों की तरह। उनकी पीठ ही हमारी ओर है। सबसे पहले वे ही हमें दिखते हैं, फिर दिखती है तारों से घिरी बर्लिन-दीवार। उन आकृतियों द्वारा मानो पूरे शरीर का जोर लगाकर बर्लिन-दीवार देखने की सभी 'रंगतें' समूचे छायाचित्र में व्याप्त हैं।

एक और छायाचित्र है, आयरलैंड का। सड़क के किनारे के एक छोटे लेकिन बहुत घने पेड़ के तने से साइकिल टिकाकर, दोपहर के वक्त एक आदमी सो रहा है। पेड़ की पत्तियाँ कुछ इतनी जाग्रत लगती हैं, जैसे अपने 'कान' खड़े किए हों। चित्र का ऊपर का हिस्सा प्रकाशित है लेकिन जहाँ आदमी लेटा हुआ है, वहाँ छायाएँ कुछ इतनी घनी हैं कि स्याह हैं। साइकिल का पहिया जो छायाचित्र में बहुत छोटा लगता है, दोपहर को एक थके हुए आदमी की नींद का कारुणिक गवाह-सरीखा मालमू पड़ता है।

प्रदर्शनी में चीन, रूस, जापान, रोमानिया, स्पेन, मेक्सिको—में खींचे गए कई ऐसे चित्र हैं जो भुलाए न भूलेंगे।

प्रदर्शनी में कई विश्वप्रसिद्ध लेखकों, विचारकों, कलाकारों के छायाचित्र भी थे। मसलन ज्याँ-पाल सार्त्र, विलियम फाकनर, मतीस, जिआकामेत्ती आदि के।

हेनरी-ब्रेसों अब पेरिस में रहते हैं, और अपना ज्यादातर समय रेखांकन करते हुए बिताते हैं। शुरू में ब्रेसों ने चित्रकला भी सीखी थी—सुप्रसिद्ध फ्रांसीसी चित्रकार आन्द्रे ल्होते से। अतियथार्थवाद (सररियलिज्म) का उन पर गहरा असर

रहा है—और वह अतियथार्थवादी कवि और विचारक आन्द्रे ब्रेतों के प्रशंसकों में रहे हैं।

लेकिन इस सारी दीक्षा और असर के साथ-साथ सबसे बड़ा असर और जादू तो ब्रेसों पर स्वयं जीवन-स्थितियों का—आकृतियों और वस्तुरूपों का—रहा है, और वही जादू इन छायाचित्रों में व्याप्त है।

याद आते रहेंगे यामिनी राय

राष्ट्रीय आधुनिक कला संग्रहालय, जयपुर हाउस, नई दिल्ली में इन दिनों यामिनी राय के चित्रों की एक बड़ी प्रदर्शनी आयोजित है। यह यामिनी राय के जन्म शताब्दी वर्ष के अवसर पर लगाई है। प्रदर्शनी में लगभग 200 कृतियाँ हैं। ज्यादातर कृतियाँ जलरंगों (टेम्पेरा) में हैं, कलम-स्याही के कई रेखांकन भी हैं और कुछ चित्र कैनवस पर तैलरंगों के भी हैं। काठ में तराशे गए दो मूर्तिशिल्प भी हैं।

यह प्रदर्शनी याद रह जानेवाली प्रदर्शनी है। क्यों हैं यह याद रह जानेवाली प्रदर्शनी ? क्या इसीलिए कि इसमें एक बड़ी संख्या में यामिनी राय के काम हैं और यह उनके चित्र-संसार का पता हमें अच्छी तरह बताती है ? हाँ, इसलिए भी। लेकिन यह याद हमें इसलिए भी रहेगी कि इच्छा होते ही हम यामिनी राय के कुछ चित्रों को अपनी आँखों के सामने खड़ा पाएँगे। आँखें मूँदकर भी उन्हें देख सकेंगे। इनमें से कई चित्र हमारे मानस लोक में अब बस गए हैं। मसलन 'तीन पुजारिनें' 'माँ और बच्चा' शीर्षक कृतियाँ और वे चित्र जिनमें गायें, बिल्लियाँ आदि हैं।

क्या किसी कविता की तरह कोई चित्र भी हमें याद रह सकता है ? हाँ। लेकिन कविता तो कंठस्थ हो जाती है या हो जा सकती है, पर चित्र ! उसे हम किस तरह 'दुहरा' सकते हैं ? हो सकता है हम उसे 'हूबहू' न दुहरा पाएँ, पर याद तो वह रह जाता है। उसकी आकार-रेखाएँ और रंग भी कुछ याद रह जा सकते हैं। पर मर्म तो निश्चय ही याद रह जाता है।

यामिनी राय के चित्रों को याद रखना यों भी आसान है। उनके चित्रों की सुडौल भंगिमाएँ, लयात्मक लेकिन पुष्ट रेखाएँ और आकारों की सरल-संक्षिप्त 'विन्यास'–दूर तक हमारे साथ चले आते हैं। अगर आप उनके चित्रों के आमने-सामने न हों और केवल किसी पत्र-पत्रिका या किसी कला-प्रकाशन में उन्हें देख रहे हों तब भी वे अपना कुछ-न-कुछ मर्म तो आप तक प्रकट करते ही हैं।

ऐसा क्योंकर होता है ? क्या इन चित्रों के सहज-सरल रूपों के कारण ही ?

और ये क्या वाकई उतने सहज-सरल हैं जितने ऊपर से दिखाई पड़ते हैं ?

दरअसल हम पर इनकी छाप पड़ती है तो इसीलिए कि ये हमारे भीतर केवल अपने सन्दर्भों की प्रतिध्वनियाँ नहीं गुँजाते बल्कि हमारी देखी-जानी चीज़ों से हमें नई तरह से सम्पृक्त करते हैं। यामिनी राय का जन्म बांकुड़ा (पश्चिमी बंगाल) के बेलियातोर गाँव में हुआ था। वह बांकुड़ा के पट-चित्र बनानेवाले कलाकारों से प्रभावित हुए और कालीघाट (कलकत्ता) के पट-चित्र कलाकारों से भी। उनके चित्र देखते हुए हमें माटी के खिलौनों, कठपुतलियों और लोकनाट्य रूपों की भी याद आ सकती है। लेकिन उनके चित्रों का मर्म केवल इन्हीं चीज़ों की याद में नहीं छिपा हुआ। अन्ततः यह मर्म तो छिपा है। भारतीय जन-जीवन में सचमुच उपस्थित या उपस्थिति रहे, एक समावेशी अविराम जीवन-दर्शन और जीवन-शैली में। हाँ, उसी का है यह मर्म। लंगूर, गायें, बिल्लियाँ हों या मनुष्य-आकृतियाँ हों या पौराणिक कथाप्रसंग—यामिनी राय इनके माध्यम से जीवन-सत ही जमारे सामने रखते हैं। और वह *दृष्टि* भी जो एक 'सम्मिलित' और 'समग्र' जीवन पर ही जोर देती रही है।

कला में भारतीय या देशज-रूपों का सवाल आज बार-बार उठाया जाता है। अनेक तरह से उसकी परिभाषाएँ की जाती हैं। यामिनी राय की कला क्या अपने ढंग से इसी सवाल का जवाब नहीं देती ? देती है और बिना पूर्वग्रही और दुराग्रही हुए। तो ऊपर से जो 'सरल' दिखाई पड़ता है वह दरअसल एक अकूत, अथाह संघर्ष का प्रतिफल है। वह जातीय स्मृति भंडार के मंथन की भी एक परिणति है।

कोई 'रूपाकार' अनेक रूप-अनुभवों और जीवन-अनुभवों का एक निचोड़ होता है—यही यामिनी राय ने पहचाना था। और लोक-रूपों और लोक-जीवन से प्रभावित होने के बावजूद 'इस निचोड़' को आधुनिक बोध के साथ अपने चित्रों में देखा था। यामिनी राय नागर कलाकार ही थे पर उनमें वह समावेशी क्षमता थी कि वह नागर में लोक को, परम्परा को, पौराणिक स्मृति को शामिल कर सके। और चित्र भाषा—वह तमाम प्रभावों के बावजूद उनकी अपनी है। इस भाषा के कारण भी तो हम यामिनी राय को अलग से याद करते और पहचानते हैं

यामिनी राय ने बहुधा छोटे आकार में रेखांकन किए और चित्र बनाए। लेकिन उनकी कृतियाँ देखते हुए हमारा ध्यान सचमुच कभी इस पर जाता नहीं है कि उनका आकार क्या है। हम रेखांकनों-चित्रों में व्यक्त अनुभव-सत को ही याद रखते हैं—उसे ही पहचानते हैं।

यामिनी राय अतिशय विवरणों से बचते हैं और ज़रूरी विवरणों पर ही जोर

देते हैं। उनके चित्रों के माध्यम से इसीलिए हम जीवों और मनुष्य-आकृति की 'गरिमा' से भी परिचित होते हैं। रूपों के प्रति सचेत करने का भाव उनकी कला में इतना ज्यादा है कि आकार-रेखाओं की संक्षिप्ति, रूप-मर्म के आड़े कभी नहीं आती, बल्कि उस मर्म को और उभार देती है। यह चमत्कार उनकी चित्रभाषा का है।

आदमी, अन्य जीवों और वनस्पतियों की निरन्तरता के कारण ही तो जीवन सम्भव है—यह एक मोटी बात है। लेकिन इस मोटी बात में ही क्या जीवन के गूढ़ार्थ और कई आशय नहीं छिपे हुए हैं। इस मोटी-सी बात से गहराई तक परिचित करानेवाली है यामिनी राय की कला। कबीर-तुलसी की कविता भी क्या कुछ मोटी बातों का ही एक पुनराविष्कार हमारे लिए नहीं करती ?

शब्द-गरिमा की प्रतिष्ठा की तरह ही है रूप-गरिमा की प्रतिष्ठा। ऐसी किसी प्रतिष्ठा का शैलीबद्ध होना लाजिमी है। यामिनी राय 'शैली' को भी हम आज पहचानते ही हैं। उनके द्वारा प्रयुक्त लाल, नील, सिन्दूरी, पीले आदि को भी। लेकिन इस शैलीबद्धता में जो सार इकट्ठा हुआ है, उसी के कारण ही तो महत्त्वपूर्ण है यह शैली भी। शैली तो 'छवि' को बाँधने का एक ज़रूरी उपकरण-भर है। अन्ततः तो छवि का जीवन ही प्रमुख है। कला की तरह-तरह की परिभाषाओं और तथाकथित आधुनिक तेवरों के बीच यह 'मोटी बात' भी क्या एक बार हमें फिर याद नहीं दिला रहे यामिनी राय !

नन्द बाबू की आधुनिकता

किसी भी बड़े कलाकार के सब पहलू यकायक सामने नहीं आते। वे समय के साथ खुलते जाते हैं और हमें उस कलाकार की कला को नए सिरे से समझने में मदद करते हैं। नन्दलाल बसु (1883-1963) की कला के भी कई अछूते और अनदेखे पहलू अब तक खुल चुके हैं।

उन्हें एक राष्ट्रीय कलाकार के रूप में प्रतिष्ठा उनके जीवन काल में ही मिल गई थी। अवनीन्द्रनाथ ठाकुर जैसे कलाकार के वह शिष्य रहे। शान्ति निकेतन में रवीन्द्रनाथ ठाकुर के कला-भवन की नींव एक तरह से उन्हीं ने डाली थी। गांधी जैसे व्यक्ति का सान्निध्य उन्हें मिला और नन्द बाबू ने बीसियों सुयोग्य शिष्य भी तैयार किए जो देश-भर में फैलकर अपने कलागुरु की कला-मान्यताएँ लोगों तक पहुँचाते रहे। जाहिर है कि ये सारी बातें नन्द बाबू को एक 'बड़े' कलाकार के रूप में प्रतिष्ठित करने के लिए काफी थीं पर आधुनिक काल में भारतीय कला में उनकी भूमिका को बार-बार रेखांकित किए जाने की ज़रूरत है। यह अच्छी स्थिति है कि स्वयं उनकी कला ही समय-समय पर हमें ऐसे अवसर और मुद्दे प्रदान करती रहती है कि हम उनकी भूमिका पर एक नई चर्चा कर सकें।

पिछले दिनों जब राष्ट्रीय आधुनिक कला संग्रहालय (जयपुर हाउस, नई दिल्ली) में नन्द बाबू के हरिपुरा शृंखला के 77 चित्र प्रदर्शित किए गए तो समीक्षकों ने एक बार फिर, ठीक ही यह नोट किया कि नन्द बाबू की कला न केवल जनजीवन से जुड़ी रहना चाहती थी, वह एक व्यापक जनसमुदाय के बीच सराही जाने में ही अपनी सार्थकता मानती थी। यह भी उनकी एक अपनी ही आधुनिक दृष्टि थी। नन्द बाबू ने इन चित्रों की रचना 1938 में की थी—कांग्रेस के हरिपुरा अधिवेशन के लिए गांधीजी के आग्रह और निमंत्रण पर वह हरिपुरा पहुँचे थे। साथ में शिष्यों की एक टोली भी थी। हरिपुरा चित्रों की यह शृंखला 'हरिपुरा पोस्टर्स' के रूप में भी जानी जाती है। ये चित्र नन्द बाबू ने कांग्रेस अधिवेशन का पंडाल सजाने के लिए तैयार किए थे।

जाहिर है कि इन चित्रों की रचना के पीछे गांधीजी और आजादी के राष्ट्रीय आन्दोलन की भी प्रेरणा थी और भारतीय जनजीवन की ये छवियाँ एक अवसर विशेष के लिए आँकी गई थीं। पर आज इन चित्रों को देखते हुए हम उन्हें कला की कसौटी पर भी जाँचते ही हैं। और जाँचने पर पाते क्या हैं ? सबसे पहले तो यही कि नन्द बाबू कला के लिए किसी खर्चीली सामग्री के पक्षधर नहीं रहे। (भारतीय समाज को देखते हुए इसे भी क्या आधुनिक दृष्टि ही नहीं मानेंगे ?) हरिपुरा के श्रृंखला चित्र भी उन्होंने कागज पर टेम्पेरा से बनाए थे। कागज को एक बोर्ड पर मढ दिया जाता था। जहाँ तक विषय-वस्तु का सवाल है, इनकी विषय-वस्तु जनजीवन ही है। इनमें बढ़ई, लुहार, किसान, गृहिणियाँ हैं, और फूल-पौधे, तरह-तरह की वनस्पतियाँ भी। ये सब चटख (मगर चमकीले नहीं) रंगों में हैं और इन गाढ़े रगों के बीच सफेद तूलिका स्पर्श भी है, जो इन चित्रों को एक तरह से उजास देते हैं। स्वयं रेखा की कई भंगिमाओं से तो परिचित कराते ही हैं।

उल्लेखनीय है कि ये चित्र 'म्यूरल' की अवधारणावाले भी हैं—आधुनिक 'म्यूरल' की अवधारणावाले। यह भी गौर करनेवाली बात है कि इन चित्रों की शैली में लोकतत्त्व भी है। और भारतीय पारम्परिक कला के तत्त्व भी, पर अन्ततः ये नन्द बाबू की अपनी ही खास शैली में हैं और आधुनिक भी।

यहाँ हम यह याद कर सकते हैं कि जब नन्द बाबू ये चित्र बना रहे थे तब पश्चिम में आधुनिक कला आन्दोलन अपने चरम पर था। नन्द बाबू को उस आन्दोलन की और पश्चिमी कलाकारों के नाम की जानकारी थी। पर वह भारतीय आधुनिकता को अपने ढंग से विकसित कर रहे थे। दरअसल यामिनी राय, नन्दलाल बसु और विनोद बिहारी मुखर्जी ने यह बात तभी बहुत अच्छी तरह समझ ली थी कि भारतीय कलाकार के लिए अपने समाज की ज़रूरतों को अनदेखा करके, किसी भी 'आधुनिक' राह पर चलना बेमतलब होगा। उसे तो रचना-सामग्री से लेकर विषय-वस्तु तक में 'आधुनिकता' की खोज अपनी शर्तों पर करनी होगी। आज मनजीत बाबा, जोगेन चौधरी, गुलाम मोहम्मद शेख जैसे कलाकारों में हम क्या इसी सोच को फिर से प्रकट होता नहीं देख रहे ?

हरिपुरा पोस्टर्स तक आकर नन्दू बाबू वाश तकनीक को छोड़ चुके थे और उस प्रवृत्ति को भी जो बंगाल स्कूल के 'पुनर्जागरण' के नाम पर सामने आई थी। इन दिनों में आकृति-अंकन से लेकर रंग-व्यवहार तक में हम एक नई दृष्टि पाते हैं। इन चित्रों में संक्षिप्तता का गुण है। और एक रूढ़ या जड़ यथार्थ की जगह, यथार्थ का पुनराविष्कार है। इस पुनराविष्कार का ही नतीजा था कि 'सब्जी काटती हुई एक स्त्री' या 'दर्जी' अपने रोजमर्रापन के बीच भी हमें एक नए

कला-अनुभव और मानवीय अनुभव से गुज़ारते हैं।

नन्द बाबू कला को 'आनन्द' की अभिव्यक्ति मानते थे पर जाहिर है कि यह अवधारणा किसी अलौकिक 'आनन्दवाद' की नहीं थी। श्रम का आनन्द; और एक लौकिक आनन्द ही इसके मूल में था। ऐसा लौकिक आनन्द जो सुन्दरता को सहारने, उसकी खोज और उसके 'सृजन' से मिलता है। फूलों, वनस्पतियों के उनके अंकन इस सिलसिले में ग़ौरतलब हैं।

हरिपुरा पोस्टर्स में हमें कालीघाट के पट कलाकारों से लेकर जैन मिनिएचर चित्रों तक के असर भी मिलते हैं। पर 'असर' इसी अर्थ में है कि नन्द बाबू ने अपने को बराबर भारतीय कला-परम्परा से जोड़कर देखा। अजन्ता और बाघ के गुफाचित्रों की अनुकृतियाँ उन्होंने तैयार की थीं। कालीघाट के पटचित्रों को सराहा था और लोक कलारूपों की सहजता-सरलता से चमत्कृत हुए थे। पर वह यह भी जानते थे कि उनके 'अनुकरण' का कथ्य और तकनीक के स्तर पर कोई मतलब नहीं है। क्योंकि इस दौर में कलाकार को अपनी ही एक चित्रभाषा भी गढ़नी और खोजनी पड़ती है। इसी अर्थ में नन्द बाबू आधुनिक थे और प्रभावों के बावजूद वह अपनी तूलिका को इन प्रभावों को ही समर्पित कर देने के लिए तैयार नहीं थे।

अगर आज 50 साल बाद भी हमें हरिपुरा पोस्टर्स प्रासंगिक लगते हैं तो इसलिए भी कि उनमें भारतीय आधुनिक कला को एक नए दौर में प्रविष्ट कराने का यत्न था। इनमें से सभी चित्र श्रेष्ठ कला के नमूने हों सो बात नहीं, पर स्वयं नन्द बाबू की सैंकड़ों चित्रकृतियों के बीच ये परिपक्व आधारवाले चित्र हैं, और यहाँ से उनकी कला एक नया मोड़ लेती हुई लगती है। इस मोड़ को हम आज ज्यादा अच्छी तरह सराह सकते हैं क्योंकि भारतीय कला में 'आधुनिकता' के कई रूप-प्रकार हम अब देख चुके हैं। यह भी देख चुके हैं कि जिस 'बंगाल स्कूल' की बहुतेरी कृतियों को 'पनीली' कहकर नकार दिया गया था, उसमें सब कुछ पनीला ही न था और बंगाल स्कूल को या नन्दलाल बसु को अलग रखकर जिस 'आधुनिकता' की चर्चा, भारतीय कला के सन्दर्भ में हुई, वह कितनी अधूरी थी। अमृता शेरगिल से हम सीधे हुसेन और सूजा तक नहीं पहुँच सकते। बीच में या उससे पहले नन्दलाल और यामिनी राय भी हैं और स्वयं इनका कद ही बड़ा नहीं है, इनकी 'आधुनिकता-दृष्टि' भी कम प्रासंगिक नहीं है।

मनुष्य के रूप

जितना अधिक साहित्य पिकासो की कला पर लिखा गया है उतना नहीं तो काफी अधिक इसी बात पर लिखा जा सकता है कि अगर पिकासो न होते तो इस सदी की कला या कहें स्वयं चित्रकला की हालत क्या होती। यह पिकासो के बहुत बड़े कला-संसार का ही नतीजा है कि आज न स्वयं पिकासो को बल्कि चित्रकला को वह दरजा प्राप्त है जो उनके बिना दुर्लभ होता। 91 वर्षों के जीवन में पिकासो ने मानवीय सच्चाई को जिस तरह देखा-परखा और अपनी कलाकृतियों में ढाला वह उन्हें निश्चित रूप से मानवीय अभिव्यक्ति के केन्द्र में ला खड़ा कर देता है। लेकिन पिकासो का एक और भी क्रान्तिकारी योगदान है : चीज़ों को देखने के ढंग को बदल लेने का योगदान। पिकासो ने अपनी चित्र-रचना की शुरुआत बचपन में ही की थी और यह भी अब सर्वविदित है कि किशोरावस्था में आकर पिकासो समर्थ कलाकारों की-सी चित्र-रचना करने लगे थे। लेकिन अपनी आयु के प्रारम्भिक 25 वर्षों तक वह मानवीय यातना और दुख के सवालों से इस कदर घिरे रहे कि बार-बार प्रताड़ित और उपेक्षित लोगों को प्रेक्षकों के सामने लाकर खड़ा करते रहे। प्रताड़ित, पीड़ित और उपेक्षित लोगों की इन आकृतियों में उन्होंने कोई बड़े परिवर्तन नहीं किए थे और वे प्रचलित मानव शरीर-रचना से बहुत दूर नहीं गई थीं। 1901 से 1904 तक का पिकासो का 'नीला काल', जिसमें उन्होंने प्रमुखतः नीले रंग में भिखारियों, मजदूरों, भूखे-अधनंगे लोगों, उपेक्षित वृद्धों को चित्रित किया, पिकासो के कला-इतिहास में बहुत महत्त्वपूर्ण है। लेकिन इस काल तक भी पिकासो का कलाकार शायद इतना बड़ा नहीं है जितना कि उनका मानव।

1904 से 1906 तक पिकासो सरकस के विदूषकों, नटों और भांडों को गुलाबी रंग में चित्रित करते हैं और मानो मनुष्य जाति के बीच उसी जाति के एक समुदाय को लेकर उस पर टिप्पणी करते हैं। पिकासो इस काल में मानवीय हताशा और एक हद तक मानवीय अन्धकार और निरुद्देश्यता के चित्रकार हैं।

कहने की ज़रूरत नहीं कि इन दोनों ही कालों की कलाकृतियों में इतनी गहरी करुणा, मनुष्य के लिए इतना गहरा पश्चात्ताप और प्रेम है कि आज भी पिकासो के बहुत से प्रेमी उनकी इन्हीं काल की कलाकृतियों की ओर लौट जाना चाहते हैं। लेकिन इन दोनों कालों के बाद पिकासो ने यह अनुभव किया कि करुणा और अपराध-भाव की प्रतीति करना ही शायद काफी नहीं है। लोग चीज़ों को जिस तरह देखते हैं उस ढंग में भी बुनियादी फ़र्क लाने की ज़रूरत है। 1907 में उन्होंने 'आविन्यो की औरतें' चित्र की रचना की। चित्र एक वेश्यालय के अन्तर्भाग का है। इस चित्र की स्त्री आकृतियों में मानवीय शरीर के प्रति ही इतना बड़ा 'मोहभंग' है कि वह प्रेक्षक को एक करारी चोट पहुँचाता है। इन आकृतियों में हम वह कुछ भी नहीं देख पाते जिसे देखने के सदियों से लोग आदी रहे है : अंगों के निश्चित उभारों, गोलाइयों, अनुपात और सन्तुलन को। घनाकारों से निर्मित ये आकृतियाँ पहली नज़र में किसी दूसरे ही लोक की लगती हैं। लेकिन फिर एक परम्परावादी सौन्दर्य-चेतना को तहस-नहस कर वह बताती हैं कि वे तो इसी लोक ही है। लेकिन एक खास सौन्दर्य-दृष्टि के कारण उनके और प्रेक्षक के बीच एक बड़ी दूरी रही है। इस चित्र में पिकासो नीग्रो मूर्तियों से प्रभावित हैं और फ्रांसीसी चित्रकार सेजाँ की शैली से भी। लेकिन अन्ततः यह चित्र पिकासो का है। पिकासो और उनके समकालीन सहकर्मी चित्रकार ब्राक से पहले सेजाँ ने इस बात का अनुभव किया कि अगर हम अपने सामने की किसी चीज़ को, अपने सिर को जरा दाईं ओर घुमाकर देखें तो उसका स्वरूप वही नहीं लगता जो कि सिर को जरा-सा बाईं ओर घुमाकर देखने पर मालूम पड़ता है। पिकासो ने अनुभव किया कि वस्तु या आकृति के स्थिर रूप चित्रांकन के लिए नाकाफी हैं। उन्होंने यह भी अनुभव किया कि वस्तुओं के घनत्व और एक-दूसरे से उनके सम्बन्ध को, चित्रफलक की समतलता को बिना नष्ट किए उभारा जाना चाहिए और यह काम रूपाकारों के संयोगवश पदार्पण या वस्तु-जगत् से उनकी हू-ब-हू नकल के बिना सम्भव होना चाहिए। पिकासो ने 'आविन्यो की औरतें' में इस प्रकार की चित्र-भाषा को बहुत हद तक पा लिया। फिर उन्होंने और ब्राक ने मिलकर इस चित्र-भाषा को और भी विकसित किया जिसे घनवाद के नाम से जाना गया। लेकिन पिकासो घनवादी शैली से ही सन्तुष्ट होकर नहीं रह गए। इस शैली में कुछ वर्षों तक काम करते रहने के बाद उन्होंने इससे मुक्ति पा ली। उनका ध्यान दुनिया की उन तमाम छोटी-बड़ी चीज़ों की ओर गया जिन्हें कि मानो पहले चित्रित नहीं किया गया था या चित्रित भी किया गया था तो उस तरह नहीं जिस तरह पिकासो ने किया। पिकासो के चित्रों में

जलचर, थलचर, वनस्पति जगत और मनुष्य के रूप--आपस में एक-दूसरे से टकराने लगे। इस हद तक टकराने लगे कि किसी चुम्बकीय शक्ति से वे एक भी होने लगे। पिकासो मुखाकृति बनाना शुरू करते तो जैसे बीच में वनस्पति जगत की कोई चीज़ उग जाती और वनस्पति जगत की किसी चीज़ का अंकन करने बैठते तो वह स्त्री या पुरुष की शक्ल मे बदलने लगती। जलचरों और थलचरों का अंकन करने बैठते तब भी ऐसा ही कुछ घटित होता। पिकासो चित्रकला के जादू पर मुग्ध हो रहे थे और लोगों को इसके जादू से मुक्त करना चाह रहे थे। यही नहीं कि वह दुनिया की तमाम चीज़ों को लेकर चित्र-रचना कर रहे थे बल्कि ध्यान देनेवाली बात यह है कि वह इन सभी चीज़ों के प्रति हमारी एक अभ्यस्त दृष्टि को भी बदल रहे थे।

मानवीय सच्चाई के प्रति उनके दारुण लगाव और कला की शक्ति के प्रति अनन्त जिज्ञासा का प्रतिफल था उनका चित्र 'गुएर्निका'। स्पेन के एक गाँव पर जर्मन सेनाओं की बमबारी के परिणाम पर रचित इस चित्र में वह गाँव कहीं नहीं है जिसके नाम पर इसका नामकरण हुआ। इसमें है आदमी का पाशविक रूप, उसकी बर्बरता और उसी की प्रेम और ज़िन्दगी के प्रति अन्तिम साँस तक समर्पण की बात। इसी के साथ है कला की वह शक्ति जो चित्र के विषय को हमारे लिए पूरी तरह ग्राह्य बनाती है। न केवल विषय को ग्राह्य बनाती है, बल्कि उस विषय से परे की बहुत-सी चीज़ें मानो हमारे लिए समेट लाती है। पिकासो ने यह चित्र तैयार करने के पहले न जाने इस गाँव के ध्वंस के कितने रेखांकन तैयार किए थे। एक-एक चित्र पर घंटों बल्कि कई-कई दिनों तक काम करना उनके स्वभाव का अंग रहा है। वह एक चित्र को जहाँ से प्रारम्भ करते थे वहाँ से उसके अन्त तक न जाने कितनी यात्राएँ करते थे। लेकिन मानते वह यही थे कि चित्र के मूल या प्रारम्भ में जो कुछ होता है वही असली चीज़ है : बाद में उसमें कई चीज़ें, कई रूप आकर जुड़ जाते हैं, यह सही है लेकिन अन्ततः होता वह चित्र वही है जो कि प्रारम्भ में था। देखें तो उनकी इस बात में कोई विरोधाभास नहीं है। वह केवल यही सुझाना चाह रहे थे कि जो कुछ फलता-फूलता है उसके पीछे एक शक्तिशाली बीज होता है। वह प्रमुख है और उसका फलना-फूलना गौण नहीं है लेकिन अपने आपमें कोई स्वतन्त्र या अलग चीज़ भी नहीं है। इस तरह वह हमें केवल चाक्षुष रूपों की नवीनता से भटकने-भर देना नहीं चाहते। और अन्ततः वह हमें उस बिन्दु तक फिर वापस ले आना चाहते हैं जहाँ खड़े होकर हम उनकी किसी कृति का सार निचोड़ सकते हैं। उदाहरण के लिए माँ और बच्चे से सम्बन्धित उनके बहुत से चित्रों को ले सकते हैं। घनवादी या पिकासो की अपनी

ही कितनी अनाम शैलियों में चित्रित ये चित्र अपने चाक्षुष रूपों से हमें झकझोरते हैं। लेकिन अंततः हमें माँ और बच्चे या बच्चे माँ के सम्बन्ध को पहचानने को ही बाध्य करते हैं। इसका मतलब यह नहीं कि पिकासो किन्हीं परम्परागत विषयों के किन्ही अर्थों को हम तक पहुँचाते हैं। स्थिति तो यह है कि वह समाज या सभ्यता द्वारा निर्धारित, मान्य और प्रचलित विषयों पर चित्र-रचना ही नहीं करते तब ध्यान देनेवाली बात यही है कि ऐसा न करते हुए भी वह अपना जैसा संसार रचते हैं उसमें हम बराबर के लिए अजनबी नहीं हैं, थोड़ी ही देर के लिए अजनबी हैं; थोड़ी देर के बाद पिकासो का वह संसार हमारा उतना ही अपना हो जानेवाला है जितना कि लौकिक और वास्तविक अर्थों में हमारा वह संसार है जिसमें कि हम शारीरिक, मानसिक रूप से रहते हैं। इस तरह देखें तो पिकासो बराबर हमारे संसार को बड़ा करते हैं। उसमें कुछ जोड़ते हैं। यह आकस्मिक नहीं है कि पिकासो को केवल उनके चित्रों की प्रतिकृतियाँ और छायाचित्रों के आधार पर ही इतनी बड़ी ख्याति मिली, पिकासो के चित्रों को मूल में रूप से देखनेवालों की संख्या संसार में उन लोगों की संख्या से बहुत कम होगी जिन्होंने कि उनका कोई भी चित्र कभी मूल रूप में नहीं देखा। लेकिन पिकासो के मूल चित्रों से वंचित पिकासो का बहुसंख्यक प्रेमी वर्ग पिकासो की कला से किसी कदर कम प्रभावित नहीं हुआ। यही पिकासो की सफलता है बावजूद 'पिकासो की सफलता और असफलता' के लेखक जान बर्जर की इस उक्ति के कि पिकासो अपने घनवादी काल के बाद वास्तविक अर्थों में एक कलाकार के रूप में अपना विकास नहीं कर सके।

पिकासो के लिए कोई भी रचना-सामग्री और कोई भी विषय कला के बाहर का विषय नहीं है। लगभग दो लाख कलाकृतियों की रचना करनेवाले पिकासो ने तैलचित्र, रेखांकन, मूर्तिशिल्प, ग्राफ़िक चित्र, मृणपात्र तैयार किए। यानी उन्होंने चित्रकला, मूर्तिकला व इनसे सम्बन्धित अन्य रचना माध्यमों की शक्ति को इस तरह उजागर कर दिया कि सामाजिक, लौकिक और आर्थिक अर्थों में भी हम उसे कोई छोटी चीज़ न मानें। पिकासो जितना धनवान चित्रकार और कोई दूसरा नहीं हुआ। पिकासो जितना बड़ा सामाजिक, राजनीतिक व्यक्ति और कोई दूसरा बड़ा कलाकार नहीं हुआ। अपने समय की बड़ी हलचलों और छोटे-बड़े सवालों पर उन्होंने बराबर अपनी राय व्यक्त की और उन्होंने केवल कलाकार-भर होने को पर्याप्त नहीं माना।

1881 की 25 अक्टूबर को मलागा (स्पेन) में जन्मे पिकासो ने एक ऐसी ज़िन्दगी भी जी जिसमें उतार-चढ़ावों और औपन्यासिक प्रसंगों की कमी नहीं।

उनके प्रेम-प्रसंगों, विवाहों और शारीरिक शक्ति से सम्बन्धित ढेरों किस्से मशहूर हैं, जिनमें कुछ ही ऐसे होंगे जो बेबुनियाद हों। चित्रकारों, मूर्तिकारों से ही नहीं, उनके सम्बन्ध साहित्यकारों और लेखकों तथा रंगकर्मियों से भी बहुत गहरे और मैत्रीपूर्ण रहे हैं। 1917 में पेरिस में प्रसिद्ध फ्रांसीसी लेखक, फ़िल्मकार ज्याँ काक्तो के लिए उन्होंने रंग-सज्जा की एवं मंच की पृष्ठभूमि के पर्दे चित्रित किए। 1916 में वह रूसी बैले के लिए मंचसज्जा व पर्दे तैयार करने के लिए रोम गए। यहीं उनका नृत्यांगना ओल्गा से परिचय हुआ और फिर विवाह। पिकासो इस हद तक अपनी कला-शैली को बदलते रहे हैं कि किसी के लिए भी उनका अनुकरण काफी हद तक असम्भव रहा है। फिर भी उन-जैसे कलाकार का अनुकरण होना ही था। अनुकरण में सबसे अधिक आसान लोगों को पिकासो का आकृतियों व वस्तुओं का विरूपण लगा। इस प्रकार के अनुकरण का व्यवसायीकरण भी हुआ।

केवल इसीलिए नहीं कि पिकासो ने बहुत बड़ी संख्या में काम किया और उनके बहुत से काम के बारे में अभी तक लिखा ही नहीं गया बल्कि इसलिए भी पिकासो का अध्ययन बार-बार किया जाएगा कि उनकी कला की वास्तविक शक्ति का स्रोत क्या रहा है ? पिकासो एक कला अध्यापक के घर जन्मे थे। उनकी किशोर और युवावस्था अभावों में गुजरी। अपने देश स्पेन से प्रवासी होकर वह फ्रांस आए। हमेशा के लिए वहाँ बस जाने को; इस घोषणा के साथ कि जब तक स्पेन में जनतन्त्र कायम नहीं हो जाता तब तक वहाँ नहीं लौटेंगे। पिकासो फ्रांस में एक अरसे तक रहने के बावजूद ठेठ अर्थों में फ्रांसीसी कलाकार भी नहीं थे। उन्होंने अपने से पहले के तमाम बड़े कलाकारों का विधिवत अध्ययन किया। न केवल उनके चित्रों को संग्रहालयों में देखा, सराहा बल्कि अपने से पहले के प्रसिद्ध कलाकारों की कुछ कलाकृतियों को नए ढंग से, नए सिरे से गढ़ा। इसका बहुत रोचक और सम्पूर्ण अध्ययन जान बर्जर ने अपनी पुस्तक 'पिकासो की सफलता और असफलता' में किया है। पिकासो नीग्रो मूर्तिशिल्प से भी प्रभावित हुए। एक समय मुखौटों ने भी पिकासो की कला में प्रमुख स्थान ग्रहण किया। पिकासो के जीवन के अनुभव स्वयं में कितने खरे और वैविध्यपूर्ण रहे होंगे कि वे न जाने कितने लोगों के अनुभवों से जुड़ सके हैं। लेकिन पिकासो की कला किसी व्यक्ति की ज़िन्दगी में किस तरह और कितनी मात्रा में घटित होती मालूम पड़ती है यह उतनी महत्त्वपूर्ण बात नहीं जितनी कि यह कि कोई व्यक्ति या समुदाय या कहें कि समूची मानव जाति पिकासो की कला में घटित होती दिखाई पड़ती है। एक प्रसंग में पिकासो की यह गर्वोक्ति कि 'आप यह क्यों सोचते हैं कि जैसा आप दीखते हैं मैं आपको वैसा ही चित्रित करूँ। आप तो यह देखिए

कि मैं जो बनाऊँगा वैसा ही आप दिखाई पड़ने लगेंगे', कलाकार की अहम्मन्यता का सूचक नहीं है। जिसे अनुभूति की तीव्रता कहेंगे यह शायद उसी का द्योतक है। पिकासो ने इस दुनिया के रूप सादृश्यवाली किसी वस्तु को जब अपनी कला में उभारा तो वह अपने यथार्थ रूप से कहीं अधिक यथार्थ दिखने लगी। यह हल्के-फुल्के किसी खेल और जादू से—क्षणिक इन्द्रजाल से, सम्भव नहीं है। पिकासो का जादू बना हुआ है और लगता यही है कि वह कला की दुनिया में हमेशा बना रहेगा।

उसके हैं हाथ, पाँव, दिल और दिमाग़

पॉल क्ले के कई मूल चित्रों की एक प्रदर्शनी 1979-80 में भारत आई थी और यह टिप्पणी उसी अवसर पर लिखी जाकर साप्ताहिक दिनमान *में प्रकाशित हुई थी।*

राष्ट्रीय आधुनिक कला संग्रहालय (जयपुर हाउस, नई दिल्ली) में *पॉल क्ले* (1879-1940) की 60 मूल कलाकृतियों की प्रदर्शनी लगी। ये कृतियाँ पं. जर्मनी और भारत के बीच सांस्कृतिक आदान-प्रदान की योजना के अन्तर्गत *कुंस्ट सामलुंग नार्डहाइन-वेस्टफालेन, डुसेलडॉर्फ* के संग्रह से आई हैं। प्रदर्शनी के अवसर पर इसी संग्रहालय के डॉ. श्मालेनबाख भी भारत आए हुए हैं और इस प्रदर्शनी के लिए डुसेलडॉर्फ संग्रहालय से प्रकाशित कैटलॉग की सामग्री भी उन्होंने ही लिखी और तैयार की है। राष्ट्रीय आधुनिक कला ने भी इस अवसर पर एक कैटलॉग तैयार किया है, जिसमें प्रदर्शित कृतियों से सम्बन्धित कई तरह की जानकारी दी गई है और निदेशक डॉ. लक्ष्मीप्रसाद सिहारे (अब दिवंगत) की एक टिप्पणी भी। और ये 1909 और 1939 के बीच की हैं। प्रदर्शनी की कुल कृतियों का मूल्य 9 करोड़ रुपए आँका गया है और इतने का ही इनका बीमा है। केवल यह राशि ही नहीं, क्ले की ये कृतियाँ भी बताती हैं कि वे कला की बहुमूल्य धरोहर हैं। यह पहला ही मौक़ा है जब क्ले की मूल कृतियाँ भारत आई हैं। यह प्रदर्शनी इसलिए भी महत्त्वपूर्ण है कि यहाँ प्रदर्शित कृतियाँ क्ले के 'प्रचारित' कामों में नहीं रहीं और क्ले के सम्बन्ध में प्रकाशित कई पुस्तकों में भी ये नहीं हैं। लेकिन उनके 'प्रतिनिधि' कहे जानेवाले काम से किसी कदर कम नहीं हैं। यह क्ले का जन्मशती वर्ष भी है।

पॉल क्ले जर्मन पिता (हांस क्ले) और स्विस माता (ईदा मारी फिक्र) की सन्तान थे। माँ संगीतकार थीं। और संगीत में भी उनकी दिलचस्पी बराबर बनी रही। क्ले ने कविताएँ भी लिखी हैं। वह एक बहुत सक्षम कला अध्यापक भी थे। लेकिन क्ले का चित्रकार रूप ही सर्वोपरि रहा।

उनका नाम इस शती में दुनिया भर के कलाकारों, लेखकों, कवियों के बीच

एक प्रिय नाम है। उनमें एक सच्चे कलाकार की वह उत्कट *बेचैनी और रचनात्मकता* थी जो अपनी छाप छोड़े बिना नहीं रहती। उन्होंने काम भी बहुत किया : लगभग 9000 कलाकृतियाँ। लेकिन उनके काम की निरी संख्या ही हमें प्रभावित नहीं करती—देखने और अनुभव कर सकने की उनकी अनेक नई खोजें हमें अनोखे विस्मय से भरती हैं और कह सकते हैं कि स्वयं चित्र माध्यम के प्रति हमें गहरी आस्था देती हैं।

पॉल क्ले का जीवन और रचनाकाल यूरोप में अनेक वैज्ञानिक खोजों और औद्योगिक प्रगति का काल भी था और वह दो विश्वयुद्धों के बीच भी जिए। लेकिन वह उन यूरोपीय कलाकारों में से थे जिन्होंने अपने काम को निरा तात्कालिक लक्षणों से नहीं जोड़ा बल्कि इस बात का गहरा अनुभव किया कि एक सच्चा कलाकार समूची 'सृष्टि की आत्मा' से जुड़ा होता है। वह दार्शनिक, वैचारिक कलाकार भी थे लेकिन जो भी दार्शनिकता और वैचारिकता उनकी थी वह उन्होंने अपने माध्यम में ही ढूँढ़ी और माध्यम को ही समर्पित की। उन्होंने कहा, 'जो अदृश्य है मैं उसे प्रत्यक्ष करना चाहता हूँ। यथार्थ केवल वही नहीं है जो प्रत्यक्ष है। और मैं मृत और अजन्मे की नियति से भी जुड़ा हूँ। कभी मुझे लगता है मैं इस लोक का नहीं हूँ और इस लोक में समझा भी नहीं जाऊँगा। मैं रचनात्मकता के केन्द्र के निकट लेकिन हूँ और दूसरों से कहीं ज्यादा हूँ।' उन्हें अपने काम पर गहरा विश्वास था : अपने माध्यम पर भी उतना ही विश्वास। उन्होंने अपनी कला की व्याख्या के लिए शब्द माध्यम का इस्तेमाल भी किया और चित्रों को ऐसे शीर्षक भी दिए जो साहित्य की दुनिया के लगते हैं लेकिन अन्त में रूप ही है जो वहाँ प्रमुख हैं। उनके काम की व्याख्या कहीं असम्भव भी है क्योंकि उनके काम का जो अर्थ है वह दरअसल उनके काम में ही पा सकते हैं। और उनका काम अपने आपमें अर्थ का भी एक बहुत बड़ा भंडार है।

भारत में उनकी प्रदर्शनी के आयोजन के कुछ माने और भी हैं। पॉल क्ले उन यूरोपीय कलाकारों में से हैं जो पूर्व के दर्शन और कला से एक गहरी निकटता महसूस करते थे। कह सकते हैं उनकी कृतियाँ वहाँ आई हैं, जहाँ उन्हें आना ही चाहिए था। पॉल क्ले की कृतियाँ कभी आकार में बड़ी कृतियाँ नहीं रहीं : 'मिनिएचर' आकार में ही उन्होंने जैसे अनन्त स्पेस की रचना की, और रंगोंरूपों की एक वृहदाकार उपस्थिति की भी। पॉल क्ले ने जैसे समूची प्रकृति या सृष्टि को ही अपना रचना का आधार बनाया। और जोड़ा कि मुझे प्रकृति के प्रकट रूपों से भी अधिक दिलचस्पी उनके जन्मने और बढ़ने की क्रिया में है।

यह आकस्मिक नहीं है कि उनकी कला में रूपाकार और रंग जैसे कोई

अन्तिम रूप ग्रहण नहीं करते, वे लगातार एक बहाव और प्रक्रिया में मालूम पड़ते हैं। हम पॉल क्ले के किसी चित्र या रेखांकन की स्मृति को उस तरह साथ नहीं लाते जैसे किसी व्यक्ति या चीज़ के नाक-नक्श को साथ लाते हैं, बल्कि इस तरह लाते हैं कि नाक-नक्श से भी अधिक उसकी आत्मा हमारे साथ हो। *यों चित्र के नाक-नक्श उनके यहाँ कम महत्त्वपूर्ण नहीं, बहुत ज्यादा ही महत्त्वपूर्ण हैं।* वह अक्सर जिन प्रमुख रंगों और रूपों को चित्र स्पेस में रखते हैं उनके बीच कब चुपके से आकर, लगभग अदृश्य ढंग से, कुछ और रंग-रूप उस चित्र के चेहरे को बदल देते हैं, बल्कि लगातार बदलते रहते हैं, कह नहीं सकते। इसी प्रदर्शनी के *चित्र संख्या-3* को देखें जिसका शीर्षक है : *ऊपर की ओर संकेत करता हुआ त्रिभुज* : (प्रसंगवश प्रदर्शनी में सभी चित्रों के शीर्षकों का अनुवाद भी हिन्दी में दिया गया है।) इसमें कुछ रंगाकार हैं, अमूर्त्त पट्टियों की तरह और जब तक हमारी दृष्टि त्रिभुज पर नहीं जाती, हम कुछ रंगों के आमने-सामने ही हैं : त्रिभुज पर आँखें जाते ही हमारे लिए यह चित्र बदल जाता है।

अब वह एक सैरा (लैंडस्केप) भी है और एक तात्त्विक, आध्यात्मिक गहराई भी। इसी तरह इसी अंक के आवरण पर प्रकाशित चित्र पर गौर करें : एक आकृति (जिसे पॉल क्ले ने ऊँट कहकर पुकारा है) हमें तुरन्त दिखाई नहीं पड़ती : पेड़ों के अभिप्राय—कुछ रंग गोलाकार, ही छाए हैं : फिर त्रिभुजों (पीठ) को देखते हैं, और पेड़ के तनों जैसे ऊँट के पैरों को, गोलाकारों में ही कहीं उसकी आँखें भी हैं : अब बनता है *पेड़ों के लयात्मक सैरे के बीच ऊँट।* क्ले के रंगों-रूपों में एक ऐसी एकसूत्रता, एक ऐसा गहरा अन्तर्सम्बन्ध है कि हम उन्हें कभी एक-दूसरे से अलग नहीं कर सकते। यह भी कि उनके चाक्षुष रूपों को 'विश्लेषित' कर लेने और विभाजित कर लेने, और उन्हें फिर जोड़कर देखने के बाद भी, हमारा काम ख़त्म नहीं हो जाता। क्योंकि हम जानते हैं कि क्ले ने कभी यह नहीं चाहा था कि हम उनके काम में यह ढूँढ़ें कि उसमें क्या और कैसे बनाया गया है बल्कि यह ढूँढ़ें कि उसमें हम भी कहाँ हैं, हमारा देखना और अनुभव करना भी कहाँ है। वह हमें, हमारे ही देखने और अनुभव को गहरा करनेवाले चित्रकार हैं। क्ले तकनीक सजग चित्रकार भी थे, दरअसल रचना-सामग्री, उसकी प्रक्रिया, उसकी तकनीक आदि को लेकर भी वह गहरा सोच-विचार करते थे और अक्सर बहुतेरे नोट्स भी लिया करते थे, लेकिन इसके बावजूद उनके काम में कभी यांत्रिकता नहीं रही।

यह एक विलक्षण बात है। और यहीं आकर हम अनुभव करते हैं कि पॉल क्ले *चित्र की देह और आत्मा के कारीगर ही नहीं थे, चित्र में किसी अनुभव की आत्मा को बुला लानेवाले कलाकार थे।* क्ले के पेड़-पौधों, विचित्र जीवों को देखते

हुए हम सचमुच अनुभव करते हैं कि वे पेड़-पौधे *सोच* रहे हैं और जितना हम उनकी ओर देख रहे हैं, उतना ही वे हमारी ओर। क्ले के काम में धरती-आकाश और जल—ये तीनों ही कई तरह से प्रकट होते हैं। लेकिन उनका प्रकृतिमूलक काम कभी प्रकृति का निराप्रतिनिधित्व या चित्रण नहीं है बल्कि उसमें एक ऐसी कल्पनाशीलता है, *कल्पनाशीलता की ऐसी जड़ें* हैं जो क़ई दिशाओं की ओर फैलती मालूम पड़ती हैं। जीवन, दर्शन, साहित्य, जीवों की बनावट, वनस्पतियों, संवेगों, रंगों, रूपों की उपस्थिति के रहस्य और आत्मा और शरीर के जैसे हर 'संघर्ष' क़ी ओर।

क्ले ने रंगों को लेकर भी गहरा सोच-विचार किया और रंग को केवल रंग की तरह ही न देखकर उन्होंने रंगों को गहरे विस्मय और रहस्य से देखा। अप्रैल 1914 में जब वह ट्यूनीसिया की यात्रा पर थे, उन्होंने लिखा था : "मैं रंगों के वशीभूत हूँ। मुझे उनकी ओर बढ़ने की ज़रूरत नहीं : मैं जानता हूँ कि मैं बराबर उनके वश में रहूँगा। यह मेरे लिए एक महान् क्षण है। मैं और रंग दोनों एक ही हैं।"

इस प्रदर्शनी में जब हम *काला राजकुमार, संरचना और उसके* हैं *हाथ, पाँव दिल और दिमाग़* चित्र देखते हैं तो अनुभव करते हैं कि द्विआयामी सतह में रखे गए रंगों में न जाने कितनी और कैसी गहराई है कि वे रूपाकारों को कभी 'भीतर' खींच ले जाते हैं, कभी तिरने देते हैं और कभी तल और सतह के बीचों-बीच रखते हैं—और तल और सतह के बीच भी वे 'अदृश्य' नहीं हो जातेः रूपाकारों और स्वयं रंगों की अनेक हरकतें हम देखते ही देखते हैं। पॉल क्ले जब अपारदर्शी रंगों का इस्तेमाल करते हैं तो भी हम लगातार उनके भीतर पैठ रहे होते हैं : 'उन्होंने आकार के रूप में रंगों का प्रयोग किया, फिर यही रंग *प्रकाश* में बदल गए, फिर यही प्रकाश *स्पेस* हो गया।'

पॉल क्ले की विनोदप्रियता और रूपाकारों में उनकी 'वाक्पटुता' की भी चर्चा की जाती रही है। पॉल क्ले की 'हँसी' एक 'बौद्धिक' की हँसी है—लेकिन सूखी हँसी नहीं। वह सहज ज्ञान के बीच से निकली हुई हँसी है। और इस हँसी और व्यंग्य-विनोद में बराबर कोई न कोई गहरी बात छिपी हुई है। (इसी प्रदर्शनी में *कार्यभार की अधिकता से दबा पिशाच* चित्र ध्यान में आता है) रूप ओर कथ्य उनके यहाँ आपस में कभी विवाद का विषय नहीं हैं और इनमें कौन आगे, कौन पीछे की बहस हमें यहाँ भरमा नहीं पाती। उनके काम का संग्रथन बल्कि अगर एक शब्द गढ़कर कहें तो उसकी *एकमेवता* बराबर विस्मित करती है और अपने आपमें एक कथ्य बन जातीं है।

मूर के मूर्तिशिल्प

विश्वप्रसिद्ध ब्रितानी मूर्तिशिल्पी हेनरी मूर की लगभग 200 कलाकृतियाँ हेनरी मूर फाउंडेशन और ब्रिटेन के अन्य संग्रहालयायों से भारत आईं और 3 अक्टूबर से 15 नवम्बर 1987 तक के लिए इनकी प्रदर्शनी राष्ट्रीय आधुनिक कला संग्राहालय, जयपुर हाउस, नई दिल्ली में लगी। इसके अलावा एक छोटी प्रदर्शनी में उनकी कलाकृतियाँ चंडीगढ़, बम्बई, बड़ौदा, भोपाल, मद्रास, बंगलूर, कलकत्ता और जयपुर गईं। यह क्रम अक्टूबर 1987 से शुरू हुआ था और अप्रैल 1988 तक चला।

राष्ट्रीय आधुनिक कला संग्राहालय की प्रदर्शनी में मूर के मूर्तिशिल्प, रेखांकन और छापे (ग्राफिक्स) शामिल थे। इसी प्रदर्शनी और मूर की कला के सन्दर्भ में है यह टिप्पणी :

हेनरी मूर (1898-1986) उन कलाकारों में से हैं, जो अपने जीवन काल में ही प्रसिद्धि और लोकप्रियता के कई शिखर छू चुके थे। उनकी कला की इतनी व्याख्याएँ भी हो चुकी हैं कि आज ही नहीं, आज से बीस-तीस-चालीस बरस पहले भी किसी को यह लग सकता था कि उनकी कला के बारे में कहने को अब नया रह ही क्या गया है ? लेकिन मूर की कला सोच-विचार के क्षितिज बराबर खोलती रही है।

मूर आजीवन 'माँ-बच्चा', 'परिवार' और 'लेटी हुई आकृति' को लेकर ही ज्यादातर रचनाएँ करते रहे। लेकिन यह दोहराव उनके यहाँ कभी जड़ता का संकेत नहीं बना। इसीलिए मूर की वे कलाकृतियाँ भी, जो ऊपर से देखने पर एक-दूसरी से मिलती-जुलती हैं, अलग से अपना आकर्षण बनाए रख सकीं। आज भी बनाए हुए हैं।

इस स्थिति का मूल कारण क्या हो सकता है ? दरअसल मूर के वास्तविक लगाव बहुत गहरे थे। एक मूर्तिशिल्पी के नाते मानो धरती-आकाश, और इनके बीच स्थित मनुष्य और प्रकृति-उपकरण और जीव-जन्तु ही उनकी चिन्ता का मुख्य विषय रहे।

क्या धरती और आकाश से हम कभी ऊबते हैं ? क्या पहाड़, चट्टानों, नदियों, पेड़ों, घास, वनस्पतियों की उपस्थिति हमें कभी बासी लगती है ? क्या मनुष्य इस उपस्थिति की भी सम्भवतम पहचान अपनी ज़िन्दगी और कला में नहीं करता आया ?

मूर की किसी लेटी हुई आकृति में जब हम कहीं धरती के विस्तारों, ढलानों और पर्वतीय ऊँचाइयों को भी पहचानते हैं तो ये चीज़ें हम उस पर आरोपित नहीं कर रहे होते। ये चीज़ें हमें सचमुच वहाँ दिखती हैं। पेड़ों के तनों, खोखलों जैसे आकार भी जब मूर एक मनुष्य आकृति को सौंपते हैं तो मानो वे एक अकेली आकृति को प्रकृति के वे तमाम तत्त्व सौंप रहे होते हैं, जिनसे वह 'दूर' भले ही हो, कभी अविच्छिन्न नहीं है। इसी तरह किसी आकृति में हमें चिड़िया-मुख भी दिखाई पड़ सकता है। प्रकृति के अन्य उपकरण भी।

यह भी आकस्मिक नहीं है कि मूर को मूर्तिशिल्पों को खुले में रखना ही ज्यादा अच्छा लगता रहा है—वह चाहते थे कि मूर्तिशिल्प अपने दृश्य-परिवेश को भी अपने में समेट ले। इसी के साथ यह भी कि वह धरती की चुम्बकीय शक्ति से जुड़ा रहे। 'लेटी हुई आकृति' के लिए उन्होंने प्रायः किसी पीठिका (पेडस्टल) की परिकल्पना नहीं की और जिन मूर्तिशिल्पों को पीठिका दी भी सो ऐसी कि वह मूर्तिशिल्प को धरती की धड़कन सुनाने से वंचित न करे। अनेक उड़ानों और गतियों का सम्वाहक कोई मूर्तिशिल्प वायवीय न हो उठे—यही चाहा था मूर ने।

मूर क्लासिकी और आधुनिक एक साथ हैं। प्रकृति और धरती की मूल प्रतिभाओं से बँधे मूर में वह चीज़ कौन-सी है जो उनके बोध को आधुनिक बनाती है ?

उनका आधुनिक बोध एक ओर जहाँ स्वयं मूर्तिशिल्पों की आकस्मिक गढ़न में निहित है, वहीं वह इस पहचान में भी निहित है कि आधुनिक समय ने मनुष्य जीवन को बहुत पेचीदा बना दिया है। मूर के रूपाकारों में एक सहजीकरण है लेकिन इसी तरह कि वह जटिल और बहुस्तरीय जीवन-स्थितियों के मर्म को भी वहन कर सके। यह भी उल्लेखनीय है कि मूर यूरोप के युद्ध-ध्वंस से उपजी घोर निराशा की पाँत में बैठनेवाले रचनाकारों में से नहीं हैं। लेकिन वह किसी झूठी या खोखली आशावादिता के शिकार भी नहीं हैं। वह दरअसल मनुष्य की जिजीविषा से ही बराबर अपने को जोड़े रहे हैं।

1942 के आसपास जब लंदन पर बमबारी हो रही थी तो पाताल-रेल की सुरंगों को शरण-स्थली में बदल दिया गया था। हज़ारों की संख्या में स्त्री-पुरुष-बच्चे यहाँ रात बिताते थे। मूर ने इनके ढेरों रेखांकन किए। गड्डमड्ड,

लेटी-पसरी, नींद में और उनींदी इन आकृतियों के लिए समय मानो ठहर गया था पर जीवन था कि फिर भी बह रहा था। ये रेखांकन यथार्थपरक शैली में ही हैं, लेकिन मूर ने स्याही, पेंसिल, खड़िया रंगों, जलरंगों से निर्मित इन रेखांकनों को मानो एक मूर्तिशिल्पीय आयाम भी दिया। इन रेखांकनों ने उन्हें एक प्रौढ़ दृष्टिवाले रचनाकार के रूप में प्रतिष्ठित किया।

मूर के आकारों की एक विशेषता यह भी है कि वे लघुतर और बृहत्तर रूपों में जैसे अपने को एक-सी शक्ति से साधे रखते हैं। उनके किसी मूर्तिशिल्प के सामने खड़े होने पर लगता है जैसे यह भी जीवन का एक रूप ही है—जीवन का प्रतिबिम्ब मात्र नहीं। रेखांकनों और छापों में भी मूर हमें एक ऐसी जगह ले जाते हैं जहाँ कोई भेड़, मृग या अन्य जीव-जन्तु अपनी प्रतिछवि ही नहीं है—वह किसी जीवन मर्म की ही एक गूँज है।

मूर का सरोकार किसी 'विषयवस्तु' की देह की मांसलता से भी था और उसके अस्थिपंजरों से भी। यह सरोकार केवल अवधारणात्मक ही नहीं था—उन्होंने सचमुच मांसलता आँकी-उकेरी भी है और अस्थिपंजरों को भी मूर्त किया है। इसी तरह मूर धरती की उपरली और निचली—दोनों तहों को ध्यान में रखते थे। दृश्यमान धरती उनके लिए जितनी महत्त्वपूर्ण थी, उतनी ही उसकी कोख भी। मूर एक कोयला खान मजूर के पुत्र थे और धरती की गहराइयों से भी परिचित थे।

मूर की 'लेटी हुई आकृति' देख भले किसी ओर रही हो, वह धरती के भीतर स्पन्दन सुनती हुई भी लगती है। उसकी 'करवटों' और मुद्राओं पर गौर कीजिए।

भारत में पिकासोई कला

पिकासो की कलाकृतियों की एक और बड़ी प्रदर्शनी 2001 में राष्ट्रीय आधुनिक कला संग्रहालय की ओर से नई दिल्ली में आयोजित हुई थी। यह टिप्पणी उसी अवसर की है।

यह बहुत दूर तक सच है कि विश्व के कला इतिहास में आज तक किसी कलाकार का नाम समूची दुनिया में इतना नहीं फैला है जितना कि पिकासो का। स्वयं पश्चिम के लिआनार्दो दा विंची, वेलाकुआ, गोया, रेंब्रां जैसे महान कलाकारों की पाँत में ही गिने जाने वाले पिकासो की प्रसिद्धि इन सब पर भारी पड़ती है। पिकासो को जीनियस, अजूबे, कलाकृतियों की रचना करनेवाली एक स्वचालित 'मशीन', चित्र-भाषा में नित नई खोजें करनेवाले अद्भुत दिमाग़, एक चिन्तक, एक 'बहुरुपिए', एक संस्था, आदि-आदि के रूप में देखा गया और परखा गया है। बीसवीं शताब्दी की विश्व कला पर छाए रहे पिकासो की दावेदारी कला-जगत पर अभी निश्चय ही कई सदियों तक बने रहने का संकेत दे रही है।

1901 में पिकासो जब बीस वर्ष के थे, तभी वे एक 'स्थापित' चित्रकार बन चुके थे, और उनके सुप्रसिद्ध 'ब्ल्यू पीरियड' की शुरुआत हो चुकी थी। मलागा, स्पेन में पाँच अक्तूबर 1881 को जन्मे पिकासो अपनी युवावस्था में पेरिस और बार्सिलोना के बीच आवाजाही करते रहे, पर अन्ततः उन्होंने पेरिस में ही अपना घर-स्टूडियो बनाया, और वहीं से दुनिया को एक भेद की निगाह से आजीवन देखते रहे। अपने जीवनकाल में ही एक किंवदन्ती बन जानेवाले पिकासो आज भी एक मिथकीय चरित्र ही बने हुए हैं। अचरज नहीं कि पिकासो-प्रदर्शनी की प्रतीक्षा भारत में एक गहरी उत्सुकता से की गई है, और हमारा मीडिया भी इस 'घटना' के प्रति सक्रिय को उठा। पिकासो के नाम और काम के साथ जाने कितने किस्से-कहनियाँ भी जुड़ते गए हैं, एक-से-एक रोचक और मनोरंजक, पर वैचारिक स्तर पर भी पिकासो के जीवन के पास देने के बहुत कुछ रहा है। इस जीवन में

उनकी पत्नियों-सहचरियों—जैकलीन, फ्रांसुआ जिलो, मारी थेरेस वाल्टर, ओल्गा कोकलोवा आदि का योगदान भी कम नहीं रहा है। प्रदर्शनी में इनकी शबीहें (पोर्ट्रेट) भी हैं।

पिकासो की मैत्री आजीवन लेखकों-कवियों से भी खूब रही। अगर युवावस्था में अपोलेनेयर और पॉल एलुआर जैसे कवि उनके साथी-सहचर रहे, तो जीवन-पर्यन्त स्पानी लेखक, पुरस्कार विजेता कामिलो खोसे सेला से उनका मिलना-जुलना और पत्राचार रहा। अमेरिका लेखिका गर्ट्रूड स्टाइन से भी उनकी निकटता रही और गर्ट्रूड स्टाइन का पिकासो का बनाया हुआ एक पोर्ट्रेट इस प्रदर्शनी में भी देखने को मिलेगा। लेखकों-कवियों-रंगकर्मियों-संगीतकारों-नृत्यकारों आदि से पिकासो की मैत्री के ये तो सिर्फ कुछ ही उदाहरण हुए, दरअसल यह सूची बहुत लम्बी है। अगर यह कहा जाए तो इसमें कोई अतिरन्जना न होगी कि बीसवीं सदी के आधुनिकतावादी दौर में भला कौन-सा ऐसा विशेष नाम कलाकारों-बुद्धिजीवियों की दुनिया का होगा जो पिकासो से सीधे ही किसी न किसी रूप में जुड़ा न रहा हो, या जिनसे वह अपना रिश्ता न मानता रहा हो। पिकासो-भाव और उनका प्रभाव रचना की दुनिया में सचमुच बहुत दूर तक महसूस किया गया है। पिकासो की छवि भले ही प्रमुखता से एक चित्रकार के रूप में ही उभरती हो, और 'गुएर्निका' भले ही वह चित्र हो जिसकी ध्वजा आज तक फहरा रही है, पर भला इसमें क्या शक कि पिकासो के मूर्तिशिल्प, उनके ग्राफ़िक-चित्र, सिरेमिक-कृतियाँ, उनके स्केच और रेखांकन, और अन्य प्रकार के बहुविध काम भी अत्यन्त महत्त्वपूर्ण हैं। यह अच्छी बात है कि भारत आने वाली प्रदर्शनी में भी, चित्रों के साथ, उनके मूर्तिशिल्प, ड्राइंग, स्केच और अन्य तरह के काम भी प्रदर्शित होंगे- मसलन इसमें सिरेमिक प्लेटों पर की गई पिकासो की चित्रकारी भी देखने को मिलेगी। शायद ही कोई ऐसी कला-सामग्री होगी जो पिकासो ने अपनी कृतियों में बरती न होगी। सच्चाई यह भी है कि पिकासो ने बहुतेरी ऐसी (रचना) सामग्री का इस्तेमाल किया जो उनसे पहले कभी कला के काम में लाई ही नहीं गई थी। तरह-तरह के रंग (तैलरंग, जलरंग), पेंसिलें, चारकोल, पेस्टल आदि-आदि तो पिकासो ने बरते ही, तार-लोहा-लक्कड़, कपड़ा, कीलों और तरह-तरह के कागज-स्याही आदि का भी पिकासो ने इस्तेमाल किया। ग्राफ़िक माध्यमों की भी सभी विधियों—यथा एनग्रेविंग, एचिंग, लीथोग्राफ़ी आदि को भी पिकासो ने न सिर्फ बरता, उनमें कई नए प्रयोग भी किए।

कवि शमशेर बहादुर सिंह ने अपनी कविता 'पिकासोई कला' (पिकासो के एक एलबम को देर तक देखते रहने के बाद) में पिकासो को जो ट्रिब्यूट दी है

उसका दूसरा और तीसरा भाग यहाँ अपनी सम्पूर्णता में विशेष रूप से याद करने लायक है।

2

भारतीय दृष्टि पूछती ही है:/पल-छिन-आयाम-अर्थों के आभास के/सारांश जैसे रूप ये/लीलाएँ जैसी असंगतियाँ ये.../पता नहीं कहाँ-कहाँ जोड़ हैं/भूर्भुव स्वः के अपर पर रंग-बिरंग के/आदि अन्त आदि के...! /तथापि यह वह इन उन मैं तुम सब का/तथागतीकरण है कला यह/कोई तो है/जो नहीं किया जा सका वरण/उसी का/दिक्काल में यह/हरण/कोई तो है यह/पिकासोई क्षण।

कला-आत्मारूप यहीं कूची कोयला पत्थर/अंगड़-खंगड़ चमड़ा चीनीमिट्टी/हड्डी लकड़ी कागज/कुछ भी कहीं भी/सकल वर्ग सर्ग में जो है/सब कुछ बनाकर दृष्टि एक/मार्मिक- इतिहास-भिदी अद्वितीय/अत्यधिक निजी अधुनातन की सीमाश्री/सदा एक नए समय की गर्म साँस/अपनी-सी ही बहुत यह कला पिकासोई...

क्यूबिज्म के जनक, आदि अफ्रीकी मुखौटों से अपनी कला की 'आधुनिकता' को मिलानेवाले पिकासो, मतीस, ब्राक, डाली आदि के साथ ही कला के चेहरे को ही बदल डालनेवाले पिकासो का यह 'पिकासोई क्षण' जो भारत में आन पहुँचा है, अपने मूल रूप में, देखें कि वह कैसा दिखता है आधुनिकोत्तर दौर में।

रामकुमार की यात्राएँ

चित्रकार रामकुमार की कला में शहरों, जगहों की भी एक अहम भूमिका रही है। इस ओर हमारा ध्यान कम जाता रहा है तो इसीलिए कि उनके चित्रों के अमूर्त होने के कारण मानो हम वास्तविक जगहों, वस्तुओं से उनका कोई सम्बन्ध जोड़ने में परहेज करते रहे हैं। सिर्फ वाराणसी सीरिज के चित्र अपवाद हैं, जिनकी न केवल पर्याप्त चर्चा हुई, यह भी बार-बार कहा गया कि वाराणसी को उनमें कई रूपों में पहचाना जा सकता है। चर्चा शिमला से उनके सम्बन्धों की भी होती ही रही है। पर, ठीक इसी तरह की चर्चा ग्रीस, लद्दाख, पेरू, न्यूजीलैंड, अमेरिका और अब आस्ट्रेलिया प्रवास के बाद बनाए गए उनके चित्रों के सन्दर्भ में नहीं हुई, इस बात का उल्लेख भर हुआ, या फिर कुछ वाक्य ही इस बाबत लिखे या कहे गए कि अमुक चित्रों का एक सम्बन्ध अमुक शहर या देश से है। कुछ अपवाद ज़रूर हो सकते हैं।

वढेरा आर्ट गैलरी में रामकुमार के नए चित्रों की जो प्रदर्शनी लगी हुई है, उसे देखते और सराहते हुए एक बार फिर मन में यह बात कौंधी कि रामकुमार के चित्रों में एक तरह का बदलाव उनकी किसी यात्रा के बाद ज़रूर आता रहा है, और इस पर कुछ ज्यादा गौर करने की ज़रूरत है। यह बदलाव सबसे अधिक तो उनके रंगों के माध्यम से परिलक्षित होता है, और एक परिवर्तन आकारों में भी कहीं न कहीं दिखता ही है। इस बार के चित्रों में एक सौम्य शान्ति है। एक दूसरे में गुम्फित आकारों की संख्या अधिक है, पर, वे इतने समरस हैं कि उनकी भीड़ नहीं मालूम पड़ती। पिछली न्यूजीलैंड यात्रा के बाद उनके चित्रों की जो प्रदर्शनी वढेरा गैलरी में ही दो-तीन बरस पहले लगी थी, उसमें समुद्र तट, झीलों और न्यूजीलैंड के निर्मल आकाश तथा वहाँ के वृक्ष-वनों आदि के सांकेतिक रूप प्रकट हुए थे। जल का और आकाश का नीलापन, एक अलग तरह का नीला लेकर आया था।

जाहिर है कि रामकुमार प्रकृति उपकरणों का, फिर वे चाहे चट्टान, पर्वत,

नदी, वृक्ष आदि कुछ भी हों, 'वास्तविक' अंकन नहीं करते रहे हैं। उन्हें किसी प्रतीक या रूपक की तरह भी नहीं बरतते रहे हैं। पर उनके दृश्यालेख, विस्मय, शान्ति, कौतूहल, उमंग, उड़ान, अवसाद, स्मृति-चिन्तन आदि का कोई न कोई बोध हमारे भीतर ज़रूर जगाते रहे हैं। यानी स्वयं दृश्य-लेखों में जिन चीज़ों की प्रमुखता उन्होंने देखी होती है, वह भावों के मापक का एक ज़रिया बन जाती हैं। और उनके आकारों को भी प्रभावित करती हैं। लद्दाख या ग्रीस की यात्राओं के बाद रामकुमार के रंगों में सफेद रंग एक और ही तरह से प्रकट हुआ था। और उनके आकारों में भी हमने एक परिवर्तन देखा ही था क्योंकि लद्दाख के, और ग्रीस के भी, कुछ पुराने घरों का, वास्तुशिल्प का, विस्तारों का, कोई न कोई असर वहाँ इकट्ठा हो गया था। ऐसा होना स्वाभाविक है और कहा यह भी जा सकता है कि जगहों की एक छाप तो हर कलाकार के मन पर पड़ती ही है। पर कहना यहाँ हम यह चाहते हैं कि जगहों का जैसा इम्प्रेशन रामकुमार के चित्र ग्रहण करते हैं, वह बहुत भिन्न प्रकार का है। जगहें ऐसा लगता है–रामकुमार के मन पर सबसे पहला असर तो अपने रंगों का ही डालती हैं, फिर बारी आती है, उन आकारों की, जो उनका ध्यान कुछ अलग से खींचते हैं, या जिनके साथ उनके भावों/विचारों की कोई संगति बैठ जाती है। इस बात को हम उनके वाराणसी वाले चित्रों को याद करके सहज ही समझ सकते हैं, जहाँ घर-मकानों, घाट, सीढ़ियों, गलियों, खिड़कियों आदि से रामकुमार की एक 'मैत्री' को हम मानो आसानी से पढ़ सकते हैं। इनका कोई रेखामय चित्रण वहाँ नहीं था–बस ये किसी न किसी रूप में विन्यस्त थीं।

दरअसल,'चित्रण', 'वर्णन' जैसे शब्द तो रामकुमार की कला के सन्दर्भ में यों ही अप्रासंगिक से हो जाते हैं, क्योंकि शुरू के आकृतिमूलक कामों के बाद जब अमूर्तन का दौर उनके यहाँ आज से कोई पचास वर्ष पहले शुरू हुआ था तभी से रामकुमार की कला ने 'चित्रण' ,'वर्णन' और चित्रों में कोई कथा कहने की, कैसी भी इच्छा का त्याग कर दिया था। वर्णन, चित्रण उनकी कहानियों में फिर भी बना रहा–वह विधा ही ऐसी है–पर, उनके चित्रों से चरित्र–पात्र, वर्णन, वस्तु अंकन आदि सब चले गए–नहीं गई तो वह एक ही चीज़ थी–जगहें यानी किसी जगह की स्मृतियाँ, जिनके बहाने वह चित्र-भाषा में भी एक नया मोड़ ढूँढ पाते हैं। बची एक और चीज़ रही, और वह थी–ऋतुएँ या प्रकृति मात्र में व्याप्त विभिन्न लहरियाँ और रश्मियाँ। हम जानते हैं कि उनकी कहानियों में सर्दियाँ-गर्मियाँ-पतझर आदि लगभग एक पात्र की भूमिका निभाते हैं, और इनका एक अत्यन्त संवेदित, अचूक-सा वर्णन भी वह करते रहे हैं। पर, चित्रों–उनमें तो

ऐसा कोई सीधा संकेत भी उनके यहाँ नहीं होता कि यह रही गर्मी, और यह रहे उससे झुलसते हुए घर-मकान-पेड़ या सूखते हुए जल-भंडार। फिर भी मानो रंगों की आँच के आधार पर उनके चित्र हमें एक ऋतु सन्देश देते हैं, और चित्रों में हम शीत-ताप को भी कई बार पढ़ पाते हैं। वैसे, इसका यह अर्थ नहीं कि उनके रंग किन्हीं चीज़ों या भावों के प्रतीक मात्र हैं। है तो दरअसल इसका ठीक उल्टा और रामकुमार के एक कथन को मैं कभी नहीं भूला कि 'लाल रंग भी उदास हो सकता है।'

उनके चित्र या चित्रों के अलग-अलग हिस्से, अपना एक 'टेम्परेचर' ज़रूर बनाते या व्यक्त करते हैं। उनके रंगों के सौन्दर्य का एक रहस्य, मानो उनके लाल या हरे या धूसर होने से अधिक, उनके सर्द-गर्म होने की 'डिग्रियों' में है। या कहें उनकी हल्की-मद्धिम या तेज होती रंगतों में है। जगहों के रंगों का असर भी उनके यहाँ, ऐसा लगता है, मानो इसी रूप में अधिक रहता है।

उनके यहाँ रंग न तो किसी लेप की तरह बरते जाते हैं, न तो रंग-परतों की तरह, वे ब्रश/नाइफ की मदद से अपना विस्तार करते हैं, और अपने-अपने क्षेत्र बनाते हैं, कभी सघन तरीके से, कभी प्रवासी ढंग से। रंग और आकार, मिलकर उनके चित्रों का अपना स्थापत्य, अपना एक माहौल, अपना एक 'कथ्य' आदि बनाते हैं, और हमारे देखने-सोचने के लिए मानो वह 'जगह' बनाते हैं, जो पहले इस रूप में कहीं थी ही नहीं । पर, हर चित्रकृति, जो एक जगह भी है,वह अन्य जगहों की स्मृति (यों) से भी बनाई गई है—हुआ बस यह है कि उन जगहों की कोई 'तस्वीर' यहाँ नहीं उतार दी गई। और उस जगह से प्राप्त किसी आत्मिक अनुभव को, या किसी मानवीय रहस्यानुभूति को ही तरज़ीह दी गई है।

जब मैं यह कह रहा हूँ कि रामकुमार की कला में जगहों की एक विशेष भूमिका है, तो इसका आशय यह नहीं है कि हम उन जगहों के भूगोल-इतिहास से परिचित होकर ही उनके चित्रों को ज्यादा सराह पाएँगे, आशय सिर्फ यह है कि अगर हम इस बात पर गौर करेंगे कि वे अमुक देश/स्थान में बनाए गए चित्र हैं, या वहाँ से लौटकर बनाए गए चित्र हैं, तो हम मानो उनके अमूर्तन पक्ष को कुछ 'भुला' बैठेंगे, और अमूर्तन के साथ जो अ-वास्तव (या अवास्तविक) की ध्वनि जुड़ी हुई है, उससे छुटकारा पा लेंगे। और यह देख-समझ पाएँगे कि उनकी सूक्ष्म अनुभूतियाँ अधिक वास्तविक, अधिक मानवीय हैं।

रामकुमार ने स्वयं अपने द्वारा निर्धारित मानकों से, अपनी कला को कभी एक सीढ़ी नीचे नहीं आने दिया है, और उनकी कला के इस गुण को ठीक ही बार-बार सराहा गया है। उनके किसी भी दौर, किसी भी सीरिज के चित्रों में हम

एक ओर जहाँ उनकी कला की कई 'पड़चानें' फिर से पहचानते रहे हैं, वहीं न तो हमने उन्हें पुनरावृत्ति माना है, न ही ऐसा कुछ जिसे कम करके आँका जा सके। उल्टे हमने हर बार एक नए बोध, एक नई परिपक्वता को ही वहाँ देखा है। यह निश्चय ही एक बड़ी उपलब्धि है। और कम ही कलाकार ऐसी उपलब्धि का दावा कर सकते हैं।

यह स्थिति यही बताती है कि रंग-सामग्री के साथ एक संवाद, और जिस परिवेश या जगह में वह अपना समय बिताते हैं उसके साथ 'संवाद' के मामले में रामकुमार की आत्मीयता, दृष्टि, समझ, बोध, संज्ञान और संवेदना की मात्रा बढ़ती ही गई है। और उन्होंने अपने साथ कभी किसी रियायत की बात नहीं सोची।

खंड : दो

कला की सामग्री

सभी कलाओं में चित्रकला और मूर्तिशिल्प ही ऐसे कला-माध्यम हैं जिनके पास रचना-सामग्री की विपुलता है। और अन्य कलाएँ इस मामले में इनसे ईर्ष्या ही कर सकती हैं। संगीतकार के पास या तो उसका कंठ है या फिर हाथ या मुँह से बजाया जानेवाला कोई वाद्ययन्त्र, नृत्यकार के पास केवल उसकी देह है, अभिनेता के पास भी देह ही है। पर, चित्रकला और मूर्तिशिल्प में तो अब जो चाहिए बरत लीजिए—कोई भी सामग्री मानो अब इनके लिए वर्जित नहीं रही। सच्चाई यह है कि ईंट-गारे-सीमेन्ट-बालू-काठ-लोहे आदि-आदि को बरत सकनेवाले वास्तुशिल्प को भी, चित्रकला और मूर्तिशिल्प, सामग्री के मामले में पीछे छोड़ चुके हैं। कला-माध्यम में हुए 'लोकतन्त्रीकरण' के कारण भी यह सम्भव हुआ है, और इसलिए भी यह सम्भव हुआ है कि बहुतेरी रंग-सामग्री अब बाकायदा 'मैनुफैक्चर' की जाने लगी है, और तैलरंगों/एक्रिलिक रंगों समेत जलरंगों, क्रेयान, पेस्टल, चारकोल आदि में किसिम-किसिम के उत्पादित रंग अब सुलभ हैं—ट्यूबों में, केक्स' क्यूबों में, शीशियों में, और अन्य कई रूपों में—तरह-तरह के डिब्बों में। पेन्सिलों और रंगीन पेन्सिलों की तो बहार है। यही हाल स्याहियों का है। जहाँ तक ब्रशों का सवाल है तो उनकी क़िस्में, भी अलग-अलग आकार-प्रकारों में हजारहा हैं और कई नम्बरोंवाली है। ड्राइंग के लिए कलमों की भी पूरी एक कतार है, और स्केचपेन भी जिस साइज में और जिस रंग में चाहें, हाजिर हैं। कागज और कैनवस भी, अपनी किस्मों में भाँति-भाँति के हैं। और अब कैनवस तो बाकायदा तैयार ही मिलते हैं, जिस रूप में चाहें खरीद लें—स्ट्रेच्ड, बोर्ड वाले, रोल में। वह जमाना गया जब कलाकार उन्हें खरीदकर खुद ही 'प्राइम' करते थे—अचरज नहीं कि चित्रकला में और मूर्तिशिल्प में प्रयोगों की संख्या भी बढ़ती गई है। पहले यह कौन सोच सकता था कि एक मूर्तिशिल्प कौड़ियों, तारों, कीलों, कपड़ों आदि-आदि के मेल से भी बनाया जा सकता है। और 'इन्स्टलेशन्स' के बाद तो अब हालत यह है कि बालू, पत्ते, काँच के टुकड़े, झाड़ू, बर्तन, सन्दूकें,

बाल्टियाँ, आईने, शंख, सीपियाँ—कुछ भी उनके काम आ सकते हैं।

लेकिन इसका अर्थ यह नहीं है कि रचना-सामग्री की इस विपुलता के कारण, स्थिति 'अराजक' हो उठी है। इसके ठीक विपरीत, स्थिति अब यह है कि चित्रकला में, उत्पादित सामग्री को लेकर, कलाकारों के बीच तकनीकी जानकारी की अपेक्षा अब पहले से कहीं अधिक बढ़ गई है—किस प्रकार के रंग की खासियत क्या है, और उसे बरतने के 'नियम' या तरीके क्या हैं (या क्या-क्या हो सकते है), इसे जान लेना अनिवार्य हो उठा है—असावधानी और पूर्ण जानकारी के अभाव में, नतीजे उल्टे भी हो सकते हैं। फिर कुछ जानकारियाँ तो ऐसी हैं, जो काम की गुणवत्ता बढ़ाने में बेहद सहायक हो सकती हैं। एक ही उदाहरण काफी होगा : जो कलाकार एक्रिलिक रंग इसलिए बरतते हैं कि वे तैलरंगों के मुकाबले जल्दी सूख जाते हैं, और उन्हें लेकर तेज गति से काम करना सम्भव है, उनकी सुविधा के लिए अब 'कैमलिन' ने 'कैमलिन रिटार्डर' भी उपलब्ध करा दिया हैः अगर आप चाहते हैं कि एक्रिलिक तेज गति से न सूखे तो इसे बरतकर एक्रिलिक के सूखने की गति मद्धिम की जा सकती है। यानी तैलरंग और एक्रिलिक की 'प्रकृति' के बीच की भी अब एक चीज़ सम्भव हैः जिसके कारण न तो रंग, तैलरंगों की तरह धीरे-धीरे सूखते हैं, और न एक्रिलिक रंगों की तरह तेज गति से—वे सूखने के मामले में 'बीच का रास्ता' अपनाते हैं।

जो भी हो, अब रचना-सामग्री के बारे में चित्रकारों से चर्चा कई तरह की यानी कई स्तरोंवाली हो सकती है, और रंग उत्पादन से जुड़े व्यक्तियों के साथ भी, वह बेहद दिलचस्प ही सिद्ध होगी। पिछले दिनों दिल्ली के स्कूल में बच्चों की चित्रकला-प्रतियोगिता के अवसर पर भेंट हो गई कैमलिन के दिल्ली कार्यालय के चन्द्रशेखर ओझा से, और नई तरह की रंग-सामग्री पर उनसे प्रसंगवश जो बातचीत शुरू हुई, उसने मुझमें कुछ ऐसी उत्सुकता पैदा कर दी कि हमने उसको एक और दिन जारी रखने का निर्णय लिया। अगली भेंट में भी वह बातचीत मेरे लिए दिलचस्प ही बनी रही, और लगा कि इस पर तो न जाने कितनी देर तक, और कितनी तरह से बातचीत की जा सकती है। तो 'कलर केमिस्ट्री' से होती हुई हमारी यह चर्चा 'वाटर साल्यूबल आयल कलर्स', 'हॉबी कलर्स' तक पहुँची और बच्चों तथा छात्रों के लिए बनाए जानेवाली रंग-सामग्री की विविधता भी इस चर्चा के घेरे में आई। ऐसा नहीं कि इन चीज़ों की खबर मुझे पहले बिलकुल ही नहीं थी, वह तो थी, पर, मैं स्वीकार करूँ कि इनकी कई तकनीकी बारीकियों की खबर न थी। और इसकी भी खबर पूरी तरह नहीं थी कि विविध प्रकार की सामग्री अब स्वयं हमारे देश में बनने लगी है, और उसमें कुछ नए आयाम भी जुड़ते जा

रहे हैं। ओझा कला-प्रेमी व्यक्ति तो हैं ही, साहित्य प्रेमी व्यक्ति भी हैं—उनसे मेरी भेंट पहले भी होती ही रही है। पर, इन दो मुलाकातों में रंग और तूलिका, सामग्री की कई खिड़कियाँ हमारे बीच खुलीं। मैंने उनसे कहा कि कलाकारों के स्टूडियो में जाकर वहाँ रखी हुई रचना-सामग्री को देखना-भालना मुझे बराबर बहुत अच्छा लगता रहा है, और रचना-सामग्री के रूप में पेस्टल कलर्स के प्रति मेरा एक खास रुझान भी रहा है। तरह-तरह के ब्रश, पेन्सिलें, स्केचपेन आदि भी मुझे आकर्षित करते रहे हैं, और रंगों के विविधवर्णी नाम तो मुझे चमत्कृत भी करते रहे हैं—किसी एक ही जाति के रंगों की भिन्न आभाएँ, रंगतें, छटाएँ आदि भी कम मोहित नहीं करती हैं: देखिए न, 'लेमन यलो', 'क्रोम लेमन ह्यू', 'कैडमियम यलो ह्यू', 'कैडमियम यलो डीप ह्यू', 'नेपल्स यलो', 'यलो ऑकर'। हाँ, उत्पादित रंगों के नाम अब इसी 'अन्तर्राष्ट्रीय' रूप में हैं।

हिन्दी में इनके समानार्थी नाम ढूँढ़ने कुछ मुश्किल ही होंगे। इसका यह अर्थ नहीं कि भाषा में कहीं कोई कमी है, आखिरकार रायकृष्ण दास जैसे कला-पारखी ने रंगों के कई 'शेड्स' वाले नाम अपने लेखन में प्रयुक्त किए हैं। पर, बात चलन की ही है।

यह भी गौर करनेवाली बात है कि रंगों की बहुतेरी खपत अब स्कूलों में, और स्कूली छात्रों के बीच भी है। और उनके लिए रंग बनानेवाली कम्पनियाँ भी कई है। आर्टिस्ट्स ऑयल कलर्स, आर्टिका वाटर मिक्सेबल ऑयल कलर्स, आर्टिस्ट्स एक्रिलिक कलर्स, आर्टिस्ट्स वाटर कलर ट्यूब्स, ट्रान्सपैरेन्ट फोटो कलर्स, पोस्टर कलर्स, आर्ट पाउडर कलर्स आदि के साथ 'स्याही' के भी कई रूप-रंग हैं। कई ब्रशों—यानी कई नम्बरोंवाले ब्रशों का भी विपुल भंडार है और कलाकारों की सहायक सामग्री के रूप में प्यूरीफाइड लिनसीड ऑयल, डिस्टिल्ड टर्पेंटाइन, पिक्चर वार्निश, ऑयल पेस्टल्स के लिए 'फिक्सर्स' आदि उपलब्ध हैं। तैयारशुदा कैनवस और कागज भी। 'विंसर न्यूटन' के आयातित रंगोंवाला ज़माना ही अब नहीं रहा है।

कलाकारों और विशेषज्ञों के बीच तो ये 'खग जाने खग ही की भाषा' वाली भूमिका सहज ही अदा करते हैं, पर, थोड़ा-सा प्रयत्न करने पर सामान्य कला-प्रेमी के लिए भी इन्हें जान-बूझ लेना असम्भव नहीं है, और दवाओं तथा खाने-पीने की सामग्री की तरह, अब यह अपेक्षा की जाती है कि रंग उत्पादित करनेवाली कम्पनियाँ यह बताएँगी कि 'पिगमेंट' में या अन्य रंग-सामग्री में कौन-से तत्त्व हैं, और अगर उनमें से कोई हानिकारक है तो वे इसका उल्लेख भी अवश्य करेगी। बॉस्टन, अमेरिका में 'आर्ट एंड क्रियेटिव मैटीरियल्स इंस्टीट्यूट' नाम की बाकायदा

एक संस्था है, जो अपनी सदस्य कम्पनियों के उत्पादों को प्रमाणित करती है, और दो प्रकार के प्रमाणपत्र जारी करती है: एक तो 'नॉन-टॉक्सिक प्राडक्ट' के लिए और एक उन उत्पादों के लिए जिनमें हानिकारक तत्त्व हैं। ये प्रमाणपत्र (उत्पादों के ऊपर इस प्रकार के उल्लेख) आवश्यक माने जाने लगे हैं। ऐसी व्यवस्था की गई है कि छात्रों के लिए उत्पादित सामग्री में कोई हानिकारक तत्त्व न हों, इसलिए 'विद्यार्थियों के लिए'-ऐसा उल्लेख छात्र-सामग्री के ऊपर कर दिया जाता है।

'हरि अनन्त हरिकथा अनन्ता' की तरह रंगों की यह कथा अनन्त हो चुकी है, क्योंकि मिनरल कलर्स, और 'डाई' वाले रंगों की भी पूरी एक दुनिया है। और हमारे देश में उन प्राकृतिक रंगों का चलन विशेष विशेष रूप से बना हुआ है। कुछ समकालीन कलाकार भी मिनरल रंगों का इस्तेमाल करते ही हैं। ओझा के साथ हमारी बातचीत इस नुक्ते पर खत्म हुई कि रंग और रचना-सामग्री से जो कलाकार एक विचारपूर्ण और आत्मीय सम्बन्ध बनाता है, और सामग्री को भी अपनी संवेदना में 'शामिल' कर लेता है वही तो कुछ नया और सार्थक कर पाता है: हुसेन, रामकुमार, रज़ा, तैयब मेहता, गायतोंडे, स्वामीनाथन, गणेश पाइन, जोगेन चौधरी, अर्पिता सिंह, मनजीत बावा, प्रभाकर कोल्ते, सिद्धार्थ आदि के नाम इस सिलसिले में हमें तत्काल याद आए, वैसे इस सूची में कई और नाम भी जुड़ेंगें।

कैटलॉग कथा

मेरे पिछले कुछ दिन चित्र-प्रदर्शनियों और संग्रहालयों के कैटलॉग देखते, या कहूँ उलटते-पलटते हुए बीते हैं। घर बदलने के साथ ही, गत्ते के डिब्बों में पैक होकर जो बहुत सारा सामान नई जगह आया है, उन्हीं में ये भी थे। किताबों के बाद, या साथ-साथ भी, इन्हें नई तरह से जमाने-रखने की बारी अब आई है और इन्हें उलटते-पलटते और कई दुपहरियों-शामों को जमाते हुए पुराने दिनों में और सुदूर की न जाने कितनी जगहों में जो एक 'यात्रा' फिर की है, उसी का साझा करने का मन है। सोच रहा हूँ, अगर इतने सारे कैटलॉग (नहीं, कैटलॉग का कोई हिन्दी पर्याय न ही ढूँढ़ें तो बेहतर हो) सामने, और इर्द-गिर्द फैले बिखरे हुए न होते, तो इनके मर्म-महत्त्व की ओर एक बार फिर ध्यान भला कैसे जाता। मेरा कैटलॉग संग्रह 1964 में दिल्ली आने पर शुरू हुआ था सो, साठ के दशक से लेकर अब तक के दो-ढाई हजार छोटे-बड़े कैटलॉग तो हैं ही। जब भारत भवन का रूपंकर संग्रहालय बना था और स्वामी (चित्रकार ज. स्वामीनाथन) ने संग्रहालय में कैटलॉग-संग्रह की बात भी सोची थी, तो मैंने बहुत सारे कैटलॉग रूपंकर को भेंट कर दिए थे। उम्मीद करता हूँ कि वे सुरक्षित होंगे। पिछले कुछ वर्षों से कई कैटलॉग वाराणसी के मूर्तिशिल्पी मित्र मदनलाल के 'राम छातपार शिल्प न्यास' को देता आ रहा हूँ, और आगे भी बहुतेरे कैटलॉग उन्हीं को सौंपने का इरादा है। लेकिन यह देखकर कुछ हैरानी हुई है कि कैटलॉग भेंट में देते रहने के बावजूद मेरे पास अब भी वे बड़ी संख्या में हैं। कारण शायद यही है कि उनके प्रति मोह समाप्त नहीं होता हैं, और वे काम भी आते ही हैं, इसके बावजूद कि अक्सर तो उनमें से ज्यादातर ओझल ही रहते हैं, क्योंकि एक तो वे अलमारियों-दराजों में बन्द रहते हैं, और जब तक कोई बड़ी ज़रूरत ही न आ पड़े, उन्हें छेड़ने का मन करता नहीं हैः इससे जो उलट-पुलट होगी, (होती है) या उथल-पुथल मचेगी उसकी आशंका ही भयभीत-सा कर देती है। और कैटलॉगों की कैटलॉगिंग करने का कभी अवसर ही नहीं आया।

कैटलॉग दिल्ली की प्रदर्शनियों के तो हैं ही, यात्राओं के दौरान वे मुम्बई, कोलकाता, बड़ोदरा, चेन्नै, भोपाल, लखनऊ, चंडीगढ़, हैदराबाद आदि से भी मेरे संग्रह में आते रहे हैं। बहुतेरे कैटलॉग फ्रांस, जर्मनी, ब्रिटेन, चीन, रूस, अमेरिका आदि की यात्राओं के दौरान भी इकट्ठा हुए और पिछले दिनों इन्हें पलटते हुए कैटलॉग्स के साथ ही मैं कई जगहों, शहरों, व्यक्तियों, घटनाओं की स्मृति से भी जुड़ गया। कुछ देशों के कैटलॉगों की विशेषताओं की ओर भी ध्यान गया। मसलन 1995 की अपनी चीन-यात्रा के दौरान संग्रहालयों में मुझे एक भी कैटलॉग ऐसा नहीं मिला जो अंग्रेजी में हो—सब चीनी में ही थे और मेरे संग्रहों में तब का जो एक कैटलॉग है, उसमें रोमन अक्षरों में कुछ ज़रूरी सूचनाएँ भर हैंः इसमें लिखा हुआ हैः 'चाइनीज पेंटिंग, नं. 2, 1994 (सीरियल नं. 63) और एक कॉलम में रोमन में सम्पादक, डिजाइनर, मुद्रक-प्रकाशक आदि के नाम हैं, और यह बेइजिंग आर्ट एकेडेमी की ओर से प्रकाशित है। यह भी याद है कि वापस लौटने पर जब रामकुमार जी से भेंट हुई और उन्होंने समकालीन चीनी कला-परिदृश्य के बारे में मुझसे पूछा, तो मैंने उन्हें बताया था कि 'वहाँ भी अब कई तरह के प्रयोग हो रहे हैं, और परम्परा-सम्मत दृश्यांकन के साथ-साथ नई विधियों, और नई (विषय) वस्तुओं को लेकर काम हो रहा है।' और साक्ष्य के रूप में मैंने यही कैटलॉग प्रस्तुत किया था।

मास्को मेरा दो बार जाना हुआ है, एक तो भारत महोत्सव के दौरान 1987 में और दूसरी बार 1999 में, जब मैं दिल्ली सरकार की ओर से 'मास्को में दिल्ली के दिन' शीर्षक समारोह में दिल्ली से सम्बन्धित चित्रों और छायांकनों की प्रदर्शनी लेकर गया था। यह मैंने ही क्यूरेट की थी, राष्ट्रीय आधुनिक कला संग्रहालय के सहयोग से और उसी के सहयोग से एक द्विभाषी कैटलॉग हिन्दी और रूसी में तैयार हुआ था क्योंकि रूसियों का आग्रह था कि वह इसी रूप में हो, अंग्रेजी की ज़रूरत नहीं है। हिन्दी में मेरे लेख का अनुवाद, जवाहरलाल नेहरू विश्वविद्यालय के रूसी भाषा के प्रोफेसर हेमचन्द्र पांडे ने किया था। इस प्रसंग की याद इसलिए भी आ रही है कि जब मनजीत बावा भारत भवन के संग्रह से एक प्रदर्शनी रूस ले गए थे, तब भी कैटलॉग के लिए जो लम्बा लेख मैंने लिखा था, वह भी हेमचन्द्र पांडे ने ही रूसी में अनूदित किया था और तब भी रूसियों का यह आग्रह था कि कैटलॉग हिन्दी-रूसी में ही होना चाहिए। स्वयं मास्को की त्रेव्याकोव गैलरी में जो कैटलॉग्स मैंने देखे थे, वे ज्यादातर रूसी में ही थे। संग्रहालय के कुछ कैटलॉग अवश्य ही अंग्रेजी में थे। और उनमें से एक मेरे संग्रह में है भी—पर, भरमार या तो द्विभाषी कैटलॉगों रूसी-अंग्रेजी की थी या सिर्फ रूसी में लिखे गए कैटलॉगों की। स्पेन के जो कैटलॉग मेरी बेटी वर्षिता अपनी स्पेन-यात्रा से लाई

थी वह भी ज्यादातर स्पानी-अंग्रेजी में ही हैं। द्विभाषी। और पूर्व यूरोपीय देशों के कैटलॉग भी प्रायः इसी रूप में मिलते हैं। फ्रांस-जर्मनी आदि में भी फ्रांसीसी या जर्मन को ही प्राथमिकता दी जाती है—कला-साहित्य थोड़ा-बहुत अंग्रेजी में भी मिल जाता है। पर, भारत में धीरे-धीरे कला-जगत में सारे कैटलॉग और कला-पुस्तकें भी अंग्रेजी में ही तैयार होने लगे हैं। दिल्ली-मुम्बई-चेन्नै-बेंगलूर-हैदराबाद-कोलकाता की सभी कला दीर्घाएँ, प्रदर्शनियों के कैटलॉग अंग्रेजी में ही छापती हैं। राज्यों की अकादेमियाँ और कला-संस्थाओं में ज़रूर भारतीय भाषाओं की उपस्थिति किसी हद तक बनी हुई हैं। और कुछ दिनों पहले डाक से मुझे कर्नाटक ललित कला अकादेमी से जो (कैटलॉग) सामग्री मिली है, वह कन्नड़ में ही है। सिर्फ कन्नड़ में। राजस्थान, मध्यप्रदेश, उत्तरप्रदेश के जो कैटलॉग मेरे संग्रह में हैं, वह सब हिन्दी में ही हैं। मातृभाषा प्रेमी बंगाल के प्रायः सभी कैटलॉग अंग्रेजी में होते हैं—पर, यह उल्लेखनीय है कि वहाँ बांग्ला में, पुस्तक रूप में बहुतेरा कला-साहित्य उपलब्ध है। और अवनीन्द्रनाथ ठाकुर, नन्दलाल बसु, बिनोद बिहारी मुखर्जी से लेकर नीरद मजुमदार, परितोष सेन तथा गणेश पाइन, जोगेन चौधरी तक की पीढ़ी के कई कलाकारों ने जो कुछ लिखा है, आत्मकथा या कला-चिन्तन के रूप में, वह सब पुस्तक रूप में सहज सुलभ है और स्वयं प्रायः इन सभी कलाकारों पर भी पुस्तकें उपलब्ध हैं। इनमें से कई मेरे संग्रह में भी इस बार फिर दिखाई पड़ीं।

इसलिए कैटलॉग-किताबें जमाने-सँभालने का काम जहाँ झंझट भरा, थका देनेवाला आदि-आदि है, वहीं सुखकर भी कम नहीं है। सो, स्वामीनाथन सम्पादित 'कान्ट्रा' पत्रिका के पुराने अंक देखते हुए, स्वयं स्वामी-अम्बादास के शुरू के दो-चार पन्नोंवाले कैटलॉग पलटते हुए, और उनकी पीढ़ी की प्रदर्शनियों की यादों से गुजरते हुए, हुसेन-बेन्द्रे-रामकुमार-तैयब मेहता, केजी सुब्रमण्यम, अर्पिता सिंह, मनजीत बावा, अमिताभ दास, जय झरोटिया आदि के सैंकड़ों कैटलॉगों और कला की दुनिया में थोड़ी देर के लिए 'खो' जाते हुए, मैं फिर वापस आया हूँ बहुविध कैटलॉगों की ओर। और मैंने पहचाना है कि पिछले दो-तीन दशकों में राष्ट्रीय आधुनिक कला संग्रहालय ने जामिनी राय, नन्दलाल बसु, और अब के.जी. सुब्रमण्यम पर जो कैटलॉग प्रकाशित किए हैं, वे अत्यन्त मूल्यवान हैं। और साल-दर-साल इब्राहिम अल्काजी की देखरेख में और उनके सम्पादन में, जो कैटलॉग 'आर्ट हेरिटेज' से प्रकाशित हुए हैं—सोमनाथ होर, रामकुमार, सूजा, हुसेन, तैयब मेहता, के.जी. सुब्रमण्यम, अ. रामचन्द्रन, अर्पिता सिंह, नसरीन मोहम्मदी, जे.एम. पटेल, हिम्मत शाह आदि के और बहुतेरे युवतर कलाकारों के भी—वे अपनी सामग्री, चित्र चयन,

प्रस्तुतीकरण में हर तरह से संग्रहणीय हैं। दिल्ली की गैलरी स्पास, वढेरा गैलरी, आर्ट मोटिफ और कोलकाता की सीमा गैलरी ने भी पिछले वर्षों में इस दिशा में महत्त्वपूर्ण काम किया है। एक जमाने में दिल्ली की सेन्टर फॉर कंटेम्परेरी आर्ट गैलरी ने भी सुंदर तरीके से डिजाइन किए हुए सुमुद्रित और अपने टेक्स्ट के कारण भी याद रखे जानेवाले जो कैटलॉग प्रकाशित किए थे, वे इस बार मुझे फिर देखने को मिले, और उन्हें देखकर मन प्रसन्न हुआ। याद इसकी भी आ रही है कि साठ के दशक में साधनों के अभाव में जो कैटलॉग दो-चार पन्नों के भी हुआ करते थे, वे अब सौ-पचास पन्नों के भी होने लगे हैं, और उनके मुद्रण और अभिकल्पन में खासा ध्यान दिया जाने लगा है। वे महँगे भी हो गए हैं। पिछले तीन-चार दशकों में लोक-आदिवासी कला की प्रदर्शनियाँ भी बढ़ी हैं। और इनके भी सुमुद्रित सुचिन्तित कैटलॉग प्रकाशित हुए हैं। लोक और नागर के बीच इस आवाजाही ने कला-परिदृश्य को व्यापक किया है। स्वामीनाथन, हकु शाह, के.जी सुब्रमण्यन जैसे चित्रकारों और चिन्तकों की इस दिशा में विशेष भूमिका रही है। गौरतलब यह भी है कि स्वयं प्रदर्शनी के निमंत्रण-पत्रों में काफी फेर-बदल हुआ है। और वे कई बार बहुत आकर्षक और संग्रहणीय बन पड़े हैं।

कैटलॉगों की डिजाइन के रचयिता के रूप में चित्रकार गोपी गजवानी का योगदान अभूतपूर्व ही कहा जाएगा। इतनी निष्ठा और लगन से उन्होंने यह काम किया है कि एक छोटा-मोटा इतिहास ही रच डाला है। उनके डिजाइन किए हुए कैटलॉग अब बीसियों हैं—एक से बढ़कर एक। गोपी ने कैटलॉगों के साथ ही राष्ट्रीय नाट्य विद्यालय के लिए पिछले कोई चार-दशकों में कई ब्रोश्योर, पोस्टर आदि भी डिजाइन किए हैं।

दरअसल आयोजन चाहे चित्र-प्रदर्शनी का हो, या नाटक, संगीत, नृत्य, फ़िल्म आदि का, परिचय-सामग्री के रूप में हम वहाँ से कुछ लेकर लौटते हैं तो अच्छा लगता है। इस सारी सामग्री का अपना दस्तावेजी महत्त्व होता हैः उसमें तिथियाँ, चित्र-सामग्री, कलाकारों के जीवन-वृत्त, स्वयं उनके वक्तव्य, समीक्षकों की सम्मति और अन्य जानकारियाँ भी होती हैं। सो, आप कल्पना कर सकते हैं कि कोई दो ढाई हजार कैटलॉगों से गुजरते हुए मैंने कितनी लम्बी यात्रा एक बार फिर की होगी। इन्हीं के बीच मिली वह पुस्तिका भी जो 1999 में हुसेन आर्ट फाउंडेशन ने प्रकाशित की थी, लेखिका हैं नज़मा, और यह पुस्तिका चित्र-सहित हुसेन की कला पर बच्चों को रोचक सामग्री मुहैया कराती है। काश, इसका प्रकाशन हिन्दी और अन्य भारतीय भाषाओं में भी होता। यही इच्छा बहुतेरे कैटलॉगों को देखकर भी होती ही है।

एक नहीं, कई छलनियाँ

जब हम कोई चित्र देखते हैं, नाटक या फिल्म देखते हैं या संगीत सुनते हैं, या फिर कोई किताब पढ़ते हैं तो उसे अपनी तरह से जाँचते-परखते हैं। सोचते हैं कि कोई चीज़ हमें अच्छी लग रही है तो क्यों अच्छी लग रही है और कोई चीज़ हमें नहीं भा रही है तो क्यों नहीं भा रही है। कभी-कभी यह भी होता है कि हम विशेष कुछ सोचते ही नहीं हैं। बस मान लेते हैं कि अमुक चीज़ हमें अच्छी लग रही है या अच्छी नहीं लग रही है। पर, हर हालत में हम अपनी पसन्द या नापसन्द जाहिर कर रहे होते हैं। देखे तो समीक्षा की शुरुआत इसी प्रक्रिया से होती है। लेकिन हम जिन्हें समीक्षा की कसौटियाँ कहते हैं, वे एक अलग तरह से बनती हैं। वे केवल व्यक्तिगत पसन्द या नापसन्द से नहीं बनती हैं। समीक्षा की कसौटियाँ बनती हैं तटस्थ मूल्यांकन से। वे बनती हैं तुलनात्मक अध्ययन से। बनती हैं, वास्तव में यह देखने से कि कोई चीज़ रचनात्मक है या नहीं। वे सचमुच एक तराजू की तरह काम करती हैं, जिसका सीधा सम्बन्ध न्याय करने से है। इसका या उसका पक्ष लेने में नहीं। कह सकते हैं कि एक समीक्षक या आलोचक ही समीक्षा की कसौटियाँ नहीं बनाता, ये कसौटियाँ बनाता है कुल समाज। समाज की छलनी ही सब कुछ छानती है, स्वयं समीक्षक इस छलनी का एक हिस्सा ही है। मसलन, अगर कोई समीक्षक किसी रचनाकार को अच्छा या बुरा बता दे तो ज़रूरी नहीं कि सब लोग उसकी बात मान ही लें। हाँ, अगर वह ऐसे तर्कों के साथ किसी रचना की परख करता है, जिन पर शेष समाज को भी भरोसा हो जाता है, या शेष समाज को उस परख में अपनी कोई प्रतिध्वनि सुनाई पड़ती है, तो वह किसी समीक्षक की कसौटियों को स्वीकार कर लेता है। किसी भी कला समाज में कई छलनियों का होना एक गहरा आश्वासन है। कला की दुनिया की ही बात करें तो कलाकारों, कला-संग्राहकों, संग्रहालयों, कला-दीर्घाओं, कला-समीक्षकों, मीडिया आदि-आदि की 'छलनियाँ' प्रायः एक साथ सक्रिय रहती हैं। हो सकता है कि एकाध या दो-चार छलनियाँ, अपना काम ठीक से न कर रही हों, पर कुछ

तो कर ही रही होती हैं। और इसी कारण 'न्याय' की गुंजाइश बनी रहती है। फिर इसमें चाहे कुछ देर-सबेर हो जाए।

और स्वयं, एक समीक्षक अपनी कसौटियाँ कैसे बनाता है। जाहिर है कि वह अकेले ही ये कसौटियाँ नहीं बनाता। उनके आगे-पीछे भी बहुत-सी चीज़ें होती हैं। किसी कला-माध्यम का अपना इतिहास होता है, जो उसे ये कसौटियाँ बनाने में मदद करता है। यह सच्चाई है कि सबसे पहले तो किसी रचना या रचनाकार की पहचान, उस क्षेत्र के रचना-जगत में ही की जाती है। चाहे तो कह लें कि सबसे पहले तो रचनाकार ही किसी रचनाकार को पहचानते हैं। सत्यजीत राय की पहली फ़िल्म 'पथेर पांचाली' का स्वागत भी सबसे पहले तो विश्व-सिनेमा के गुणी फ़िल्मकारों और जानकारों द्वारा ही हुआ था। विश्व-सिनेमा की श्रेष्ठ कृतियाँ ही उनका मानक थीं। यानी श्रेष्ट रचनाएँ स्वयं समीक्षा की कसौटियाँ बनाती हैं। फ़िल्म-जगत की ही बात करें तो विटोरिया डिसिका, चार्ली चैप्लिन, फेलिनी, गोदार, कुरोसावा आदि की बहुतेरी फ़िल्में, फ़िल्मों को जाँचने-परखने की नई स्थितियाँ बनाती गईं । समीक्षा की कसौटियों को भी बदलना पड़ा। नए प्रयोगों, नई खोजों और रचना द्वारा की गई नई स्थापनाओं के कारण भी समीक्षात्मक कसौटियाँ बनती-बदलती-सँवरती हैं।

समीक्षात्मक कसौटियाँ एक रचना में, किसी कृति में, सबसे पहले क्या जाँचती हैं ? सबसे पहले तो वे कथ्य और कहने की विधि पर ध्यान देती हैं। देखती हैं कि किसी रचना के माध्यम से कहा क्या जा रहा है, और जो कहा जा रहा है वह किस तरह कहा जा रहा है ? वे इस पर भी ध्यान देती हैं कि कहने की विधि और तकनीक क्या है ? क्या उसे ठीक से बरता गया है। यानी समीक्षा के लिए, समीक्षक के लिए, विधियों और तकनीक का जानना ज़रूरी होता है। एक सामान्य श्रोता, शास्त्रीय संगीत का आनन्द, उसके व्याकरण को जाने बिना भी किसी हद तक तो उठा ही सकता है, पर शास्त्रीय संगीत की परख के लिए एक समीक्षक को तो रागों का, बजाने और गाने की विधियों का ज्ञान होना ही चाहिए। यहीं आकर हम पाते हैं कि समीक्षात्मक कसौटियों को तरह-तरह के ज्ञान का भी इस्तेमाल करना पड़ता है। इसीलिए आज यह भी माना जाता है कि समीक्षक जिस माध्यम की रचनाओं को जाँच और माप रहा है, उस माध्यम का ज्ञान तो उसे होना ही चाहिए। और भी अच्छा यह होगा कि वह कई माध्यमों की जानकारी से लैस हो और उसका अन्य माध्यमों से लगाव हो। मसलन, एक फ़िल्म या कला समीक्षक, अगर संगीत की, नृत्य की, साहित्य की, नाटक की, विज्ञान की जानकारी भी रखता है तो उसे अपनी समीक्षात्मक कसौटियों को धार

देने में आसानी होगी। फ़िल्म माध्यम को ही लें, उसमें कई माध्यम समाए हुए हैं। सिनेमा, साहित्य का भी इस्तेमाल करता है। चित्रकला, संगीत, नाटक का भी, इस्तेमाल वह करता ही है। अब अगर एक फ़िल्म समीक्षक को सिनेमा की भाषा, सिनेमा के इतिहास के अलावा मोटे तौर पर अन्य माध्यमों की भी कुछ जानकारी नहीं है तो उसकी समीक्षात्मक कसौटियों में निश्चय ही कमी रह जाएगी। फिर रचना चाहे जितनी कालातीत हो, कहीं वह देश-काल से बँधी भी होती है। इसलिए एक समीक्षक के लिए यह भी ज़रूरी होता है कि वह अपने समय की घटनाओं, सवालों, मुद्दों, समस्याओं आदि से परिचित हों। उसे विदेश—विदेश की राजनैतिक-सामाजिक-सांस्कृतिक गतिविधियों की जानकारी तो हो ही, बहुतेरी चीज़ों का प्रत्यक्ष ज्ञान भी हो। मसलन, अगर कोई फ़िल्म-समीक्षक है तो उसे इन सभी तरह की जानकारियों के साथ-साथ, स्वयं विश्व-सिनेमा की कृतियों की अच्छी जानकारी होनी चाहिए। दुनिया के फ़िल्मोत्सवों के बारे में उसे पता होना चाहिए, विश्व के अच्छे निर्देशकों ने स्वयं सिनेमा के बारे में क्या लिखा और कहा है, इसका पता होना चाहिए। जितना अधिक वह इन चीज़ों को जानेगा, उसकी समीक्षा में उतना अधिक रस होगा क्योंकि वह कई चीज़ों को एक-दूसरे से जोड़कर भी हमें दिखा-बता सकेगा। किसी फ़िल्म के विचार और दर्शन को भी अच्छी तरह से सामने ला सकेगा।

यही बात किसी अन्य कला माध्यम की समीक्षा या समीक्षक के लिए भी सही है। फिर, समीक्षा एक जगह स्थिर रहनेवाली चीज़ नहीं है। वह भी अपनी परिपाटी और रूढ़ियों को तोड़ती है। कभी-कभी अपने को इतना लचीला भी बनाती है कि बिलकुल नए प्रयोगों, नए प्रयत्नों को, न केवल समझ और सराह सके बल्कि भावक वर्ग के लिए उन्हें अधिक बोधगम्य भी बना सके।

समीक्षा या समीक्षात्मक कसौटियाँ, अपने आप में विचार का काम भी करती हैं। शायद, यही विचार पाने के लिए हम उन चीज़ों की समीक्षा भी पढ़ना चाहते हैं, जिन्हें सुनने-देखने का अवकाश या अवसर हमें नहीं मिल पाता। हममें से सभी चित्र-प्रदर्शनियों में नहीं जा पाते, न सभी नाटक देख पाते हैं, पर हम उनकी समीक्षाएँ पढ़ते हैं। समीक्षाओं से ही हमें यह मालूम होता है कि किस विधा में कहाँ, क्या हो रहा है ? और कोई रचनाकार या कलाकार, अपने किसी नए काम में, किस तरह का रचनात्मक प्रयत्न कर रहा है।

समीक्षात्मक कसौटियाँ इन सभी चीज़ों को ध्यान में रखकर बनती हैं या बनानी पड़ती हैं। गौर करनेवाली बात यह भी है कि समीक्षात्मक कसौटियाँ कभी एक जैसी नहीं होतीं। कुछ उदार होती हैं, कुछ अत्यन्त कसी हुई, किसी के किसी

तरह की छूट न देनेवाली, और कुछ अपने को सजग ढंग से रूचिकर भी बनाती हैं। कुछ समीक्षाएँ और कसौटियाँ, एक प्रबुद्ध वर्ग को सम्बोधित होती हैं, मसलन, किसी माध्यम विशेष को समर्पित पत्रिका के लिए, जो लिखा जाता है वह एक अलग प्रकार से लिखा जाता है, जबकि किसी दैनिक या साप्ताहिक की समीक्षाएँ, एक विशाल पाठक वर्ग को सम्बोधित करती हैं। और मानो, इसीलिए ज़रूरी सूचनाओं और जानकारियों को भी अपने में समेटती हैं।

यह ठीक ही माना जाता है कि किसी रचना की तरह, समीक्षा भी एक प्रकार की रचना ही है। और इतना मान लेते ही हम पाते हैं कि जिस तरह एक रचना, पूर्व-निर्धारित नहीं होती, उसी प्रकार समीक्षा भी पूर्व-निर्धारित नहीं होती। ब्रिटेन के सुप्रसिद्ध नाट्य समीक्षक केनेथ टायनन, किसी भी नाटक की समीक्षा, हर बार एक नई तरह से करते थे, कभी वे नाट्य-प्रदर्शन के दौरान घटित हुए किसी प्रसंग से अपनी समीक्षा शुरू करते थे, कभी किसी अभिनेता या अभिनेत्री के काम से, कभी मंच-सज्जा से, कभी किसी संवाद से, कभी किसी प्रवृत्ति से, कभी नाटक के कथ्य से। इसीलिए उनकी हर समीक्षा, पाठक को एक नयापन देती थी यानी एक नए तरह का स्वाद। उनकी समीक्षा, मानो लिखे जाने के दौरान भी कुछ नई कसौटियाँ बनाती चलती थीं। ऐसी समीक्षा, निश्चय ही रचनात्मक समीक्षा मानी जाएगी। जो समीक्षा, हमारे देखने-सुनने-पढ़ने की क्रिया को और अधिक सक्रिय कर देती है, हमें विचार करने के लिए सामग्री देती है, वही मन पर अपनी छाप छोड़ती है। समय के साथ समीक्षा की शैलियाँ भी बदलती हैं, और अपनी नई कसौटियाँ बनाती हैं।

अजन्ता की अप्सरा

मैं फिर अजन्ता की अप्सरा के सामने हूँ। वह गुफा के प्रवेश द्वार की ऊँचाई से परे एक ओर अंकित है। देर तक सिर ऊँचा करके उसे देखने के बाद फर्श पर खम्भे से टिककर बैठ गया हूँ। जब भी उसकी ओर निहारता हूँ—थोड़ी-थोड़ी देर बाद यही पाता हूँ कि वह आकाश मार्ग पर उड़ रही है। सदियों से अपनी जगह स्थिर रहने के बावजूद उसकी यह उड़ान चमत्कारिक ही तो है। जिन हाथों ने उसे रचा है, उन पर न्यौछावर होने का ही मन करता है। यह छठवाँ वर्ष है। दिसम्बर के महीने में हर साल राष्ट्रीय नाट्य विद्यालय के प्रथम वर्ष के छात्र-छात्राओं के साथ अजन्ता-एलोरा आता हूँ और अप्सरा के इस चित्र तथा बोधिसत्व पद्मपाणि के चित्र के सामने कुछ अधिक समय बिताता हूँ। ठीक ही तो यही दोनों चित्र दुनिया भर में पोस्टरों, पुस्तकों, पत्र-पत्रिकाओं, फ़िल्मों, पिक्चर पोस्टकार्डों और पैंफलेटों आदि के माध्यम से प्रचारित हुए हैं। इन दोनों का ही सौन्दर्य अतुलनीय है। और भले ही ये अपने 'लुभावने' रूपों के कारण ही ख्याति अर्जित कर सके हों, पर इनके एक साथ प्रचारित होने में अजन्ता का मूल-मर्म ही प्रचारित हुआ है। राग और विराग (वैराग्य) की कथा ही तो कहते हैं अजन्ता के चित्र और मूर्तिशिल्प। इनका आधार जातक-कथाएँ हैं और जातक-कथाओं के बहुतेरे प्रसंगों का जैसा अंकन-चित्रण अजन्ता में हुआ है, उनमें जो छवियाँ उभरकर आती हैं, वे श्रृंगार-सज्जा और सौन्दर्य की हैं, विशेषतः स्त्री-सौन्दर्य की, पर पुरुष-सौन्दर्य भी चित्रकारों और शिल्पियों की नज़र से ओझल नहीं रहा है। और सौन्दर्य-परक छवियाँ ही तो हाथियों, अन्य पशु-पक्षियों, वृक्षों-पौधों-वनस्पतियों, किन्नरों, यक्ष-यक्षिणियों, अप्सराओं आदि की भी हैं। महल-अटारियों-झरोखों-खिड़कियों से भी सौन्दर्य की ही तो वर्षा हो रही हैः राजा-रानियों, परिचारक-परिचारिकाओं और रोजमर्रा जीवन की अनेक छवियों के माध्यम से मानव-आकृति की न जाने कितनी मुद्राएँ और भंगिमाएँ अपनी लय और गतियों में हमें मोहाविष्ट कर लेती हैं।

अजन्ता-एलोरा की इन छवियों को देखते हुए मैं प्रायः जातक-कथाओं में नहीं

उलझता, न ही उनमें उलझने की किसी को सलाह देता हूँ, सबसे पहले तो मैं उनके अपूर्व अंकन को उनमें बसे जीवन के राग-विराग को आँखों में भर लेना चाहता हूँ। सौंदर्य और शान्ति का जैसा बोध अजन्ता और एलोरा में होता है, वैसा अन्यत्र दुर्लभ है। हम जानते हैं कि अजन्ता-एलोरा की कृतियों में बहुतेरे दृश्य और प्रसंग ऐसे भी हैं जो रसों के हिसाब से भयानक और रौद्र भी हैं—जैसे मार की सेना द्वारा गौतम पर आक्रमण—पर, अन्ततः सभी प्रकार के दृश्य एक शान्त-सौन्दर्य में पर्यवसित होते जान पड़ते हैं। यही अजंता के कुल 'फलक' का मूल प्रभाव है। बोधिसत्वों और बुद्ध की गरिमा की 'प्रचुरता' ही अन्त में सब कुछ को एक 'नए' रूप और अर्थ में ढाल देती है। इस सन्दर्भ में 'अजन्ता का वैभव' पुस्तक (सम्पादकः ए-घोष, अनुवादः अरुण प्रकाश) से यह अंश दृष्टव्य है...अनासक्त महानता' की छाप उभारने का अपूर्व कौशल इन चित्रों में है और इनकी प्रशंसा भी खूब हुई। वे भव्य तो हैं लेकिन उनमें दिखावा नहीं है। उनमें वह सब कुछ है जिससे मानवीय गुण उभरते हैं लेकिन उसकी अधिकता भी है। बड़ी-बड़ी आकृतियाँ, राजसी पोशाक, भारी मुकुट, प्रचुर आभूषण उन्हें अन्य चित्रों की तुलना में अधिक प्रभावशाली बनाते हैं। यहाँ तक कि स्तर तथा विस्तार के मामले में वे अन्य चित्रों से एकदम अलग हैं। बौद्ध मूर्ति-विज्ञान की संहिताओं का पालन करने की बाध्यता के बावजूद कलाकार ने सम्भवतः बुद्ध की आकृति से अधिक स्वतन्त्रता बोधिसत्व को चित्रित करने में दिखाई है। इन चित्रों में हालाँकि पुरुषत्व अधिक नहीं है फिर भी सौम्यता और एकाग्रता है। आकृतियों में अजन्ता शैली की विशेषताएँ भी हैं, यथा—शरीर सामान्य रूप से रेखांकित है जबकि हाथ और चेहरे में निजी विशेषताएँ हैं। सभी कलाकार पुरुष थे जो सम्भवतः बहुत एकान्त तथा कठोर अनुशासन में रहते थे और वे या तो स्वयं से या फिर भिक्षुओं तथा समर्पित दस्तकारों से ही संवाद करते थे। स्त्री की अनुपस्थिति के कारण उन्होंने स्त्री छवि की वैसी ही कल्पना की जो उनकी स्मृतियों में थी यानी—आदर्शवादी और भावनात्मक। मातृत्व की परम्परागत धारणा ने उसे प्रतीकात्मक तो बनाया लेकिन जीवन के अंश रूप में वह हर लिहाज से स्त्री की बनी रही जो सुडौल, मधुर अैर ललित थी। जब उन्होंने पुरुष को चित्रित किया तो उसे गौरवान्वित करते हुए सन्त, तपस्वी या भगवान की खोज में लगे साधक का ही रूप दिया गया। मामूली लोग भी वहाँ हैं, पर वे गौण हैं, तथापि उनमें भक्तिभाव तो है ही। अजन्ता की दीवारों और छतों पर चित्रित बौद्ध पंथ के जो दैवी या परामानवीय चरित्र हैं वे सभी अनिवार्यतः मनुष्य ही लगते हैं...चित्रात्मक दृश्यों में लोगों की भीड़ में उपस्थित स्त्रियाँ, पुरुषों की संख्या में अधिक हैं। पुरुष जहाँ घुड़सवारी

करने, उपदेश सुनने या देने जैसे अधिक प्रभावशाली क्रियाकलापों में लिप्त हैं, वहीं स्त्रियाँ अपेक्षाकृत अल्प (महत्त्वपूर्ण) क्रियाकलापों में व्यस्त दिखाई देती हैं। फिर भी वे आकर्षक हैं और विस्मय, दुख तथा अन्य भावनाओं को व्यक्त करती नज़र आती हैं। समूह वाले दृश्यों में वे हमेशा पृष्ठभूमि में रहती हैं यद्यपि वे दृश्य को गरिमामय बना रही होती हैं। यह उनके सुगठित शरीर का लालित्य ही है जो प्रत्येक संरचना को भावनात्मक आयाम प्रदान करता है। जैसे आभूषण स्त्री-गरिमा के अनुकूल होते हैं, वैसे ही यहाँ स्त्रियाँ दृश्य के अलंकरण में अपना योगदान देती हैं। पारदर्शी मलमल में लिपटे उनके निर्मल शारीरिक आकार और उभार पर ध्यान तो जाता है, किन्तु वे जीवन्त गरिमा-सी बनी रहती है...'

जाहिर है कि यह अजन्ता की कलाकृतियों को देखने-समझने का एक मर्म भरा कोण है, पर उन्हें सराहने का कोई अकेला और अन्तिम कोण नहीं। स्वयं कलाकृतियाँ अपने देखे जानने-बूझने-सराहने के बीसियों सन्दर्भ और कोण बनाती हैं। इसीलिए उन्हें आयत्त करने का सिलसिला बना ही रहता है। और हर साल मैं उन्हें एक विस्मय के साथ ही देखता हूँ: वे निःशेष होने में नहीं आती हैं। बहुतेरी मिट-बुझ चुकीं, खंडित और विरूपित हो चुकी हैं, पर जो बची हैं या जिनके अवशेष ही बचे हैं, वे एक 'दीप्ति' और सौन्दर्यमयता से रहित नहीं हैं। इस बार जाकर हमने यह भी पाया कि गुफाओं के भीतर जिस ठंडी, दूधिया रोशनी की व्यवस्था अब हुई है, उसमें भित्तिचित्रों के सभी कोने-अन्तरे उद्भाषित हो उठे हैं—अवश्य ही भित्तिचित्रों को थोड़ी दूर से ही देखना पड़ता है, पर, वे समूचे के समूचे दृष्टि परिधि में आते हैं।

हर बार मैं अजन्ता शैली से समकालीन कला के रिश्ते को भी याद करता हूँ : यह 'रिश्ता' स्वयं हमारे आधुनिक कलाकारों ने रचा है। अमृता शेरगिल, नन्दलाल बसु, मकबूल फ़िदा हुसेन, तैयब मेहता, रामचन्द्रन जैसे महत्त्वपूर्ण चित्रकारों ने अपनी चित्रभाषा के माध्यम से अजन्ता को 'आत्मसात' किया है। अजन्ता हर हाल में निरा व्यतीत की चीज़ नहीं है, वह उतनी ही आज की है जितनी कल की थी। उसे देखते ही कभी भी 'पुरानेपन' का अहसास नहीं होता। आज की घड़ियाँ उसकी धड़कन को सुनती हैं और उसकी धड़कन आज की घड़ियों में धड़कती है। अजन्ता के चित्रों में सफेद के इस्तेमाल पर भी काफी कुछ लिखा-सोचा गया है : हरे, लाल, भूरे, पीले और नीले के बीच सफेद का इस्तेमाल बिन्दुओं के रूप में आभूषण को संकेतित करने के लिए जिस तरह प्रयुक्त हुआ है या आँखों की पलकों के बीच एक लकीर की तरह खींच दिया गया है, वह अपने आप में अत्यन्त प्रभावोत्पादक और नाटकीयता लिए हुए आँखों के बीच

वह एक तरह की रहस्यात्मकता पैदा करता है और दृष्टि-भंगी को हर बार, सन्दर्भ के अनुसार, मानो एक नए रूप में रच देता है। चित्रों को एक 'दीप्ति' तो प्रदान करता ही है।

जहाँ से अजन्ता की पहाड़ी की चढ़ाई शुरू होती है, उस स्थल की दुकानें अब हटा ली गई हैं। पार्किंग-स्थल भी वहाँ से हटा लिया गया है। यह निश्चय ही सूझबूझवाला काम हुआ है। दुकानों और पार्किंग स्थलवाली जगह अब पहाड़ी से तीन-चार किलोमीटर दूर कर दी गई है यानी एक नया परिसर बनाया गया है, जहाँ औरंगाबाद और अन्यत्र से आनेवाली बसें-कारें रोक ली जाती हैं, और पुरातत्त्व सर्वेक्षण वाली हरे रंग की धुआँरहित बसों से पर्यटकों को पहाड़ी तक ले जाया जाता है, वहाँ से लौटाने की भी व्यवस्था यही है। यह परिसर अत्यन्त साफ-सुथरा है और फूलों-क्यारियों से सुशोभित है। जापान की सरकार के सहकार से बने इस परिसर में ही अब वे दुकानें भी बसा दी गई हैं, खपरैल की आधुनिक कॉटेजों में जो पहले पहाड़ी के नीचे टीन-टप्पलों में हुआ करती थीं। चाय-नाश्ते, भोजन आदि के स्टाल भी इसी परिसर में हैं। पहाड़ी के नीचेवाली जगह में अब रह गए हैं महाराष्ट्र पर्यटन विभाग का विश्रामगृह और रेस्तराँ भर।

अजन्ता के भित्तिचित्रों का जीर्णोद्धार सम्भव नहीं है– उन पर कोई भी रंग-रोगन लगाना उनके मूल भाव(स्वभाव) को नष्ट करना है। व्यवस्था यही की गई है कि उनका रासायनिक संरक्षण (केमिकल कंजर्वेशन) होता रहे। जिस रूप में भी वे बचे रह गए हैं, उस रूप में भी वे बचे रहें तो न जाने कितनी पीढ़ियों की आँखों को सुख देंगे।

जब अजन्ता-एलोरा जाकर दिल्ली लौट आता हूँ तो फिर उत्कंठा हो आती है वहाँ पहुँचने की ! फिर मिलेंगे (अजंता की) अप्सरा, फिर मिलेंगे बोधिसत्व पद्मपाणि।

कला में प्रकृति

प्रकृति और कला का सम्बन्ध निश्चय ही बहुत गहरा है, और प्रकृति के सब तरह के रूप-गुण न जाने कब से कला में भी अपनी अभिव्यक्ति पाते रहे हैं और कई तरह से दर्ज होते रहे हैं। भारतीय कला में प्रकृति और कला का यह रिश्ता तो मानो अटूट ढंग से चलता चला आ रहा है। अजन्ता-एलोरा हो या मिनिएचर शैलियों के चित्र हों, या बंगाल स्कूल के, या फिर समकालीन कलाकारों का काम हो, प्रकृति के विभिन्न उपकरण वहाँ हमें मिलते ही मिलते हैं। और यह बात तो विशेष रूप से गौर करनेवाली है कि बीसवीं सदी की सर्वव्यापी 'आधुनिकता' की लहर में भी प्रकृति और कला का वह रिश्ता टूट नहीं गया—नन्दलाल बसु, रामकिंकर बैज, यामिनी राय, विनोद बिहारी मुखर्जी से लेकर अमृता शेरगिल, हुसेन, सूजा, रज़ा, रामकुमार, आरा से होता हुआ वह जोगेन चौधरी, मनजीत बावा, अर्पिता सिंह, माधवी पारेख आदि के काम में कई रूपों में प्रकट हुआ है और युवतर पीढ़ियों के यहाँ भी सूर्य-चन्द्र-तारे-आकाश-नदियाँ-फूल-पत्तियाँ-गिरि-शिखर आदि-आदि बार-बार लौटते हैं। और ये सब 'लैंडस्केप' के रूप में ही नहीं लौटते हैं, अभिप्रायों, रूपकों, प्रतीकों और बिम्बों के रूप में भी लौटते हैं, मानो जीवन के जटिल अनुभवों को बुनने का आधार भी वही हों। जयश्री चक्रवर्ती, राधिका बैद्यनाथन, योगेन्द्र त्रिपाठी, एस. हर्षवर्धन, सिद्धार्थ, मनीषा गेरा बासवनी, अखिलेश आदि की कृतियों का स्मरण हम इस सिलसिले में कर सकते हैं। गौरतलब यह भी है कि अमूर्त्तन में काम करनेवाले हमारे चित्रकारों यानी तथाकथित 'एब्सट्रैक्ट पेंटर्स' के कामों में भी प्रकृति के रूपों-रंगों की ही अनुगुँज मिलती है— उनके यहाँ अमूर्त्त आकार निरा—औपचारिक आकार नहीं हैं, और न उनमें विन्यस्त रंग ऐन्द्रीयता से रहित रंग हैं। नतीजा यह है कि रामकुमार, रज़ा, रामचन्द्रन, गायतोंडे से लेकर गणेश हालोई, प्रभाकर कोल्ते, गोपी गजवानी, अखिलेश, सीमा घुरैया की कृतियों को हम मात्र चित्र-भाषा के 'अमूर्त्त' प्रयोगों के रूप में न देखकर उनमें एकत्र चाक्षुष, ऐन्द्रिक और भाव-प्रवण, रंग-संवेदी अनुभवों के रूप में देखते हैं या देखना चाहते हैं।

भारत में 'कला और प्रकृति' के इस सघन रिश्ते की बात बहुत दिनों से मन में थी, पर जब इस वर्ष 'लोकराग' शीर्षक से एक प्रदर्शनी क्यूरेट करने के सिलसिले में भी देश के कई हिस्सों में जाना हुआ तो इस थीम की कई और परतें खुलती गईं। चेन्नई, मुम्बई, कोलकाता, तिरुवनन्तपुरम, बंगलूर की यात्रा रही हो या श्रीनगर, कोटा, बूँदी, लखनऊ और शान्तिनिकेतन की—सोचता यही रहा कि इस देश की प्रायः हर अंचल की, सब प्रकार की जीवन-शैलियों में प्रकृति को और प्रकृति उपकरणों को एक प्रमुख जगह दी जाती रही है। और इस कारण यह स्वाभाविक ही है कि पारम्परिक और समकालीन कला(ओं) में भी प्रकृति को स्थान मिलता रहे, और उसकी उपस्थिति के बिना किसी कलाकार का कलाकर्म मानो पूरा ही न होता हो। दूसरे, प्रायः सभी समकालीन कलाकारों के बचपन—किशोरावस्था की स्मृतियाँ किसी न किसी ग्रामीण परिवेश से भी जुड़ी रही हैं, और शहरों में बस जाने के बाद उनका पैतृक गाँव-घर या कहीं किसी सिलसिले में उनका देखा हुआ कोई गाँव-घर मानो उनके साथ यानी उनके भीतर नगरों-महानगरों में प्रवेश पाता रहा है, और उनके काम में स्वभावतः प्रकट भी होता रहा है। इसलिए बहुतेरे कलाकारों के काम में ग्राम्य छवियाँ भी उभरती ही रही हैं। और आज भी उभरती हैं। तीसरे, स्वयं हमारे महानगरों के भीतर और इर्द-गिर्द गाँव भी बस्ती के रूप में रहे ही हैं, यानी उनका परिवेश निरा औद्योगिक और हर प्रकार से शहरी ही नहीं रहा है, सो ठेठ शहरी कलाकारों से भी 'गाँव' दूर नहीं रहा है। चौथे, जब हमारे यहाँ 'आधुनिक' कला आन्दोलन की शुरुआत हुई और कलाओं की भाषा में किसी न किसी प्रकार का 'आधुनिक' और नया विन्यास ज़रूरी माना जाने लगा तो उस विन्यास का आलम्बन प्रकृति की और ग्राम्य परिवेश की छवियाँ ही बनीं।

आखिरकार नन्दलाल बसु हों या यामिनी राय या रामकिंकर बैज और विनोद बिहारी मुखर्जी हों या अमृता शेरगिल और हुसेन—सबके कामों में प्रकृति और ग्रामीण परिवेश कई प्रकार से आकार पाता रहा, और पेड़-पौधों, फूलों-वनस्पतियों से लेकर पशु-पक्षियों, नदी-नालों, गिरि-शिखरों, मैदानों-खेतों की छवियों के साथ-साथ ही साधारण जनों/ग्रामीण जनों द्वारा बरती जानेवाली चीज़ें भी कई सांकेतिक रूपों में और कभी यथावत प्रकट होती रही। अमृता शेरगिल की पहाड़ी युवतियाँ हों या हुसेन की 'जमीन' और 'मकड़ी' तथा लैम्प के बीच जैसी कृतियाँ, आधुनिक चित्र-भाषा की एक और बुनावट भी इन्हीं और ऐसी ही थीम्स के आधार पर होना शुरू हुई। फिर विभिन्न कलाओं की लोक शैलियों और लोक छवियों की भी तो एक उपस्थिति इस देश में प्रायः हर अंचल में रही है, और नागर कलाकारों का इनसे भी तो प्रभावित होना या इनसे एक रिश्ता मानना अत्यन्त

स्वाभाविक रहा है। इस 'रिश्ते' पर जोर देते हुए स्वामीनाथन जैसे चित्रकार और कलाचिन्तक ने भारत भवन में 'रूपंकर' संग्रहालय की अवधारणा में लोक-आदिवासी संग्रह को भी जोड़ा, और आसपास समकालीन (नागर) कला और लोक-अदिवासी कला के दो संग्रह अस्तित्व में आए। ऐसा करके उन्होंने भारतीय कला की स्थिति (यों) पर तो एक विचार की प्रस्तावना की ही, प्रकारान्तर से इस ओर भी संकेत किया कि पश्चिमी कला (अमेरिकी-यूरोपीय) से हमारी स्थिति कितनी भिन्न है, और हमारी नागर कला के आशयों-अभिप्रायों का पाठ भी यूरोपीय-अमेरिकी कला-साक्ष्यों से एक ज़रूरी 'भिन्नता' रखते हुए ही करना होगा।

संकेत मानो उन्होंने यह भी किया कि 'आधुनिकता' की पश्चिमी अवधारणा/प्रस्तावना से अलग भी कई प्रकार की आधुनिकता (एँ) हो सकती है, और अगर कला में हर सारवान आकार एक विचार भी है तो उस 'विचार' का उट्घाटन स्वयं पश्चिम को एक अलग प्रकार से करना होगा—यानी अगर हम पश्चिमी कला के अभिप्रायों-आशयों का पीछा उसकी दी या सुझाई हुई शर्तों पर भी करने की बात सोचते हैं तो उसे भी हमारी सुझाई हुई शर्तों के आधार पर हमारी कलाओं का आकलन कर सकना चाहिए। और हमारी कला को 'विचित्र' (एक्जॉटिक) या निरा 'देशज' मानने की भूल नहीं करनी चाहिए। यह दरअसल, कला पर एक नए विमर्श की शुरुआत थी, और मानो हमें स्वयं अपने अभिप्रायों/संकेतों/प्रतीकों को एक नई तरह से पढ़ना था। सो, नन्दलाल बसु, रामकिंकर, विनोद बिहारी, यामिनी राय से शुरू करके अमृता शेरगिल, हुसेन और फिर के जी सुब्रमण्यन, स्वामीनाथन तक मानो 'आधुनिकता' की हमारी अपनी अवधारणाएँ/स्थितियाँ प्रस्तावित की जाती रहीं—और स्वयं इनकी दृष्टियों में चाहे कुछ भेद भी रहा हो पर एक अन्तर्धारा भी रही है जो इन सबकी (अलग-अलग) चित्र-भाषाओं और विचार सरणियों के बीच प्रवाहित होती रही है। यह अकारण नहीं है कि इन सबके चिन्तन में और कला में भी 'परम्परा' किसी न किसी रूप में स्थान पाती रही है, हमारे अपने मिथकों-आख्यानों-विचार सरणियों के साक्ष्य लौटते रहे हैं, प्रकृति के रूपों/उपकरणों की उपस्थिति रही है और 'लोक' की दृष्टि (और हुनर) की अनदेखी नहीं रही है।

इधर फिर एक नई पीढ़ी ऐसी उभरी है जो प्रकृति से अपने रिश्ते को परिभाषित करती हुई लग रही है—या 'नए' ढंग से परिभाषित करती हुई लग रही है। जयश्री चक्रवर्ती, अखिलेश, राधिका वैद्यनाथन, मनीषा गेरा बासवानी, पम्पा पंवार, शिशिर शहाना, साजिद बिन उमर, सिद्धार्थ, एस. हर्षवर्धन, सीरज सक्सेना, सीमा घुरैया, योगेन्द्र त्रिपाठी आदि कई नाम इसमें जुड़ते है। भूमंडलीकरण

(ग्लोबलाइजेशन) से बनी नई स्थितियों में स्वयं हमारा और कलाकारों का 'रिश्ता' आगे प्रकृति के साथ किस रूप में बनने- बदलनेवाला है, यह तो देखने की ही बात होगी। पर अभी तक वह रिश्ता अटूट चला आ रहा है, यह आज की बात है। दरअसल, देश का साधारणजन अपने सुख-दुख के क्षणों में प्रकृति की ओर जिस तरह देखता रहा है, और वर्षा-वायु-धूप-छाया-आकाश-सूर्य-चन्द्र-तारों और जल से उसकी जो निकटता रही है तथा वृक्षों-फलों-फूलों-पक्षियों-ऋतुओं-जीव-जन्तुओं का जैसा संग-साथ वह चाहता रहा है, उसने कुल सामाजिक-सांस्कृतिक वातावरण में अपनी 'तरंगें' उठाई हैं—और वे तंरगें कलाकारों को भी स्पर्श करती ही रही है।

हाँ, अन्त में स्वामीनाथन का एक कथन याद आता है, जो एक भेंटवार्ता में उन्होंने दर्ज कराया था, कि 'कला वह आईना है, जिसमें प्रकृति अपना चेहरा कभी नहीं देख सकती।' यानी जो कुछ प्रकृति में है, उसे हूबहू बना देना न तो सम्भव है और कोई बना भी तो दे वह कला नहीं होगी। कला में तो प्रकृति भी रूपान्तरित ही होगी और कला में प्रकृति का यह रूपान्तरण ही तो जीवन-प्रकृति के नए अर्थ और आयाम हमें सौंपता है।

काल, कला और समुद्र

हम महाबलीपुरम के रास्ते में हैं। बीच में 'चोलमंडलम आर्टिस्ट्स विलेज' भी हो आए हैं, और अभी वापसी में फिर रुकेंगे– इसलिए उसकी बात कुछ बाद में। चेन्नई से हम एक टैक्सी करके चले हैं, और उसके ड्राइवर (जो गाड़ी के मालिक भी हैं) इस रास्ते से प्रसन्न हैं। नाम है उनका श्रीनिवासन। मैं उनसे कहता हूँ, हाँ, इस रास्ते से भला कौन प्रसन्न नहीं होगा। साफ-सुथरी समतल सड़क पर गाड़ी आराम से भागी जा रही है। ज्यादा तेज न चलाने का हमारा आग्रह भी है। सड़क के समान्तर भी समुद्र की लहरें हैं, और वे बहुत दूर नहीं हैं–दीख पड़ती हैं। मार्ग में किसी तरह की कोई रुकावट नहीं है–ज्यादा ट्रैफिक नहीं हैं–दिन के कोई साढ़े ग्यारह बजे हैं। मौसम अच्छा ही लग रहा है। खुली धूप में बैठने-चलने पर वह ज़रूर कुछ चुभने लगेगी। पर छाया हो, हवा हो, और ऐसी दृश्यावलि हो तो इसे बहुत अच्छा भी कहा जा सकता है। साथ में मेरी पत्नी ज्योति हैं। हम दोनों भी इस रास्ते से और दृश्यावलि से प्रसन्न हैं। पेड़-पौधे भी कम नहीं हैं। वह महाबलीपुरम पहली बार जा रही हैं। और उसे देखने के लिए काफी उत्सुक हैं। महाबलीपुरम मैं कोई दस बरस पहले गया था। और कहाँ भूला हूँ 'भगीरथ', 'गंगावतरण' और 'अर्जुन' वाले पैनलों को। और महाबलीपुरम के बारे में पढ़ता-सुनता तो एक जमाने से रहा हूँ। फिर कोणार्क, साँची, खजुराहो, एलिफैंटा, अजन्ता-एलोरा और महाबलीपुरम क्या एक बार में समाप्त हो जानेवाले स्थल हैं, जितनी बार वहाँ जाया जाए कम है। हम गिनती करने लगते हैं तो पाते हैं खजुराहो और अजन्ता-एलोरा हम सबसे अधिक बार गए हैं। उसके बाद नम्बर आता है साँची का। कोणार्क मैं एक ही बार जा पाया हूँ। इस वक्त यह तथ्य ज़रूर याद आ रहा है कि समुद्र से दूर वह भी नहीं है, पर, महाबलीपुरम के कुछ मूर्तिशिल्प तो ऐन समुद्र तट पर ही हैं। बहरहाल, हमारे इन तमाम कला-स्मारकों का निर्माण-स्थल और वहाँ का कुल परिवेश और वहाँ तक पहुँचने का रास्ता भी बड़ा मनोरम रहा है, और कुछ का तो अभी भी है। पर, जब वे बने थे, तब वहाँ

की प्रकृति और कितनी सुरम्य-मनोरम रही होगी, इसकी कल्पना मैं अक्सर करने लगता हूँ। इस वक्त भी कर रहा हूँ—महाबलीपुरम के सन्दर्भ में। गाड़ी की खिड़कियाँ हमने खोल रखी हैं, सो समुद्र से बहकर आनेवाली हवा सहज ही उपलब्ध है, और आँखें भी तो बार-बार उसी की लहरों की ओर उठ जाती है, किन्हीं खेतों, मैदानों-विस्तारों के पार जहाँ वह है, अपने नीले पानी और सफेद फेन के साथ लहराता हुआ। फिर सोचने लगा हूँ कि महाबलीपुरम और कोणार्क के, और हाँ एलिफैंटा के भी तो, चमत्कारी मूर्तिशिल्प सदियों से, दूर-पास से, यह समुद्री आवाज़ भी क्या नहीं सुनते रहे हैं और वहाँ से बहकर आनेवाली हवा उनके शरीरों को एक चैतन्य से भी नहीं भरती रही है ? नहीं, वह 'चैतन्य' भी भरती रही है, पर, समुद्री क्षार से, उनके पत्थरी-चट्टानी शरीरों को कुछ विकीर्ण भी करती रही है। जो भी हो, चट्टानों और जल के संवाद का भी तो अपना एक आकर्षण है—फिर वह चाहे जिस रूप में हो, और उसके नतीजे भी चाहे जो हों।

यह सोचकर भी अच्छा लग रहा है कि हमारे महत्त्वपूर्ण आधुनिक मूर्तिशिल्पकारों और चित्रकारों ने, अपनी कला-धरोहर से, सदियों पुराने स्मारकों से अपना एक संवाद सतत रूप से जारी रखा है। नन्दलाल बसु, विनोद बिहारी मुखर्जी और रामकिंकर हों, या फिर हुसेन, सूजा, धनराज भगत, डॉ. रामचन्द्रन, शंखो चौधरी, के.जी. सुब्रमण्यन जैसे कलाकार हों, और युवतर पीढ़ियों के भी बहुतेरे रचनाकार—वे सब उन सभी कला-स्मारकों की ओर खिंचते रहे हैं, आज भी खिंचते हैं, जिनका उल्लेख ऊपर हुआ है। हुसेन और सूजा तो मानते ही रहे हैं कि उनकी रेखाएँ, और उनके आकृतिमूलक चित्रों की बहुतेरी मुद्राएँ और भंगिमाएँ, पारम्परिक मूर्तिशिल्पों के साथ एक आत्मीय रिश्ते में बँधी हैं। और हमारे तमाम आधुनिक चित्रकारों ने अपनी स्केच-बुकों में इन सभी स्मारकों के न जाने कितने रेखांकन बनाए-सँजोए हैं। हुसेन, सूजा, जतिन दास के चित्रों-रेखांकनों में 'त्रिभंगी' और अन्य मूर्तिशिल्पीय मुद्राएँ-भंगिमाएँ तो कोई देख-पढ़ सकता है। नन्द बाबू और विनोद बिहारी मुखर्जी के लेखन-चिन्तन में इन स्मारकों का न केवल उल्लेख हुआ है, उनका आधुनिक या एक नए बोध के साथ किया हुआ विश्लेषण भी है।

हम महाबलीपुरम के पार्किंग-स्थल में पहुँचते हैं तो सोच की इस धारा पर और रास्ते के 'मनोरम' सौन्दर्यशास्त्रीय अनुभव पर एक ब्रेक लग जाता है। बाज़ार-दुकानें, उनके नाम-पट्ट, और यहाँ-वहाँ बिखरे पॉलीथीन के थैले, हमारा ध्यान बाँटते हैं। कुछ गर्मी भी है। हम नारियल पानी पीते हैं। और ग्रीटिंग काड्र्स, फोटो एलबम, शंख-सीपियों से बनी चीज़ों की बिक्री करनेवालों से कुछ घिर जाते

हैं। कुछ विदेशी और अन्य पर्यटक हैं। यह 'सीजन' नहीं है, सो, बहुत भीड़ तो नहीं है, पर, स्मारकों के इर्द-गिर्द कई चीज़ों का एक शोर तो है ही। किसी फ़िल्म की शूटिंग हो रही है, ऐन स्मारकों के सामने और यूनिट के लोगों के अलावा, तमाशाबीन भी अच्छी संख्या में हैं।

महाबलीपुरम के मूर्तिशिल्पों के आसपास ऐसे माहौल की कल्पना मेरी पत्नी ने नहीं की थी। वह कुछ निराश होकर कहती हैं,"मैंने तो सोचा था, ऐन समुद्र तट पर हैं स्कल्पचर्स। और ऐसा रख-रखाव, जैसे इनकी ओर कोई ध्यान ही नहीं हो। सामने की दुकानों के नाम-पट्ट और उनके रंग, और यह गन्दगी—ये सब महाबलीपुरम की कला से कहाँ मेल खाते हैं। देखिए न, खजुराहो का परिसर अब कितना अच्छा हो गया है। वैसा ही यहाँ का भी क्यों नहीं बनाया जा सकता है ?" मैं सहमत होता हूँ, और दिलासा देते हुए कहता हूँ, "महाबलीपुरम का एक मूर्तिशिल्पीय हिस्सा ऐन समुद्र तट पर भी है, वहाँ बाद में चलेंगे।"

जो भी हो, एक बार फिर 'गंगावतरण' और 'अर्जुन' वाले पैनल देख तो पा रहा हूँ। और बड़ी चट्टानों को तराशकर बनाए गए वे रथ-मन्दिर भी तो, जिनका प्रवेश टिकट दस रुपए है, और विदेशियों के लिए है पाँच डॉलर। घूमते-घामते, सब देखते-भालते, हम समुद्रतटीय हिस्से में पहुँचते हैं। सुन्दर बाड़ है, फूल-पौधे हैं, पूरे परिसर में घास है—चित्त प्रसन्न होता है। मूर्तिशिल्पों के हर विवरण को न भी देखें तो कोई बात नहीं, एक कला-मर्म इस मनोरम वातावरण में बसा हुआ है, और उसके साथ रहना अच्छा लग रहा है। हाँ, यह सच है।

कुछ ही दूर पर बने हुए रेस्तरा में हम भोजन करते हैं: एक छतरी वाली मेज पर बैठकर। समुद्र सामने है। और दक्षिण भारतीय व्यंजनोंवाली थाली (मात्र पच्चीस रुपए में) हमें परितृप्त करती है। इस परिसर में भी खूब फूल-पौधे हैं, जो खुली धूप और निर्मल आकाश में चमक रहे हैं। विदेशी पर्यटकों के एक दल को, एक स्थानीय 'जादूगर' ने अपने खेल से मोह रखा है—उसकी बाजीगरी पर ठहाके भी लग रहे हैं। ज्योति ने कैमरे से कुछ तस्वीरें खींची हैं।

वापसी में हम रुकते हैं चोलमंडलम आर्टिस्ट्स विलेज में, एक ग्रुप प्रदर्शनी भी लगी हुई है, उसे देख चुके हैं, पर, एक बार फिर देखते हैं, और गैलरी से ही फोन करते हैं, मूर्तिशिल्पी नन्दगोपाल को। उनसे अच्छा परिचय रहा है। जाती बार उनसे भेंट नहीं हो सकी थी। इस बार वे मिल जाते हैं। घर ले जाते हैं। उनकी पत्नी दिल्ली रह चुकी हैं। बहुत अच्छी हिन्दी बोलती हैं। हम कई तरह की चर्चाओं के बीच हैं। चाय-नाश्ता कर रहे हैं। दीवारों पर लगे हुए के.सी.एस. पणिक्कर के चित्रों की ओर मेरा ध्यान बार-बार चला जाता है। उठकर उन्हें देखने लगता हूँ।

नन्दगोपाल, के.सी.एस. पणिक्कर के ही पुत्र हैं। पणिक्कर साहब का आधुनिक भारतीय कला में विशिष्ट योगदान रहा है। नन्दगोपाल, उस पत्र-व्यवहार की चर्चा करते हैं, जो जामिनी राय और के.सी.एस. पणिक्कर के बीच रहा था।

आती बार हम पुराने मित्र हरिदासन से मिल ही चुके थे। और प्रदर्शनी में ही भेंट हो गई थी जयपाल पणिक्कर से, जिनके काम के प्रशंसक थे स्वामीनाथन। स्वामी से उनके काम को लेकर कई बार चर्चा हुई थी। इस बार हम दोनों ने मिलकर स्वामी की याद की। युवा मूर्तिशिल्पी राजशेखरन नायर से भी भेंट हुई—कई अन्य कलाकारों से भी।

चेन्नई में हमारी मूर्तिशिल्पी मित्र राधिका वैद्यनाथन ने याद दिलाया कि चेन्नई संग्रहालय में 'चोला पीरियड के कांस्य मूर्तिशिल्प ज़रूर देख लीजिएगा।' वह गैलरी हमने देखी और नटराज तथा गणेश की कई कांस्य प्रतिमाएँ अब हमें याद रहेंगी। राधिका ने हमें शहर के बीच के माहलापुर के पुराने बार की 'सैर' भी कराई, और पुराने शिव मन्दिर में भी ले गईं—जो कोई सात-आठ सौ साल पुराना है। और जिसकी दीवारों-छतों पर उत्कीर्ण मूर्तिशिल्पों का अपना सौन्दर्य है। राधिका का कहना था, "मुझे तो किसी कला-दीर्घा में जाने से भी अधिक, इस बाज़ार में आना अच्छा लगता है। कितने रंग, कितने रूप। कितनी तरह की सुवास—मसालों, फूलों आदि की—घेर लेती है।" राधिका ने बहुतेरे इंस्टालेशन्स भी देश-विदेश में किए हैं। जापान, दक्षिण अफ्रीका, स्वीडन आदि में, और 'स्कल्पचर 95' प्रदर्शनी में—जो दिल्ली में लगी थी—हम उनके सिरेमिक वाले काम देखकर वास्तव में प्रभावित हुए थे। उनसे पहली भेंट वाराणसी में मूर्तिशिल्पी मदनलाल के यहाँ हुई थी। और तभी हमारी मैत्री भी हुई थी। वह चेन्नई के कलाक्षेत्र, रूक्मिणी देवी अरुंडेल के कलाक्षेत्र वाले इलाके से कुछ दूर, एक गाँव में बने अपने स्टूडियो में काम करती हैं। समुद्र वहाँ से करीब ही है। वहाँ भी जाना हुआ। दिल्ली की 'आर्ट हेरिटेज' गैलरी में भी कुछ वर्ष पहले इब्राहिम अल्काजी ने उनकी एकल प्रदर्शनी आयोजित की थी।

इस यात्रा में एक बार फिर यही तो पहचाना कि कला का रिश्ता, वह फिर चाहे जिस काल की हो, वर्तमान से कभी टूटता नहीं है, और जीवन और कला का तो एक अभिन्न रिश्ता है ही।

सुन्दर चट्टानें

हैदराबाद-सिकन्दराबाद इन दो जुड़वाँ शहरों के कई इलाकों में, बहुतेरी छोटी-बड़ी चट्टानें या तो कहीं से झाँकती हुई मिलती हैं, या फिर सिर ताने शान से खड़ी हुईं। इनमें से कोई अकेली भी हो सकती है और किसी चट्टान-पुंज के बीच खड़ी-पड़ी-जुड़ी हुई भी। सो, सुबह-सुबह ही सिकन्दराबाद के गौतम नगर एन्कलेव में पानी की टंकी के नीचे पड़ी-खड़ी-जुड़ी कई साँवली चट्टानों को देख रहा हूँ, जिनके बीच कई पौधे अपने आप उग आए हैं। पर इन दोनों शहरों में कई जगह आपको चट्टानों के लिए विशेष रूप से की गई सज्जा भी दिखाई पड़ सकती है—यानी चट्टानों के बीच प्रयत्नपूर्वक पेड़-पौधे-फूल उगाए और सँवारे गए हैं। 'बंजारा हिल्स' तो पूरी तरह से चट्टानों और चट्टानी टीलों-पहाड़ियों के बीच निर्मित हुआ है और वहाँ यह चट्टानी-सज्जा कुछ अधिक दिखाई पड़ती है। शायद ही कोई घर ऐसा हो, जिनके बीच या इर्द-गिर्द कोई चट्टान न हो या 'चट्टानीपन' न हो।

कल ही तो हम बंजारा हिल्स में चित्रकार मकबूल फिदा हुसेन द्वारा स्थापित संग्रहालय—'सिनेमाघर' देखने गए थे और वहाँ भी एक सुन्दर चट्टान दिखी थी। जी हाँ, इसका नाम ही 'सिनेमाघर' है और इसमें हुसेन साहब सिनेमा सम्बन्धी अपने काम रखना चाहते हैं और इसे एक प्रकार के फ़िल्म आर्काइव में परिवर्तित करना चाहते हैं। शुरुआत हो चुकी है। जमाना पहले मुम्बई में बनाए गए एक सिनेमा होर्डिंग की एक प्रतिकृति यहाँ है, और 'गजगामिनी' सम्बन्धी भी कई छवियाँ हैं। उसके सेट्स हैं। एक लाइब्रेरी है, जिसमें सिनेमा सम्बन्धी बहुतेरी पुस्तकें हैं। बहरहाल, अभी तो हम उस चट्टान की ही चर्चा पर ध्यान केन्द्रित करेंगे, जो सिनेमाघर के परिसर में शान से खड़ी हुई है। मालूम हुआ जब 'सिनेमाघर' की इमारत बननी शुरू हुई थी तो हुसेन साहब ने यह तय किया था कि इस चट्टान से कोई छेड़छाड़ नहीं की जाएगी और इसे ज्यों का त्यों सुरक्षित रखा जाएगा। दरअसल यह चट्टान एक मानव आकृति का भ्रम देती हैः सामने

से इसमें एक चेहरे के नाक-नक्श का आभास होता है—होंठों, बरौनियों आदि का और पीछे की ओर से एक जूड़ा है—स्त्री का। 'सिनेमाघर' के गाइड-प्रबन्धक जावेद जब हमें यह बता रहे थे तो मेरी पत्नी ज्योति को निकट से जाकर उस चट्टान को देखने की इच्छा हुई और वह जाकर उसकी परिक्रमा कर भी आईं। मैं अवश्य उसे कुछ दूर से ही सराहता रहा। और यह सोचता रहा कि हुसेन साहब का यह निर्णय कितना सही था। वह चट्टान कुल परिसर को यों भी एक भव्यता प्रदान करती है और सचमुच एक 'कलाकृति' की ही तरह तो वहाँ स्थापित है।

जब हम कुछ अरसा पहले हैदराबाद में थे तभी वहाँ दो कलाकार शिविर भी आयोजित थे। एक तो सांघीनगर में, जो हैदराबाद से कोई चालीस किलोमीटर दूर है, और दूसरा हैदराबाद में ही 'शिल्प रामम' (यानी शिल्प ग्राम) में, जो हाई-टेक सिटी के बिलकुल पास है, और बंजारा हिल्स से छह-सात किलोमीटर की दूरी पर है। पहला कलाकार शिविर चित्रकारों का था जिसमें हाकु शाह, सूर्यप्रकाश, जय झरोटिया, वैकुंठम आदि भाग ले रहे थे, और दूसरा मूर्तिशिल्पियों का था, जिसमें भाग लेने के लिए नागजी पटेल, राजिन्दर तिक्कू, मदनलाल आदि हैदराबाद आए थे। सांघीनगर वाले शिविर में तो जाना नहीं हो पाया, पर, चट्टानों के प्रसंग से यह याद आती रही कि वह भी पूरा चट्टानी इलाका है, और हैदराबाद से जब सांघीनगर के रास्ते में पहुँचते हैं तो काफी दूर तक तरह-तरह की चट्टानें, और ऐसे शिलाखंड मिलते ही चले जाते हैं, जिन्हें 'प्राकृतिक या नैसर्गिक मूर्तिशिल्पों' का दर्जा दिया जा सकता है।

कोई छह-सात वर्ष पहले ऐसे ही एक कलाकार शिविर में सांघीनगर जाना हुआ था, और तब वह चट्टानी इलाका देखा था। वहाँ, उस बार, दो दिन रहा भी था। इस बार मूर्तिशिल्पी शिविर में जाना हुआ और उस इलाके में पहुँचकर एक प्रीतिकर अचरज यह हुआ कि 'शिल्प रामम' के इर्द-गिर्द भी काफी शिलाखंड और चट्टानी विस्तार हैं। हाई-टेक सिटी की नई बनी ऊँची, बहुमंजिली इमारतों के ऊपर से यह चट्टानी दृश्य कैसा लगता होगा, इसकी कुछ कल्पना ही मैं कर सका, पर उनके पास से गुजरते हुए जो साँवली, धूसर, भूरी, सलोनी रंगतें और झाइयाँ, चमकती हुई धूप में मिली जो कई प्रकार के आकार भी देखने को मिले, उनकी स्मृति अब बनी रहेगी। 'शिल्प रामम' में पहुँचकर, जब पूरे परिसर में ही पत्थरों की एक बिसात बिछी हुई मिली, और घास-फूस के छप्परों (जो चारों ओर से खुले हुए थे) के नीचे मूर्तिशिल्पी मित्रों को शिलाखंडों पर काम करते हुए देखा, तो एक बार फिर पहचाना कि प्राकृतिक पत्थरों को जब कलाकार के हाथ तराशते और उत्कीर्ण करते हैं तो किस प्रकार प्रकृति के हाथ, और कलाकार के हाथ मानो

आपस में जुड़कर यह काम कर रहे होते हैं। प्रायः सभी कलाकारों के अस्थायी कला-कुटीरों (या कला छप्परों में) में बड़े आकार के ही शिलाखंड रखे हुए थे— स्थानीय यानी इसी अंचल के। दिल्ली के कलाकार एनाज एक ऐसे ही बड़े शिलाखंड में 'एक मगरमच्छ और एक मानव आकृति के बीच के द्वन्द्व' को तराश और उत्कीर्ण कर रहे थे : अधूरी रचना को ही देखकर लगा कि वह अन्ततः एक प्रभावशाली रचना में परिवर्तित होनेवाली है। इस कलाकार शिविर में वर्षों पहले कही गई हिम्मत शाह की एक उक्ति याद हो आई : 'अगर आप उस पहाड़ से एक पत्थर उठाकर लाते हैं और उसे उस पहाड़ का मर्म वापस नहीं करते हैं, तो फिर मूर्तिशिल्प तराशने का अर्थ ही क्या रह जाता है ?' कितनी सटीक है यह उक्ति, आप कोई रचना सामग्री उठाएँ, और उसमें पहले से ही जो मर्म, जो सौन्दर्य, जो बल बसा हुआ है, उसे और बढ़ाएँ नहीं, उसमे कुछ नया न जोड़ें, बल्कि जो उसमें पहले से ही मौजूद है, उसे भी कम कर दें, तो फिर वह रचना ही क्या हुई ?

जब नागजी भाई से हाई-टेक सिटी के इर्द-गिर्द की चट्टानों की चर्चा हुई तो, उनकी आँखों में एकदम से एक चमक आ गईः बोले मैं तो शिलाखंडों को देखकर मुग्ध हो जाता हूँ। नागजी भाई वड़ोदरा के हैं, देश के प्रतिष्ठित मूर्तिशिल्पियों में हैं। मैं उनके कथन की रोशनी में उन चट्टानों के सौन्दर्य को मन ही मन और अधिक सराहने लगा, जिन्हें रास्ते में अभी देखता हुआ आया था। स्वयं नागजी भाई ने वड़ोदरा के एक चौराहे में, शिलाखंडों में ही वटवृक्ष के जो रूप उत्कीर्ण किए हैं, शैलीबद्ध तरीके से, उसकी सुधि हो आई।

और चट्टानों की चर्चा हो रही हो तो भला चंडीगढ़ के 'रॉक गार्डन' को कैसे भुलाया जा सकता है। नेकचंद ने वह कला-रचना का एक दूसरा मर्म खोजा-खोला है : और वह यह कि प्रकृति ने जो आकार शिलाखंडों में बना डाले हैं, या मनुष्य ने जिन पत्थरों को तोड़-ताड़कर बिसरा दिया है, उन्हें मात्र संयोजित करके, किस प्रकार एक सौन्दर्य हासिल किया जा सकता है। और एक ऐसा उद्यान बनाया जा सकता है—सिर्फ शिलाखंडों का, जो वास्तव में दर्शनीय है।

इस बार हैदराबाद में यह जानकर भी अच्छा लगा कि नागरिकों ने एक 'सेव द रॉक सोसायटी' नाम का एक संगठन बनाया है जो शिलाखंडों के और चट्टानी दीवारों के संरक्षण पर जोर देता है। नए नियमों के अनुसार अगर कोई चट्टान किसी इमारत के निर्माण के बीच में आ रही हो, तो इस बात का ध्यान रखा जाए कि उसे 'ब्लास्ट' करके उड़ा न दिया जाए बल्कि इमारती नक्शे में उसे किसी न किसी रूप में खपा लिया जाए। यह संगठन छुट्टियों के दिन, बच्चों समेत सभी

आयुवर्ग के लोगों को चट्टान के बीच विस्तार के लिए भी ले जाता है। उन 'चट्टानों' स्थलों में जो शहर से कुछ दूर हैं: सबके मन में यही बात बैठाने के लिए कि शिलाखंड अपने आप में कितने सुन्दर होते हैं और उन्हें बचाना पर्यावरण की दृष्टि से भी क्यों ज़रूरी है।

कलाकार शिविर में ही अनायास कुछ वर्षों पूर्व का वह प्रसंग भी याद हो आया जब मैं सुप्रसिद्ध रंगकर्मी ब.व. कारंत के साथ, हैदराबाद से कोई डेढ़-दो घंटे के रास्ते में बसे एक गाँव में गया था। उस समय, उसी गाँव में रहकर कारंत जी 'सुरभि' नाट्यमंडली के साथ एक नाट्य-प्रस्तुति की तैयारी कर रहे थे। हम जानते हैं कि 'सुरभि' एक बहुत पुरानी नाट्य-मंडली है, जो पारसी शैली के परदों और कई तरह की रोमांचक तकनीकी युक्तियों (ट्रिक्स) और 'स्वरचित' संगीत के साथ गाँव-गाँव में भ्रमण करके नाटक करती रही है। जब हम हैदराबाद से चले तो कोई चार बजने लगे थे, और कारंत जी की चिन्ता यह थी कि जिस जीप पर हम सवार थे वह सूरज डूबने से पहले ही गाँव पहुँच जाए। दरअसल गाँव पहुँचकर वह मुझे एक पहाड़ी पर टिके हुए शिलाखंड को दिखाना चाहते थे, जो दूर से एक मनुष्य निर्मित और स्थापित मूर्तिशिल्प लगता था, पर वास्तव में था नहीं : वह तो स्वतः उस पहाड़ी पर न जाने कब से इसी रूप में टिका हुआ था। कारंत जी ने एक सुबह सैर के वक्त उसे 'डिस्कवर' किया था। निश्चय ही उनकी वह खोज, सौन्दर्यमयी थी, और उस पहाड़ी और उस पर टिके हुए उस शिलाखंड को मैं आज तक कहाँ भूला हूँ।

जिस पत्थर को हम कठोर, 'अभेद्य', वजनी आदि-आदि मानते हैं, वही अपने कितने कोमल-मर्म प्रकट कर सकता है। और लास्य, ललित की भी कितनी छवियाँ उभार सकता है, इसी के कितने अच्छे उदाहरण हैं, खजुराहो और एलोरा का कैलाश मन्दिर। कई समकालीन कलाकारों ने पत्थर के 'वास्तविक' रूप को सुरक्षित रखते हुए, उसमें कुछ लिख-बनाकर-छीलकर उसका एक 'रूपान्तरण' किया है, और उसे आधुनिक/उत्तर आधुनिक बोधी बनाया है। 'स्कल्पचर 95' में दिल्ली में प्रदर्शित बंगलूर के कलाकार एम.एस. उमेश की कृति, ऐसी ही एक कृति थी। पुराने कला-स्मारकों की गणना भी कर लें तो जितनी छवियाँ मानस-पटल पर उभरेंगी, वे मनुष्य की न जाने कितनी कोमल, वेध्य, संवेद्य भावनाओंवाली होंगी। कला के स्पर्श से मनुष्य ने हर प्रकार की रचना-सामग्री को जिस प्रकार एक 'नया जीवन' और 'नया रूप' दिया है, वह वास्तव में विलक्षण ही है।

भीमबैठका की ओर

हम भीमबैठका के रास्ते पर हैं। सुबह के सात बजे हैं, भोपाल की सड़कों पर वाहन दौड़ने लगे हैं, पर, अभी सड़कों पर होनेवाली पूरी चहल-पहल में कुछ देर है। हवा में ठंडक है। अक्तूबर का पहला सप्ताह है। हमारी योजना यही है कि भीमबैठका जाकर, नौ-दस बजे तक भोपाल लौट आया जाए—उसके बाद तो सूरज की गरमी ऐसी होगी कि खुले में खड़े रहने में चलने-फिरने में, आनन्द न आएगा। सभी कहते हैं कि भीमबैठका वर्षा-काल में और मनोरम और अधिक आकर्षक हो उठता है। पर, किसी विशेष स्थान के लिए, चाहने मात्र से, विशेष-काल में कार्यक्रम बन जाए, ऐसा प्रायः सम्भव कहाँ होता है। सो, हम भोपाल में होने का यह लाभ अभी ही उठा लेना चाहते हैं कि भीमबैठका हो आए। पिछले वर्षों में भी कई बार भोपाल आना-जाना हुआ ही है, पर कहाँ बना पाए हैं हम वहाँ जाने का कार्यक्रम। सो, इस बार तो हो ही आना है। भीमबैठका मैं पहली बार लगभग पच्चीस वर्ष पहले गया था। लेखकों-चित्रकारों की एक मंडली के साथ। तब साथ थे पुरातत्त्ववेत्ता वाकणकरजी, जिन्होंने पुरातात्त्विक महत्त्व के उन शैलाश्रयों की खोज की थी, जो भीमबैठका में हैं। शैलाश्रयों के चित्र दिखाते हुए, उनकी छवि मुझे अभी तक याद है। वह अपने युवा सहयोगियों से, शैलचित्रों पर पानी फेंकने के लिए कहते, फिर उन पर जमी धूल के झर जाने पर, छड़ी के सहारे चित्रों की 'विशेषताओं' पर प्रकाश डालते। यह भी याद है कि भीमबैठका के शैलाश्रयों तक पहुँचने के लिए हमें कुछ दूर पैदल भी चलना पड़ा था, और रास्ते में ऐसे स्थल भी आए थे, जहाँ कुछ पानी भरा हुआ था—सो मंडली के सभी स्त्री-पुरुष अपने पतलून, पायजामों/ साड़ियों को कुछ मोड़कर, या कुछ ऊपर सरकाकर ही उस जल-थल को पार कर पाए थे।

यात्री-बस शैलाश्रयों से कुछ पहले ही रोक देनी पड़ी थी। एक 'पिकनिक' का-सा माहौल भी तब बन गया था। अब सुना है कि शैलाश्रयों के 'प्रवेश द्वार' तक गाड़ियों का जाना सम्भव हो गया है। पक्की सड़क बन गई है। और पुरातत्त्व

विभाग की ओर से शैलाश्रयों के बीच पहुँचने के लिए भी सुनिश्चित पक्की पगडंडियाँ बना दी गई हैं। कई संकेतक भी लगा दिए गए हैं। सो, उस 'नए' भीमबैठका को भी देखने की उत्सुकता है—'पुराने' की छवि तो कुछ-कुछ याद ही है। दूसरी बार भीमबैठका, कलाकार हिम्मत शाह और इन्दौर के चित्रकार श्रेणिक जैन के साथ जाना हुआ था—दिन गर्मियों के थे, धरती तप रही थी, भीमबैठका की चट्टानें तो तप ही रही थीं। इस यात्रा को भी कई बरस हो चुके हैं और स्मृति में भीमबैठका से अधिक गर्मी की 'छवियाँ' याद हैं—कालिदास के 'ऋतु संहार' में वर्णित ग्रीष्म-छवियों की-सी छवियाँ। हम एक जीप पर सवार होकर भीमबैठका पहुँचे थे। हिम्मत शाह, अपनी चिर-परिचित कैप के साथ थे। इस बार हमारे साथ एम्बेसडर गाड़ी है और उसके ड्राइवर परबत सिंह, कई बार भीमबैठका जा चुके हैं। उनसे भी कई नई जानकारियाँ हमें उस जगह के बारे में मिल चुकी हैं। और मिल रही हैं। मेरी पत्नी ज्योति की यह पहली भीमबैठका यात्रा है, सो वह मुझसे भी अधिक उत्सुक है भीमबैठका को लेकर। जब हम भोपाल को कुछ पीछे छोड़कर एक मुख्य मार्ग पर आ गए, तो मैंने परबत सिंह से पूछा कि 'क्या हम नेशनल हाईवे पर आ गए हैं ?' 'हाँ', वह कहते हैं। 'आपको नम्बर मालूम है ?' 'जी, यह नेशनल हाईवे नम्बर 12 है।' फिर स्वयं जोड़ते हैं, 'यह जयपुर से नागपुर जाता है।'

सोच रहा हूँ कि हाईवे की गहमागहमी यह कुछ भान तो करा ही देती है कि वह किसी सामान्य सड़क से कुछ अलग है। यह जानकारी तो हम परबत सिंह से लें ही चुके हैं कि भोपाल से भीमबैठका की दूरी लगभग 45 किलोमीटर है, और वहाँ कार-जीप से कोई घंटे भर में पहुँचा जा सकता है। ओबेदुल्लागंज आए तो जान लीजिए कि आप बस भीमबैठका पहुँचने ही वाले हैं। सो, ओबेदुल्लागंज के बाज़ार के दिखते ही, मैं मानो सावधान हो गया। कुछ आगे जाकर, गाड़ी दाईं ओर को मुड़ी तो प्रकट हुई कुछ दूर स्थित पहाड़ियाँ और चारों ओर की हरियाली। एक गहरी शान्ति भी चौतरफ़ा व्याप्त मालूम हुई। भीमबैठका को जब पहली बार देखा था तब भी यही प्रतीति हुई थी कि अगर यहाँ रॉक पेंटिंग्स न मिली होती तो भी यह एक दर्शनीय स्थल तो होता ही। जनश्रुति है कि वनवास के समय पांडवों ने यहाँ पड़ाव किया था, और भीम यहाँ की चट्टानों को सुशोभित करते थे, सो, यह जगह भीमबैठका के नाम से जानी जाती है। नेशनल हाईवे से फूटी हुई, भीमबैठका की ओर जानेवाली जिस सड़क पर अब हम हैं, वह सुबह के आठ बजे निर्जन ही है। और समूचे इलाके में, जहाँ तक दृष्टि जाती है, कोई और गतिविधि नहीं है। इस इलाके में जो हरियाली और पेड़ हैं, वे इसे 'हरे-भरे' की

संज्ञा से तो जोड़ते हैं—अब भी—पर, इसे वन नहीं कह सकते। लेकिन यह रहा होगा कभी वन भी। और यहाँ विचरते होंगे सदियों पूर्व वे पशु जिनका अंकन यहाँ 'रहने' वाले—शैलाश्रयों में रहनेवाले—उन जनों ने किया होगा जो शिकार पर ही निर्भर रहते थे। पुस्तकों व पत्र-पत्रिकाओं में प्रकाशित होकर भीमबैठका की 'रॉक पेंटिंग्स' ने दुनिया भर में अपने लिए एक आकर्षण बुना है। तो हजारों-लाखों वर्षों से चित्र-प्रतिभा या क्षमता मनुष्य में जन्मजात रही है। चीज़ों को देखकर, उनके 'अनुकरण' में, उन्हीं के सदृश कुछ बना देने की, आँक लेने की यह क्षमता कई तरह से विश्लेषित की गई है। उसे शिकारी-मनोभावों से भी जोड़ा गया है, और कुछ आँक कर-बनाकर उससे अपना मनोरंजन करने की इच्छा से भी। जो भी हो, चित्रकला के ये आदि प्रमाण, दुनिया के चाहे जिस कोने में मिले हों, जिन गुफाओं/शैलाश्रयों में, उससे अंकन का एक 'इतिहास' तो बनता ही है।

शैलाश्रयों के प्रवेश-ठिकाने पर पहुँचकर परबत सिंह ने गाड़ी एक ओर लगाई है, हम उतरे हैं, और उस नोटिसबोर्ड पर हमारी नज़र पड़ी है, जिसमें लिखा हैः शैलाश्रयों में भोजन की सामग्री न ले जाएँ। जाहिर है कि यहाँ 'पिकनिक' की मनाही है, और यह उचित ही है कि कभी बनैले रह चुके स्थान को, अब हम 'कहीं भी कुछ भी फेंक देनेवाली जगह' न मानें—और शैलाश्रयों को मलिन न करें क्योंकि उनके बीच चित्र हैं। इन्हें 'खुला संग्रहालय' मानने में ही भलाई है। ये चित्र हर तरह से मूल्यवान हैं। कुछ अरसा पहले एक टीवी रपट में यह देखकर चिन्ता हुई थी कि शैलाश्रयों को विकृत करनेवाले कुछ तत्त्व सक्रिय हैं, और यहाँ पुरातत्त्व विभाग की ओर से पर्याप्त रखवाले न होने के कारण, ऐसे तत्त्वों को खुली छूट-सी मिली हुई है। बहरहाल हम शैलाश्रयों की ओर बढ़ रहे हैं। भोपाल के 'होटल पलाश' से, जहाँ हम ठहरे हुए हैं, हमने कुछ सैन्डविच पैक करा लिए थे। उन्हें हमने गाड़ी में ही छोड़ दिया है। शैलाश्रयों से लौटकर खाएँगे। साथ में पानी की बोतल भर रख ली है। पत्नी प्रायः हर यात्रा में कैमरा रखती हैं, इस बार दिल्ली में ही छोड़ आई हैं।

भोपाल के अलावा, हम कहीं और भी जाएँगे, यह तो हमने सोचा ही नहीं था। पर, अब आ पहुँचे हैं भीमबैठका, जिसे प्रायः 'भीमबेटका' कहा और लिखा भी जाता है, पर, मुझे तो इसे भीमबैठका ही पुकारना शुरू से ही प्रिय रहा है। खड़ी-सी बड़ी चट्टानोंवाले शैलाश्रयों में पहुँचते ही चित्र आपको नहीं दिख जाते, उन्हें ढूँढ़ना पड़ता है, क्योंकि वे आकार में छोटे हैं ओर चट्टानों के आकार-प्रकार के अनुपात में और अधिक छोटे लगते हैं। पर, ज्योंही उन पर आपकी नज़र पड़ती है, वे आपको अपनी ओर खींच लेते हैं—एक टकटकी-सी उन्हें देखकर बँध जाती

हैं, रेखाएँ सुस्पष्ट हैं और वे जिन आकारों को उभारती हैं, वे भी सुस्पष्ट है। सदियों की बारिश, धूल, काई से चट्टानों का रंग बदला है, पर अब पुरातत्त्व विभाग की ओर से इतनी 'साफ-सफाई' अवश्य की गई है कि शैलचित्रों को देखने के लिए उन पर पानी नहीं फेंकना पड़ता। और शैलाश्रयों के बीच इधर-उधर को फूटनेवाली पगडंडियाँ और जहाँ-तहाँ लिखे संकेतक, यह भ्रम पैदा करते हैं कि आप किसी उद्यान में हैं।

हमारे पहुँचने के साथ ही, आठ-दस युवक भी पहुँचे हैं। वे किसी तरह की नाप-जोख और सफाई का भी काम कर रहे हैं—जाहिर है कि वे पुरातत्त्व विभाग की ओर से ही आए हैं। इनसे पहले, चौकीदार के अलावा हमारी भेंट किसी और से न हुई थी। वे सब अपने काम में लग गए हैं, और फिर गहरी शान्ति छा गई है, जो चिड़ियों के बोलने से ही टूटती है। हम घूम-घूम कर विभिन्न शैलचित्रों को देख रहे हैं। और इन्हें देखते हुए मुझे कलाकार हिम्मत शाह की एक बात याद आ रही है, जो उन्होंने अपने छात्र-जीवन में खजुराहो में किसी शिक्षक/गाइड से कही थी : 'मुझे यह न बताइए कि ये मन्दिर कितने पुराने हैं, और इन्हें किसने बनवाया और इन्हें बनवाने के पीछे का मकसद क्या था। पहले तो मुझे बस इन्हें देख लेने दीजिए। मैं इन्हें 'आज' देख रहा हूँ। और वे मेरे लिए आज ही बने हैं।'

सो, मैं भीमबैठका को इसी तरह देख रहा हूँ—कि ये चित्र आज ही बने हैं। पर, नहीं उन्हें केवल इसी तरह नहीं देख सकता। जानता हूँ कि ये सदियों पुराने हैं, बहुत पुराने हैं। जब मैं और मेरी पत्नी आमने-सामने की दो चट्टानों पर बैठते हैं, कुछ विश्राम के लिए, और वहाँ से दूर तक फैले हुए विस्तार को देखते हैं, तो यह बात मन में उठती ही है, कि ये चट्टानें भी न जाने कितनी पुरानी हैं। यों तो हम धरती पर कहीं भी बैठें, वहाँ शताब्दियाँ बसकर जा चुकी होती हैं, या काल को चक्राकार मानें तो घूम रही होती हैं, या कहीं गई नहीं होतीं, लोग और वस्तुएँ ही व्यतीत होते हैं। पर, यहाँ शैलाश्रयों के प्राचीन चित्र इस जगह की प्राचीनता के 'साक्षी' लगते हैं, और हमें भी बनाते हैं। दूर, रेल की पटरियाँ हैं। ट्रेन जाने की आवाज़ सुनाई पड़ती है। हम उस ओर देखते हैं। पर, ट्रेन दिखती नहीं है। पेड़ों-झाड़ियों के बीच से अन्ततः वह कुछ दिखती है—यानी उसके कुछ हिस्से दिखते हैं। हम आज की, और शताब्दियों पुरानी प्रतीतियों के बीच, उठ खड़े होते हैं—वापस लौटने के लिए।

समाज में कला

मेरा शान्तिनिकेतन, हैदराबाद, लखनऊ और जम्मू कई बार जाना हुआ है, और उनके कला महाविद्यालयों को देखना भी। शान्तिनिकेतन और लखनऊ के कला महाविद्यालयों से तो पहले भी परिचित रहा हूँ, पर जम्मू के 'इन्स्टीट्यूट ऑफ म्यूज़िक एंड फाइन आर्ट्स' में पहली बार गया था। वह एक पुरानी इमारत—पुंछ हाउस—में स्थित है, जो बहुत सुन्दर है और अपने वास्तुशिल्प के कारण पहली ही नज़र में आकर्षित करती है। पर यह देखकर निश्चय ही पीड़ा हुई कि उसका रखरखाव अच्छा नहीं है और उसकी दीवारों पर जो पेड़-पौधे उग आए हैं, उनको वहाँ से हटाने की कोई ज़रूरत महसूस नहीं की गई है। परिसर में जहाँ-तहाँ पॉलिथीन के थैले और कागज बिखरे हुए मिले। वहाँ कुछ पेड़ ज़रूर हैं। पर, किसी ने वहाँ फूलोंवाली बगीचियाँ बनाने की कोई पहल नहीं की है।

जिस वक्त मैं पहुँचा कमरों में अँधेरा था, और छात्र-छात्राएँ उसी अँधेरे में या कहें बहुत थोड़े-से प्रकाश में काम कर रहे थे। वह तो खैर बिजली की अनियमित सप्लाई के कारण था। पर मैं यह सचमुच समझ नहीं पाया कि इमारत की धूल और परिसर की बदहाली के लिए कुछ क्यों नहीं किया जा सकता। छात्र-छात्राएँ अपने काम करने की जगह को, स्वयं अपने कुछ मामूली से प्रयत्नों से, साफ-सुथरा और हरा-भरा क्यों नहीं बना सकते। अगर इमारत की सफेदी के लिए फंड न हों, या उस ओर किसी का ध्यान न जा रहा हो, तो कम से कम यह व्यवस्था तो हो ही सकती है कि वे, यानी छात्र-छात्राएँ, स्वयं कुछ बागवानी करें और अपने कक्षों की धूल और उसके जालों की सफाई कर लिया करें। जब मैंने उन्हें सम्बोधित किया और अनन्तर जब हमारी एक खुली बातचीत भी हुई, तो ये सारी बातें मैं उनसे कह भी सका। मुझे इस बात की खुशी है कि मेरी बातों को उन्होंने ध्यानपूर्वक ही सुना और लगा तो यही कि उनका कुछ असर भी हुआ है।

पर एक बार फिर मुझे इस बात का एहसास हुआ कि अगर इन चीज़ों की

ओर सामान्यतः ध्यान नहीं जाता है तो इसलिए कि सफाई और कला के बीच के अनिवार्य सम्बन्धों की बात हम कुछ भुला बैठे हैं। शान्तिनिकेतन में कला भवन को देखकर भी अब कुछ निराशा ही होती है। उसका परिसर भी साफ-सफाई के मामले में वैसा आदर्श स्थान नहीं रह गया है, जैसा कि पहले कभी हुआ करता था। उसके परिसर में भी न तो कोई घनी हरियाली है, न साफ-सफाई। रामकिंकर के जो शिल्प खुले में है, वे परित्यक्त से लगते हैं। और के.जी. सुब्रमण्यन का श्वेत-श्याम में जो एक अद्भुत म्यूरल है, उसके इर्द-गिर्द भी जैसी स्वच्छता होनी चाहिए, नहीं है। नन्दलाल बसु, रामकिंकर, बिनोद बिहारी मुखर्जी और के.जी. सुब्रमण्यन जैसे कलाकारों की कार्यस्थली का यह हश्र भी पीड़ा ही पहुँचाता है।

आज जब कला-बाज़ार की एक चकाचौंध भी बन चुकी है, नीलामियों का शोर है और लाखों-करोड़ों में कलाकृतियों की बिक्री की खबरें आने लगी हैं, महँगे कला-प्रकाशनों की चमक-दमक है, तब कला-संस्थानों की यह हालत कुछ और अधिक दुखदाई है। लखनऊ के कला महाविद्यालय में जाकर तो रोना आ सकता है—उन सबको, जिन्होंने उसके अच्छे दिन देख रखे हैं। उसकी इमारतें बदरंग ही नहीं, खंडहर जैसी लगती हैं, परिसर में झाड़-झंखाड़ और कूड़े के ढेर हैं। जिस सभाकक्ष में मैंने छात्र-छात्राओं को सम्बोधित किया, उसकी पुरानी भव्यता के अवशेष ही बचे हैं। खिड़कियों-दरवाजों और फर्श पर भी धूल थी, दीवारों पर रंग-रोगन न जाने कितना पहले हुआ था और जिस कक्ष में एक प्रदर्शनी लगी थी, उसकी हालत भी खस्ता ही थी। वाराणसी के कला महाविद्यालय की हालत भी अच्छी नहीं है। कारण जानने चलें तो कोई ठीक-ठाक उत्तर नहीं मिलता। 'राजनीति है', 'यह तो अमुक की जिम्मेदारी है' 'अखबारों में भी बहुत छपा है, पर कुछ हुआ नहीं', 'सरकार ध्यान ही नहीं देती है', 'अधिकारियों को अपने से ही फुर्सत नहीं', 'कला विभागों की तो सभी जगह उपेक्षा है' जैसे जवाब ही आते हैं। पर इस सबसे इतना नतीजा जो निकाला ही जा सकता है कि समाज की कला में जैसी दिलचस्पी होनी चाहिए, वैसी दिलचस्पी नहीं है। कला-सस्थाओं में तो और भी नहीं है। या फिर यह मानें कि समाज में जीवन-स्थितियों को लेकर जैसी विषमता व्याप्त है, वैसी ही विषमता कला-जगत के भीतर भी है। कहीं महल हैं, कहीं झुग्गी झोंपड़ियाँ। पर, इतना मान लेने के बाद भी मन से यह रूमानी खयाल जाता नहीं है कि सचेत विचारोंवाले कला अध्यापकों, छात्र-छात्राओं और कला-प्रेमियों से हम यह मामूली-सी आशा क्यों न रखें कि वे जहाँ भी होंगे, वहाँ एक कलात्मक वातावरण बनाएँगे और केवल इतने से सन्तुष्ट न होंगे कि कला तो केवल कलाकृति में बसती है, सो उसे ही बनाओ, सँभालो, प्रदर्शित करो, फ्रेम

कराओ और सम्भव हो तो बेचो।

हम जानते हैं कि कला केवल कलाकृति में नहीं बसती है। वह कला के 'प्रत्यक्षीकरण' का एक माध्यम भर है। कला का सम्बन्ध मनुष्य की किसी अन्दरूनी रचनात्मक भूख से है, जीवन और प्रकृति में सरसता-रंजकता ढूँढने से है और विचारों की धार को तीव्र करने से है। 'कला से तत्त्व' तो मनुष्य के आचार-व्यवहार में, उसके दृष्टिकोण में, उसकी भाव-मुद्राओं में हैं, जीवन को सँवारने में है। इसी कारण चाहें लोक/आदिवासी समाज रहे हों या शहरी-औद्योगिक समाज—इन सबमें कला केवल कलाकृतियों के माध्यम से नहीं पहचानी जाती रही है। यह कह सकते हैं कि वह कलाकृतियों के माध्यम से 'भी' पहचानी जाती रही है और कलाकृतियाँ अपनी विधियों, विचारों, परिकल्पनाओं में समाज की 'सामूहिक' प्रतिनिधि छवियों, अवधारणाओं को भी व्यक्त करती रही हैं। इस स्थिति में कोई विशेष फर्क आज भी नहीं पड़ा है, हालाँकि कलाकृतियाँ अब एकल, व्यक्तिगत बल्कि वैयक्तिक स्तर पर अधिक रचती जा रही हैं। आखिरकार आज भी किसी कलाकृति की पहचान-परख हम उस 'समाज' को भुलाकर नहीं करते हैं, जिसके बीच वह रची बनाई गई है। यही कारण है कि हुसेन हों या अर्पिता सिंह या जोगेन चोधरी और जयश्री चक्रवर्ती जैसे कलाकार या फिर कई बिलकुल युवा या अपेक्षाकृत युवा कलाकार, हम उनके काम में समाज का प्रतिबिम्बन भी किसी न किसी रूप में तलाश करते हैं।

निजी चित्र-भाषा की खोज और वैयक्तिक अभिव्यक्ति का अर्थ आज भी यह नहीं है कि कला समाजनिरपेक्ष हो गई है। पर जब हम कलाकृतियों में, समाज के साथ उसके किसी न किसी सम्बन्ध की खोज अनिवार्यतः करते हैं तो कला के साथ उसके व्यावहारिक सम्बन्ध की खोज भी करनी चाहिए और यह भी पड़ताल करनी चाहिए कि कला-रचना, कलाकार, कलाकृति और कला संस्था (ओं) के साथ समाज के सम्बन्ध क्या और कैसे हैं ? दिखाई यह पड़ रहा है कि अब समाज का एक वर्ग, कला-दीर्घाएँ, कला-संग्राहक, नीलामीकर्ता, प्रायोजक, मीडिया आदि-आदि कलाकृतियों से तो अपना एक सम्बन्ध बना रहे हैं, उन्हें प्रदर्शित करने, खरीदने-बेचने और घरों-दीर्घाओं में टाँगकर एक 'स्टेटस' अर्जित करने में अपनी रुचि दिखा रहे हैं, पर कला संस्थाओं, युवा कलाकारों और उनसे सम्बन्धित स्थितियों-परिस्थितियों को जानने-समझने में कोई रुचि नहीं दिखा रहे हैं। अगर ऐसा होता तो ऊपर जिन कला महाविद्यालयों का जिक्र हुआ है या उन जैसी जो अन्य संस्थाएँ हैं, उनकी ओर भी उनका और सबका ध्यान जाता।

बहरहाल, इन सारी परिस्थितियों के बीच एक और तथ्य का उल्लेख बेहद

ज़रूरी है। प्रायः इन सभी कला महाविद्यालयों में छात्र-छात्राओं का कुछ ऐसा काम देखने को मिला जिसमें प्रतिभा और मेधा की चमक है। विषम परिस्थितियों में भी कुछ रचनात्मक और जिजीविषा से भरा हुआ काम देखकर भला किसे अच्छा नहीं लगेगा। वैसे तो हमारी सामाजिक परिस्थितियाँ ही ऐसी रही हैं कि न जाने किन-किन संघर्षों और रचनात्मक संघर्षों को पार करते हुए हमारे सृजनधर्मी युवा अपनी राह बनाते रहे हैं। साहित्य, कला, रंगकर्म, नृत्य, संगीत, फ़िल्म और खेल की दुनिया के आज के कई प्रतिष्ठित नाम अपने युवा दिनों के कंटकाकीर्ण पथ को अपनी आत्मकथाओं और वक्तव्यों में याद कर चुके हैं। रामकिंकर, हुसेन, सूजा, आरा आदि के जीवन के पन्ने जिस ज़रूरी जिजीविषा और हर परिस्थिति से लड़ने-भिड़ने के अन्दाज से भरे पड़े हैं, वे निश्चय ही प्रेरणादायी हैं। और आज समाज में जिस हद तक कला के लिए जगह बनी है—और उसका एक ग्लैमर तक बना है—उसके पीछे इन जैसे धुनी-ध्यानी कलाकारों का ही योगदान है। पर इस ओर संकेत करने के बावजूद, हम इसे भी भुला नहीं सकते कि विषम परिस्थितियों में भले प्रतिभाएँ अपनी राह बना लेती हों, पर 'विषम' को 'सुगम' बनाने का काम भी तो समाज को करना चाहिए।

हमारे कला महाविद्यालयों में और उनसे अलग भी, आज जितनी बड़ी संख्या में कला की दुनिया की ओर युवा लोग उन्मुख हुए हैं, उतने पहले कभी न हुए थे। इसलिए समाज का एक कर्तव्य यह निश्चय ही है कि वह देखे कि उनके काम करने की, उनके सीखने और अपना काम प्रदर्शित करने की जगहों की हालत क्या है। केवल दिल्ली-मुम्बई में नहीं, अन्यत्र भी कला-दीर्घाएँ और संग्रहालय हैं तो कितने हैं, नहीं हैं तो क्यों नहीं हैं। और क्यों अपने-अपने शहरों से उजड़कर युवा लोगों को मुम्बई-दिल्ली की ओर ही रुख करना पड़ता है। वे जगहें निश्चय ही अच्छी मानी जाएँगी, जहाँ कलाकार बसते हों और कला भी बसती हो।

प्रकृति पथ पर कला

भारतीय कला में प्रकृति-दृश्यों या प्रकृति उपकरणों की उपस्थिति की अपनी विशिष्ट भूमिका रही है। अजन्ता से लेकर, पहाड़ी, मुगल और राजस्थानी मिनिएचर चित्रों में हमें प्राकृतिक सौन्दर्य की अपूर्व छटाएँ देखने को मिलती हैं। पशु-पक्षी, वनस्पतियाँ, फल-फूल, सूर्य-चन्द्र-तारे, नदियाँ-बावड़ियाँ, पहाड़ियाँ आदि-आदि वहाँ न जाने कितनी तरह से, और न जाने कितने रूपों में चित्रित हैं। जहाँ तक मिनिएचर चित्रों का सवाल है, वहाँ तो प्रायः हर अंचल या शैली के चित्रों में प्रकृति-दृश्यों का चित्रांकन, भिन्न-भिन्न प्रकार से हुआ ही है। अगर कांगड़ा, बसोरुली का अपना प्रकृति-चित्रण है तो कोटा-बूँदी का भी अपना ही है, और नूरपुर-मंडी का भी अपना ही। उत्तर की एक मुगल शैली है, तो दक्षिण की भी एक है। यानी मुगल, पहाड़ी, राजस्थानी आदि जो कुछ प्रमुख कोटियाँ हैं, इनके अन्तर्गत आनेवाली शैलियों की विविधताएँ बहुतेरी हैं। बहरहाल, याद करनेवाली बात यहाँ यही है कि आधुनिक, या कहें अब आधुनिकोत्तर काल में भी, भारतीय कला में प्रकृति-दृश्यों या प्रकृति उपकरणों की भरपूर उपस्थिति बनी रही है, और बनी हुई है। अवनीन्द्रनाथ ठाकुर, नन्दलाल बसु, यामिनी राय, रामकिंकर, बिनोद बिहारी मुखर्जी, रवीन्द्र नाथ ठाकुर हों या अमृता शेरगिल, हुसेन, बेन्द्रे, रज़ा, रामकुमार या परमजीत सिंह, अ. रामचन्द्रन, स्वामीनाथन, अर्पिता सिंह, मनजीत बावा, जोगेन चौधरी, गुलाम मोहम्मद शेख, नीलिमा शेख और कई अन्य महत्त्वपूर्ण चित्रकार—प्रकृति दृश्यों को बहुतेरी छवियाँ हमें इनके काम में मिलती ही मिलती हैं। और जाहिर है कि सबके अंकन का एक निजी और विशिष्ट ढंग भी है। सो ये छवियाँ भी हमें कई रूप-प्रकारों से मिलती हैं। यह स्थिति अगर बनी हुई है तो इसका एक बड़ा कारण यह भी है कि प्रकृति-उपकरण, भारतीय जीवन शैली का एक अभिन्न हिस्सा रहे हैं, और हमारा रहना-सहना-देखना और जीवन-जगत के मर्मों को भी बुझना, परखना मानो प्रकृति उपकरणों के सहारे भी होता रहा है। प्रकृति की एक मानवीय और मिथकीय उपस्थिति भी हमारे यहाँ प्राप्त रही

है। नदियों, वनों, उपत्यकाओं और विभिन्न प्रकार के फल-फूलों, पशु-पक्षियों, फसलों, ऋतुओं आदि-आदि की राग भरी, उल्लासभरी यह उपस्थिति प्रायः अन्य सभी कलाओं में भी गाई-बजाई-दर्शाई जाती रही है। पर एक बार फिर याद कर लें कि यह जिस प्रकार चित्रकला में मूर्त्त हुई है, वह तो अप्रतिम-सी है। और लोक कला की ओर देखें तो वहाँ भी चाहे मधुबनी हो या वरली, या अन्य शैलियों– प्रकृति उपकरण ही छाए हुए मिलते हैं।

आज जब बहुतेरी नदियों की दुर्दशा हो चुकी है और उनके पानी पर जब नन्हीं डोंगियों-नौकाओं की जगह तरह-तरह का कचरा तैर रहा है, जब वनों की छायादार पगडंडियों और रास्तों की छाँह इतनी घनी नहीं रही कि उससे छनकर सूर्यकिरणें प्रवेश ही न कर सकें, और जब हाथियों-घोड़ों-बग्घियों की जगह सड़कों पर धुआँ उगलते शोर मचाते वाहन हैं, और जब हिंसा की चपेट में बहुतेरे ग्राम अंचल और वनस्पतियाँ हैं, जब शहरों में फल-फूल अपने प्राकृतिक सौन्दर्य से अधिक प्लास्टिक के फूलों पर और कपड़ों तथा परदों की डिज़ाइन पर दिखते हैं, जब वाहनों की भीड़ और शोर के बीच किसी को आकाश के तारों की सुधि नहीं आती, तब पहले की कला में, या आज की कला में प्रकृति दृश्यों का चित्रांकन हमें किस रूप में दिखता है ? उस पर हमारी क्या प्रतिक्रिया होती है ? निश्चय ही उसे देखकर एक अतीत-राग, एक नास्टैल्जिया का बोध होता है या फिर उसके बीच रहना हमें वास्तविकता से दूर चले जाने का अहसास कराता है। और समकालीन कलाओं में तो प्रकृति-अंकन को कई बार पलायनवादी भी ठहरा दिया जाता है ? वास्तव की या यथार्थ की दुहाई देकर लोग कहने लगते हैं, 'भाई, किस दुनिया में रह रहे हैं ये ?' मानो प्रकृति सौन्दर्य की, प्रकृति राग की याद दिलाना कोई अपराध हो। पर हम जानते हैं कि वह न तो अपराध है, और न ही पलायन, इसलिए रामकुमार, स्वामीनाथन, अ. रामचन्द्रन, अर्पिता सिंह, जोगेन चौधरी, परमजीत सिंह के चित्रों के सामने खड़े होकर हम अपने को वास्तव से दूर चले जाने का अनुभव नहीं करते, उलटे यह अनुभव करते हैं कि हमें एक दूसरी और बहुत ज़रूरी वास्तविकता की याद दिलाई जा रही है।

और इसकी याद तो प्रकृति-आधारित चित्रों को देखते हुए आती ही है कि जो प्रकृति प्रसंग से किसी चित्र में गठित होता है,वह चित्र-माध्यम की अपनी चीज़ है, क्योंकि कला की एक परिभाषा यह भी है ही कि जो प्रकृति में नहीं है, वही तो (मनुष्यनिर्मित) कला है। प्रकृति में पेड़ है, पर प्रकृति और कला के पेड़, कभी एक (जैसे) नहीं होते हैं, हो भी नहीं सकते हैं। कहने का तात्पर्य यह कि प्रकृति आधारित चित्र, मानो हमें कला-गुणों को सराहने का एक बेहतर अवसर भी देते

हैं क्योंकि प्रकृति से उनके नाते को पहचान लेने के बाद, हम उनके चित्र-गुणों की ओर अनायास लौटते हैं।

लेकिन फिलहाल तो हम प्रकृति आधारित चित्रों के माध्यम से ज़ोर इसी पर दे रहे हैं कि प्रकृति से जो नाता भारतीय जीवन शैली का रहा है, उस नाते की पुष्टि भारतीय कला ही करती रही है, या करना चाहती रही है, और आज भी करना चाहती है। देखने-जाँचनेवाली बात यह ज़रूर है कि इस यत्न से किस तरह का विचार या वक्तव्य या आशय और मर्म सामने आता है। और जब प्रकृति से हमारी दूरी बढ़ रही है तो प्रकृति आधारित चित्र हमें अपनी ओर खींचने की कितनी क्षमता रखते हैं ?

निश्चय ही, हमें मिनिएचर चित्र आज भी अपनी ओर गहराई से आकर्षित करते हैं। मिनिएचर चित्रों की प्रायः सभी शैलियों में प्राकृतिक परिवेश अत्यन्त महत्त्वपूर्ण है। बादल, नदी-ताल, कमल और अन्य पुष्प, तरह-तरह के सघन वृक्ष और उन पर फलों की तरह लदे हुए तोते और अन्य पक्षी, अश्व और हाथी, पहाड़ियाँ, उपत्यकाएँ और वन—ये बार-बार भिन्न-भिन्न प्रकार से हमें उनमें चिह्नित मिलते हैं।

और आधुनिक काल में, बंगाल स्कूल से लेकर आज तक भी बहुतेरे चित्रकारों के यहाँ प्रकृतिउपकरणों की उपस्थिति तरह-तरह से प्रस्फुटित होती है। जोगेन चौधरी और अर्पिता सिंह की तो शायद ही कोई ऐसी कृति मिले जिसमें प्रकृति-उपकरण किसी न किसी मात्रा में न हों। और अर्पिता सिंह तो मानो इस 'सच्चाई' की लगातार याद दिलाती रहती हैं कि युद्ध-हिंसा-आतंक-बर्बरता और मनुष्यजनित विनाश की छाया के बीच फूल, तारे, चन्द्रमा, पक्षी, पेड़-पौधे एक आश्वस्ति की तरह हमारे साथ रहते हैं, और मानो उन्हें सचेत होकर बचाने की और अपनी दुनिया और अपने अभ्यन्तर से बचाने की ज़रूरत बनी रहेगी। चमेली रामचन्द्रन ने हाल के वर्षों में फूलों-पक्षियों-पत्तियों-टहनियों का कागज पर काली स्याही से अपूर्व-अंकन किया है।

प्रकृति-आधारित कला की दुनिया से और भी कई चीज़ों की याद यहाँ की जा सकती है। मसलन राधिका वैद्यनाथन के उन संस्थापनों (इंस्टेलेशंस) की, जो उन्होंने पेड़ों के बीच जाकर, मौके पर भी किए थे। पर फिलहाल तो इस टिप्पणी के प्रसंग से हम प्रकृति और कला रचना के बहुविध सम्बन्धों की एक ज़रूरी याद भर का लक्ष्य लेकर चले हैं।

मेज़ पर रखी हुई चीज़ें

कला की दुनिया में *रूपान्तरण* का अपना महत्त्व है। जब हम किसी पत्ती को, चिड़िया को, किसी धातु में या अन्य रचना-सामग्री में ढला हुआ देखते हैं, तो उसके पत्ती होने या चिड़िया होने के बोध में, ऐसा बहुत कुछ जुड़ जाता है, जो मानो उस बोध में पहले मौजूद नहीं था। और इस तरह अर्थबोध-आशय के नए सन्दर्भ बनते हैं। सो, हम पाते हैं कि पत्थर में, धातु में, कागज में, कैनवस में, और अन्य रचना-सामग्रियों में न जाने कितने आकृति-आकार एक नया रूप ग्रहण करते रहे हैं और अपने कायान्तरण और रूपान्तरण में हमें कला का एक नया आस्वाद सौंपते रहे हैं। हमारे देखने के ढंग को सम्पन्न करते रहे हैं और स्वयं कला की सार्थकता या प्रासंगिकता का एक बोध हमें सौंपते रहे हैं। मूर्तिशिल्प की दुनिया की ही बात करें, और सिर्फ अपने देश की, तो कोणार्क, महाबलिपुरम, अजन्ता-एलोरा, साँची, एलिफैंटा आदि-आदि में कई चीज़ों का कायान्तरण हमें आज तक चकित-विस्मित और मुग्ध करता है, और आधुनिक काल में, रामकिंकर बैज, शंखो चौधरी, धनराज भगत, पीलू पोचखनवाला, शर्बरी राय चौधरी, नागजी पटेल, हिम्मत शाह, ध्रुव मिस्त्री, रविन्दर रेड्डी, मदनलाल, राधिका वैद्यनाथन आदि-आदि का काम, अलग-अलग से कायान्तरण के सन्दर्भ बनाता है और आकृति-आकारों-वस्तु रूपों-रेखाओं आदि को लेकर कुछ नया सोचने को बाध्य करता है।

मूर्तिशिल्प में 'कायान्तरण' अधिक प्रत्यक्ष होता है, चित्र के मुकाबले वह त्रिआयामी भी होता है और यथार्थ जीवन में चलने-फिरनेवाली चीज़ों के समकक्ष भी—इसलिए उसके प्रति आकर्षण भी एक अलग तरह का होता है। मसलन कागज या कैनवस पर बने हुए घोड़े की अपेक्षा धातु या फाइबर ग्लास जैसी सामग्री में कायान्तरित घोड़ा हमारे भीतर एक अलग तरह की 'गति' पैदा करता है, हम उसे अलग प्रकार से देखते हैं और उसकी कुल बनावट को चारों ओर से देखते हैं। आगे से, पीछे से, दाएँ से, बाएँ से, घूम-घूम कर। हाँ, यह सुविधा हमें

उन मूर्तिशिल्पों में नहीं मिलती, जो दीवार पर उभरे होते हैं, उत्कीर्ण, जैसे बहुतेरे मूर्तिशिल्प साँची-कोणार्क आदि में हैं, पर, जो चारों ओर से देखे जानेवाले हैं, जैसे कि शिव का नन्दी है, कई मन्दिरों-स्मारकों में, वह अपनी 'परिक्रमा' की सुविधा हमें देता है। तो यह जो चारों ओर से राउंड होना है, परिक्रमित होना है, वह हमारे देखने के बोध को कुछ ज्यादा सुगम, ज्यादा 'सजीव', ज्यादा प्रत्यक्षदर्शी बनाता है।

हम किसी आकृति या वस्तु रूप को इस तरह घूम-घूमकर देखते हैं तो यह जानते हुए ऐसा करते हैं कि जो कुछ हम देख रहे हैं, वह किसी आकृति-आकार-वस्तु रूप से मिलती-जुलती चीज़ है, पर हूबहू वैसी नहीं है—तब मानो हम यह भी पहचानते हैं कि इस रूपान्तरण में क्या-क्या घटित हुआ है, किस रूप में घटित हुआ है, और कलाकार ने उसे उस रूप में क्यों घटित होने दिया है, या अगर उसमें कोई सजग गढ़न दिखाई पड़ रही है, तो वह क्यों कर सम्भव हुई है, और क्यों किया गया है ? हम इन सवालों के साथ कृति के सामने खड़े होते हैं तो इसीलिए कि चाक्षुष रूप में हम तक जो कुछ पहुँच रहा होता है—जो बोध, जो मर्म, उसे अपने भीतर उतार सकें। और उस कृति को और गहराई में देख सकें, उसे देखने से प्राप्त हुए आनन्द को और बढ़ा सकें, जो उसने हमें सौंपा है।

ध्रुव मिस्त्री की प्रदर्शनी (दिल्ली में मुम्बई की साक्षी गैलरी द्वारा रवीन्द्र भवन में अप्रैल (2005) के पहले सप्ताह में आयोजित) पर कोई टिप्पणी करने से पहले जो यह भूमिका जैसी चीज़ लिखने की इच्छा हुई, वह दरअसल इस प्रदर्शनी को देखने के बाद ही उपजी है। उसे देखते हुए मन में कई तरह की प्रतिक्रियाएँ होती रहीं। प्रदर्शनी मुझे बेहद अच्छी लगी है—यह तो तत्काल जोड़ना ज़रूरी है ही। ध्रुव हमारे महत्त्वपूर्ण मूर्तिशिल्पियों में हैं। देश-विदेश में उन्होंने ख्याति भी बहुत अर्जित की है। कई तरह की रचना-सामग्री में उन्होंने काम किया है। बरमिंघम में स्थापित उनके मूर्तिशिल्प, अब उस शहर की 'देखने लायक चीज़ों' में गिने जाते हैं। इस बार ध्रुव ने बहुत बड़े आकार में स्टील की प्रायः लम्बवत छड़ों में मूर्तिशिल्पों की रचना की थी। ये संरचनाएँ ऊँचे भवनों, बहुत बड़े पिंजड़ों, और नागर-बोध में कुछ अन्य सन्दर्भ बनाती थीं—उनका आभास कराती थीं।

इस बार उन वृहदाकार शिल्पों की तुलना में, मेज पर रखी हुई कुछ छोटी-छोटी चीज़ों से उन्होंने अपने मूर्तिशिल्प 'गढ़े' हैं। पहले सीधे मोम से, फिर उन्हें कांस्य में ढाल दिया गया है। सहज ही यह बात ध्यान में आती है कि जो कायान्तरण वृहदाकारों में होता है, वह हमारे चाक्षुष बोध को एक अलग तरह का आस्वाद देता है, और जब लघु आकारों में होता है तो एक अलग प्रकार का।

और यह भी कम विचित्र या अचरज भरी बात नहीं है कि लघु आकारों में भी कोई चीज़ हमें वृहदाकार का भान करा सकती है। मसलन शतरंज के 'घोड़े' जैसी शक्ल में, या पक्षी जैसी शक्ल में, या किसी लघु औजार की शक्ल में जो चीज़ें रखी गई हैं, वे अपने रचे गए आकार से बहुत 'बड़ी' भी हो उठती हैं—बोध के स्तर में। ड्रिल करके किसी धातु, लकड़ी या दीवार पर छेद करने का जो औजार होता है, वह ध्रुव के इन मूर्तिशिल्पों में अपनी संरचना में स्थिर होते हुए भी एक 'गति' भ्रम पैदा करता है, पक्षी उड़ने को तत्पर लगता है, और घोड़ों और अन्य जीव-जन्तुओं की शक्लें भी किसी गतिशील स्थिति को जन्म देती है।

इन्हें रचने का विचार ध्रुव को मेज़ पर रखी हुई चीज़ों से मिला। ये बनाई भी मेज पर बैठकर गई हैं, और इनकी कुल शक्ल भी मेज़वाली है। ब्रांकुसी के 'टेबल ऑफ साइलेंस' (1937) और ब्रितानी मूर्तिशिल्पी एंथनी कारों के 'टेबल स्कल्पचर्स' का आभार ध्रुव ने स्वीकार किया है या कहें उनके सन्दर्भ को भी कैटलॉग में याद किया है। पर, जाहिर है कि 'मेज़ पर रखी हुई चीज़ों' की यह प्रदर्शनी ध्रुव की बहुत अपनी है। इसकी ज्यामितिक 'प्रखरता' और रेखाओं की तीक्ष्णता याद रहेगी। इस प्रदर्शनी को देखकर मुझे स्वयं अपनी मेज़ पर रखी हुई और अल्मारी में सजाकर रखी हुई छोटी-छोटी चीज़ें एक नए 'आलोक' में दिखीं। कला जड़-चेतन के बीच भी एक पुल बनाती है, और जड़ को भी अपनी ओर से एक चेतनता प्रदान करती है।

●●●